DIE ABTEI DER HUNDERT SÜNDEN

Marcello Simoni, 1975 in Comacchio in der italienischen Provinz Ferrara geboren, studierte Literatur und arbeitete als Buchhändler und Archäologe. Sein Debütroman »Der Händler der verfluchten Bücher« wurde über Nacht zum Weltbestseller. Der Mittelalter-Thriller gewann renommierte Literaturpreise und belegte Spitzenplätze in den Bestsellerlisten.

Dieses Buch ist ein Roman. Die Handlung ist frei erfunden, wenngleich im historischen Umfeld eingebettet. Einige Personen, Ereignisse und Orte sind historisch, andere nicht. Darüber hinaus sind Ähnlichkeiten mit lebenden oder toten Personen rein zufällig. Im Anhang befinden sich ein Glossar und ein Personenregister.

MARCELLO SIMONI

DIE ABTEI DER HUNDERT SÜNDEN

MITTELALTER-THRILLER

Aus dem Italienischen
von Barbara Neeb und Katharina Schmidt

emons:

Bibliografische Information der Deutschen Nationalbibliothek
Die Deutsche Nationalbibliothek verzeichnet diese Publikation in der Deutschen Nationalbibliografie; detaillierte bibliografische Daten sind im Internet über http://dnb.d-nb.de abrufbar.

Die Originalausgabe erschien 2014 unter dem Titel »L'abbazia dei cento peccati« bei Newton Compton editori, Rom.

FSC www.fsc.org MIX Papier aus verantwortungsvollen Quellen FSC® C019821

Umschlagmotiv: shutterstock.com/Davydenko Yuliia, depositphoto.com/robodread, shutterstock.com/ilolab, shutterstock.com/Morphart Creation
Umschlaggestaltung: Nina Schäfer
Gestaltung Innenteil: César Satz & Grafik GmbH, Köln
Druck und Bindung: Druckerei C.H. Beck, Nördlingen
Printed in Germany 2016
ISBN 978-3-95451-942-2
Mittelalter-Thriller

Für Giorgia,
die mir auf den Pfaden dieses Abenteuers folgen wollte

Hochmut entfernt uns von Gott,
Neid vom Nächsten, Zorn von uns selbst.

Hugo von Sankt Viktor,
»De quinque septenis«

Vorbemerkung

Im Jahre des Herrn 1345, gegen Ende des Monats März, begegneten sich Saturn, Jupiter und Mars zwischen dem 15. und 17. Grad des Zeichens Wassermann in einer besonderen Stellung zueinander – ein spektakuläres astronomisches Ereignis, das sämtliche Weisen der damaligen Zeit in hellen Aufruhr versetzte. In welchem Ausmaß diese Bewegungen der Himmelskörper die menschlichen Geschicke tatsächlich beeinflusst haben, ist kaum zu ermitteln, fest steht jedoch, dass ganz Europa in den folgenden Jahren unter Krieg, Hungersnöten und der Pest zu leiden hatte. Das gesamte westliche Abendland wurde zum Schauplatz eines makabren Totentanzes, der die Furcht aufkommen ließ, die Apokalypse stünde bevor.

Doch all diese Plagen konnten den Durst nach Wahrheit, Schönheit und großen Idealen nicht ersticken. Und so entstand genau zu dieser schrecklichen Zeit in einer Abtei ganz in der Nähe des Meeres einer der faszinierendsten und geheimnisvollsten Bilderzyklen des Mittelalters.

Dies ist die Geschichte der Männer und Frauen, die ihm zum Leben verholfen haben.

PROLOG

Die Wälder von Ferrara, in der Nähe des Borgo San Giorgio
12. April 1333

Die drei Männer trafen sich nach Sonnenuntergang unter größter Geheimhaltung. Zwei von ihnen waren gemeinsam gekommen, sie waren den Flusslauf des *Padus* entlanggeritten, bis sie sich fast in dem Labyrinth aus Tälern und Sümpfen verirrt hätten. Nun warteten sie im Wald und lauschten in der Dunkelheit aufmerksam auf jedes Geräusch. Die Ähnlichkeit ihrer Züge, dazu der gleiche helle Teint und die fuchsroten Haare, verriet, dass sie eng verwandt sein mussten. Der ältere hatte einen so durchdringenden Blick, dass er selbst inmitten eines Schlachtgetümmels aufgefallen wäre. Beide trugen fein ziselierte Plattenpanzer, was auf eine Herkunft aus vornehmem Haus schließen ließ, ebenso wie das prächtige Sattelzeug ihrer Pferde.

Der dritte Mann kam als Letzter, auch er zu Pferd. Er trug einen purpurnen Umhang und einen Kardinalshut, doch die Eisenhandschuhe, die die Zügel fest im Griff hatten, ließen erahnen, dass sich unter dem Umhang ein Kettenhemd verbarg.

»Eure Majestät, Eure Hoheit«, sagte er, als er unter der Krone einer großen Ulme zum Stehen kam, »was für eine Ehre.«

»Da seid Ihr ja endlich«, sagte der junge Mann aufgebracht, ebenso wie sein Gegenüber in perfektem Französisch. Er war noch keine siebzehn, das Ungestüm und der Eifer der Jugend standen ihm ins Gesicht geschrieben. »Ein wenig später, Eminenz, und Ihr hättet uns nicht mehr angetroffen.«

Der Mann an seiner Seite brachte ihn mit einer Handbewegung zum Schweigen. »Verzeiht meinem Sohn, Eminenz. Er hat viele Talente, verfügt jedoch nicht über die Gabe, seine Zunge im Zaum zu halten.«

»Nun, das wird der Prinz wohl lernen müssen«, entgegnete der Kardinal bedeutungsvoll. »Auf jeden Fall mit der heutigen Nacht.«

»Ihr habt ihn also gefunden?«

Der Kardinal nickte. »Er war auf dem Weg nach Ferrara. Meine Soldaten haben ihn in der Nähe der Stadtmauern aufgegriffen, als sie die Belagerung vorbereiteten. Eine glückliche Fügung.«

»Dann habt Ihr uns also nicht umsonst hierher bestellt.« Die Miene des jungen Mannes hellte sich auf. »Und sagt, Eminenz, hat er bereits … geredet?«

»Habt Ihr daran irgendeinen Zweifel?«

Wortlos bedeutete der Kardinal den beiden Rittern, ihm zu folgen, und lenkte sein Pferd im Trab durch die Bäume. Zum Schlag der Nachtigall und den Lauten anderer nächtlicher Tiere ritten sie durch die dichten Schatten vorwärts, bis sie zu einer Lichtung kamen, auf der sich Knappen und Belagerungsmaschinen drängten. In der Mitte des von Fackeln erleuchteten Platzes lag ein vollständig unbekleideter Mann auf dem Boden. Der Tonsur nach zu schließen handelte es sich um einen Mönch. Er war in einer unnatürlichen Haltung, ähnlich einem großen X, ausgestreckt: Arme und Beine waren mit Seilen an vier Pferde gefesselt.

Die Tiere standen still, und die Seile hingen schlaff herab, aber auf dem Gesicht des Unglückseligen zeichnete sich noch immer unsagbare Qual ab. Ellenbogen und Knie sowie Schulter- und Handgelenke waren deutlich angeschwollen, offenbar waren sie weit über die Schmerzgrenze hinaus gedehnt worden.

Der Kardinal saß ab und beugte sich über den Mann. »Pater Facio di Malaspina, seit drei Jahren auf der Flucht.« Die Worte galten jedoch nicht dem am Boden Liegenden, sondern den beiden Rittern hinter ihm, die wie er vom Pferd gestiegen waren. Er nahm den Hut ab, unter dem ein dichter grauer Haarschopf zum Vorschein kam, und fuhr sich mit der Hand übers Gesicht, auf dem sich nun ein Lächeln ausbreitete. »Auf der Flucht, um etwas ebenso Seltenes wie Kostbares zu verbergen. Doch als er gefangen genommen wurde, hatte er es nicht bei sich.«

Bei diesen Worten zuckte der Mönch heftig und stieß einen hasserfüllten Schrei aus. »Verflucht sollt Ihr sein!« Er versuchte, sich aufzurichten, doch Arme und Beine konnten sein Gewicht nicht tragen. »Verflucht seid Ihr ... und alle Hunde aus Avignon!«, zischte er, ließ sich zurück zu Boden fallen und schloss erschöpft die Augen.

»Ich begreife nicht.« Der ältere Ritter wechselte einen schnellen Blick mit seinem Sohn. »Wenn er nichts bei sich hatte ...«

»Er hat es versteckt«, erklärte der Kardinal, »in einem Dorf hier ganz in der Nähe.« Er richtete sich wieder auf und streifte ein paar Grashalme von seinem Umhang. »Ich habe einige zuverlässige Männer losgeschickt, um es zu holen, daher rührte meine Verspätung. Sie sollten inzwischen auf dem Weg hierher sein.«

Und tatsächlich tauchten wenig später fünf Gestalten im Mondschein aus dem Unterholz auf. Sie trugen genietete *Brigantinen* und weite schwarze Umhänge, deren Kapuzen sie tief ins Gesicht gezogen hatten. Der Größte von ihnen, von den anderen links und rechts flankiert, hielt einen kleinen Schrein fest an die Brust gepresst. Als die Gruppe den Kardinal erreichte, ging er vor ihm auf die Knie und reichte ihm das Behältnis wortlos.

Einen Moment lang betrachtete der Kardinal den Schrein fast furchtsam, bis er ihn schließlich ungeduldig öffnete.

Darin befanden sich drei Gegenstände.

»Dominus meus et Deus meus«, murmelte er mit bebender Stimme, dann bekreuzigte er sich und zeigte den beiden Rittern ehrfürchtig den Inhalt. Gespannt musterte er ihre Mienen und wartete, ob sie sich dazu äußerten. Als das Schweigen andauerte, ergriff er selbst das Wort. »Ich werde den Kelch an mich nehmen, und der Prinz wird die Lanzenspitze zur Aufbewahrung erhalten«, sagte er gewichtig. »Was Euch betrifft, Majestät ...« Er nahm den dritten Gegenstand aus dem Schrein, um ihn im Licht einer Fackel zu betrachten. Es war eine kleine Pergamentrolle.

Als der König sie erblickte, löste er sich aus seiner bewundernden Erstarrung. »Die steht mir zu«, sagte er und entriss dem Kardinal die Rolle, »und mit ihr das Geheimnis.«

Der Kardinal schien zunächst etwas einwenden zu wollen, doch dann presste er schicksalsergeben die Lippen zusammen. »So soll es sein, Majestät«, sagte er schmeichlerisch. »Sie wird Euch gehören, bis wir beschließen, ihre Existenz zu enthüllen.«

»Dennoch, Eminenz ...«, entgegnete der König misstrauisch. »Verzeiht mir meine Beharrlichkeit, aber sollte Euch in der Zwischenzeit ein Unglück ereilen oder sollte ich Euch nicht mehr erreichen können, wie könnte ich die Echtheit dieses Dokuments belegen?«

Der Kardinal seufzte. »Ihr habt recht, ohne meine Beglaubigung könnte es für eine Fälschung gehalten werden. Lasst mich kurz überlegen.« Er betrachtete die kleine Rolle schweigend, dann nickte er, streifte seinen rechten Eisenhandschuh ab und zog den goldenen Ring vom Ringfinger. »Legt den hier dazu, als Garant für meine Worte«, sagte er und übergab ihn dem König. »Aber gebt gut auf ihn acht, zeigt ihn niemandem, ehe der richtige Moment gekommen ist.«

»Dann, wenn wir uns wieder treffen«, sagte der König, während er den Ring an sich nahm, »und zwar vor dem Papst.«

Der Kardinal lächelte verschwörerisch. »Dann, wenn Euer Sohn Kaiser wird.«

Als die drei Männer fortritten, ließen sie den nackten, reglosen Körper in der Mitte der Lichtung zurück.

Doch Facio di Malaspina war noch am Leben.

ERSTER TEIL

DER STEIN DER VERBANNUNG

1

Hochebene von Crécy
26. August 1346

Maynard war in einem Alptraum gefangen. Drei Reiter in Rüstung preschten in wütendem Galopp heran. Sie wirkten nicht wie gewöhnliche Sterbliche. Ihre Köpfe waren von flammenden Heiligenscheinen umgeben, jeder in einer anderen Farbe: der erste weiß, der zweite rot und der dritte golden. Sie ritten durch die Dunkelheit mit rätselhaften Trophäen in der Faust, ihre langen Haare wehten wie Kometenschweife im Wind hinter ihnen her.

Einen Augenblick lang folgte er den drei Reitern, wie sie in einer Orgie des Todes und der Gewalt durch die Reihen kämpfender Männer jagten. Dann hörte er die Pfeile der Engländer surren, das ängstliche Wiehern seines Pferdes, den Aufprall ... und er schreckte aus der Ohnmacht hoch.

Er lag mit dem Gesicht nach unten auf dem Boden, sein Mund war voller Schlamm, und als er jetzt die Augen öffnete, sah er nur Schwärze. Der Regen prasselte auf seine Rüstung, ein finsteres, unangenehmes Geräusch, das ihn dazu drängte, aufzustehen. Doch es gelang ihm nicht. Er konnte seine Beine nicht rühren. Furcht packte ihn, als er erkannte, dass etwas Schweres auf seinen Rücken drückte. Mit verzweifelter Anstrengung streckte er den linken Arm – den rechten konnte er nicht bewegen – auf der Suche nach einem Halt aus. Blind ertastete er mit seinem eisernen Handschuh etwas. Es waren Schnüre. Er umklammerte sie und zog sich daran vorwärts. Die Rüstung behinderte ihn, schränkte seine Bewegungen ein, doch endlich konnte er sich so weit durch den Morast schleppen, bis auch der rechte Arm frei war.

Nun konnte er den Helm abnehmen. Mühsam löste er den Riemen, der ihn im Nacken mit dem Obergewand verband, und zog ihn ab, dabei zerkratzte er sich das Gesicht. Im graudämmrigen Licht der Abendstunde erkannte er, woran er sich festgehalten hatte: Es waren die Zügel seines toten Pferdes.

Vor ihm lagen unzählige Leichen in Metallpanzern, die sterblichen Überreste derer, die er bis vor Kurzem Waffenbrüder genannt hatte. Dieser fürchterliche Anblick erstreckte sich, so weit das Auge reichte, bis hin zum Fuß des Hügels. Ritter, Fußsoldaten und Armbrustschützen, in einem verheerenden Streich von der Sichel des Todes gefällt, lagen stumm Seite an Seite auf dem Boden, der von blutroten Rinnsalen durchzogen war.

Maynard überwand sein Grauen, doch den schamvollen Zorn darüber, so viele tapfere Gefährten den Raben zum Fraß ausgeliefert zu sehen, konnte er nicht so einfach abschütteln. Er verlieh ihm die Kraft, sich noch einmal mächtig vorwärtszuschieben und sich so von der Last der Toten zu befreien, die auf ihm lagen, dann drehte er sich auf die Seite, um tief durchzuatmen. Der Regen auf seinem Gesicht fühlte sich frisch und kühl an, vermittelte ihm fast ein Gefühl von Reinheit. Unwillkürlich fühlte er sich an seine Schwester Eudeline erinnert, die sich in ein Kloster zurückgezogen hatte, um den kranken Gelüsten ihres Vaters zu entkommen.

Eudeline, ein Name voller Licht. Er wünschte sich so sehr, sie wiederzusehen, sie zu umarmen …

Ein plötzlicher Schmerz im linken Bein lenkte seine Aufmerksamkeit auf sein Knie, und er sah, dass ein abgebrochener Pfeil darinsteckte. Jetzt erinnerte er sich, dass er mitten im Angriff getroffen worden, zu Boden gestürzt und unter der Menge begraben worden war. Er beugte sich vor, um die Wunde zu untersuchen, doch in dem Moment fiel ein Schatten über ihn. Instinktiv schnellte sein rechter Arm hoch. Er bekam das Handgelenk eines Mannes zu fassen und konnte so gerade noch den Angriff durch einen *Gnadenbringer* abwehren. Über ihm stand ein englischer Fußsoldat. Maynard drehte schnell den Oberkörper zur Seite, ergriff die Lanze eines der Toten neben ihm und rammte sie dem Mann unter das Kinn.

Dann ließ er den Sterbenden fallen und rang keuchend nach Atem.

Er musste weg von hier, sofort. Mühsam, sich auf sein rechtes Bein stützend, versuchte er aufzustehen. Gleich rutschte er wieder in den Schlamm. Obwohl er zu schwach zum Gehen war, schwor er sich, dass er nicht hierbleiben würde, und wenn er wie ein Wurm durch den Morast kriechen musste. Er wusste, wohin er sich zu wenden hatte. Wenn das französische Heer besiegt worden war, hatten die Truppen Edwards III. und des Schwarzen Prinzen gewiss die Dörfer im Norden und die Straße, die der Mave nach Westen folgte, unter Kontrolle. Ihm blieb nur eine Möglichkeit: Er musste nach Osten zu der alten römischen Straße, die nach Amiens führte, und von dort nach Süden. Nicht gerade leicht für einen Mann, der sich nicht auf den Beinen halten konnte. Aber immer noch besser, als hier auf den Tod zu warten.

Also kroch er los, wobei er sich an allem vorwärtszerrte, was er vorfand. Blutüberströmte Körper, Waffen, die in den Boden gerammt waren, vertrocknete Büsche … Alles war ihm recht, solange es ihm nur beim Vorankommen half. Doch die unglaubliche Anstrengung zwang ihn schließlich, innezuhalten. Er lehnte sich mit dem Rücken an einen halb zerstörten Wagen, löste die Schulterstücke und die Ellenbogenkacheln seiner Rüstung, damit er die Arme freier bewegen konnte, dann betastete er die Stelle oberhalb des Knies, um die Wunde zu untersuchen. Der Pfeil hatte sich tief ins Fleisch gebohrt, die bloße Berührung verursachte ihm brennende Schmerzen. Er würde ihn nicht selbst herausziehen können.

Als er sich wieder einigermaßen bei Kräften fühlte, bewegte er sich weiter vorwärts. Obwohl er sich inzwischen sogar so weit erholt hatte, dass er möglicherweise hinkend laufen könnte, vermied er es, aufzustehen. Der englische Fußsoldat, der ihn angegriffen hatte, war sicher nicht der einzige Gegner hier auf dem Schlachtfeld. Gewiss waren viele andere menschliche Aasgeier unterwegs, um die Toten zu fleddern. Besser kroch er weiter durch den Schlamm, im Schutz der dichten Nebeldecke, die sich vom Boden erhob.

Er hatte schon die Hälfte des Weges zurückgelegt, als er erneut innehalten musste. Seine Arme waren angeschwollen und schmerzten. Er überlegte, ob er weitere Teile der Rüstung ablegen sollte, um seine Last zu verringern, aber beinahe alle Verschlüsse, mit denen die Stahlplatten an seinem Körper befestigt waren, befanden sich am Rücken. Halbherzig glitt seine rechte Hand nach hinten, doch wie vorherzusehen kam er gerade einmal an seine Schulterblätter heran. Erschöpft streckte er sich aus und flehte laut zu Gott, er möge ihm neue Kräfte schenken.

Doch es war nicht Gott, der ihm antwortete. Stattdessen hörte er das Aufstöhnen eines Sterbenden.

Maynard erkannte, dass er sich auf den Körper eines Mannes gestützt hatte, der noch lebte. Schnell rückte er ab und betrachtete den Ritter, der in einer grotesken Haltung, umgeben von lauter Leichen, auf dem Boden zusammengesunken lag. Sein nordisch markantes Gesicht war von einem flammend roten Bart gesäumt, und er trug eine prächtige Rüstung aus ziselierten Platten. Hartnäckig umklammerte die rechte Hand den Griff seines Schwertes; die linke hatte sich in der Mähne eines von Pfeilen durchbohrten Schlachtrosses verkrallt, als wollte er es zum Angriff antreiben. Diesen unglückseligen Krieger hatte jedoch schon der unerbittlichste aller Feinde besiegt. Zwischen den Platten des Brustpanzers klaffte eine tiefe Wunde, die bis auf den Knochen ging. Offensichtlich war seine letzte Stunde gekommen, aber Maynard konnte dennoch nicht einfach weiterziehen.

Als hätte der Mann seine Gedanken gehört, ließ er sein Schwert los und packte Maynards Arm. »Jang …«, sagte er leise, der Blick der auffallend blauen Augen irrte unstet umher.

»Ist das Euer Name?«, fragte Maynard.

Der Mann nickte. »Jang de Blannen«, bekräftigte er mit festerer Stimme. »Verflucht soll der sein, der mich verraten hat …« Er hustete Blut und wand sich in Krämpfen.

Maynard konnte es nicht glauben. Genau wie die meisten der Krieger, die hierher nach Crécy gekommen waren, hatte er den Namen schon gehört. Jang de Blannen, jedermann bekannt als König Johann von Böhmen, war einer der wichtigsten Verbündeten des französischen Königs. Er hatte noch darauf bestanden, sich ins Getümmel zu stürzen, als der unselige Ausgang des Kampfes schon gewiss war, und sich furchtlos den todbringenden Pfeilen der englischen Langbogenschützen entgegengestellt.

»Dann seid Ihr also –«

»Und wer seid Ihr, Ritter?«, unterbrach ihn Jang, der sich beharrlich am Leben festklammerte. »Nennt mir Euren Namen …«

»Maynard de Rocheblanche«, erwiderte er. »Zu Euren Diensten.«

»Und genau darum will ich Euch bitten … um einen Dienst.«

Maynard sah ihn betrübt an. »Gott ist mein Zeuge, wenn ich könnte, würde ich Euch mit mir nehmen.« Er deutete auf die Wunde in der Brust des Mannes. »Ich fürchte jedoch, dass Ihr nicht in der Lage seid, Euch zu bewegen, mein edler Herr.«

»Ich wünsche nicht, dass Ihr mich retten, sondern dass Ihr ein Geheimnis bewahren sollt …«

»Ein Geheimnis? Wovon sprecht Ihr?«

Jang de Blannen richtete seinen Blick auf Maynard, und fast schien es, als könnte er wieder klar sehen. Unendlich langsam zog er einen Gegenstand aus seinem eisernen Handschuh und überreichte ihn Maynard.

Der nahm ihn, ohne Fragen zu stellen. Es handelte sich um eine schmale Pergamentrolle, die in einem goldenen Siegelring steckte.

»Bringt das weg … versteckt es …«, flüsterte der König von Böhmen. »Und zeigt es niemandem … niemals … nicht einmal meinem Sohn.«

»Herr, habt die Güte, mir zu erklären …«

Jang de Blannen wurde von einer heftigen Schmerzwelle gepackt und krümmte sich zusammen, Blut tropfte aus seinem dichten Bart. »Prägt Euch das gut ein, denn ich bin von demjenigen verraten worden, der es begehrte …« Er wurde von einem Hustenanfall geschüttelt, dann machte er mit der Hand ein Zeichen, als wollte er dem Tod bedeuten, er möge warten. »Dieser verfluchte Kerl hat mich mit Gift geblendet … kurz bevor ich mich in die Schlacht stürzte …«

»Sprecht, Majestät! Enthüllt mir seinen Namen.«

Doch der König von Böhmen war am Ende seiner Kräfte. Er ließ sich auf das Bett aus Leichen zurücksinken und sah hinauf zum bleigrauen Himmel. »Schwört, Ritter …«, sagte er kaum hörbar. »Schwört, dass Ihr mir gehorchen werdet, ich bitte Euch … bevor meine Seele diesen Körper verlässt …«

Maynard zögerte, am liebsten hätte er sich der Verpflichtung entzogen und diese Pergamentrolle weggeworfen. Er wusste nicht, warum, aber er ahnte, dass er im Begriff war, einen schrecklichen Fehler zu begehen, eine Entscheidung zu treffen, die er auf ewig bereuen würde. Doch sein Pflichtbewusstsein war stärker. Er stand vor einem König, der im Sterben lag, vor einem Mann, der an seine Ritterehre appellierte. Und in den finstersten Momenten brachte nichts die Menschen mehr in die Nähe von Engeln als die Ehre.

Und so schwor Maynard de Rocheblanche, während Jang de Blannen seinen letzten Atemzug tat, das Geheimnis des Königs zu bewahren.

2

Der Regen ging in einen schwarzen, heftigen Wolkenbruch über. Maynard war gezwungen, sich eiligst von der Leiche Jang de Blannens zu entfernen und Schutz auf einer kleinen Anhöhe zu suchen, um nicht im Schlamm zu ertrinken. Als der Regen nachließ, hüllte die Dunkelheit das Schlachtfeld mit einer solchen Geschwindigkeit ein, dass er sich kaum mehr orientieren konnte, doch die Furcht, bewusstlos zu werden und sich beim Erwachen auf vom Feind besetztem Gebiet wiederzufinden, trieb Maynard dazu an, weiterzuziehen.

Er verbarg die Pergamentrolle in dem Ring unter der breiten Metallplatte seines Brustpanzers und zwang sich weiter in die Richtung, wo er seine Rettung vermutete: geradeaus, weil er so gut wie sicher war, dass Osten genau vor ihm lag. Sein linkes Bein, in dem der Schmerz heftig pochte, behinderte ihn sehr, besonders als er über den Rand eines Grabens klettern musste. Danach schleppte er sich auf einem Teppich aus triefend nassem Gras vorwärts, später erhoben sich Bäume über ihm. Inzwischen hatte er sich schon weit vom Schauplatz des Kampfes entfernt, doch er hielt erst an, als er unter seinen Händen einen Pflasterstein spürte, in dem die Karren eine tiefe Rille hinterlassen hatten. Da begriff er, dass er die alte Römerstraße erreicht hatte, und fiel erschöpft in Ohnmacht.

Ein lästiges Schwanken ließ ihn kurz erwachen. Verwundert stellte er fest, dass er sich auf einem überdachten Wagen befand, neben ihm saß eine vermummte Gestalt. Doch gleich darauf trübte sich sein Blick wieder, und er versank erneut in der Dunkelheit.

Als er schließlich das Bewusstsein wiedererlangte, hallte ihm die Stimme Jang de Blannens in den Ohren. Es war Tag, der Wagen stand still. Er versuchte, aufzustehen, doch ein stechender Schmerz im Knie hinderte ihn daran. Vorsichtig zog er sich an den Seitenteilen des Wagens hoch, um sich wenigstens aufzusetzen und einen Blick nach draußen werfen zu können. Der Regen hatte aufgehört. Zwei in graue Umhänge gehüllte Menschen starrten ihn an. Ein Junge und eine Frau. Sie kauerten am Straßenrand neben einem Feuer. Die Frau rührte in einem dampfenden Kessel.

Bevor Maynard etwas sagen konnte, tauchte ein Mann rechts neben ihm auf und hielt ihm eine Feldflasche hin. Er dankte ihm mit einem Kopfnicken und trank durstig. Das Wasser war erfrischend, und doch fühlte sich Maynard schwach und benommen. Immerhin ließ sich der Schmerz im linken Bein besser ertragen, weil es fast gefühllos geworden war.

»Ihr habt Glück gehabt, Herr«, sagte der Mann. »Hätte mein Sohn nicht so ein gutes Auge, wärt Ihr im Regen liegen geblieben.«

»Ich verdanke Euch mein Leben«, sagte Maynard und gab ihm die Flasche zurück, wobei er die Gelegenheit nutzte, ihn näher zu betrachten. Der Mann war kahlköpfig und untersetzt und trug ein grünes Reisegewand. Maynard kam er zu gepflegt für einen Bauern oder gewöhnlichen Handwerker vor. »Mein Name ist Maynard de Rocheblanche, und ich werde Eure Güte zu belohnen wissen.«

»Ich bin Jérôme Bataille, und dies«, der Mann zeigte auf die Frau und den Jungen, »sind mein Weib Marie und mein Sohn Nicolas. Wir kommen aus Brügge und sind auf dem Weg nach Paris. Unterwegs haben wir erfahren, dass hier eine Schlacht im Gange ist. Diese Nachricht hat uns veranlasst, auch die Nacht hindurchzufahren, um nicht ins Kampfgetümmel zu geraten.«

»Ihr tätet gut daran, schleunigst noch weiter südlich zu reisen.« Maynards Gesicht verfinsterte sich. »Ich bin ein Überlebender dieser Schlacht, von der Ihr gehört habt, und glaubt mir, bald wird es in diesen Gebieten von Engländern nur so wimmeln.«

Der junge Nicolas sah ihn bewundernd an. »Sagt, Herr, seid Ihr ein Ritter des Königs von Frankreich?«

»Ja, das bin ich, und ich muss Euch um Eure Unterstützung bitten.« Maynard schlug mit der Faust gegen seine Rüstung. »Ihr müsst mir helfen, all dieses Metall loszuwerden«, dann zeigte er auf den Stummel des Pfeils, der oberhalb seines Knies feststeckte, »und diesen hier auch.«

Jérôme zögerte kurz, doch dann nickte er und bestieg mit seinem

Sohn den Wagen. Maynards Anweisungen folgend schnallte er zunächst das Wehrgehänge ab, in dem das *Bohrschwert* steckte, und nahm den Waffengurt mit dem Dolch ab, danach löste er eine nach der anderen die Platten der Rüstung. Zuerst legte er die Arme frei, dann den Oberkörper. Als er daranging, die breite Brustplatte abzunehmen, fiel neben einem Hagel von Schlammkrusten auch das Pergamentröllchen aus dem Besitz des Königs von Böhmen heraus.

Maynard bedeutete Jérôme, er solle innehalten, hob das Pergament auf und wischte es ab. Es war verschmutzt, aber unversehrt, ebenso wie der Ring, in dem es steckte. Ein Siegelring aus massivem Gold. Maynard drehte ihn zwischen den Fingern, und als er ihn sich genauer ansah, erkannte er ein kirchliches Wappen.

In der Mitte prangte ein silberner Löwe vor einem roten Hintergrund. Das Adelshaus ließ sich schwer bestimmen, aber der *Galero* darüber und die seitlichen Quasten bewiesen, dass es einem Kardinal gehörte.

Maynard legte den Ring beiseite und bat Jérôme und seinen Sohn, ihm nun auch den unteren Teil der Rüstung abzunehmen. Er wollte so schnell wie möglich das linke Bein befreien, damit er sich die Wunde ansehen konnte. »Sagt, Meister Jérôme«, fragte er, »womit verdient Ihr Euren Lebensunterhalt?«

»Ich fertige Wandteppiche, Herr«, antwortete Jérôme, während er überprüfte, welche Schließen er noch lösen musste, »und möchte, dass mein Sohn mir in meiner Handwerkskunst nachfolgt, aber in einer reicheren Stadt als der, in der ich geboren bin.« Er unterbrach sich und zeigte auf die Stelle, an der der Pfeil eingedrungen war. »Zum Donnerwetter!«, rief er aus. »Man hat Euch genau zwischen der oberen und der unteren Beinschiene getroffen, was für ein Pech!«

»Viele meiner Gefährten haben ein weit schlimmeres Schicksal erlitten«, erwiderte Maynard bitter. »Seid vorsichtig, wenn Ihr die Teile entfernt«, ermahnte er Jérôme dann, »mein Bein schmerzt sehr.«

»Bisher habt Ihr Euch noch nicht beschwert, scheint mir«, versuchte der Teppichweber ihn aufzumuntern.

Kaum war er von der Rüstung befreit, gönnte sich Maynard einen Seufzer der Erleichterung. Unter seinem Panzer trug er ein Wams und Beinlinge, beide starrten vor Schmutz, aber das war ihm gleich. Dass er sich endlich ungehindert bewegen konnte, bescherte ihm ein wunderbares Gefühl von Leichtigkeit.

Jérôme beugte sich über die Wunde. »Tut mir leid, ich fürchte, hier kann ich nichts tun«, murmelte er. »Wenn ich es wagte, den Pfeil herauszuziehen, könnte ich mehr Schaden als Nutzen anrichten ...«

»Habt keine Angst, ich sage Euch, was Ihr zu tun habt.« Maynard hatte schon unendlich oft zugesehen, wie ähnliche Wunden behandelt worden waren, und da er zwei Helfer hatte, war er sicher, dass er seine eigene Verletzung versorgen konnte. Er zog den Dolch heraus, schnitt die Beinlinge auf der einen Seite bis zum Oberschenkel ab und legte so das gerötete, angeschwollene Knie frei. Der Anblick genügte, um seinen Schmerz zu verstärken. Die Röte verfärbte sich schon dunkel, was ihn einen Wundbrand befürchten ließ.

»Tut, was ich Euch sage«, fuhr er fort und versuchte, seine Besorgnis zu verbergen. »Auf mein Zeichen müsst Ihr den Pfeil mit einem entschlossenen Ruck herausziehen, danach reinigt Ihr das zerfetzte Fleisch mit Wein oder Essig. Außerdem ...«, er gab Nicolas seinen Dolch, »kauterisiert Ihr die Wunde damit.«

»Sollten wir nicht lieber Hilfe suchen?«, fragte Jérôme zaudernd.

»Die Soldaten, die dem Heer von Edward III. entkommen sind, können nicht weit sein. Unter ihnen findet sich bestimmt ein Feldscher, der Euch behandeln kann.«

Bei diesen Worten keimte in Maynard die Hoffnung, sich wieder mit seinen Gefährten vereinigen zu können. Wahrscheinlich hatte sich König Philipp VI. südlich nach Fontaine oder Amiens zurückgezogen, um die Überreste seines Heeres in Sicherheit zu bringen und einen Gegenangriff zu planen. Er musste versuchen, ihn zu erreichen. Doch seine Wunde konnte nicht warten.

»Wenn ich noch länger zögere, könnte ich mein Bein verlieren ... Andererseits bin ich zu schwach, um mich selbst zu kurieren. Deshalb müsst Ihr mir helfen. Und zwar jetzt.«

Kurz darauf war alles bereit. Jérômes Frau hatte ihnen eine Schüssel mit Essig hingestellt, dazu Stoffstreifen, um die Wunde danach zu verbinden, während Nicolas den Dolch in die Glut hielt.

Maynard winkte Vater und Sohn zu sich. »... leider können wir den Pfeil nicht weiter durch die Wunde drücken und auf der anderen Seite herausziehen. Die Spitze steckt auf dem Knochen, es bleibt nichts anderes übrig, als den Pfeil herauszureißen ...«

Nicolas wollte etwas sagen, aber dann hielt er sich zurück.

»... und zwar mit aller Kraft. Tut es«, fuhr Maynard fort. »Das wird mir fürchterliche Schmerzen bereiten, mein Fleisch wird aufreißen, aber das darf Euch nicht von Eurer Aufgabe ablenken. Und danach reinigt Ihr die Wunde.«

Nicht allzu überzeugt legte Jérôme seine Finger um den kurzen Pfeilschaft. »Also, verlieren wir keine Zeit.« Er war schweißnass und zitterte, als müsste er den Pfeil aus seinem eigenen Bein ziehen.

»Einen Moment noch«, sagte Maynard. »Vorher muss ich Euch noch um einen anderen Gefallen bitten. Ich tue es jetzt, falls mich der Schmerz nachher bewusstlos werden lässt.«

»Ich höre, Herr.«

»Wenn Ihr unterwegs auf Spuren stoßt, dass das französische Heer durchgekommen ist, bringt mich bitte zu meinen Waffenbrüdern.«

Jérôme musterte ihn verwundert. »Bestünde dabei auch keine Gefahr für meine Familie?«

»Ganz im Gegenteil, Ihr werdet belohnt, wie ich Euch schon sagte.«

»Nun gut.«

»Und jetzt nur Mut!«, forderte Maynard ihn auf. »Tut es!«

Jérôme vergewisserte sich, dass Nicolas das Bein gut gepackt hatte, dann verstärkte er den Griff, hielt noch einmal einen Moment inne – und riss den Pfeil mit einer knappen Bewegung heraus.

Maynard bäumte sich mit weit geöffneten Augen auf und brüllte in einem schrecklichen Schrei all seinen Schmerz hinaus, zusammen mit der Wut, der Angst und der Demütigung – einem Schrei, den er seit der vergangenen Nacht in sich getragen hatte. Mit Schweißperlen auf der Stirn ließ er sich auf den Rücken zurückfallen und kämpfte gegen den Schmerz an, während die mit Essig getränkten Binden auf der Wunde zu brennen begannen.

Er hörte den Jungen sagen: »Der Pfeil ist heil geblieben.«

Und dann Jérôme: »Wisch das Blut ab …«

»Hier, das Messer …«

»Halt ihn ganz fest!«

»Jetzt! Jetzt!«

Schließlich das Zischen der Glut, der glühende Stahl auf dem Fleisch.

Maynard schrie wieder auf.

Das brutale Lachen eines Mannes bohrte sich in seine Erinnerung wie ein Dolch. Wieder durchzuckte ihn Schmerz, dann das Bild, wie sein Vater auf Eudeline lag.

Die Wut holte ihn aus der Bewusstlosigkeit.

Als er erwachte, fiel sein Blick auf die Teile seiner Rüstung, die neben ihm lagen, und er wurde von einer Erinnerung überwältigt. Eisenbewehrte Ritter, die Fußsoldaten in einfachen Kettenhemden angriffen. Er kam sich vor wie ein Feigling.

Dann bemerkte er, dass der Wagen wieder in Bewegung war. Nicolas saß ihm gegenüber.

»Wie geht es Euch, Herr?«, fragte der Junge, während er ihm eine Schale reichte.

Maynard nahm das Essen, stellte es jedoch ab, ohne auch nur daran gerochen zu haben. Er sah an sich herab. Sein Bein wirkte geschwollener, als er es in Erinnerung hatte. Es schmerzte auch mehr.

»Ich werde es überleben«, sagte er und nickte dem Jungen dankbar zu.

Nicolas folgte seinem Blick, der nun wieder auf der Rüstung ruhte. »Ich habe sie gesäubert«, sagte er.

»Du bist ein tüchtiger Junge.« Maynard massierte seine schmerzenden Arme. »War ich lange Zeit bewusstlos?«

»Einen halben Tag. Nachdem wir Euch versorgt hatten, sind wir sofort wieder aufgebrochen.«

Maynard nickte, ohne zu wissen, was er noch sagen sollte. Dass er sich so schlecht fühlte, hatte seine Ursache nicht nur in der Wunde oder den Geschehnissen der letzten Tage. Dieses Gefühl kam tief aus seiner Seele.

Nicolas zeigte auf die Schale. »Das ist Roggensuppe, meine Mutter hat sie gekocht«, erklärte er. »Sie wird Euch helfen, wieder zu Kräften zu kommen.«

Maynard wollte etwas erwidern, doch da hörte er Jérôme vom vorderen Teil des Wagens rufen: »Militärlager! Herr, wacht auf! Wir haben sie gefunden!«

3

Das Feldlager der Überlebenden der Schlacht bei Crécy hatte sich um eine alte Kirche gebildet, die von der Straße aus gut zu erkennen war. Es wurde weder von Palisaden noch von Gräben umgeben, sein einziger Schutz bestand in zahlreichen Wachen.

Maynard wartete ab, bis der Wagen zum Stehen gekommen war, dann bat er Nicolas, ihm hinunterzuhelfen. Er musste sich an dessen Arm festklammern, um sich auf seinem rechten Bein aufrecht halten zu können, aber er spürte, wie sehr ihn das mit neuer Kraft erfüllte. Endlich stand er wieder und konnte den Menschen auf Augenhöhe begegnen. Jérôme, der jede seiner Bewegungen verfolgte, stieg vom Wagen und wies seine Frau an, mit den Zügeln in der Hand zu warten. Dann wollte er zu Maynard eilen, doch zwei Soldaten hielten ihn auf.

»Statt diesen braven Mann zu belästigen«, schritt Maynard ein, »kommt lieber her und helft mir.«

Tatsächlich lief eine der beiden Wachen zu ihm, doch statt ihm zu helfen, packte ihn der Mann oben am Gewand. »Wer seid Ihr, dass Ihr hier ein so großes Wort führt?«

Maynard befreite sich mit einer gleichgültigen Handbewegung aus dem Griff. »Das Blut und der Schlamm auf meinen Kleidern sollten für sich sprechen«, erwiderte er und reckte angriffslustig das Kinn. »Ich bin ein Ritter Seiner Majestät und aus dem Geschlecht derer von Rocheblanche, also verlange ich, in diesem Feldlager Aufnahme zu finden, um mich mit den *Milites* von meinem Stand zu vereinen.«

»Verzeiht unser Zögern«, beharrte die Wache, »aber so wie Ihr ausseht, könnte man Euch für einen Bauern halten.«

»Nicolas!«, brüllte Maynard am Ende seiner Geduld. »Zeig diesem sturen Esel mein Schwert, damit er sich das Wappen meines Hauses auf dem Griff ansehen kann.«

Der Junge gehorchte. Kurz darauf trat der Soldat einen Schritt zurück und verneigte sich tief. »Ich bitte um Entschuldigung, Euer Gnaden«, stammelte er, »ich konnte ja nicht wissen …«

Maynard würdigte ihn keines Blickes, sondern wandte sich an Jérôme, den man endlich losgelassen hatte. »Meister Jérôme, hier trennen sich unsere Wege. Bevor wir uns aber verabschieden, möchte ich Euch um etwas zu schreiben bitten.«

»Ich habe Feder und Tinte«, sagte Jérôme, sichtlich verwirrt über diesen Wunsch, »aber das einzige Pergament in meinem Besitz ist das Leder, das ich für meine Buchführung benutze …«

»Ich brauche nicht viel, ein Stück Stoff tut es auch.«

Immer verblüffter suchte der Teppichweber auf dem Wagen in seiner Habe und kam mit einem Hanftuch zurück, das fest genug war, um darauf zu schreiben. Maynard nahm es, tauchte die Feder in die Tinte, schrieb ein paar Zeilen und setzte seine Unterschrift darunter. »Auf diese Weise bezahle ich meine Schuld.« Er gab Jérôme das Tuch zurück. »Ich hoffe, das wird genügen.«

Der Teppichweber betrachtete das Geschriebene. »Ich verstehe nicht …«

Maynard sah ihn belustigt an. »Habt Ihr nicht gesagt, dass Ihr nach Paris wollt?«

»Ja, das stimmt.«

»Nun, in der Cité eine Unterkunft zu finden wird Euch sehr viel Mühe und Geld kosten. Deshalb habe ich mir erlaubt, meinem verehrten Onkel Antoine Tempier zu schreiben, dem Prior der Kirche Saint-Denis. Sobald Ihr in Paris seid, geht Ihr zu ihm, und er wird ein würdiges Quartier für Euch finden, wo Ihr mit Eurer Familie leben und Euch Eurer Arbeit widmen könnt.«

»Herr, das ist zu viel der Großmut …«, bedankte Jérôme sich bewegt.

»Nichts im Vergleich zu Eurer«, erwiderte Maynard. »Jeder andere hätte mich am Straßenrand im Regen verrecken lassen. Ihr jedoch habt Euch um mich gekümmert und mich vor dem sicheren Tod gerettet. Euch gehören meine Achtung und meine Freundschaft.« Er schlug Jérôme herzlich auf die Schulter. »Solltet Ihr oder Eure Familie irgendwann in eine Notlage geraten, könnt Ihr immer auf mich zählen.«

Nachdem er sich verabschiedet hatte, wandte sich Maynard an den jüngeren der beiden Soldaten. »Reich mir deinen Arm, damit ich aufrecht laufen kann«, befahl er ihm barsch. Dann richtete er den Blick auf den unverschämten Kerl, der ihn am Gewand gepackt hatte. »Und du wirst meine Rüstung von dem Wagen holen und in eine Unterkunft bringen. Sorg dafür, dass sie behaglich ist, sonst werde ich dich auspeitschen lassen!«

Der Karren von Jérôme Bataille war schon weit entfernt, als Maynard sich endlich auf einem Lager ausstrecken konnte. Er hatte Quartier in einem Zelt nahe der Kirche gefunden, seinem Stand angemessen und geschützt vor neugierigen Blicken. Er wies einen Burschen an, ihm einen Kübel Wasser zu bringen, und ließ sich beim Waschen von ihm helfen, dann nahm er ein Geldstück aus der Börse, die immer noch fest an seinem Gürtel hing, und warf es ihm zu. »Beschaff mir Essen und anständige Kleidung.«

Der Junge fing die Münze auf, nickte und verließ das Zelt mit einer tiefen Verbeugung.

Maynard nutzte die Zeit, um seine Wunde zu begutachten, sie zu säubern und anschließend mit einem feuchten Tuch die kauterisierte Stelle zu benetzen, um sich etwas Erleichterung zu verschaffen. Die Schwellung am Bein war zurückgegangen, doch der Schmerz pochte nach wie vor darin. Dennoch klagte er nicht, sondern schätzte sich glücklich, dass er der Hölle von Crécy nur leicht verletzt entronnen war. Angesichts des schrecklichen Todes all der tapferen Männer, dem er beigewohnt hatte, musste er sich jedoch fragen, ob er sein Überleben nur dem Zufall oder einem höheren Sinn und Zweck verdankte. Allein durch ihn war das Geheimnis des Königs von Böhmen nicht verloren gegangen. Doch diese Angelegenheit bereitete ihm große Sorgen. Jang de Blannen hatte ihm nicht nur einen Gegenstand anvertraut, den er bewahren sollte. Er hatte auch von einem Verrat gesprochen, der vielleicht in den höchsten Rängen des königlichen Heeres geplant worden war. Maynard fragte sich, ob er dies König Philipp wirklich verschweigen durfte, obwohl er es geschworen hatte.

In diesem Moment bemerkte er den Burschen, der ihm ein Wams mit weiten Ärmeln und ein vornehmes Paar Beinlinge entgegenhielt. Da Maynard etwas Schlichteres erwartet hatte, sah er ihn fragend an. »Wo hast du das her?«

Der Junge zuckte mit den Schultern. »Gestohlen«, gab er grinsend zu und stellte ihm eine Schüssel randvoll mit trüber Brühe neben sein Lager.

Maynard zog sich wortlos an. Obwohl er sich ausgeruht hatte, fühlte er sich noch schwach. Er glühte vor Fieber und hatte keinen Appetit, dennoch zwang er sich, die Suppe zu essen, in der Hoffnung, dass er so schneller wieder zu Kräften käme. Er nahm eine zweite Münze und zeigte sie dem Jungen. »Wenn du mir auf meine Fragen antworten kannst, bekommst du die hier auch noch«, versprach er, während er sie zwischen seinen Fingern drehte. »Ihre Majestät befindet sich in diesem Lager?«

»Ja, Herr. Und zwar in der baufälligen Kirche.«

»Weißt du, ob er schon einen Kriegsrat einberufen hat?«

»Ich habe keine Ahnung.«

»Dann musst du es herausfinden«, sagte Maynard, »auch, ob Ihre Majestät eine Audienz gewähren kann. Geh schon!«

Nachdem er den Burschen entlassen hatte, wartete er, bis der das Zelt verlassen hatte. Dann zog er das Pergament, das Jang de Blannen ihm anvertraut hatte, aus dem Ring mit dem Kardinalswappen. *Zeigt es niemandem ... nicht einmal meinem Sohn ...* Und genau so würde er handeln, dennoch wollte er herausfinden, für welches Geheimnis Johann von Böhmen verraten worden war.

Das Pergament war so klein, dass man es leicht mit einer Hand bedecken konnte. Es enthielt einen kurzen Text in Latein:

Missam ut molam ab angelo in mare
est Lapis exilii in Monte floris
nostra salute clausus in vetusta crypta
sub caelo historiis mire depicto
a meridie Sancti Savini in villa Cerisii.

Maynard runzelte die Stirn, da er nichts begriff. Dabei wusste er wohl, was die einzelnen Worte bedeuteten, nicht aber das große Ganze, worauf sie sich bezogen. Es schien eines dieser Rätsel zu sein, wie sie Mönche bisweilen an den Rand der von ihnen kopierten Texte schrieben. Während er mit leiser Stimme übersetzte, versuchte er, darin einen Sinn zu entdecken.

Wie der Mühlstein, den der Engel ins Meer warf
Befindet sich der Stein der Verbannung auf dem Blumenberg.
Für unser Heil ruht er in einer alten Krypta
Unter einem wunderbar gemalten Himmel voller Geschichten
Südlich von Saint-Savin in Villa Cerisii.

Der einzige klare Hinweis stand in der letzten Zeile, die sich auf die berühmte Kirche Saint-Savin-sur-Gartempe bezog, die unweit von Poitiers an einem Ort erbaut worden war, der aus der Antike als Villa Cerisii bekannt war. Abgesehen davon war in dem Text von einem rätselhaften »Lapis exilii« die Rede, dem »Stein der Verbannung«, der in einer Krypta ruhte, und zwar »für unser Heil«, was auch das der gesamten Menschheit bedeuten konnte.

Ebenso mysteriös waren der Mühlstein, der Engel sowie der gemalte Himmel. Doch das entscheidende Rätsel – und wenn er das lösen könnte, glaubte Maynard, würde er auch den ganzen Text deuten können – lag in den Worten *in monte floris*. »Auf dem Blumenberg«. Zweifellos handelte es sich hierbei um eine Anhöhe, einen Berg oder einen Hügel. Dort musste sich die »alte Krypta« befinden, in der der Stein der Verbannung verschlossen lag. Maynard konnte sich nicht vorstellen, welcher geheime Schatz sich an einem solchen Ort verbergen mochte. Doch ganz gleich, was es war, Jang de Blannen hatte ihn schwören lassen, das Geheimnis zu bewahren. Also würde er nicht einmal Philipp VI. davon erzählen dürfen.

Als er eine Gestalt vor dem Eingang bemerkte, rollte er das Pergament hastig zusammen und versteckte es mitsamt dem Ring hinter seinem Rücken.

Herein kam der Bursche, der mit einem zufriedenen Lächeln

grüßte. »Der König gewährt Audienzen«, sagte er, sobald Maynard ihm das Wort erteilt hatte, »aber er hat keinen Kriegsrat einberufen.«

»Und wann will er das tun?«

»Das weiß man nicht, Herr.«

»Bist du sicher, dass du alles genau verstanden hast?«

Der Junge nickte. »Das hat mir einer der Knappen aus seinem Gefolge gesagt.«

Maynard dachte über das nach, was er gerade erfahren hatte, dann nickte er. »Schnell, hilf mir aufzustehen.« Er streckte die Hand nach dem Jungen aus.

»Herr, wollt Ihr Euch nicht lieber ausruhen. Ihr seht gar nicht wohl aus.«

»Das hat Zeit bis später. Ich muss mit dem König eine äußerst heikle Angelegenheit besprechen.«

4

Zwei Männer befanden sich in der Sakristei der menschenleeren Kirche. Ein schmaler Streifen Sonnenlicht, der durch das Zwillingsfenster hereinfiel, beleuchtete sie. König Philipp VI. von Valois war der größere von beiden. Er trug noch seine Rüstung und das blaue Obergewand mit den goldenen Lilien Frankreichs und gestikulierte heftig, als wäre er über etwas erbost. Der Edelmann ihm gegenüber wirkte ruhiger, er war in eine elegante dunkle *Garnache* gekleidet, die seinen hellen Teint und die roten Haare betonte.

Maynard versuchte sich zu erinnern, wo er ihn schon einmal gesehen hatte, auch wenn er sich in diesem Augenblick vor allem darauf konzentrierte, dem König in würdiger Haltung gegenüberzutreten. Er hatte es abgelehnt, sich von seinem Burschen stützen zu lassen, und sich einen Stock besorgt, damit er aufrecht gehen konnte, ohne das linke Bein übermäßig zu belasten. Dennoch hatte er Schwierigkeiten beim Gehen, vor allem die Stufen in der Kirche waren eine Herausforderung.

Als er sah, dass der Monarch in eine Unterhaltung vertieft war, überlegte er, ob er sich zurückziehen und die Begegnung verschieben sollte. Doch dann erkannte er, dass man ihn bereits bemerkt hatte.

»Euer Majestät«, sagte er und verbeugte sich etwas unbeholfen, »ich bitte um Gehör.«

»Rocheblanche«, Philipp winkte ihm, näher zu treten, »wir dachten, Ihr wärt in der Schlacht gefallen.«

»Ich habe wie durch ein Wunder überlebt, Sire.«

Der König musterte ihn von Kopf bis Fuß. »Was führt Euch zu uns, mit diesem verletzten Bein?«

»Eine traurige Nachricht. Doch ich sehe, dass Ihr beschäftigt seid, ich möchte nicht stören.«

»Sprecht ruhig.« Philipp zeigte auf den Mann in seiner Begleitung.

»Dies ist der edle Karel, Graf von Luxemburg. Der Sohn des Königs von Böhmen. Ihr könnt offen vor ihm sprechen.«

Maynard musterte das Gesicht des Mannes mit den fuchsroten Haaren aufmerksam und wich unwillkürlich einen Schritt zurück. *Nicht einmal meinem Sohn*, hatte Jang de Blannen ihm eingeschärft. Karel von Luxemburg hatte ähnliche Züge wie sein Vater, doch wirkten sie bei ihm weniger edel und vor allem nicht so harmonisch. Seine Nase war zu groß, die Haare am Stirnansatz lichteten sich bereits, die Wangenknochen traten auffallend hervor. Und diese großen blauen Augen, die fast schon aus den Höhlen zu quellen schienen, veranlassten Maynard, auf der Hut zu sein.

»Nun denn, Rocheblanche?«, forderte ihn der König auf, ungeduldig über sein Zögern. »Welche Nachricht bringt Ihr uns?«

Maynard ließ den Blick weiter auf Karel ruhen, und ein ungutes Gefühl überfiel ihn.

»Johann I. von Böhmen ist tot«, sagte er und senkte zum Zeichen seiner Trauer den Kopf.

Philipp verschränkte die Arme vor der Brust. »Seid Ihr Euch dessen sicher? Wir hatten gehört, er sei in die Hände der Engländer gefallen.«

»Leider mehr als das«, bestätigte Maynard. »Ich stieß auf den schwer verletzten König, als ich mich vom Schlachtfeld schleppte.«

Karel verzog keine Miene, als er fragte: »War er da schon tot?«

Ehe Maynard antwortete, hatte er den Eindruck, dass der Prinz sich langsam aus dem Lichtstreifen zurückzog, beinahe als wolle er sich verbergen. »Noch nicht, Hoheit.«

»Hat er etwas zu Euch gesagt?«

»Nur wenige Worte«, log Maynard, »er konnte seine Seele gerade noch Gott anvertrauen.« Etwas in Karels Frage ließ ihn wachsam sein.

»Ach wirklich?« Das Gesicht des Prinzen versank nun vollkommen im Schatten. »Mein edler Vater war ein Mann voller Geheimnisse, seltsam, dass er Euch so kurz vor dem Tod nichts anvertraut hat.«

Maynard zuckte mit den Achseln. Obwohl er sich wünschte, die Worte Jang de Blannens berichten zu dürfen, ließ ihn eine ungute

Ahnung schweigen. Was, wenn er wirklich vor dem Anstifter der Verschwörung stand?

Der Prinz legte nachdenklich die Hand ums Kinn und runzelte die Stirn. »Stattdessen erzählt Ihr nun, dass er betend sein Leben ausgehaucht habe«, fuhr er nachdenklich fort. »Wie ein gewöhnlicher Mann.«

»Wie ein tapferer Krieger«, stellte Maynard richtig und wandte sich an König Philipp, um ein Gespräch abzubrechen, das sich in eine gefährliche Richtung entwickelte. »Ein tapferer Krieger, an dem wir uns alle ein Beispiel nehmen sollten.«

»Soll dies etwa eine Anspielung auf unseren Rückzug sein?«, entgegnete Philipp verärgert.

»Ich bezog mich nur auf seinen vorbildlichen Mut, Majestät.«

»Mut ist nicht gleichbedeutend mit strategischer Klugheit«, erklärte der König. »Und ich glaube, selbst Karel von Luxemburg wird zugeben, dass sein edler Vater sich aus törichtem Heldenmut geopfert hat.«

»Nennt seine Tat nicht töricht«, ereiferte sich Maynard, als er hörte, wie die Werte verunglimpft wurden, die ihn geprägt hatten. »Er tat es, um die Männer zum Angriff zu ermutigen.«

Philipp schüttelte den Kopf. »Er hat sie in ein Blutbad geführt, als die Würfel bereits gefallen waren. Hat die Kavallerie den Bogenschützen von Edward III. preisgegeben.«

»Das weiß ich wohl, doch –«

»Und wisst Ihr auch, wie viele gefallen sind, Rocheblanche?«, rief der König nun voller Entrüstung. »Mehr als viertausend! Viertausend Ritter, Euresgleichen! Die Engländer haben unseren halben Adelsstand niedergemacht.«

Maynard senkte den Blick, mehr aus Respekt für seine toten Gefährten denn aus Furcht vor dem König.

»Wir haben die Bogenschützen unterschätzt, da stimme ich Euch zu«, gestand er mit zusammengebissenen Zähnen ein. »Aber beim nächsten Mal –«

»Es wird kein nächstes Mal geben«, unterbrach Philipp ihn, »zumindest nicht in unmittelbarer Zukunft.«

Maynard war vollkommen überrascht. »Ihr wollt doch nicht warten, bis Edward III. und der Schwarze Prinz auf Paris marschieren!«

»Paris ist nicht ihr Ziel, sondern Calais.«

»Und Ihr wollt es zulassen, dass sie es einkesseln?«

»Wir haben keine Wahl.«

Maynard seufzte tief enttäuscht. Das war keine Kritik an der Taktik des Königs, sondern galt der Leichtfertigkeit, mit der er ihn abgefertigt hatte. »Wenn es sich so verhält, wie Ihr sagt, Sire, bedeutet das, dass wir in Crécy weit Bedeutenderes verloren haben als eine Schlacht.«

»Rocheblanche!«, maßregelte ihn der König. »Euer Herr Vater hätte es niemals gewagt, so anmaßend mit Uns zu reden.«

Mein Vater war ein Ungeheuer, dachte Maynard. Ehe er etwas entgegnete, bemerkte er, wie Prinz Karel rasch in Richtung eines rostbefleckten Kerzenhalters blickte, in dessen Schatten er eine dunkle Gestalt weghuschen sah. Maynard überlegte, ob er den König darauf aufmerksam machen sollte, doch dann unterließ er es. Er hatte schon genug gesehen und gesagt.

»Ich bitte um Verzeihung«, murmelte er daher und gab sich gekränkt. »Ich wollte nicht respektlos erscheinen, sondern nur meine persönliche Meinung zum Ausdruck bringen.«

»Um die hat Euch niemand gebeten.« Philipp war weit davon entfernt, sich zu beruhigen. »Glaubt nicht, dass Ihr so billig davonkommt.«

»Sire«, mischte sich Prinz Karel beschwichtigend ein, »vielleicht benötigt Euer Ritter nur ein wenig Ruhe.« Er sah erst Maynard, dann wieder den König an und sagte in einschmeichelndem Ton: »Habt Ihr bemerkt, wie bleich er ist? Die Wunde an seinem Bein muss sein Urteilsvermögen über Gebühr beeinträchtigt haben.«

»Seine Impertinenz muss dennoch bestraft werden«, knurrte Philipp.

»Macht mir zuliebe eine Ausnahme«, entgegnete Karel. »Dieser Mann hat Nachrichten von meinem Vater gebracht. Leider schlechte, gewiss, aber ich stehe dennoch in seiner Schuld.«

Der König schwieg kurz, dann nickte er zustimmend. »Rocheblanche, dankt dem edlen Karel für seine Großherzigkeit.« Dann fügte er gereizt hinzu: »Wir entlassen Euch mit dem Befehl, Euch unverzüglich in Eure Heimat zu begeben, sobald Ihr wiederhergestellt seid. Und wagt es nie wieder, es Eurem Herrscher gegenüber an Respekt fehlen zu lassen.«

Maynard stützte sich auf den Stock und verbeugte sich. Als er den Blick hob, sah er, dass Karel von Luxemburg ihn mit dem brennenden Misstrauen eines Inquisitors musterte.

Er begriff, dass es ihm nicht gelungen war, den Prinzen zu täuschen.

Und dass er sich einen mächtigen Feind gemacht hatte.

5

Der Weg aus der Kirche fiel Maynard nicht leicht. Nicht wegen der Schwierigkeiten, die ihm das Laufen bereitete, sondern wegen des Gewichts, das immer schwerer auf seiner Brust lastete. Er war überzeugt, dass Karel von Luxemburg ihn bloß in Schutz genommen hatte, um zwischen ihnen eine verhängnisvolle Komplizenschaft zu errichten. Eine Verschwörung von Feind zu Feind. Und obwohl er nicht wusste, inwieweit der Prinz in den Tod Jang de Blannens verwickelt war, spürte er, dass er sich vor diesem Mann in Acht nehmen musste. Karel von Luxemburg würde alles daransetzen, um herauszufinden, was er vor ihm verheimlichte.

Maynard hielt in der Mitte des Hauptschiffes inne, als wollte er den Gekreuzigten über dem Altar um Rat fragen. Er betrachtete die aus Holz geschnitzte Skulptur, die im Licht eines glaslosen Fensters aufleuchtete. Der ans Kreuz genagelte Christus war mager, knochig, die großen Augen tropfenförmig geschnitten. Maynard öffnete den Mund, um ein Gebet an ihn zu richten, doch die Figur beeindruckte ihn so, dass er kein Wort herausbrachte. Schmerzen an Leib und Seele. Nichts anderes sprach aus diesen Augen. Es war, als wollten sie ihn beschützen und ihm Frieden geben. Er starrte sie an, doch er ließ nicht zu, dass die Rührung in ihm die Oberhand gewann. Reue überwältigte ihn wegen all der Leben, die er vernichtet hatte. Doch nach einem weiteren Schritt zum Ausgang hin verflog der Zauber. Er war wieder allein, allein mit einem großen Geheimnis.

Er hatte bereits die Hälfte der Außentreppe bewältigt, als ein Ritter auf ihn zukam, um ihm seine Hilfe anzubieten. Maynard wies ihn grob zurück, doch gleich darauf bedauerte er seine rüde Geste und wollte sich entschuldigen. Da erkannte er in dem Mann ein bekanntes Gesicht.

»Robert de Vermandois!«, sagte er. »Ich bin erfreut, Euch am Leben und gesund zu sehen.«

»Die Freude ist ganz meinerseits, Rocheblanche.« Robert de Vermandois, ein groß gewachsener, kräftiger Mann mit braunen Haaren, war ein in Ungnade gefallener Baron aus der Picardie, der grimmig auf die Ehre hielt. »Im Schlachtgetümmel habe ich um Euer Leben gefürchtet.«

»Es war knapp, ich gebe es zu.«

»Wenigstens habt Ihr Euch nicht mit Schande befleckt«, entgegnete Robert mit finsterer Miene. »Ich kämpfte auf der Westflanke zwischen den Fußsoldaten, als ich den Befehl erhielt, unsere eigenen Söldner feige abzuschlachten, um zu verhindern, dass sie den Rückzug antreten.«

»Meint Ihr etwa die Armbrustschützen?«, fragte Maynard, der nun weiter in Richtung seines Zeltes humpelte.

Robert folgte ihm und gestikulierte mit seinen großen Händen. »Ja, die Genueser Einheiten.«

Maynard nickte zum Zeichen, dass er verstanden hatte, enthielt sich aber eines Kommentars. Philipp VI. hatte fünfzehntausend Armbrustschützen aus Genua zur Unterstützung der Kavallerie angeworben, aber es war nicht verwunderlich, dass diese armen Teufel sich im Kampf nicht allzu eifrig gezeigt hatten. Sie hatten Crécy nach einem Fußmarsch von über sechs Wegstunden erreicht und waren dann gezwungen worden, sofort anzugreifen, ohne vorher zu Kräften kommen zu können.

Roberts Stimme holte ihn aus seinen Überlegungen zurück in die Gegenwart. »Ihr wirkt so ernst, Rocheblanche. Habt Ihr schlimme Nachrichten erhalten?«

Maynard überging die Frage mit einem Lächeln. »Ich wollte mit Seiner Majestät allein reden«, sagte er bloß, »aber ich bekam keine Gelegenheit dazu.«

Robert zuckte mit den Schultern. »Seit wir besiegt wurden, spricht Philipp nur noch mit diesem Karel von Luxemburg.«

Maynard meinte aus seinen Worten eine gewisse Verachtung herauszuhören. »Kennt Ihr ihn?«

»Nicht so gut wie seinen Vater«, erwiderte Robert. »Karel ist ein undurchsichtiger Mann, immer von Priestern umgeben und so fromm, dass es an Fanatismus grenzt. Mehr weiß ich nicht, außer dass er ein Feigling ist.«

»Wie meint Ihr das?«

»Man weiß, dass er sich gestern vor dem entscheidenden Kampf aus der Schlacht zurückgezogen hat.«

Maynard nickte stumm, diese Neuigkeit bestätigte nur seinen Verdacht. Obwohl sie an sich noch kein Beweis für einen Verrat war, sprach es nicht gerade für den edlen Karel, dass er den Vater auf dem Schlachtfeld allein gelassen hatte. Ein jäher Schmerz schoss plötzlich durch sein Knie und beendete seine Grübelei. Er war gezwungen, stehen zu bleiben, und bemerkte, dass sie an seinem Quartier bereits vorbeigegangen waren. Sie hatten den Rand des Lagers erreicht, wo die Soldaten von niederem Rang und die Pferde untergebracht waren.

»Meinetwegen seid Ihr weiter gelaufen, als Ihr musstet«, entschuldigte sich Robert de Vermandois, während er auf die Stallungen zeigte, »aber ich brauche ein neues Pferd. Und da bei Crécy mehr Rösser als Männer überlebt haben, würde ich gern Euren Rat in Anspruch nehmen.«

»Ihr müsst Euch nicht rechtfertigen, mein Freund.« Maynard verdrängte seinen Schmerz, stützte sich auf den Stock und ging aufrecht weiter. »Mit Freuden nutze ich die Gelegenheit, denn auch ich habe mein Pferd in der Schlacht verloren.« Tatsächlich schwanden seine Kräfte, und er hätte sich lieber ausgeruht, doch er wollte nicht wie ein Kranker behandelt werden.

Sie suchten und fanden den Aufseher der Stallungen, drückten ihm ein paar Münzen in die Hand, um unter den besten der herrenlosen Pferde aussuchen zu können, und begannen mit der Auswahl. Dabei mussten sie nicht nur darauf achten, ob die Tiere kräftig und gesund waren, sondern auch, ob sie über das richtige Temperament verfügten. Im wilden Kampfgetümmel konnte ein Pferd leicht schreckhaft werden und scheuen. Maynard musterte die Tiere aufmerksam, er schaute genau auf die Bewegungen ihrer Augen, des Kopfes und der Beine, bis er einen stolzen Rappen als Reitpferd und eine Stute auswählte, die kräftig genug war, um eine Rüstung tragen zu können.

Robert de Vermandois hingegen entschied sich für einen eleganten Schimmel.

Nachdem sie sich auch noch Sättel und das nötige Zaumzeug besorgt hatten, verließen sie, die Tiere an den Zügeln führend, die Stallungen wieder.

»Kommt mit in mein Zelt«, lud Robert Maynard ein. »Mein Bursche, das Schlitzohr, hat ein wenig Gebrannten ergattern können, und Gott im Himmel weiß, wie sehr ich es hasse, allein zu trinken ... Rocheblanche, hört Ihr mich?«

Doch Maynard konnte nur noch einen gurgelnden Laut ausstoßen. Seine Sicht trübte sich, sodass er das Gefühl hatte, durch eine blendend weiße Landschaft zu laufen. Plötzlich konnte er den Boden unter seinen Füßen nicht mehr erkennen und geriet ins Schwanken. Voller Panik klammerte er sich an die Zügel seines Rappen, um das Gleichgewicht zu bewahren. Doch der Schwächeanfall zwang ihn zu Boden.

Das feuchte Tuch glitt von seiner Stirn. Eine flinke Hand nahm es auf, um es wieder an Ort und Stelle zu legen.

»Ich habe Euch ja gesagt, dass Ihr nicht gut ausseht.«

Mit einem Seufzer kam Maynard endgültig zu sich und erkannte, dass er sich in seinem eigenen Zelt befand. Sein Kopf fühlte sich glühend heiß an, das Bein war stark angeschwollen.

Maynard wollte aufstehen, doch sein Bursche nötigte ihn, liegen zu bleiben, indem er ihn mit der Hand wieder aufs Lager drückte. Selbst gegen diese leichte Berührung konnte Maynard sich nicht wehren, was ihm eindrücklich bewusst machte, wie geschwächt er noch war. Außerdem empfand er eine heftige Angst, die er zunächst nicht einordnen konnte. Doch dann erinnerte er sich, dass er von der Jesusfigur in der alten Kirche geträumt hatte, aus deren weit aufgerissenen Augen dicke Würmer gekrochen waren.

Bei der Erinnerung überkam ihn ein solcher Ekel, dass er am liebsten davongelaufen wäre, doch wieder hinderte ihn die Hand daran.

»Robert de Vermandois hat Euch hierhergebracht, da wart Ihr

bewusstlos«, erklärte der Junge. »Er trug Euch auf den Armen wie ein Weib.«

Maynard versuchte zu sprechen, doch seine Kehle war wie ausgedörrt. Er bemühte sich zu lächeln. »Ich kann mir gut denken …«, flüsterte er heiser, »welchen Spaß dir das bereitet hat …«

Das ausgelassene Gelächter des Burschen vertrieb sein Entsetzen, sodass er friedlich wieder in den Schlaf gleiten konnte.

Es dauerte eine Woche, bis Maynard sich erholt hatte. Während er ungeduldig darauf gewartet hatte, wieder zu Kräften zu kommen, hatte er davon gehört, dass immer mehr Soldaten aufbrachen. König Philipps Pläne, die Kriegshandlungen vorerst einzustellen, hatten im Lager die Runde gemacht, was die Kämpfer von hohem Rang dazu bewog, in die eigenen Lehen zurückzukehren. Der König dagegen harrte mit einem kleinen Kreis von Getreuen in der baufälligen Kirche aus. Maynard hatte seinen Burschen gebeten, sich nach deren Namen zu erkundigen, und so hatte er erfahren, dass auch Karel von Luxemburg zu ihnen gehörte. Über ihn hatte er nicht mehr herausfinden können als das Gerücht, dass er dringend in Köln erwartet wurde. Und dennoch zögerte der Prinz den Aufbruch hinaus.

Währenddessen hatte Robert de Vermandois Maynard häufig besucht. Der Ritter wollte erst abreisen, wenn Maynard vollkommen wiederhergestellt war. Er ließ ihn deshalb von einem Feldscher untersuchen, besorgte ihm Wundsalben und sogar eine kleine Menge Opium, um den Schmerz im Bein zu lindern. Darüber hinaus suchte er seine Gesellschaft vor allem, um lange Schachpartien mit ihm zu bestreiten, während derer sie Branntwein tranken und über Gott und die Welt redeten. Recht bald war Maynard überzeugt, dass er seine Fortschritte nicht allein den Medikamenten verdankte, sondern auch der Gesellschaft dieses rauen, stolzen Mannes, der ihm vor allem half, seine seelischen Verletzungen verheilen zu lassen.

Seit er die Sakristei verlassen hatte, war er von Bitterkeit erfüllt gewesen. In der Gleichgültigkeit des Königs gegenüber dem Schicksal von Calais hatte er etwas weitaus Unangenehmeres erkannt als nur einen menschlichen Charakterzug. Hinter den Worten von

Philipp VI. stand eine traurige Wahrheit, die kaum jemand auszusprechen wagte. Die Zeit der ritterlichen Kämpfe war vorbei. Sie war durch eine neue, weiterentwickelte Form von Krieg ersetzt worden, in der die Tapferkeit eines Einzelnen nicht mehr zählte, sondern nur noch die Vernichtung der Feinde.

Zwischen zwei Schachzügen sprach Maynard mit Robert darüber und klagte, in einer Zeit ohne Mut und Würde zu leben. Andererseits war er nicht naiv. Er wusste genau, dass edle Heldentaten nur in den Liedern fortlebten, die bei Turnieren von Troubadouren gesungen wurden, oder in Erzählungen über die Kreuzritter. Und er war gewiss kein Heuchler. Seiner Meinung nach waren die Strategien von Edward III. ebenso schändlich wie die von vielen französischen Kriegern verübten Gräueltaten. In seinem Herzen jedoch brannte noch immer der Glaube. Der Glaube an jene Ideale, für die er von Kindesbeinen an gelebt hatte. Der Glaube, den schon sein Vater mit Füßen getreten hatte und nun auch sein Souverän.

Noch etwas ließ ihm keine Ruhe: der Text der kleinen Pergamentrolle. Er nutzte jeden Moment des Alleinseins, um ihn zu ergründen, vor allem nach Sonnenuntergang im Schein einer Kerze, wenn schlimme Vorahnungen ihm den Schlaf raubten.

Unterdessen war ihm bewusst geworden, dass ihm der erste Vers des Rätsels entfernt bekannt vorkam. Der Engel, der Mühlstein, das Meer … Er war ganz sicher, dass er diese Worte schon einmal gehört hatte, obwohl er sich nicht mehr erinnern konnte, wo und wann. Als er sich in dieser Nacht erneut vergeblich das Hirn darüber zermarterte, fiel sein Blick auf das Wappen des Siegelrings. Konnte es wirklich sein, dass Karel von Luxemburg in diese dunkle Angelegenheit verwickelt war? *Er ist immer von Priestern umgeben*, hatte Robert de Vermandois gesagt.

Priestern … und Kardinälen.

»Was macht Ihr da, Herr?«

Maynard hob die Kerze und sah seinen Burschen aus dem Schatten auftauchen.

»Das geht dich nichts an«, erwiderte er barsch, zornig auf sich selbst, dass er sich hatte überraschen lassen.

»Und dieser wunderschöne Ring?« Der Junge zeigte auf das Schmuckstück, das im Dunkeln funkelte. »Gehört der Euch? So einen habe ich noch nie gesehen.«

»Kümmere dich um deine eigenen Angelegenheiten!«, wies Maynard ihn mit wachsender Wut zurecht.

Mit gespielter Empörung wandte sich der Bursche dem Ausgang zu. »Dann erzähle ich Euch eben nichts über den schwarzen Mann.«

»Was für ein Mann?«, fragte Maynard.

»Der, der vor Kurzem um Euer Zelt herumgeschlichen ist. Als er mich gesehen hat, ist er verschwunden.«

Maynard runzelte die Stirn. »Könntest du ihn beschreiben?«

»Es war zu dunkel, um sein Gesicht erkennen zu können«, antwortete der Junge. »Er trug einen schwarzen Umhang und hatte die Kapuze bis zum Kinn hinabgezogen. Ich habe nur bemerkt, dass er klein war und dass er noch ziemlich jung sein musste, weil er keinen Bart hatte.«

6

»Wir müssen aufbrechen«, sagte Robert de Vermandois und trat nach einer räudigen Katze, die seine Beine umstreichen wollte.

Maynard nickte. Er war bei Morgengrauen aufgestanden, um sein Lastpferd mit der Rüstung zu beladen. In der Nacht hatte er wenig geschlafen, deshalb nutzte er die Morgenkühle, um wach zu werden und seine Unruhe abzuschütteln. Seit der Bursche ihm von dem Fremden im schwarzen Umhang erzählt hatte, kehrten seine Gedanken immer wieder zu der Gestalt zurück, die er im Halbschatten der Sakristei wahrgenommen hatte. Ob er für einen Hinterhalt gewappnet sein sollte?

Es gab noch einen Grund, weshalb er nicht tatenlos dasitzen durfte. Obwohl er noch nicht hinter das Rätsel des Lapis exilii gekommen war, hatte er sich endlich daran erinnert, wann ihm die Worte aus dem ersten Vers des Pergaments zum ersten Mal begegnet waren.

Es war unter einem steinernen Bogen gewesen, vor einem aufgeschlagenen Buch auf einem Lesepult … In Reims, in dem Kloster, in dem seine Schwester Eudeline eingesperrt war.

»Ich bin beinahe so weit«, sagte er zu Robert und schlug ihm auf die Schulter.

»Ihr habt Euch wirklich schnell erholt.« Robert lächelte erfreut. »Und das ist auch gut so, mein Freund, denn so können wir im Gefolge Seiner Majestät aufbrechen.«

»Welche Ehre«, murmelte Maynard höhnisch, während er den Sattel seines Rappen überprüfte. Er humpelte noch immer, aber er konnte sich zumindest ohne Stock auf den Beinen halten.

»Die Ehre dessen, der mit eingekniffenem Schwanz flieht.« Robert grinste unfroh, trat an Maynards Pferd heran und zerzauste dessen Mähne. »Reitet Ihr auch auf direktem Weg nach Paris?«

Ehe Maynard etwas erwiderte, zurrte er die Gurte für die Steigbügel fest. »Ich werde im Gefolge bis zur Grafschaft Beauvais reiten, dann werde ich mich nach Westen wenden.«

»Richtung Reims, denke ich mir. Eure Lehen erwarten Euch.«

»Nicht die Lehen, sondern jemand, der mir lieb und teuer ist.«

Roberts Augen verengten sich. »Das ist eine lange Reise, und Ihr seid gerade erst genesen.«

»Ihr wollt doch nicht etwa die Amme für mich spielen?« Maynard lachte. »Ich habe Euch schon genug zu verdanken.«

Robert versuchte, seine Verlegenheit zu verbergen. »Eigentlich, mein Freund, wollte ich Eure Gesellschaft nutzen, um ein wenig Eure Gastfreundschaft zu genießen. Wie Ihr wisst, habe ich keine Ländereien oder Familie, zu der ich zurückkehren könnte.«

Maynard warf einen verstohlenen Blick auf Robert. Er konnte sich denken, wie viel ihn ein derartiges Eingeständnis gekostet hatte. Der Baron entstammte einem alten Geschlecht, dessen Ursprünge schon legendär waren, doch nach dem Tod seiner Frau hatte er zusehen müssen, wie sein Besitz von deren Verwandten verprasst worden war. Es hieß, er würde ohne Lehen oder Geld zurückgezogen auf einer Burg leben und nur auf den nächsten Feldzug warten.

»Ich habe nicht die Absicht, in meinem Stammhaus zu verweilen«, erklärte Maynard lächelnd. »Dennoch wird es mir eine Ehre sein, Euch an meiner Seite zu wissen.«

Mit diesen Worten beendete er seine Vorbereitungen, indem er am Sattelbogen ein Langschwert festband, das er sich als Ersatz für jenes besorgt hatte, das er in der Schlacht verloren hatte. Anschließend steckte er sich das Bohrschwert mit der kürzeren, schwereren Klinge in den Waffengurt. Schließlich verabschiedete er sich von Robert, um nach seinem Burschen zu suchen. Er kannte ihn kaum, ja er wusste nicht einmal seinen Namen, doch er fühlte sich ihm gegenüber verpflichtet und wollte sich erkenntlich zeigen, indem er ihn aus der Armut rettete. Er hätte ihn gern mit sich genommen, um ihn zu seinem Reitknecht zu machen, vielleicht sogar zum Knappen.

Doch obwohl Maynard das ganze Lager nach ihm absuchte, konnte er ihn nirgends entdecken. Der Bursche schien wie vom Erdboden verschluckt.

Entschlossen, dann eben ohne ihn aufzubrechen, erledigte Maynard letzte Vorbereitungen. Währenddessen dachte er an sein Zuhause, die nicht gerade üppigen Lehen, die er vom Vater geerbt hatte, und an seine Schwester, die einzige Verwandte, die er noch hatte. Er hatte sie seit über einem Jahr nicht mehr gesehen, und bei dem Gedanken, sie endlich wieder in die Arme schließen zu können, fühlte er, wie seine Sorgen verblassten.

Wie vereinbart brach er in Begleitung von Robert de Vermandois im Gefolge des Königs auf, gemeinsam mit hochrangigen Edelleuten und geistigen Würdenträgern: ein Privileg, auf das er gern verzichtet hätte, doch eine so mannhafte Schar bot den Vorzug, allzu wagemutige Späher von Edward III. von einem Hinterhalt absehen zu lassen.

Die meisten Männer bewegten sich zu Pferd, wobei sie ihre Rüstungen und Waffen von Maultieren und anderen Lasttieren tragen ließen. Daneben gab es geschlossene Wagen, in denen überwiegend die vornehmsten unter ihnen reisten.

Auf ihrem Weg nach Süden kamen sie an Dörfern vorbei, die von ihren Bewohnern aus Angst vor dem Vordringen der Engländer verlassen worden waren. Von seinem Rappen aus wandte Maynard seine Aufmerksamkeit abwechselnd der langsam dahintrabenden Stute mit seiner Rüstung und dem launisch grollenden Robert zu, der jede Gelegenheit nutzte, um sich lautstark seiner vielen Heldentaten zu brüsten. Doch unter der harten Schale konnte er die ganze Enttäuschung des Edelmannes erkennen, der miterleben musste, wie die Welt, für die er bislang gekämpft hatte, langsam unterging. Maynard ging es ähnlich, obwohl er sich der unterschiedlichen Umstände bewusst war: Im Gegensatz zu seinem Gefährten hatte er zumindest noch etwas, für das es sich zu kämpfen lohnte. Die Liebe zu Eudeline und sein Versprechen an Jang de Blannen.

Ihre Reise verlief bis zum Morgen des zweiten Tages ohne besondere Zwischenfälle, als Maynard auf einmal einen großen geschlossenen Wagen an seiner Seite bemerkte. Ehe er ihn richtig wahrnehmen konnte, wurde ein Vorhang beiseitegeschoben, und in der Öffnung erschien das Gesicht Karel von Luxemburgs. Der

Prinz sagte kein einziges Wort. Er starrte ihn nur an, nickte ihm schließlich zu und setzte ein feindseliges Lächeln auf. Maynard erwiderte den Gruß furchtlos, blieb jedoch wachsam, bis der Vorhang wieder zufiel und der Wagen mit einem Schnalzen der Zügel an ihm vorbeifuhr.

»Ich weiß zwar nicht, weshalb«, sagte Robert, der beinahe ein wenig neidisch wirkte, weil ihm nicht dieselbe Aufmerksamkeit zuteilgeworden war, »aber ich könnte schwören, dass Ihr und der Prinz nicht gerade die besten Freunde seid.«

Maynard machte eine abwehrende Handbewegung. »Das ist nur Euer Eindruck«, sagte er und ließ sein Pferd weiter dahintrotten, als wäre nichts geschehen.

»Vielleicht ist es so, wie Ihr sagt, Rocheblanche«, fuhr Robert fort, »aber ich hoffe, dass Ihr in dem Moment, wenn aus diesem ›Eindruck‹ eine wirkliche Bedrohung wird, einen tapferen Gefährten an Eurer Seite habt, der Euch beisteht.«

Maynard ging nicht darauf ein und schwieg, bis er sah, dass sie sich nun nach Osten wenden mussten. Dort verließ er zusammen mit Robert das Gefolge Philipps VI. von Valois und folgte der Straße, die ihn nach Hause bringen sollte. Und wie immer, wenn er diesen Weg nahm, fühlte er sich tief berührt. Dies war die Straße der Könige. Der Weg nach Reims, wo in der einzigartigen Kathedrale die Herrscher Frankreichs mit dem heiligen Öl von Sankt Remigius zum König gesalbt wurden.

Ein Geräusch ließ Maynard aus dem Schlaf hochschrecken. Er rührte sich nicht, öffnete bloß die Augen. Das Feuer neben ihm war erloschen. Er spürte, wie die Kälte des Bodens und die Feuchtigkeit der Nacht durch seine Kleidung drangen. Nach zwei Reisetagen hatten Robert de Vermandois und er ein Lager unter offenem Himmel aufgeschlagen, um sich von den Strapazen zu erholen. Bald würden sie Reims erreichen.

Wieder dieses Geräusch, näher diesmal. Maynard sah sich vorsichtig um und erinnerte sich daran, dass er beim Einschlafen den Dolch fest umklammert hatte. Noch wurde es nicht Tag, aber der

Sternenhimmel tauchte die Lichtung und das Unterholz in einen silbernen Lichtschein. Und so sah er nur zu deutlich, wie sich eine schwarze Gestalt über ihn beugte.

Erschrocken sprang er auf, dabei belastete er auch sein linkes Bein, was ihn sogleich wieder stürzen ließ. Die schwarze Gestalt wich zunächst zurück, doch dann kam sie behände und flink auf ihn zu. Maynard sah eine kurze Klinge aufblitzen und rollte zur Seite, gerade noch rechtzeitig, um dem Stich auszuweichen, dann riss er seinen Dolch hoch, um den Angriff zu erwidern. Gleich darauf hörte er, wie dessen Klinge klirrend auf die seines Gegners traf, der daraufhin ein Stück zurückwich.

Ein plötzlicher Aufschrei erinnerte ihn an Robert. Mit einem schnellen Blick nach hinten erkannte er, dass dieser eine Mordaxt gegen einen mit einem Schwert bewaffneten Mann schwang, dann wandte er sich wieder der eigenen Verteidigung zu. Er schätzte den Abstand zum Angreifer ab und rappelte sich auf, den Dolch gezückt, wobei er nur das rechte Bein belastete. Er wusste zwar nicht, wer diese beiden nächtlichen Widersacher waren, aber bestimmt handelte es sich nicht um gewöhnliche Räuber. Doch jetzt war nicht der geeignete Moment für solche Überlegungen. Und als aus der Dunkelheit ein neuer Vorstoß erfolgte, war er vorbereitet. Er wandte den Oberkörper ab, um dem Stich auszuweichen, und setzte sich dann mit einem kräftigen Ellenbogenhieb zur Wehr. Dieser traf die Gestalt im Umhang überraschend, sie krümmte sich zusammen und prallte gegen einen Baumstumpf.

Maynard holte gerade zum tödlichen Hieb aus, als Roberts Schreie ihn erneut ablenkten. Als er sich umwandte, sah er noch so eben, dass sein Kamerad einen heftigen Schlag mit dem flachen Schwert auf den Kopf bekam. Robert schwankte, aber er fiel nicht, ganz im Gegenteil konnte er seinem Gegner einen unerwarteten Hieb gegen die Knie versetzen und ihn so von den Beinen bringen.

Maynard nahm an, dass Robert nun außer Gefahr war, und stürzte sich erneut auf seinen Gegner, der vom letzten Schlag immer noch benommen war. Er schwang schon seinen Dolch, um ihm damit die Kehle zu durchbohren, doch dann hielt er im letzten Moment inne.

Die schwarze Kapuze war verrutscht, und das Mondlicht enthüllte nun etwas, das ihn zurückweichen ließ.

Das Gesicht einer Frau.

Was konnte sie dazu gebracht haben, ihn anzugreifen? »Warum überfallt Ihr mich?«, fragte er drohend.

»Euer Bursche hat geplaudert.« Ihre Stimme klang rau und trocken wie ein Winterwind. »Wir wissen alles ... Wir wissen, dass Ihr es habt!«

Maynard starrte sie verblüfft an und versuchte, den Sinn dieser Worte zu verstehen.

»Das Pergament mit dem Ring«, erklärte die Frau, beinahe enttäuscht über seine Begriffsstutzigkeit. »Das Pergament, das Ihr so eifersüchtig hütet.«

Eine Erinnerung blitzte in Maynard auf: wie der Bursche ihn im Zelt überrascht hatte, als er gerade den Ring in der Hand hielt. Das war vielleicht kein Zufall gewesen. Oder der Bursche hatte mit jemandem darüber gesprochen, und diese Kunde war der falschen Person zu Ohren gekommen ... jemandem, der Karel von Luxemburg verbunden war. Obwohl Maynard nicht wusste, was wirklich geschehen war, gewann die Begegnung vorhin mit Karel im Wagen nun eine andere Bedeutung. »Nehmt Euch in Acht«, hatte er mit seinem verschlagenen Lächeln zu verstehen gegeben, »ich habe Eure Lüge erkannt.«

»Der Bursche«, rief Maynard in jäher Erkenntnis. »Was habt Ihr ihm angetan?«

»Er hatte Euch wirklich gern.« Die Unbekannte lächelte, engelhaft und grausam zugleich. »Anstatt Euch weiter auszuspähen, hat er es vorgezogen, zu sterben.« Im gleichen Augenblick nutzte sie das Zögern Maynards und trat ihm gegen das linke Knie.

Maynard stürzte, aber ehe er auf dem Boden aufkam, klammerte er sich am Umhang der Frau fest, um sie mit sich zu reißen. »Dann wart Ihr das in der Sakristei der Kirche!« Er packte sie am Handgelenk, um zu verhindern, dass sie ihm ein Auge ausstach. »Steht Ihr in den Diensten von Prinz Karel?«

»Und selbst wenn?«, fauchte sie. »Gebt mir das Pergament, oder ich töte Euch!«

»Niemals!« Maynard konnte ihr einen Stoß in den Unterleib versetzen, traf dort aber auf den Widerstand eines Panzerhemdes.

Die Frau wich zurück. Einen Augenblick lang schien sie weiterkämpfen zu wollen, doch dann schaute sie zu dem Mann, den Robert de Vermandois zu Boden geschickt hatte, und hielt inne.

Robert machte ein paar unsichere Schritte auf sie zu, mit der Axt hatte er bereits zum Schlag ausgeholt. Die Unbekannte im schwarzen Umhang warf Maynard einen letzten Blick zu, als wollte sie ihn herausfordern ... oder verführen. Schließlich floh sie und verschwand in der Dunkelheit des Unterholzes.

Maynard wollte ihr schon nachsetzen, doch als sein Blick auf Robert fiel, erkannte er, dass es seinen Begleiter ziemlich übel erwischt hatte.

»Mein Freund ...«, sagte er leise, als Robert vor ihm zu Boden sank. Er beugte sich über ihn in der schrecklichen Annahme, er wäre tot, doch dann bemerkte er, dass Robert noch schwach atmete, und bettete dessen Kopf in seinen Schoß. Im Kampf hatte er einen ziemlich heftigen Schlag auf den Kopf erhalten; er war blutüberströmt, eine hässliche Wunde klaffte über seiner rechten Schläfe.

Maynard riss einen Stoffstreifen von seinem Hemd, um die Blutung zu stillen, doch er wusste genau, dass dies allein nicht genügen würde. »Ich lasse Euch nicht im Stich«, flüsterte er, fast mehr, um sich selbst Mut zu machen. Als Antwort erhielt er nur ein benommenes Stöhnen.

Die Morgendämmerung erhellte langsam das Unterholz am Rande der Lichtung. Immer noch aufgewühlt von dem Hinterhalt beschloss Maynard, keine Zeit zu verlieren. Er sattelte die Pferde, lud den leblosen Freund auf den Rücken des Schimmels und band ihn am Sattelbogen und an den Steigbügeln fest. Er wusste, wohin er ihn bringen wollte, und baute darauf, ihn bereits am Nachmittag in kundige Hände übergeben zu können. Doch bevor auch er sich in den Sattel seines Rappen schwang, sah er sich den Meuchelmörder an, der bei dem Kampf getötet worden war.

Der Mann lag auf dem Rücken, sein Brustkorb war von einem Axthieb gespalten. Er trug einen schwarzen Umhang und ein Panzerhemd, genau wie die Frau, die mit ihm gekommen war. Maynard fiel die Schnalle an seinem Gürtel auf. Zu seiner Überraschung sah er darauf ein Wappenschild mit einem silbernen Löwen auf rotem Grund. Es war dasselbe wie auf dem Ring mit dem Kardinalswappen.

Und da begriff Maynard. Die Intrige, in die er verwickelt worden war, zog weitaus größere Kreise, als er es sich hatte vorstellen können. Karel von Luxemburg war nicht der Einzige, der etwas mit dem Tod Jang de Blannens zu tun hatte, und vielleicht nicht einmal der Gefährlichste. Maynard erkannte, dass er von nun an niemandem mehr trauen durfte. Er hatte das Gefühl, von einem großen Auge ständig beobachtet zu werden. Das Auge eines unerbittlichen Gegners, der ihn überall suchen würde.

Ein letztes Mal starrte er zu der Stelle im Unterholz, an der die Frau verschwunden war. Dann bezähmte er seine Angst und trieb die Pferde Richtung Osten auf dem Weg an, der sich im Licht eines neuen Tages vor ihm auftat.

7

Reims, Kloster Sainte-Balsamie
8. September

Die Finger der Schwester glitten über den Kopf des bewusstlosen Mannes, betasteten leicht den Bluterguss knapp über der Schläfe. Äbtissin Eudeline beobachtete die Szene in bangem Schweigen und ließ ihre Gedanken zu dem anderen Mann wandern, der draußen vor dem *Valetudinarium* wartete.

»Kümmere dich um meinen Waffenbruder«, hatte er zu ihr gesagt, »wir unterhalten uns später.« Eudeline hatte zugestimmt, obwohl sie sein Verhalten verärgert hatte. Ihr Bruder kam nach fast zwei Jahren Abwesenheit zu ihr und hatte nicht einmal eine Begrüßung oder ein freundliches Wort für sie übrig. Und Gott allein wusste, wie nötig sie dies gebraucht hätte. Die Klausur hatte ihr Frieden und Weisheit geschenkt, aber sie hatte sie auch der glücklichen Zeit in Gesellschaft von Maynard und ihrer Mutter entrissen. Diese Erinnerungen verließen sie nie, selbst nach Stunden im Gebet nicht, wenn alles andere im Schein der rauchenden Wachskerzen verschwamm. Dennoch hätte Eudeline für nichts auf der Welt das Kloster verlassen. Dort hatte sie ihr Heil gefunden. Nicht nur das ihrer Seele, sondern auch das ihres Verstandes.

Die *Infirmaria*, die Siechenmeisterin, hatte ihre Untersuchung abgeschlossen. »Ehrwürdige Mutter, ich nehme an, dass die Schwellung von einem Bruch herrührt.«

»Also von einer schweren Verletzung?«, fragte Eudeline und kehrte in die Wirklichkeit zurück. Sie näherte sich Robert de Vermandois, der ausgestreckt auf einer hölzernen Bahre lag und von heftigen Fieberträumen geplagt wurde.

Die Siechenmeisterin zeigte nur wortlos auf die violette Schwellung am Kopf. »Ich befürchte, dass ein Teil vom Knochen abgesplittert ist und auf das Hirn drückt.« Sie zögerte einen Augenblick, doch statt weiterer Erklärungen legte sie nur die Hand auf zwei Bücher, die auf dem Tisch neben der Bahre lagen, als wollte sie damit ihre Vermutung untermauern.

Eudeline kannte die Bände genau, es handelte sich um die »Practica chirurgiae« von Rogerio Frugardi und Henri de Mondeville. Vor Jahren hatte sie diese Bücher selbst konsultiert, um etwas über die Heilkunst zu lernen, doch sie hatten sie abgestoßen. Als sie bemerkte, dass sie bei Abbildungen des menschlichen Schädels aufgeschlagen waren, erbebte sie. »Glaubt Ihr, es wird nötig sein …«

»Wenn ich recht habe, werde ich die Haut und den Knochen einschneiden müssen«, sagte die Infirmaria entschieden. »Ich werde Hilfe brauchen, vielleicht kann Schwester Marie …«

Eudeline schüttelte den Kopf. »Schwester Marie ist alt, ihre Hände zittern.«

»Wer sollte dann …«

Eudeline durchforstete in Gedanken das Klosterpersonal, aber ihr fiel niemand ein, der diese Aufgabe erfüllen konnte. Das Kloster Sainte-Balsamie beherbergte zum größten Teil junge Nonnen, die zu unsicher und zu ängstlich waren, um einem wahrscheinlich sehr blutigen Eingriff beizuwohnen. Als andere Möglichkeit blieben die älteren Frauen, doch die waren der Infirmaria nicht gewogen, entweder weil sie neidisch auf ihre heilkundige Schwester waren oder nichts von ihren Heilmethoden hielten.

Nach kurzem Zögern sah Eudeline ein, dass ihr keine Wahl blieb. »Ich werde Euch helfen«, sagte sie. »Erklärt mir, was ich tun muss.«

Maynard bereute sein Verhalten.

Er hatte sie enttäuscht, das wusste er genau, hatte er sie doch nicht einmal höflich begrüßen können. Doch sosehr er sich auch bemühte, wenn er sie in Nonnentracht sah, wurde sein Herz zu Eis. Nach den Jahren des Reisens hatte er dieses Gefühl beinahe vergessen, dennoch hatte ein Augenblick genügt, um es wieder in ihm aufleben zu lassen. Der Eintritt ins Kloster war eine notwendige Entscheidung gewesen, der einzige Ausweg für sie. Doch jetzt gab es keinen Anlass mehr, sich vor der Welt zu verbergen. Eudeline hatte ihre Hölle überwunden und sich das Recht auf ein sorgloses Leben ohne Angst erworben. Und er würde alles dafür tun, dass sie es wieder in Freiheit verbringen konnte. Dass sie endlich wieder einmal lächeln würde.

Ich werde sie wieder zur Vernunft bringen, dachte er, während er vor dem Eingang des Valetudinariums auf und ab ging. Doch erst einmal musste Robert gerettet werden. Dass er ihn den Nonnen des Klosters Sainte-Balsamie anvertraut hatte, war nicht nur dem Wunsch entsprungen, seine Schwester wiederzusehen. Vielmehr hatte er gehört, dass sich hier die beste Siechenmeisterin von Reims aufhielt, und nun hoffte er, dass diese Gerüchte der Wahrheit entsprachen. Die Verletzung seines Freundes bedurfte aufmerksamer Pflege, deshalb hatte Maynard beschlossen, sich zunächst im Hintergrund zu halten, um Eudeline nicht mit seinem seelischen Zustand zu belasten, während sie sich um Robert kümmerte. Nun war er also zum Warten verdammt, und so lief er unruhig unter den Bögen eines Wandelgangs auf und ab, während seine Gedanken um den Hinterhalt der vergangenen Nacht kreisten.

Er hatte sich geirrt. Die gedungenen Mörder, die ihm nach dem Leben trachteten, waren nicht von Karel von Luxemburg geschickt worden, sondern von einem Mann der Kirche: dem Kardinal, von dem der Ring stammte, den Jang de Blannen ihm anvertraut hatte. Der Prinz und dieser geheimnisvolle Purpurträger mussten eine Allianz geschlossen haben. Doch es gelang ihm nicht, die Machtverhältnisse in diesem Bündnis zu erkennen, obwohl er überzeugt war, dass genau das hilfreich sein könnte, um das Rätsel um den Lapis exilii zu lösen. Denn dieses Geheimnis wollte sich ihm einfach nicht erschließen, er hatte bislang nichts außer dem Namen einer möglichen nächsten Etappe.

Ihm kam die erste Zeile des Pergaments wieder in den Sinn. *Wie der Mühlstein, den der Engel ins Meer warf …* Diese Worte hatte er genau hier im Kloster gehört, nun war er sich dessen ganz sicher. Wieder hatte er ein Lesepult vor Augen, auf dem ein schwerer, mit kunstvollen Miniaturen illustrierter Kodex lag. Und in seinen Ohren klang die Stimme seiner Schwester, die bebend diese Worte aussprach.

Nun brannte er noch ungeduldiger darauf, Eudeline zu sehen.

Die Siechenmeisterin schnitt einmal rund um das Hämatom, dann legte sie das Skalpell auf einem Keramikteller ab und wartete, bis Eudeline das schwärzlich und klumpig hervorquellende Blut in einer Schale aufgefangen hatte. Als der Blutfluss versiegte, hob sie den Hautlappen hoch, den sie ausgeschnitten hatte, und säuberte die freigelegte Stelle des Schädels mit einem Stück in Essig getränkter Gaze. Eudeline verfolgte ihr Tun mit einer Mischung aus Schaudern und Bewunderung, dann musterte sie die Züge des bewusstlosen Vermandois. Die merkwürdigen Falten auf der Stirn durch die Riemen, mit denen der Kopf fest in seiner Position gehalten wurde, ließen sein Gesicht wie eine groteske Maske wirken.

»Achtet genau darauf, was ich jetzt tun werde«, sagte die Infirmaria, während sie fortfuhr, die Wunde zu säubern, »denn dies wird später Eure Aufgabe sein, ehrwürdige Mutter.«

Während Eudeline ihr zusah, bemerkte sie, dass der Knochenbruch in der freigelegten Schädelpartie gut zu erkennen war. Ein winziges dreieckiges Stück hatte sich gelöst und war in die graue Masse eingedrungen. Die Siechenmeisterin versuchte, es mit einer Zange aus Metall zu fassen zu bekommen, musste jedoch nach einigen Versuchen aufgeben.

»Seht Ihr?«, erklärte sie und wischte sich mit dem Handrücken die Stirn ab. »Obwohl dieses Stück Knochen ins Gehirn vorzudringen droht, kann ich es nicht einfach mit einer Zange entfernen. Es hat sich zu weit hineingeschoben.«

»Was wollt Ihr stattdessen tun?«

Die Infirmaria sah sich noch einmal den Bruch an, bevor sie gedankenverloren antwortete: »Ich werde einen Teil des Knochens daneben einschneiden und entfernen müssen, um genügend Raum für den Eingriff zu schaffen.«

Genau das hatte Eudeline befürchtet. »Bedeutet das für den armen Mann nicht schreckliche Qualen?«, entgegnete sie.

Die Siechenmeisterin schüttelte den Kopf und strich dem Kranken über die Stirn. »Ich habe ihm eine Mischung aus Opium und Alraune verabreicht, so stark, dass er bis heute Abend bewusstlos sein wird. Dennoch will ich nicht ausschließen, dass er sich hin und her werfen könnte. Ihr müsst ihn also gut festhalten und gleichzeitig mögliche Ausflüsse des *Phlegmas* aus dem Gehirn stillen.« Sie sah Eudeline direkt in die Augen. »Glaubt Ihr wirklich, Ihr schafft das?«

Obwohl sie wusste, dass diese Frage nur dazu dienen sollte, sie zu ermutigen, fühlte sich Eudeline in ihrem Stolz getroffen. Sie richtete ihre Gedanken auf die Madonna und die heilige Balsamia, die Schutzpatronin ihres Klosters, und bat die beiden, ihr die nötige Stärke zu verleihen, dann sah sie die Infirmaria herausfordernd an.

»Und was ist mit Euch, Schwester?«

»Ich will Euch nicht belügen«, erwiderte diese, »es ist das erste Mal, dass ich einen solchen Eingriff durchführen werde. Aber ich habe viele Jahre einem *Medicus* assistiert, der sein Handwerk sehr gut beherrschte.«

»Seid Ihr sicher, dass Ihr genügend von dem Mann gelernt habt?«

»Es war mein Vater«, antwortete die Siechenmeisterin mit einem wehmütigen Lächeln, dann wandte sie sich ab, um einen kleinen Bohrer mit Drillbogen aus einem hölzernen Gestell zu nehmen. Er ähnelte jenen, die man zum Feuermachen verwendete, war aber feiner gearbeitet und am Ende mit einer dünnen Metallspitze versehen. Bevor die Infirmaria ihn benutzte, sah sie sich noch einmal den Bruch an, dann setzte sie die Spitze auf dem Knochen auf, wickelte die Schnur um den Bohrer und presste diesen mittels des Handstücks mit der linken Hand nach unten, während sie den Bogen mit der rechten gepackt hatte.

»Denkt daran«, sagte sie noch einmal, »Ihr müsst ihn fixieren und Euch um das austretende Phlegma kümmern.«

Das erste Loch war am schwierigsten. Eudeline musste Vermandois' Kopf festhalten, der unter dem rotierenden Bohrer erbebte. Gleichzeitig hielt sie leinene Tücher bereit, um den möglichen Ausfluss von Körpersäften aufzufangen.

Die Siechenmeisterin verrichtete ihre Arbeit unbeirrt, bohrte sieben Löcher halbmondförmig rund um den Bruch. Anschließend nahm sie einen kleinen Meißel und trennte mit Hilfe eines Hämmerchens äußerst vorsichtig die verbliebenen Knochenverbindungen zwischen den Löchern. Robert de Vermandois begann sich unruhig zu bewegen und drohte aufzuwachen, Eudeline hielt ihn jedoch fest und flüsterte ihm sanft beschwichtigende Worte zu.

Kaum hatte er sich wieder entspannt, schlug die Infirmaria erneut auf den Meißel, bis sich der gesamte halbmondförmige Knochenausschnitt von der Gehirnschale getrennt hatte. Sie tupfte sich den Schweiß von der Stirn und begutachtete ihr Werk.

»Lasst den Kopf des Patienten nun los«, sagte sie angespannt und mit bebender Stimme, »und reicht mir die Zange.«

Eudeline gehorchte und beobachtete, wie die Infirmaria den ausgeschnittenen Knochen mit der Spitze des Meißels anhob und dann mit der Zange packte, um ihn zu entfernen. Ihre Bewegungen wirkten vorsichtig und überlegt, verrieten nicht die geringste Unsicherheit. Eudeline konnte nicht umhin, die Schwester zu bewundern, und vergaß darüber beinahe, dass sie selbst als Äbtissin über ihr stand.

Das ausgeschnittene Stück landete in einer kleinen Schale, nun konzentrierte sich die Siechenmeisterin auf den Knochensplitter, der im weichen Gewebe der grauen Masse stecken geblieben war. Mit wachsender Unruhe verfolgte Eudeline die Bewegungen der Zange; ihr drängte sich der Gedanke auf, dass sich das kalte metallene Instrument nun in einen warmen Körper bohrte und damit gleichsam ein Werk Gottes schändete. Schließlich sah sie, wie die Zange äußerst langsam wieder herausgezogen wurde, einen winzigen weißen, mit Blut und Schleim bedeckten Splitter in ihrem Griff.

Die Siechenmeisterin seufzte erleichtert auf. »Jetzt müssen wir ihn nur noch versorgen«, sagte sie und schenkte Eudeline trotz ihrer Erschöpfung ein dankbares Lächeln.

8

Das Leben hält zuweilen Prüfungen bereit, denen ein Mensch, obwohl willens und bereit dazu, sich ihnen zu stellen, nicht gewachsen ist. Maynard wurde dies schmerzhaft bewusst, als er seiner Schwester gegenüberstand. Er hatte gesehen, wie sie in der Dämmerung, beim *Vesper*läuten, das Valetudinarium verließ, und sich bemerkbar gemacht. Doch nun, in ihrer Gegenwart, konnte er keinem der quälenden Gedanken Ausdruck verleihen, die ihn die ganze Zeit beschäftigten.

Anscheinend sah Eudeline ihm seine Sorge an, denn sie kam einer Frage zuvor. »Er ist außer Gefahr«, sagte sie knapp.

Trotz dieser Worte empfand Maynard keine Erleichterung. Er hielt seinen Blick fest auf seine Schwester gerichtet, die kühl und beherrscht vor ihm stand. Obwohl sie noch mädchenhafte Züge hatte, ließ ihr Gesicht eine für eine Zwanzigjährige ungewöhnliche Entschiedenheit erkennen. Einen Augenblick lang durchdrang ihn ein Gefühl von Ehrfurcht, ganz so, als wäre er der jüngere von ihnen beiden, doch es wich schnell einer anderen Empfindung. »Ich bin dir dankbar.«

»Danke nicht mir, sondern der Weisheit unserer kundigen Infirmaria.«

Obwohl Maynard in ihren Worten eine unterschwellige Abwehr wahrnahm, nickte er. »Wann wird er sich wohl wieder erholt haben?«

Eudelines Gesicht verzog sich schmerzhaft. »Im Augenblick weiß ich noch nicht einmal, ob er je wieder zu Bewusstsein kommen wird.«

»Aber du hast doch gerade gesagt …«

Sie schüttelte den Kopf. »Dein Waffenbruder hat überlebt, aber ich kann nicht sagen, um welchen Preis. Ich empfehle dir jedoch, dich auf das Schlimmste vorzubereiten. Vielleicht wird er nie mehr der Mann sein, denn du gekannt hast.«

Maynard wandte den Blick ab. »Wie hart du bist, Schwester.«

»Das lag nicht in meiner Absicht«, erwiderte Eudeline.

»Ich erkenne kaum den Menschen wieder, den ich hier hinter diesen Mauern in Sicherheit gebracht habe.«

»Von dem Mädchen, das du einmal gekannt hast, ist in der Tat nur wenig geblieben.«

Maynard beugte sich vor, um ihre Hand zu nehmen. »Und dennoch entdecke ich noch eine junge Frau unter dem Schleier, den du trägst.«

Seine Schwester wich einen Schritt zurück. »Eine Frau, die beschlossen hat, ihr Fleisch abzutöten.«

»Eudeline ...«

»*Schwester* Eudeline«, verbesserte sie ihn und reckte stolz ihr Kinn. »Ich bin jetzt eine Nonne, eine Mutter Oberin. Und meine Berufung –«

»Welche Berufung?«, fiel Maynard ihr ins Wort, unfähig, seine Empörung noch länger zurückzuhalten. »Herrgott noch mal, Schwester, du versteckst dich vor der Welt!«

»Fluche nicht!«

»Er ist tot, Eudeline«, fuhr Maynard fort. »Tot! Er kann dich nicht mehr quälen. Nie mehr!« Das hatte er schon mehr als hundertmal gesagt, aber noch immer empfand er bei jeder Wiederholung eine ungeheure Befreiung. Er kannte zwar nicht den genauen Ort, aber die Gebeine seines Vaters ruhten irgendwo an der Küste Andalusiens, die gerade erst von den Christen der *Reconquista* zurückerobert worden war. Was an sich schon beinahe grotesk war, da man Gaspar de Rocheblanche alles andere als einen berufenen Diener des Heiligen Krieges nennen konnte. Dennoch hatten ihn wohl das nahende Alter und die Furcht vor den Qualen der Hölle dazu getrieben, für sein sündiges Leben Buße zu tun. Und nachdem er vergebens darauf gewartet hatte, dass der Papst einen neuen Kreuzzug in den Orient ausrief, hatte er im Herbst 1342 an der Belagerung von Algeciras teilgenommen, nur um dort dann unter dem goldenen Schild eines Sarazenenkriegers zu fallen. Als sich Maynard auf die Suche nach ihm gemacht hatte, war er in eine vom Krieg verwüstete Stadt gekommen.

Er hatte sich lange nach dem Vater erkundigt, bis er schließlich auf das gestoßen war, was von ihm geblieben war …

Die Tränen, die er an jenem Tag vergossen hatte, hatten sich in sein Gesicht eingebrannt, Zeichen eines Hasses, der ewig währen sollte.

In Eudelines Augen lag jedoch kein Hass. Sondern Angst.

»Glaubst du wirklich, es wäre vorbei?« Sie verzog verächtlich das Gesicht und ballte die Fäuste vor der Brust. »Du weißt, was er mir angetan hat. Du weißt, wie weit er …« Sie brach ab und versuchte vergeblich, die Tränen zurückzudrängen. Ein kaltes Licht blitzte in ihren Augen auf. »Vielleicht auch nicht, vielleicht verstehst du es wirklich nicht.«

Maynard sah sie empört an. »Damit beleidigst du mich.«

»Glaubst du, es ist der richtige Moment, um an Stolz zu denken?« Eudeline wischte sich eine Träne von der Wange. »Dieses Kloster ist für mich eine Insel des Friedens, der einzige Ort, wo ich so tun kann, als wäre nichts geschehen. Die einzige Zuflucht, wo ich mich geschützt und geachtet fühle.«

Maynard bemerkte erst jetzt, dass er sie verletzt hatte, obwohl er selbst nicht für all diesen Schmerz verantwortlich war. Aus der heftigen Reaktion seiner Schwester sprach eine tief in der Seele verwurzelte Scham. Hilflos breitete er die Arme aus, um ihr zu zeigen, wie leid es ihm tat, dann kniete er sich unbeholfen vor sie hin. »Bitte versteh mich nicht falsch. Ich weiß, dass ich dich vernachlässigt habe, aber glaube mir, ich will nur dein Glück, und ich bezweifele, dass du es in diesen Mauern jemals finden kannst.«

»Da irrst du dich erneut«, erwiderte Eudeline kühl. »Hier bin ich glücklich. Nicht so, wie ich es früher einmal erträumte, da gebe ich dir recht, dennoch schätze ich die Vorteile eines kontemplativen Lebens.« Sie sah in die Ferne, als wollte sie die Flügel ausbreiten und fortfliegen. »Und wie könnte ich dorthin zurück, in diese Welt, wo ich in jedem Mann immer nur *ihn* sehen werde?«

Maynard, der immer noch kniete, gelang es, ihre Hand zu ergreifen. »Versuche, ihn zu vergessen. Er ist tot!«

Zum ersten Mal lächelte seine Schwester ihn an. Doch es war ein trauriges Lächeln, wie ein Blick, der auf ein von finsteren Winden gepeitschtes Meer geht. »Er ist nicht tot, denn er lebt hier weiter mit und in mir«, antwortete sie beinahe zärtlich. »Es tut mir leid, dass ich dich verletzt habe, aber du vermagst meinen Kummer nicht zur Gänze zu erfassen. Damals warst du in Paris, um dich zum Ritter heranzubilden, du kannst dir die Verzweiflung nicht vorstellen, die in unserem Haus herrschte. Als du zurückkamst, sahst du dich vollendeten Tatsachen gegenüber. Unsere Mutter getötet, ich geschändet …«

Wie eine Flamme, die aus der Glut lodert, schoss unvermittelt die Empörung in Maynard hoch. »Und ich … ich brachte dich hierher, um dich vor seiner Schlechtigkeit zu schützen …«

Eudeline strich ihm über die Haare. »Doch diese Schlechtigkeit, dieses Böse ist geblieben, mein geliebter Bruder.«

Er wollte etwas erwidern, aber seine Schwester bedeutete ihm zu schweigen und zerzauste liebevoll seine Locken. »Dein Bein«, sagte sie schließlich und fand auf einmal zu ihrer alten Sanftheit zurück. »Ich habe bemerkt, dass du hinkst.«

»Nichts von Bedeutung«, antwortete Maynard, und einen Moment lang meinte er, wieder die Eudeline vor sich zu haben, die er so liebte. Doch dann rief er sich den zweiten Grund in Erinnerung, weswegen er gekommen war, schob ihre Hand behutsam weg und stand auf.

»Ich muss mit dir sprechen. Über etwas sehr Wichtiges.«

»Nicht jetzt.« Eudeline sah ihn an. »Die Vesper.«

Als sie ihr Gespräch endlich wieder aufnehmen konnten, war es bereits dunkel.

Während Maynard darauf wartete, dass das Vespergebet endete, hatte er Robert de Vermandois einen Besuch abgestattet. Als er diesen wagemutigen Krieger bewusstlos mit verbundenem Kopf auf der Bahre liegen sah, wären ihm beinahe die Tränen gekommen. Dann rief er sich zur Ordnung; wenn ihn sein Waffenbruder weinend gesehen hätte, hätte er ihn ausgelacht und als Mädchen beschimpft.

Eudeline gesellte sich schließlich dort zu ihm. Das Gebet musste sie gestärkt haben, ihr Gesicht zeigte keine Spuren von Schmerz oder

Hoffnungslosigkeit mehr. Bevor sie etwas sagte, sah sie de Vermandois teilnahmsvoll an, dann bedeutete sie ihrem Bruder, mit ihr das Valetudinarium zu verlassen.

»Du hast von einer wichtigen Angelegenheit gesprochen«, sagte sie, als sie den Bogengang zum Kloster durchschritten.

Maynard nickte. Er hatte lange überlegt, wie er mit ihr über Jang de Blannen und das Rätsel um den Lapis exilii sprechen sollte, aber da er sie nicht mit seinen eigenen Schlussfolgerungen beeinflussen wollte, hatte er sich entschieden, ihr zunächst so wenig wie möglich zu erzählen. Wortlos reichte er ihr die Pergamentrolle mit dem Ring.

Eudeline warf ihm einen fragenden Blick zu, dann richtete sie ihre Aufmerksamkeit auf die beiden Gegenstände und näherte sich dazu einer Fackel, die an der Wand befestigt war. In deren Licht untersuchte sie zunächst den Ring, und nachdem sie ihn zwischen den Fingern gedreht hatte, gab sie ihn Maynard zurück.

»Ich weiß nicht, wem er gehören könnte.« Sie beschäftigte sich mit dem Pergament. Aufmerksam las sie den lateinischen Text, flüsternd wiederholte sie ihn für sich, bis sie sich wieder an Maynard wandte. »Wo hast du das gefunden?«

»Bevor ich dir das enthülle«, antwortete er, »möchte ich erfahren, was du davon hältst.«

Eudeline musterte ihn schweigend. Nun wirkte sie nicht wie eine freundliche Schwester, sondern wie eine Äbtissin, die zürnte, weil man ihr nicht gehorchte. »Der Text ist unklar«, begann sie und las das Rätsel noch einmal. »Wenn ich recht verstanden habe, bezieht er sich auf einen Gegenstand, von dem ich noch nie gehört habe: einen Stein der Verbannung. Ich nehme an, dass es sich um eine Reliquie oder ein sehr bedeutendes Heiligtum handelt. Jedenfalls scheint es in einer Krypta versteckt zu sein, an einem Berg, der ›Blumenberg‹ genannt wird.«

Als Eudeline ihren Bruder wieder ansah, flackerte Neugier in ihren Augen. »Nach einem so kurzen Blick darauf kann ich keine weiteren Erkenntnisse gewinnen. Vielleicht wenn ich jemanden um Rat –«

»Du darfst mit niemandem darüber sprechen«, unterbrach Maynard sie. »Es ist ein Geheimnis. Und zudem äußerst gefährlich.«

Seine Schwester schwieg einen Augenblick, wartete offenbar auf weitere Erklärungen. Als sie ausblieben, zuckte sie schließlich mit den Schultern. »Dann gibt es für mich nur einen klaren Hinweis, den auf die Abtei Saint-Savin-sur-Gartempe.«

»Ich bin zu demselben Schluss gekommen«, sagte Maynard. »Dennoch glaube ich, dass du mir helfen kannst, wenigstens einen weiteren Teil des Rätsels zu lösen.« Er zeigte auf die erste Zeile des Pergaments. »Es enthält Worte, die mir vertraut sind«, erklärte er. »Und wenn ich mich nicht irre, habe ich sie wohl zumindest einmal von dir in diesem Kloster gehört.«

Eudelines Augen blitzten auf, als hätte sie etwas bemerkt, was ihr anfangs entgangen war. »Der Mühlstein, den der Engel ins Meer schleudert …«

»Ja, Schwester.«

»Du irrst dich nicht.« Im Knistern der Fackel ging Eudelines leise gewordene Stimme beinahe unter. »Das bezieht sich auf die Offenbarung des Apostels Johannes.«

9

Während er Eudeline durch die Gänge des Klosters folgte, versuchte Maynard seine Phantasie zu zügeln. Als sie von der Offenbarung des Johannes gesprochen hatte, waren in seinem Kopf beunruhigende Bilder aufgeflackert, die ihn nun fürchten ließen, sein Traum von den drei Reitern sei nichts anderes als ein düsteres Vorzeichen gewesen. Dennoch beschloss er, seiner Schwester nichts davon zu erzählen. Zumindest noch nicht. Bevor er ihr von Jang de Blannen, seinen Vermutungen über eine mögliche Verschwörung und den Hinterhalt in der vorigen Nacht berichtete, wollte er erst Klarheit in Bezug auf das Geheimnis haben, welches er zu bewahren geschworen hatte. Deshalb schritt er nun wortlos neben ihr her durch den Kreuzgang und die Räumlichkeiten der schier endlos wirkenden Anlage.

Das Kloster Sainte-Balsamie war riesig. Obwohl erst vor knapp einem Jahrhundert erbaut, war es bereits schnell gewachsen, und man hatte neue Gebäude wie ein Gästehaus und das Valetudinarium angeschlossen. Ein guter Teil des Geldes, das man zu deren Errichtung benötigt hatte, stammte aus dem Haus de Rocheblanche, was Eudeline nach dem Tod der alten Äbtissin erlaubt hatte, deren Platz einzunehmen. Doch sie hatte die Stellung nicht nur aufgrund ihrer vornehmen Herkunft erlangt. Obwohl man für ein solches Amt eigentlich mindestens dreißig Jahre alt sein musste, hatte Eudeline trotz ihrer jungen Jahre bewiesen, dass sie genügend Klugheit und Durchsetzungsvermögen besaß, um an der Spitze zu stehen, und war einstimmig gewählt worden.

Maynard hatte erst im Nachhinein davon erfahren, zu seiner großen Bestürzung. Damals in der regnerischen Nacht, als er sie in dieses Kloster gebracht hatte, hätte er sich niemals träumen lassen, dass Eudeline tatsächlich den Wunsch haben würde, ihr Leben dem Herrn zu weihen. Das Kloster der heiligen Balsamia hatte ihr nur eine zeitweilige Zuflucht bieten sollen, bis Maynard mit seinem Vater abgerechnet hatte. Stattdessen war ihm die Angelegenheit entglitten, und die Schande hatte seine Schwester dazu getrieben, sich in einem Gefängnis zu verkriechen, das nicht nur aus Klostermauern bestand. Ein Gefängnis, das eine verletzte Seele für immer einschließen konnte.

Sie legten noch ein letztes Stück durch einen düsteren Laubengang zurück, bis sie vor einer großen Holztür standen. Eudeline holte einen Ring mit Schlüsseln hervor und öffnete das Schloss.

»Das Buch, das du suchst, befindet sich hier«, sagte sie. »Und viele andere mehr.«

Maynard folgte ihr, und kaum hatte er den Raum betreten, erinnerte er sich, dass er schon einmal hier gewesen war. Es handelte sich um ein kleines Zimmer, dessen Wände in einer Gewölbedecke ausliefen. Es enthielt nichts als ein *Armarium*, einen dreiarmigen Leuchter und ein Lesepult in der Mitte.

Eudeline zündete die Kerzen an und verschwand dann lautlos im Halbdunkel, um mit einem dicken Band zurückzukehren. »Das ist ein Evangeliar«, erklärte sie und legte es auf dem Pult ab. »Es enthält die Texte der vier Evangelien einschließlich der Offenbarung des Apostels Johannes. Erinnerst du dich? Es stammt aus dem *Scriptorium* der Abtei Fulda, und ich habe es dir bei deinem letzten Besuch gezeigt.«

Maynard nickte vage. Dieses Buch war ihm auf gewisse Weise vertraut, obwohl er sich nicht näher daran erinnerte. Er beobachtete die zartgliedrigen Finger seiner Schwester, wie sie sich zwischen den Seiten des Pergaments bewegten, bis er bemerkte, dass sie ihn ansah. Ihre Miene spiegelte Besorgnis.

»Bis jetzt habe ich geschwiegen«, sagte sie, »aber ich bin keine Närrin. Du kommst hierher ins Kloster mit einem verwundeten Begleiter, bittest um Hilfe und forderst Stillschweigen von mir. Bruder, vor welchen Schwierigkeiten fliehst du?«

Maynard versuchte, ihre Sorge mit einem Schulterzucken zu zerstreuen. »Wenn jemand Fragen stellen sollte, dann sag nur, Robert und ich seien die Überlebenden aus einer blutigen Schlacht.«

Eudeline runzelte die Stirn. »Ich wusste bereits, dass du im Gefolge des Königs an einem entscheidenden Kampf teilgenommen hast, das hast du mir in deinen Briefen geschrieben. Die Gerüchte, die das Kloster erreichten, ließen mich um dich fürchten …«

»Es war die Hölle, meine liebe Schwester. Wir haben versucht, den Vorstoß der Engländer abzuwehren, und letzten Endes mussten wir bei Crécy kapitulieren.«

Eudeline nickte bitter. »Also ist Edward III. auf dem Vormarsch.«

»Ja, aber er zieht nicht in Richtung unserer Lehen. Er will die Bretagne und Flandern für sich.«

»Und Seine Majestät?«

Maynard senkte den Blick. »Er wendet sich nach Paris, in Unehre.«

Es entstand eine Pause, gerade lang genug, um diese Worte verhallen zu lassen. Schließlich sagte Eudeline leise: »Aber dein Gefährte wurde nicht bei Crécy verwundet, habe ich recht? Eine so lange Reise hätte er in seinem Zustand nicht überlebt.«

Maynard nickte. »Es geschah letzte Nacht, in einem Hinterhalt.«

»Haben euch die Engländer verfolgt?«

»Nein, nicht sie. Es waren zwei gedungene Mörder.« Maynard zeigte ihr noch einmal die kleine Pergamentrolle. »Sie wollten dies hier, aber ich habe geschworen, es zu beschützen.«

»Dann verschweigst du mir die Wahrheit im Namen dieses Eides? Nun gut, aber wisse, wenn ich dir helfen soll, musst du mir mehr erzählen.«

»Das werde ich, darauf gebe ich dir mein Wort. Doch zunächst möchte ich begreifen, welche Verbindung zwischen der ersten Zeile des Rätsels und der Offenbarung des Johannes besteht, an die du dich erinnerst, wie du sagst. Gestehst du mir das zu?«

»Nun gut.«

Eudeline blätterte weiter in dem Evangeliar. Der Text war eng geschrieben, aufgeteilt in zwei Spalten, die von goldenen Lettern verziert wurden. Von Zeit zu Zeit hielt sie inne, um sich kurz zu vertiefen, suchte dann weiter.

Als sie endlich erkennen ließ, dass sie etwas gefunden hatte, murmelte sie ein Gebet und bekreuzigte sich. »Denk daran, Bruder«, sagte sie, »die Worte, die du von mir hörtest, entstammen einer der furchtbarsten Stellen der Apokalypse: Es geht um den Fall Babylons, der Stadt der Sünde und der Wollust. Gemäß dieser Prophezeiung werden alle Könige und Kaufleute auf Erden ihren Untergang beklagen, während die Schiffsleute auf der Flucht vom Meer aus zusehen werden, wie sie brennt.«

»Bist du dir der Worte sicher?«, fragte Maynard. »Ich kann hier keinen Bezug zu dem Rätsel des Pergaments entdecken …«

Doch Eudeline blätterte um und zeigte ihm die prächtige Miniatur, auf der ein Engel einen großen kreisrunden Stein anhob. »Die Worte, nach denen du forschst, kommen gleich danach.«

Und sie las:

Et sustulit unus angelus fortis lapidem quasi molarem magnum et misit in mare dicens: Impetu sic mittetur Babylon magna illa civitas et ultra iam non invenietur.

Maynard, der in Paris nicht nur die Kriegskunst, sondern auch die lateinische Sprache erlernt hatte, übersetzte: »Und ein mächtiger Engel hob einen Stein auf so groß wie ein Mühlstein, warf ihn ins Meer und sprach: ›Mit der gleichen Macht wird die große Stadt Babylon verworfen werden und nie wieder auftauchen.‹«

Er wiederholte diesen Satz für sich, versuchte zu begreifen, welchen Bezug er zu dem Lapis exilii haben konnte. Doch vergebens. »Genau diese Worte habe ich von dir gehört. Meine Erinnerung war richtig. Aber nachdem ich sie nun wieder vernommen habe, bezweifle ich, dass sie das Rätsel betreffen könnten, das hier vor uns liegt.«

»Ich bin vom Gegenteil überzeugt«, widersprach Eudeline. »Der Verweis auf den Engel, der den Mühlstein ins Meer wirft, ist so ungewöhnlich, dass er sich nur auf diese Quelle beziehen kann.«

»Und was kann das bedeuten?«

Eudeline betrachtete erneut den Text des Evangeliars. »Ich bin mir nicht vollkommen sicher, aber ich glaube, dass das Zitat aus der Offenbarung dazu dienen soll, die wahre Natur des Lapis exilii zu begreifen. Dabei sollte man es nicht buchstäblich verstehen, sondern mehr als eine Art Wortspiel.«

»Du meinst ein Rätsel im Rätsel?«

»Ja. Ein Schlüssel, wie man es verstehen soll, vielleicht etwas wie ein Hinweis.«

Maynard betrachtete die Miniatur, die den Engel darstellte, während er den runden Stein anhob, doch anstatt klärender Erkenntnis machte sich nur tiefe Enttäuschung in ihm breit. »Leider ist der Hinweis zu ungenau.«

»Wenn wir uns an jemanden wenden könnten, der sich darauf versteht –«, schlug Eudeline vor.

»Ich habe es dir doch schon gesagt«, unterbrach Maynard sie. »Niemand darf davon erfahren.«

»Hältst du mich etwa für so unvorsichtig, dass ich dafür nicht vertrauenswürdige Leute auszuwählen wüsste?«, erwiderte sie verärgert.

»Versteh mich nicht falsch, Schwester«, besänftigte Maynard sie. »Mir ist wohl bewusst, wie aufmerksam du bist. Aber ich weiß noch zu wenig über diese Angelegenheit und habe schon einmal den Fehler begangen, mich der falschen Person anzuvertrauen.«

»Dann ist es also nur an uns, das Rätsel zu lösen.«

»Nur an mir«, berichtigte er sie. »Du musst mir versprechen, dass du dich heraushältst, ich möchte dich keinerlei Gefahr aussetzen.«

Eudeline sah ihn scharf an. »Du sprichst, als hättest du bereits eine Entscheidung getroffen.«

Maynard nickte. »Ich werde so schnell wie möglich nach Saint-Savin-sur-Gartempe aufbrechen, dort die Kirche aufsuchen und nach dem Blumenberg forschen, was auch immer das sein mag. Und sei gewiss, ich werde nicht eher Ruhe geben, bis ich die Krypta des Lapis exilii gefunden habe.«

»Bist du dir eigentlich bewusst, dass dies gefährlich sein könnte?«

»Ich habe einen Eid geschworen, Schwester.«

»Du hast geschworen, das Geheimnis zu wahren, nicht, es aufzudecken und damit zu verletzen.«

Maynard fühlte sich an einem wunden Punkt getroffen. Eudeline hatte zweifellos recht, aber er konnte ihr nicht seine wahren Beweggründe enthüllen. Die vermochte er ja nicht einmal selbst vollends zu begreifen. Er wusste nur, dass er diese Reise unternehmen musste.

»Wie kann ich etwas bewahren, das ich nicht kenne?«, versuchte er sich zu verteidigen.

In ihrer Antwort zeigte Eudeline beinahe mütterliche Nachsicht: »Ich fürchte, deine Beweggründe gehen wesentlich tiefer, mein Bruder.«

»Ja gut, so ist es«, fuhr er auf und lief erregt im Raum auf und ab. »Aber ich kann mich dir jetzt nicht zur Gänze anvertrauen.«

Eudeline biss sich auf die Lippen, um Worte zu unterdrücken, die sie hinterher vielleicht bereut hätte. »Ich werde dich nicht aufhalten. Dennoch verlange ich die Wahrheit über das Pergament zu erfahren. Du hast es mir versprochen.«

»Und ich werde mein Wort halten, glaube mir.« Maynard blieb vor ihr stehen und musterte sie mit einem zärtlichen Lächeln. »Wenn du dich um Robert und um unsere Besitztümer kümmerst.«

10

Avignon, Livrée du Lion
1. Oktober

Der Kardinal lehnte den Nacken an den Rand des großen Beckens und entspannte sich im warmen Wasser, während er die Deckenfresken betrachtete, die hinter einem Dampfschleier verschwammen. Die Glocken von Saint-Agricol hatten gerade aufgehört zu läuten und ihn in eine leise Unruhe versetzt. Er hatte inzwischen sein sechsundsechzigstes Lebensjahr erreicht und verabscheute jedes Anzeichen, dass die Zeit verging, selbst wenn es bloß das Läuten zur Morgenmesse war. Ganz gewiss fehlte es ihm nicht an körperlicher Kraft. Er besaß noch das Feuer eines jungen Mannes, das ihm ausgiebige Ritte und ebenso die Erfüllung seiner fleischlichen Gelüste erlaubte. Auch seine Geisteskräfte waren nicht geschwunden. Ganz im Gegenteil, seine Erfahrung hatte ihn gelehrt, noch aufmerksamer und skrupelloser vorzugehen. Doch all dies konnte seine geheimste Angst nicht besänftigen.

Im Alter ein Schattendasein zu fristen, vergessen und übersehen von allen.

Ein gewöhnlicher Mann hätte eine solche Sorge nie verstanden. Doch er hatte wenig Gewöhnliches in sich. Dass er der Sohn des Heiligen Vaters war, hatte ihm einen raschen Aufstieg ermöglicht, eine Kardinalswürde, das Legatenamt und den Kreuzzug gegen die Ghibellinen in Italien. Es hatte einmal eine glorreiche Zeit gegeben, als ein Wort von ihm die Machtverhältnisse zwischen den Herrschern zu verschieben vermochte. Eine Zeit der Kämpfe und Kirchenbannsprüche. Doch eine schmerzliche Niederlage hatte ihn gezwungen, sich nach Avignon zu wenden. Und das genau zu der Zeit, als Johannes XXII., verbittert über seinen Sturz, sein Leben aushauchte.

Von da an hatte man ihn, den Kardinal, erneut unter die Verantwortung der Kurie gestellt, und obwohl er ständige Demütigungen ertragen musste, hatte er nie aufgehört, die Glut zu schüren. Bis sich die Ereignisse endlich zu seinem Vorteil entwickelten.

Seit jener Nacht im Wald von Ferrara waren dreizehn Jahre vergangen – und er hörte nicht auf, sie zu verfluchen. Er hätte niemals Vereinbarungen mit Jang de Blannen treffen oder mit ihm und seinem Sohn den kostbarsten Schatz der Christenheit teilen dürfen, obgleich er damals sicherlich nicht hatte ahnen können, dass er einmal einem so erschütternden Schicksal entgegengehen würde. Jetzt, da der König von Böhmen in der Schlacht gefallen war, würde ihn jedoch nichts mehr aufhalten können. Er würde wieder in den Besitz der Lanzenspitze und der kleinen Pergamentrolle gelangen, die das Versteck des Lapis exilii enthüllte. Und sobald er diese unschätzbare Reliquie gefunden hatte, würde ihm die Welt zu Füßen liegen.

Doch dieses Vorhaben ließ sich schwerer an als gedacht. Die Nachricht seines Spähers war eindeutig. Eine unvorhersehbare Abfolge von Ereignissen hatte bewirkt, dass die Pergamentrolle dem falschen Mann in die Hände gefallen war: einem Ritter, der vielleicht ahnungslos war, welche Bürde er sich aufgeladen hatte, jedoch tapfer genug, einen nächtlichen Hinterhalt zu überleben. Im Augenblick wusste der Kardinal nur, dass er es mit einem Abkömmling aus dem Haus de Rocheblanche zu tun hatte, Erbe einer Handvoll Lehen in der Nähe von Reims.

Das Geräusch von Schritten riss ihn aus seinen Gedanken, eine Gestalt zeichnete sich gegen die Dampfschwaden ab. Er richtete sich ein Stück auf und erkannte, dass eine junge Frau, fast noch ein Mädchen, vor ihm stand. Sie trug ein schlichtes Gewand und war barhäuptig, lange kastanienrote Locken fielen ihr offen über die Schultern. Sie wurde von seinem Leibdiener begleitet, der stumm auf Anweisungen wartete.

»Nun denn?«, fragte der Kardinal in dessen Richtung.

»Erinnert Ihr Euch nicht, Eminenz?«, kam die junge Frau dem Diener mit einschmeichelnder Stimme zuvor. »Ihr hattet mir eine Audienz gewährt.«

Der Kardinal kniff die vom Alter getrübten Augen zusammen und ließ den Blick auf dem einladenden Ausdruck im Gesicht der Frau ruhen. »Ah, jetzt erinnere ich mich«, sagte er und erwiderte ihr Lächeln. »Du batest, in die Abtei von Castelnau aufgenommen zu werden, um dort Klarisse zu werden.«

Die junge Frau verbeugte sich mit einem Nicken und stellte dabei ihren freizügigen Ausschnitt zur Schau. Sie schien sich ihrer Schönheit bewusst, doch gleichzeitig verriet sie eine gewisse Unschuld. Genau dies reizte ihn.

»Eins weiß ich aber nicht mehr«, fuhr er fort, »und zwar, wie du heißt.«

»Aleydis, Eminenz, zu Euren Diensten.«

Er bedeutete ihr, näher zu kommen. »Um ins Noviziat eintreten zu können, benötigt man eine beträchtliche Mitgift. Weißt du das?«

»Ich komme aus einfachen Verhältnissen«, erwiderte Aleydis entschuldigend. »Ich kann nichts bieten als meine Hingabe.«

Nun wusste der Kardinal genau, womit er es zu tun hatte. Für viele Knaben und Mädchen bedeutete das Kloster die einzige Rettung aus der Armut. Andererseits, wenn die Kirche jedem Bedürftigen ihre Türen öffnete, würden Klöster und Konvente von Horden von Hungerleidern überschwemmt werden. Doch er hatte dieser jungen Frau keine Audienz gewährt, um solche Feinheiten mit ihr zu verhandeln. »Hingabe, sagst du?«, fragte er vertraulich nach. »Und ist sie auch aufrichtig?«

Noch eine Verneigung, begleitet von einem verschwörerischen Lächeln. »Ich unterwerfe mich Eurem Urteil, Eminenz.«

»Dann erlaube mir, mich davon zu überzeugen«, entschied der Kardinal und entließ den Leibdiener mit einer Handbewegung. »Jetzt.«

Erst als sie vor ihm stand, bemerkte er, wie jung sie noch war. Fünfzehn, höchstens sechzehn Jahre alt. Er hob die Hand, damit sie den Ring mit dem Löwenwappen küssen konnte, streichelte ihr Gesicht, ließ die Finger langsam in ihren Ausschnitt gleiten und streifte ihn nach unten. Aleydis erbebte, doch sie wehrte sich nicht.

Als er ihr leichtes Widerstreben spürte, überkam ihn heftiges Verlangen. »Komm zu mir ins Wasser.«

Aleydis zögerte kurz, als wöge sie das Für und Wider ab. Schließlich zuckte sie mit den Schultern, löste ihr Gewand und stieg ein wenig verlegen in das Becken.

Eine echte Novizin, dachte der Kardinal. »Überlasst alles mir«, sagte er und packte sie an den Hüften, um sie rittlings auf sich zu ziehen. Wieder spürte er einen leichten Widerstand. Angefacht von der eigenen Lust drehte er sie plötzlich um, drückte sie gegen den Beckenrand und gab sich seinem Trieb hin.

Ich stehe noch voll im Saft, dachte er und ließ seine Bewegungen heftiger werden. *Mir bleibt noch alle Zeit, das zu tun, was ich will. Zeit genug, um meine Mission zu vollenden.*

Plötzlich bemerkte er, dass noch jemand im Raum war. Während er innehielt, um zu Atem zu kommen, sah er zunächst das gerötete Gesicht von Aleydis, dann die halb geöffnete Tür. Auf der Schwelle zeichnete sich im Halbdunkel eine Gestalt ab. Da er ahnte, um wen es sich handelte, verzichtete er darauf, eine würdige Haltung anzunehmen. »Kommt näher, Marcus«, sagte er keuchend.

Der Mann war groß und kräftig, ganz in Schwarz gewandet. »Eure Eminenz«, begann er und verbeugte sich wie ein Krieger, »ich habe Neuigkeiten über Rocheblanche.«

Der Kardinal spürte, wie ihm das Blut in den Kopf schoss. »Habt Ihr ihn gefasst?«

»Noch nicht.«

»Dann hoffe ich, dass Ihr Wichtiges zu berichten habt.«

»Möglicherweise, Euer Eminenz. Er ist nicht der letzte Abkömmling seines Hauses, wie wir geglaubt haben.«

»Hat er noch lebende Verwandte?«

Bevor er antwortete, grinste der Mann namens Marcus wölfisch. »Eine Schwester.«

11

Westfrankreich
Anfang Oktober

Er wusste, dass sie ihn verfolgte.

Maynard hatte nur ein einziges Mal mit ihr gekämpft, aber er war sicher, dass diese Frau niemals aufgeben würde. Deshalb hatte er das Kloster Sainte-Balsamie so schnell wie möglich verlassen. Er wollte sie von Eudeline fernhalten.

Nun war er ihr ausgeliefert. Er stellte sich vor, dass sie ihn aus dem dichten Unterholz ausspähte und auf die nächste Gelegenheit für einen Hinterhalt lauerte. Wenn er wie geplant die Abtei Saint-Savin erreichen und das Rätsel um den Lapis exilii lösen wollte, musste er stets auf der Hut sein.

Als er Paris hinter sich ließ, wählte er nicht die direkte Route, die Richtung Westen nach Tours führte. Er hatte vor, über einen stärker befahrenen Weg nach Saint-Savin-sur-Gartempe zu gelangen, um zwischen Wanderern, Gästehäusern und am Wegesrand aufgeschlagenen Lagern ungesehener zu sein. Obwohl er dadurch einige Tage länger unterwegs war, ritt er zunächst nach Süden in Richtung Vézelay auf der Straße der Pilger und Händler, die bis nach Lyon führte. Doch sobald er die Berge Burgunds erreicht hatte, trieb er seinen Rappen gen Westen durch eine grüne Landschaft mit sanften Hügeln. Er reiste mit leichtem Gepäck, ohne Rüstung und mit nur einem Pferd. Um nicht aufzufallen, hatte er sich angewöhnt, sich in einen schwarzen Kapuzenumhang zu hüllen, sodass er darunter sein Gesicht und die umgeschnallten Waffen verbergen konnte.

Er wusste, dass er seine Spuren nicht vollkommen verwischen konnte, aber er hoffte, seine Verfolgerin zumindest abzulenken oder sie dazu zu bringen, einen Fehler zu begehen. Und obwohl er es sich nicht erklären konnte, fühlte er sich auf eine merkwürdige Weise von ihr angezogen. Ein Teil von ihm wünschte sich, sie wiederzusehen, sich mit ihr zu messen und sich erneut ihrem stürmischen Angriff zu stellen. Zugleich fürchtete er die nächste Begegnung, vor allem wenn er sich vorstellte, dass er sie töten müsste.

Zwei Wochen lang bemerkte er nichts von ihrer Gegenwart. Stets wachsam reiste er durch Wälder und Dörfer, ohne irgendeine Gefahr auszumachen. Das war eigenartig. Entweder hatte die Frau es aufgegeben, ihm zu folgen, oder sie war über alle Maßen geduldig und ebenso geschickt darin, sich zu verbergen.

Maynard neigte zur zweiten Annahme und lebte in der ständigen Erwartung, sie jederzeit vor sich auftauchen zu sehen, und er wünschte sich, dies möge bald geschehen. Er wollte sie keinesfalls zum Lapis exilii führen, obgleich er allmählich annahm, dass seine Gegnerin genau dies bezweckte. Daher beschloss er in der Nähe von Saint-Savin-sur-Gartempe, ihr eine Falle zu stellen.

Anstatt sich direkt zur Abtei zu begeben, wie das Rätsel es ihm vorgab, ritt er weiter, bis er auf eine alte Straße traf, die die Städte Poitiers und Bouges verband. Dort wandte er sich nach Südosten und suchte nach einer Stelle, die für seine Zwecke geeignet war. Er ritt an einem Wirtshaus und einer kleinen Ansammlung von Häusern vorbei, um schließlich bei einem Kloster am Wegesrand anzuhalten. Nachdem er die Umgebung erforscht hatte, hielt er den Ort für tauglich, um seine Gegnerin aus der Deckung zu locken.

Er ließ den Rappen im Stall und ersuchte die Mönche um Aufnahme in ihr Gästehaus, dabei gab er sich als Pilger aus, der im Kloster beten und sich sammeln wollte. Seine Bitte verband er mit einer diskreten Geldspende, genug, um ihm einen einmonatigen Aufenthalt zu sichern, und schließlich richtete er sich in einer Zelle ein, die an einem kleinen Kreuzgang lag. Das Kloster beherbergte nur vier Mönche, die alle schon in fortgeschrittenem Alter waren und zurückgezogen lebten. Obwohl ihm das absolute Ruhe ermöglichte, wurde dadurch die Wartezeit umso anstrengender für seine Nerven.

Nach einer Woche, in der nicht das Geringste geschah, war Maynard fast an der Grenze seiner Leidensfähigkeit angelangt, und er begann, die Messe zu den *Laudes*, am Mittag und zur Vesper zu besuchen, um die Zeit herumzubringen. An Geduld mangelte es ihm nicht, aber ihm fehlte die Kraft, sich den eigenen Gedanken und Empfindungen zu stellen. Immer wieder musste er an seine letzte Begegnung mit Eudeline denken. *Ich werde dich nicht aufhalten.* Er hatte sie verletzt, nur um ihr die Wahrheit verschweigen zu können. Eine Wahrheit, die mit einer schweren Sünde verbunden war.

Maynard trug diese Last nun schon seit vier Jahren, seit er von Algeciras zurückgekehrt war, auf seiner Seele. Keinem Menschen hatte er bisher die Schuld gebeichtet, die er dort auf sich geladen hatte. Anfangs hatte er noch geglaubt, er könne sie sühnen, indem er am Krieg gegen die Engländer teilnahm, doch nach der Niederlage von Crécy hatte er sich einen Narren gescholten. Schmerz und Enttäuschung hatten ihm deutlich gemacht, dass solche heldenhaften Taten nicht ausreichten, um ein heftig pochendes Gewissen zu erleichtern. Nun wusste er, dass er sich einem höheren Ziel verschreiben musste. Und diese Gelegenheit hatte sich ihm im dunkelsten Moment seines Lebens geboten, als er dort im Schlamm vor Jang de Blannens leblosem Körper lag. Die Suche nach dem Lapis exilii würde ihn vielleicht zu Erleuchtung und innerem Frieden führen.

Wie so oft ging er im Schatten des Kreuzgangs spazieren, um den Ängsten zu entfliehen, die ihn auf seinem Lager quälten. Die Nächte in der Zelle kamen ihm so endlos und still vor, dass er keinen Schlaf finden konnte, daher suchte er Trost in der lauen Luft der Herbstnächte. Doch gerade fand er auch dort keine Ruhe. Wieder einmal hatte ihn sein Alptraum verfolgt, der ungezügelte Ritt der drei Reiter, und jetzt wandelte er, von einer merkwürdigen Unruhe angetrieben, in diesem säulengesäumten Viereck unter dem Sternenhimmel.

Es überraschte ihn kaum, als er sie sah.

Die Frau stand unter einem Bogen des Kreuzgangs, vor sich einen Mönch, den sie mit einem Dolch bedrohte. Sie trug dieselben Kleider wie bei ihrer ersten Begegnung, allerdings hatte sie diesmal ihren Kopf nicht verhüllt, sodass ihre schwarzen langen Haare zu sehen waren.

Maynard unterdrückte ein Beben, zückte sein Bohrschwert und richtete es auf sie. »Habt Ihr mich endlich gefunden.«

Auf ihrem Gesicht erschien ein kaltes Lächeln. »Habt Ihr vielleicht geglaubt, Ihr könntet mir entkommen?«

»Im Gegenteil, ich habe Euch erwartet.«

Die Frau wich zurück, Verunsicherung huschte über ihr Gesicht, dann erlangte sie ihre Fassung wieder. »Gebt mir, was ich will, sonst …« Sie presste die Klinge dichter gegen den Hals ihrer Geisel.

»Ihr wagt es, einen Diener Gottes zu bedrohen?«

Mit einer ansatzlosen Bewegung griff Maynard nach der Fackel an der Säule neben sich und schleuderte sie gegen den Bogen über seiner Gegnerin.

Ein Glutregen prasselte herab, gefolgt von einem plötzlichen Flügelrauschen. Instinktiv lockerte die Frau ihren Griff um den Mönch und bückte sich, um sich vor den Dutzenden Tauben zu schützen, die in den Nachthimmel aufflatterten. Als sie merkte, dass Maynard sie hinters Licht geführt hatte, war der Mönch schon entkommen und Maynard stand nur noch einen Schritt von ihr entfernt und hatte zum Hieb ausgeholt. Blitzschnell warf sie sich zur Seite und zog noch ein Kurzschwert.

Maynard versuchte, ihren Angriff mit einer Mischung aus Stichen und Schwertstreichen zu parieren, musste jedoch zur Mitte des Kreuzgangs zurückweichen. Er löste seinen Umhang, wickelte ihn blitzschnell um den linken Arm und benutzte ihn, um seiner Gegnerin die Sicht zu nehmen. Er machte einen Ausfallschritt und griff sie an, doch sie bliebt standhaft.

»Mein Herr«, spottete sie, »wollt Ihr mit mir kämpfen oder mit mir tanzen?«

Maynard schnaubte empört. *Wäre mein Gegner ein Mann, würde ich nicht so viel Rücksicht üben*, dachte er, während er seinen Blick nicht von diesem schönen Gesicht abwenden konnte.

Die Frau musste seine Gedanken erraten haben, weil sie ihn weiter neckte: »Wenn Ihr mir die Pergamentrolle gebt, werde ich Euch einen Kuss gewähren, ehe ich Euch durchbohre.«

»Schweigt!« Maynard schlug zu. »Oder sagt mir lieber, wer Euch schickt!«

»Eine ziemlich unverschämte Bitte«, entgegnete sie, während die

Klingen klirrend aufeinandertrafen, »für jemanden, der zögert, einen Feind zu verwunden.«

Feind ja, aber doch eine Frau!, dachte er, während er ihren Angriff und einen gefährlichen Hieb parierte. »Antwortet!« Und schon stürmte er wieder vor und zwang sie, ihre Klinge mit seiner zu kreuzen. »Wer verbirgt sich hinter dem Löwenwappen?«

Da die Frau ihn nicht abwehren konnte, bog sie den Rücken nach hinten durch. »Der einzige Mann, den ich fürchte.«

Maynard presste sie gegen eine Säule, während er ihrem Blick standhielt. »Gebt auf, ihm zu dienen, und ich werde Euch vor ihm schützen.«

Die Frau antwortete mit einem Lachen, das Maynard frösteln ließ. »Armer Narr!« Katzengleich wand sie sich unter ihm heraus, senkte ihre Deckung, ging in die Knie und versuchte, ihn mit einem Dolchstich zu überraschen.

Maynard wich aus und konterte mit einem Gegenangriff. Den er allerdings nicht in seiner Stärke beherrschen konnte, sodass sich seine Klinge eine Spanne tief in ihre Brust bohrte.

Die Frau erstarrte, dann glitt sie zu Boden, bis sie am Fuß der Säule zum Sitzen kam. Mit einer letzten stolzen Geste strich sie sich die Haare aus dem Gesicht und sah Maynard beinahe bewundernd an.

»Er ist Euch überlegen«, brachte sie mühsam hervor und lächelte ein letztes Mal schmerzverzerrt. »Er ist in Euer und mein Leben eingedrungen, und solange Ihr ihm nicht das aushändigt, was er begehrt …«

Maynard wartete auf das Ende des Satzes, doch vergeblich. Die Frau war tot.

Er sank in die Knie und verharrte so, bis im Morgengrauen die Glocke des Klosters traurig erklang. Während dieser ganzen Zeit ruhte sein Blick auf seiner toten Gegnerin.

Er hatte niemals eine schönere Frau gesehen.

12

Reims, Porte de Mars
21. Oktober

Der große, geschlossene Wagen fuhr zwei Tage lang ohne Rast. Nach einem kurzen Aufenthalt in Paris hatte der Kardinal befohlen, eilig nach Reims weiterzureisen. Er musste so rasch wie möglich mehr über das Haus de Rocheblanche herausfinden. Besonders hellhörig hatte ihn gemacht, was er über Schwester Eudeline gehört hatte, wie schnell sie zur Äbtissin ernannt worden war, doch auch über den frühzeitigen Tod des ebenso vornehmen wie zügellosen Vaters wollte er mehr erfahren. Er fragte sich, ob es einen Zusammenhang mit den Gerüchten gab, die ihm zu Ohren gekommen waren, obwohl solche Skandale ihm zweifellos nicht unbekannt waren. Denn er hasste es zwar, Petrarca zustimmen zu müssen, dennoch konnte er nicht leugnen, aus einer Stadt zu kommen, in der Unmoral und Verderbtheit herrschten. In dieser Hinsicht konnte Avignon sich durchaus mit Rom messen und trug bereits den Beinamen »das neue Babylon«.

Der Kardinal hatte seine geliebte *Livrée du Lion* gewiss nicht verlassen, um einer angeblichen Inzestgeschichte nachzugehen. Er wollte den Lapis exilii in seinen Besitz bringen, und dafür benötigte er das Pergament, in dem dessen Versteck beschrieben wurde. Er musste Maynard de Rocheblanche finden. Vielleicht war es etwas übertrieben, dass er selbst sich auf den Weg nach Reims machte, da er bereits seine besten Spürhunde auf ihn angesetzt hatte. Andererseits kam dieser Mission so große Bedeutung zu, dass er nichts unversucht lassen durfte.

Allerdings fragte er sich, ob Maynard die Pergamentrolle überhaupt noch besaß. Vielleicht hatte er sie an einem sicheren Ort versteckt, oder er hatte den Inhalt einer vertrauten Person enthüllt …

Man konnte natürlich nichts mit Bestimmtheit sagen, aber sein Aufenthalt im Kloster Sainte-Balsamie war äußerst verdächtig und ließ darauf schließen, dass Eudeline von einigen Einzelheiten der verwickelten Angelegenheit Kenntnis hatte.

»Du musst ihre Gunst erlangen«, sagte er plötzlich und sprach damit seine Gedanken laut aus. »Ihre Vertraute werden.«

Die junge Frau neben ihm schreckte auf und hob den Kopf von seiner Schulter. »Verzeiht, Eminenz«, sie schob sich eine Locke aus dem Gesicht, »ich war eingenickt ...«

»Die Äbtissin von Sainte-Balsamie«, erklärte der Kardinal. »Du musst unbedingt ihr Vertrauen gewinnen.«

Aleydis unterdrückte ein Gähnen. »Das werde ich, nur keine Sorge.«

»Du bist diejenige, die sich Sorgen machen muss, und zwar im Falle deines Scheiterns.«

Beunruhigt vom Wechsel seines Tonfalls bemühte sich Aleydis schnell um ein Einlenken. »Ich werde die Gelegenheit, die Ihr mir bietet, bestimmt nicht in den Wind schlagen.« Obwohl sie dem Kardinal erst seit einem knappen Monat diente, hatte sie ihn in der Abgeschiedenheit des Alkovens nur allzu gut kennengelernt. Als aufmerksame Beobachterin hatte sie die wesentlichen Züge seines Charakters – Eitelkeit, Ehrgeiz und eine fast grausame Gier – ausreichend erfasst, um ihm bestmöglich schmeicheln und ihn befriedigen zu können. »Dank Euch werde ich Nonne und dem Elend entkommen.«

»Du wirst allerdings keine Klarisse sein«, stellte er klar. »Das Kloster von Sainte-Balsamie beherbergt eine Gemeinschaft von Benediktinerinnen. Kennst du den Unterschied?«

»Aber gewiss. Erstere befolgen die Regel der heiligen Klara, die von der des heiligen Franziskus inspiriert wurde. Letztere dagegen die *Regula Benedicti.*«

»Im Grunde unterscheiden sie sich ausschließlich dadurch, dass die einen sich mehr zur Armut berufen fühlen, während die anderen nach Wissen streben.« Er wartete, bis er sie nicken sah, dann fügte er hinzu: »Was mich allerdings beunruhigt, ist dein hochmütiges Wesen.

Nur weil dir einmal jemand Lesen und Schreiben beigebracht hat, bist du noch lange nichts Besseres.«

»Ich weiß mich zu bescheiden, Euer Gnaden.«

»Du musst demütig und gehorsam sein. Und du solltest lernen, zuzuhören, ohne etwas zu erwidern. Nur so wirst du das Vertrauen der Äbtissin gewinnen.«

»Zuhören, ohne etwas zu erwidern«, wiederholte Aleydis, während sie aus dem Fenster des Wagenaufbaus spähte. »Ihr werdet sehen, dass ich Euch nicht enttäuschen werde.«

Verärgert von so ausgeprägtem Selbstvertrauen runzelte der Kardinal die Stirn. Noch hatte er Aleydis nicht der Gemeinschaft von Sainte-Balsamie übergeben, und schon begann er seine Wahl zu bereuen. Dennoch, als er den Plan entwickelt hatte, eine Novizin in das Kloster einzuschleusen, war es ihm nur natürlich erschienen, sie auszuwählen. Sie war jung und schlau und strahlte dabei doch eine gewisse Unschuld aus, die es ihr ermöglichen würde, Eudeline auszuspionieren, ohne Verdacht zu erregen. Nun allerdings fürchtete er, dass ihr über die Maßen selbstsicherer Charakter sie verraten könnte. Er legte ihr die Hände auf die Knie und sah sie durchdringend an.

»Ich hoffe sehr, dass du die Bedeutung der Aufgabe begreifst, die ich dir anvertraue.« Er verstärkte seinen Griff und zog sie zu sich heran. »Ich hätte ja selbst versucht, mich in dieses Kloster einzuschleichen, wenn nicht die Gefahr bestünde, erkannt zu werden, ganz abgesehen davon, dass Männern der Zutritt zu gewissen Bereichen nicht gestattet ist.« Er hätte natürlich auch die Äbtissin entführen und unter Folter befragen können, doch im Moment zog er es vor, keine Gewalt auszuüben. »Verstehst du, warum du so wichtig bist? Du musst meine Augen und Ohren dort werden, um mir dann alles genauestens zu erzählen. Ich werde in Reims Quartier beziehen, in der Abtei Saint-Remi, und auf deine Berichte warten.«

»Ihr wart nur zu deutlich, Eminenz«, versicherte ihm Aleydis.

Der Kardinal ließ seine Hände an ihren Schenkeln emporgleiten und spreizte sie. »Dann vergiss niemals die wichtigste Regel.«

Aleydis kam seinen Bewegungen entgegen. »Und welche wäre das?«

»Achte darauf, niemandem meinen Namen zu nennen, niemals und unter keinen Umständen.« Der Kardinal sah sie eindringlich an. »Oder, das schwöre ich bei Gott, du wirst die Hölle auf Erden erleben.«

13

Reims, Kloster Sainte-Balsamie
22. Oktober

Eudeline pflegte vor Sonnenaufgang aufzustehen und die Stunden zwischen der *Matutin* und den Laudes zu nutzen, um die Besitztümer der Familie zu verwalten. Sie vermerkte alle Vorgänge in einem großen Hauptbuch aus Pergament und achtete besonders auf die Einnahmen aus den Lehen und die Kosten, die zu deren Unterhalt nötig waren, damit sie ertragreich blieben. Dieser Tätigkeit widmete sie sich seit dem Tod des Vaters, nachdem ihr ehrwürdiger Onkel Antoine Tempier erklärt hatte, er sei zu beschäftigt, um sich eine solche Aufgabe aufbürden zu können. Eudeline war damals gerade erst ins Kloster eingetreten und hatte versucht, dem Alptraum ihrer Erinnerungen durch Arbeit zu entfliehen. Deswegen hatte sie auch diese Pflicht nur zu gern übernommen.

Anfangs hatte sie nicht gewusst, wie sie sich zwischen diesen Stapeln von Dokumenten zurechtfinden sollte, in denen Besitzansprüche, Nutzungsrechte, Latifundien, Frondienste und Verantwortlichkeiten verschiedenster Art verzeichnet waren. Überdies hatte sie gezweifelt, ob ihre geistigen Fähigkeiten diesen Aufgaben gewachsen wären. Doch dann hatte sie mit Hilfe der alten Mutter Oberin gelernt, jedes Gut nach Wert, Zahlungsfristen und Gebietserweiterungen einzuordnen. Innerhalb weniger Monate hatte sie sich eingearbeitet und war so zur Herrin über etliche Lehen geworden, die sie zum Großteil noch nie gesehen hatte. Und zu ihrer Überraschung hatte sie entdeckt, dass es ihr Freude bereitete, über eine gewisse Macht zu verfügen.

Doch trotz ihres Geschicks in der Verwaltung war sie immer noch eine Nonne. Sie konnte das Kloster nicht verlassen, um sich persönlich um die Geschäfte zu kümmern, daher musste sie sich auf

Missi, Bevollmächtigte, verlassen, die an ihrer statt die Besitztümer, Ernten und Lebensumstände der Leibeigenen und das Vieh überprüften. Sie traf sich monatlich mit ihnen, hörte sich ihre Berichte an und gab ihnen neue Anweisungen. Die Buchhaltung und den Zahlungsverkehr allerdings verwaltete sie persönlich. Sie gestattete niemandem, auf das Geld zuzugreifen, und verwahrte es in einem geheimen Raum, zu dem nur sie Zutritt hatte.

Am heutigen Tag hatte sie keine besonderen Aufgaben zu erledigen. Sie saß vor einer Öllampe und notierte die Einkünfte eines Weinbergs am Fluss Vesle. Dabei bemerkte sie, dass diese im Vergleich zum Vorjahr fast um die Hälfte zurückgegangen waren. Keine große Überraschung. Im ganzen Königreich verhielt es sich ähnlich. Die Winter wurden immer härter und beeinträchtigten die Ernten schwer, sodass schon die Angst umging, es könnte erneut zu einer Hungersnot wie 1338 oder 1343 kommen. Gerüchte sahen die Ursache dafür in der *Konjunktion* dreier Planeten, die sich im letzten Jahr ereignet hatte.

Eudeline glaubte nicht recht daran. Sie wusste zwar, dass die Himmelskörper den Willen Gottes widerspiegelten, aber sie bezweifelte, dass die Menschen in der Lage waren, die entsprechenden Zeichen zu erkennen. Ihrer Meinung nach half nur das Gebet.

Sie schloss das Hauptbuch und erhob sich seufzend vom Schreibtisch. Vor ihr lag ein anstrengender Tag, doch ehe sie sich den täglichen Pflichten widmen würde, wollte sie nach Maynards Gefährten sehen. Man hatte ihr berichtet, dass er Anzeichen von Besserung erkennen ließ, obwohl er immer noch in einem verwirrten Zustand vor sich hin dämmerte. Und doch war schon das ein Wunder in Anbetracht des schweren Eingriffs, den er hinter sich hatte.

Mit der Lampe in der Hand verließ sie ihr *Domus particularis* und legte dann, eingehüllt in einen Umhang zum Schutz vor der kalten Luft, ein kurzes Stück im Freien zurück. Der Himmel lag unter einer so dichten Wolkendecke, dass sogar der Mond dahinter verschwand.

Eudeline lief am Gemüsegarten und an der Apsis der Kirche vorbei, bis sie den Wandelgang erreichte, der zum Valetudinarium führte. Dort suchte sie zunächst nach der Siechenmeisterin, doch als sie diese nicht fand, ging sie allein zum Lager von Robert de Vermandois und nutzte die Gelegenheit, ihn im Schlaf ausgiebig zu betrachten.

Er hatte sich deutlich verändert, seit sie ihn zum letzten Mal gesehen hatte. Natürlich war er noch sehr blass, der Kopf dick verbunden, doch etwas in seinem Ausdruck war vorher nicht erkennbar gewesen. Die nun entspannte Stirn verlieh ihm einen weichen Zug, der durch die leicht geöffneten, nicht mehr schmerzverzerrten Lippen noch verstärkt wurde.

Eudeline hatte nicht erwartet, eine derartige Harmonie bei einem Mann zu entdecken, der ihr auf den ersten Blick grobschlächtig und brutal erschienen war. Doch jetzt bemerkte sie edle Gesichtszüge, die vielleicht sogar freundlich lächeln und in einer Frau Vertrauen erwecken konnten. Was sie sah, erfüllte sie nicht nur mit Verwunderung, sondern gefiel ihr zudem ausgesprochen gut.

Eine Bewegung riss sie aus ihren Gedanken. Robert hatte die Lider geöffnet.

Für einen Moment verlor sich Eudeline in seinen grünen, sanften Augen, ohne zu begreifen, weswegen ihr auf einmal die Hände zitterten. Eine ungekannte Freude schien sie zu erfüllen und ließ sie fast erröten. *Gib acht!*, ermahnte sie sich, als sie begriff, was gerade mit ihr geschah.

Schritte hinter ihr ließen sie zusammenzucken und herumfahren.

Eine Mitschwester trat aus der Dunkelheit hervor. Doch anstatt etwas zu sagen, musterte sie ihre Oberin besorgt.

Wie verwirrt wirke ich?, dachte Eudeline. »Nur zu, sprecht«, ermunterte sie die Mitschwester hastig, während sie sich um eine würdevolle Haltung bemühte.

»Soeben ist eine Botschaft eingetroffen«, bekam sie zur Antwort. »Man erwartet Euch in der Abtei Saint-Remi, ehrwürdige Mutter.«

»Aus welchem Grund?«

»Die Ankunft einer Novizin.«

Eudeline verzog verärgert das Gesicht. Niemand hatte sie diesbezüglich unterrichtet. Sie forderte die Schwester auf, mit ihr nach draußen zu kommen, doch ehe sie das Zimmer verließ, drehte sie sich noch ein letztes Mal zu dem Kranken um.

Robert de Vermandois hatte die Augen wieder geschlossen und war in festen Schlaf gesunken. Doch sein Blick hatte sich tief in ihr Herz eingebrannt.

Eudeline begab sich ausgesprochen ungern außerhalb der Klostermauern – *hinaus in die Welt*, wie sie es nannte. Sie ertrug keine wogenden Menschenmassen, deren Durcheinander sie schwindlig machte. Sie verabscheute Stimmen, vor allem wenn sie laut und gewöhnlich klangen. Außerdem hasste sie Männer, alle Männer, denn im Gesicht jedes einzelnen erkannte sie stets irgendeinen Zug ihres Vaters. Die einzige Ausnahme hatte bis vor Kurzem ihr Bruder gebildet – und nun gehörte auch Vermandois dazu. Das flüchtige Gefühl, das sie bei seinem Anblick überkommen hatte, hatte sie nachhaltig durcheinandergebracht.

Mit schnellen Schritten eilte sie zur Abtei Saint-Remi, dabei achtete sie darauf, ihr Gewand nicht mit dem Unrat auf den Straßen zu beschmutzen. Sie verstand nicht, wie Menschen in einem solchen Dreck leben konnten, obwohl sie wusste, dass in Reims fast überall solche Zustände herrschten. Nur rund um die Kathedrale sah es einigermaßen ansprechend aus. Der Rest verkam.

Das Viertel Saint-Remi gehörte ebenfalls dazu. Einstmals war es dafür bekannt gewesen, etwa hundert Familien zu beherbergen – darunter Köche, Bäcker und Handwerker –, die im Dienst der Abtei standen, aber als Eudeline jetzt über den östlichen Platz lief, wurde ihr klar, dass selbst von der berühmten Messe, die in diesen Tagen stattfand, recht wenig geblieben war. Nur einige Läden und armselige Stände duckten sich an die Überreste einer alten Stadtmauer, hinter der eine der blühendsten Abteien Frankreichs lag.

Ein drohendes Muhen brachte sie unvermittelt in die Wirklichkeit zurück: Ein Ochsenkarren kam mit hoher Geschwindigkeit auf sie zugeholpert. Auf die warnenden Schreie des Wagenführers hin wich sie hastig aus, doch dabei prallte sie gegen jemanden und stürzte zu Boden. Starr vor Schreck beobachtete sie, wie die Hufe der Tiere immer näher kamen. Sie sah sich schon im Schmutz zerquetscht liegen, als sie plötzlich hochgerissen und zur Seite gezerrt wurde.

Erleichtert sah Eudeline, wie der Wagen an ihr vorbeizog und um die nächste Ecke verschwand. Sie konnte kaum fassen, dass sie das Ganze unversehrt überstanden hatte, und wandte sich um, weil sie dem barmherzigen Samariter danken wollte, der ihr geholfen hatte. Zu ihrer Überraschung sah sie sich einem Mann von exotischem Aussehen gegenüber. Er trug ein langes scharlachrotes Gewand, seine Haut war dunkel und seine Augen schwarz umrandet. Er deutete eine knappe Verbeugung an, dann verschwand er geschmeidig wie eine Katze im Gedränge.

Von dieser ungewöhnlichen Begegnung verwirrt, blieb Eudeline zunächst stehen, bis sie sich fasste und ihren Weg wieder aufnahm.

An der Abtei Saint-Remi angekommen, stieg sie die Treppe zum Portal hoch und ging durch den *Narthex*, um dann einen Augenblick vor dem Hauptschiff zu verweilen. Hundertzwanzig Schritt lang und über zwanzig Klafter hoch. Jedes Mal wenn sie dieses großartige Gotteshaus betrachtete, wurde sie von seiner Wirkung überwältigt, und sie erinnerte sich daran, wie sie es zum ersten Mal als Kind an der Seite ihrer Mutter betreten hatte. Wie damals näherte sie sich einer Statue des heiligen Remigius, um ein Gebet zu sprechen.

»Verleih mir die nötige Kraft«, flüsterte sie schließlich vor dem Amen, »verleih mir den Mut.«

Sie blickte sich um und bemerkte, dass sich ihr zwei Personen näherten. Ein großer, kräftiger Mann, der sich in einen jener weiten Umhänge gehüllt hatte, wie Räuber sie trugen, um ihre Waffen zu verbergen, und eine junge Frau, die mit schlichter Eleganz gekleidet war.

Der Mann deutete eine Verbeugung an. »Die ehrwürdige Superiorin von Sainte-Balsamie, nehme ich an.«

Eudeline nickte und erwiderte den Gruß. »Darf ich erfahren, wen ich vor mir habe?«, fragte sie kühl.

»Mein Name ist Marcus, und das muss Euch genügen, da mein Herr höflich darum ersucht, ungenannt zu bleiben.«

Eudeline betrachtete ihn aufmerksam und mit wachsendem Misstrauen. »Wollt Ihr ein Spiel mit mir treiben? Ihr könnt mich nicht wie ein Küchenmädchen herbestellen und mir jemandes anderen Willen aufzwingen.«

»Es lag mir fern, Euch zu beleidigen, wohlehrwürdige Mutter«, erwiderte Marcus schmeichlerisch. »Wenn ich es doch tat, dann nur, weil ich möglichst schnell zum eigentlichen Grund für dieses Treffen gelangen wollte.«

Eudeline verschränkte die Arme. »Ich höre.«

»Wie die Botschaft schon besagte, die Ihr erhalten habt, bin ich hier, um Euch eine Jungfer von wunderbarer Hingabe zu Gott anzuvertrauen.« Er zeigte auf die junge Frau neben sich. »Eine arme Waise, die mein Herr in Eure Obhut übergeben möchte.«

Eudeline wandte sich der jungen Frau zu. Sie war sehr anmutig und fühlte sich offenkundig unwohl in ihrer Haut. Eudeline milderte ihren Blick. »Wie heißt Ihr?«

»Aleydis«, antwortete die junge Frau mit einem Knicks.

»Erzählt mir von Eurer Berufung«, forderte Eudeline sie auf. »Was bringt Euch zu diesem Schritt?«

Aleydis sah sie an. »Seit ich ganz allein auf der Welt bin, wünsche ich mir nichts mehr, als den Schleier zu nehmen.« Sie zögerte und biss sich auf die Unterlippe. »Das Gebet war in diesen Jahren mein einziger Trost. Ich will diesen Weg weitergehen, um mich Gott näher zu fühlen.«

»Es tut mir leid, dass Ihr Eure Familie verloren habt«, erwiderte Eudeline, »aber selbst wenn ich Euch in meinem Kloster aufnehmen wollte, müsst Ihr wissen, dass ich verpflichtet bin, Euch um eine Mitgift zu –«

»Nur keine Sorge«, unterbrach Marcus. »Mein Herr ist bereit, eine stattliche Summe zu spenden, den Gegenwert von tausend Goldflorin.«

Eudeline starrte ihn wie benommen an. Tausend Goldflorin entsprachen den Jahreseinnahmen eines Klosters mittlerer Größe. Sie hätte keine Schwierigkeiten, eine solche Summe einzusetzen. Das Dormitorium musste erweitert werden, und das Dach des Klosters bedurfte einer Reparatur. Dennoch konnte sie sich nur schwer mit dem Gedanken anfreunden, Geld von einem Unbekannten zu erhalten.

»Eine beträchtliche Summe«, sagte sie. »Ich würde jedoch gern erfahren, woher sie kommt.«

Marcus machte eine unbestimmte Handbewegung. »Wollt Ihr jetzt allen Ernstes Moral predigen –«

»Ja, genau das will ich«, beharrte Eudeline. »Die christliche Ethik gebietet es mir, kein Geld anzunehmen, das aus Wucherei, Erpressung und Raub stammt.«

»Nichts von alledem, das versichere ich Euch. Das Geld, von dem ich spreche, stammt aus den Einkünften einer Ganzpacht, die von der Kirche gewährt wurde. Daher begreift Ihr bestimmt, woher dieser Reichtum kommt und wer darüber verfügt. Mein Herr will nicht mit der eigenen Mildtätigkeit prahlen, weswegen er es vorzieht, im Hintergrund zu bleiben, auch auf die Gefahr hin, unhöflich zu wirken.«

»Unhöflich und ebenso ungewöhnlich«, fügte Eudeline hinzu und blickte zu Aleydis. Vielleicht würde sie irgendwann noch mehr von ihr erfahren, aber jetzt war nicht der geeignete Augenblick, ihr Fragen zu stellen. Sie seufzte. »Dann werde ich wohl meine Neugier beiseiteschieben müssen.«

Marcus nickte. »Nur noch eine letzte Bedingung«, erklärte er. »Aleydis wird sich einmal wöchentlich hier in diese Abtei begeben, um ihren Beichtvater zu treffen.«

»Ich begreife den Grund dafür nicht«, widersprach Eudeline. »Wir haben einen Beichtvater in unserem Kloster.«

Marcus breitete die Arme aus, um zu zeigen, dass er daran nichts ändern konnte. »Ich überbringe bloß die Wünsche meines Herrn, ehrwürdige Mutter. Ändern kann ich sie nicht.«

Eudeline musterte ihn forschend und wog das Für und Wider einer derartigen Vereinbarung ab. Eine Novizin und tausend Goldflorin würden Sainte-Balsamie guttun, obwohl ihr die ganze Geheimniskrämerei zuwider war. »Nun gut, ich nehme an«, sagte sie schließlich. »Aber nur für die Dauer des Noviziats. Sobald Euer Schützling diese

Zeit bestanden hat, darf sie das Kloster nicht mehr verlassen. Nicht einmal, um zu beichten.«

»So sei es«, beschloss Marcus die Unterredung. Als er ihr Aleydis anvertraute, lächelte er sie entgegenkommend an. Wie ein Kuppler.

14

»Ihr sollt wissen, dass es für Euch nicht leicht sein wird, aufgenommen zu werden.« Eudeline wich dem bestürzten Blick von Aleydis aus und konzentrierte sich darauf, nicht in eine der Schlammpfützen auf dem Weg vor ihr zu treten. Ihr Gewand war bereits verschmutzt, und ein Blick zum wolkenverhangenen Himmel ließ sie befürchten, dass sie das Kloster vollständig durchnässt erreichen würden. Inzwischen war ihre Verärgerung jedoch einem Beschützerinstinkt gewichen. Sie wusste nicht, was diese junge Frau mit ihrem geheimnisvollen Gönner und dem verschlagenen Marcus verband, aber sie erkannte gute Eigenschaften in ihr. Die Unglückliche war früh Waise geworden und schien in Armut gelebt zu haben. Allein deswegen hatte sie Trost verdient. Aber obwohl sie ihr diesen gern spenden wollte, fühlte sie sich auch verpflichtet, sie nicht zu sehr zu ermutigen.

»Das verstehe ich nicht, wohlehrwürdige Mutter«, erwiderte Aleydis.

»›Prüft die Geister, ob sie aus Gott sind‹«, zitierte Eudeline den ersten Brief des Apostels Johannes. »Und nennt mich bitte nicht ›wohlehrwürdige Mutter‹. Mutter ist mehr als ausreichend.«

»Ihr möchtet mich also prüfen?«

Eudeline nickte. Nicht sie bestand darauf, so wollte es die Regel des heiligen Benedikt. »Nur wenige sind zum Klosterleben auserwählt, obwohl viele danach streben.«

»Ich dachte, es würde genügen, eine Mitgift zu bezahlen«, sagte die junge Frau enttäuscht.

»Jetzt seid nicht dumm«, ermahnte Eudeline sie. »Das Geld ist notwendig für den Unterhalt des Klosters und seiner Gemeinde, schließlich können Nonnen nicht betteln gehen. Aber so wahr es einen Gott gibt, entscheidet nicht Reichtum über die Berufung, und ich werde keinen von Euren Goldflorin anrühren, bis Ihr nicht das Gelübde abgelegt habt.«

»Wenn es stimmt, was Ihr sagt, wie habt Ihr es geschafft, so jung schon Oberin zu werden?«

Eudeline fuhr herum. »Jetzt seid Ihr unverschämt. Sprecht lieber von Euch, denn bis jetzt weiß ich so gut wie nichts über Euch.«

Aleydis blieb mitten auf der Straße stehen. »Verzeiht, Mutter«, sagte sie und neigte den Kopf. »Ich hoffe, ich war nicht zu respektlos, sodass Ihr mein Noviziat bedauert.«

»Noch seid Ihr keine Novizin«, entgegnete Eudeline.

Ein Anflug von Sorge glitt über das Gesicht des Mädchens. »Heißt das, dass Ihr mich nicht ins Kloster aufnehmt?«

Eudeline sah sie schweigend an und versuchte, ihre Wut zu bezähmen. Es war eigentlich gar nicht ihre Art, so brüsk zu reagieren, doch Aleydis' Bemerkung hatte einen wunden Punkt berührt. Die Ereignisse der letzten Tage mussten ihr mehr zugesetzt haben, als sie gedacht hatte. Sie seufzte auf.

»Zunächst werdet Ihr im Gästehaus wohnen«, erklärte sie, während sie allmählich ihren Gleichmut wiederfand, »... aber ich verspreche Euch, dass Ihr nicht untätig bleiben werdet.«

Das letzte Wegstück rannten sie fast, um sich vor einem plötzlichen Schauer in Sicherheit zu bringen.

Aleydis erreichte mit der Äbtissin das Klosterportal, wo sie dann allein warten musste, bis die Schwester Pförtnerin, eine hochbetagte Frau, zu ihr kam, um sie in ein Holzhaus am Rand des Gebäudekomplexes zu führen. Darin gab es nur einen einzigen großen Raum, in dem Dutzende Strohlager hergerichtet waren, außerdem stand in der Mitte ein Tisch. Gegenüber dem Eingang befand sich an einer rauchgeschwärzten Wand ein erloschener Kamin.

Kurz darauf klopfte ein Bediensteter an die Tür und brachte grobe Leintücher, ein paar Talgkerzen und einen Tonkrug voll Wasser, dann ging er zur Feuerstelle, um ein paar Holzscheite aufzuschichten. Während Aleydis darauf wartete, dass das Feuer brannte, erklärte ihr die alte Nonne die Gepflogenheiten im Kloster.

»Ihr erhaltet zwei Mahlzeiten am Tag, aber Ihr habt noch keine Erlaubnis, dafür ins Refektorium zu kommen. Ihr werdet sie hier allein verzehren. Außerdem seid Ihr verpflichtet, an allen Gottesdiensten teilzunehmen. Ihr werdet in einer der letzten Bänke des Klosters sitzen und an niemanden das Wort richten.« Sie lächelte freundlich. »Seid geduldig, gehorcht, und Ihr werdet belohnt werden. Ich kann Euch nicht mehr sagen, außer dass die ehrwürdige Mutter Euch gleich noch einmal aufsuchen wird, um Euch die Aufgaben zuzuteilen.«

Aleydis hätte noch unendlich viele Fragen gehabt, aber sie nickte nur stumm.

Die Pförtnerin lächelte ihr erneut zu, dann befahl sie dem Bediensteten, mit ihr gemeinsam den Raum zu verlassen, und verschwand im Regen.

Sobald Aleydis allein war, setzte sie sich vors Feuer und trocknete ihre Haare mit einem Tuch. Sie war von der Reise erschöpft und von der Aufnahme im Kloster enttäuscht. Im Moment konnte sie sich nicht vorstellen, wie sie ihren Auftrag erfüllen sollte. Der Kardinal hatte nichts davon gesagt, dass sie an einem so düsteren Ort eingesperrt werden würde und darauf warten musste, für geeignet befunden zu werden. Ebenso hatte er ihr die Schwierigkeiten verschwiegen, ins Noviziat aufgenommen zu werden. Stattdessen hatte er ihr nur ein paar Ratschläge gegeben, wie sie sich zu benehmen hatte, und ihr gedroht, falls sie versagen sollte. Im Grunde nichts, was ihr nun nützen konnte.

Sie kauerte sich auf dem Lager neben dem Kamin zusammen und schloss die Augen, während sie versuchte, sich Mut zu machen. *Zum Teufel*, dachte sie trotzig. Ihr war gleich, wie lange sie an diesem Ort bleiben würde und wie viele Prüfungen sie zu bestehen hatte. Schlimmer als ihr früheres Leben konnte es nicht werden. Sie war in einer Spelunke geboren und aufgewachsen, die wesentlich trostloser gewesen war als der Raum, in dem sie sich jetzt befand, ständig auf der Flucht vor den Übergriffen ihres Vaters und den Schlägen der Mutter. Sie hatte Hunger, Dreck und so strenge Winter überlebt, dass sie allein bei dem Gedanken daran fror. Was war dagegen schon so eine dumme Benediktsregel?

Im Übrigen, was konnte die Äbtissin wohl wissen? Aleydis hatte sich schon auf die Zunge gebissen, aber dann hatte sie es doch nicht lassen können. *Wie habt Ihr es geschafft, so jung schon Oberin zu werden?* Man musste sie doch bloß ansehen, um zu wissen, dass Schwester Eudeline aus einem vornehmen Haus stammte. Mit diesen weißen Händchen und dem engelsgleichen Gesicht konnte sie leicht über Demut sprechen, wenn sie wahrscheinlich niemals ein Gewand hatte flicken müssen. *Nein*, sagte sich Aleydis, *die werden mich nicht brechen.*

Sie ballte die Fäuste und dachte an die Belohnung, die ihr der Kardinal versprochen hatte. »Führt meine Befehle aus, und ich werde Euch zur Äbtissin machen.« Sie würde nie mehr in die Armut zurückkehren, koste es, was es wolle. Nie mehr wieder. Und während die Müdigkeit ihre Glieder schwer werden ließ, glitt sie langsam in den Schlaf.

Als sie erwachte, stand die Äbtissin neben ihr. Sie hielt eine Schüssel mit dampfender Suppe in der Hand. »Euer Mittagsmahl«, sagte sie und stellte das Gefäß auf den Tisch. »Esst, solange es noch warm ist.«

Aleydis erhob sich vom Lager und schüttelte die Strohhalme ab, die sich in ihrer Kleidung verfangen hatten. »Verzeiht mir, Mutter. Ich fürchte, ich bin über meinem Gebet eingeschlafen.«

Eudeline nickte. »Ich habe über eine Reihe von Aufgaben nachgedacht, die ich Euch anvertrauen kann.«

»Ich werde glücklich sein, Euch zu gehorchen.«

»Ihr werdet sie zwischen den Gottesdiensten erledigen, dabei werdet Ihr Euch an das Klosterleben gewöhnen, aber nicht unter meiner Anleitung. Ab sofort befolgt Ihr auf meinen Wunsch die Befehle der Infirmaria.«

»Ich will Euch nicht widersprechen …«, setzte Aleydis an, erschrocken über die Vorstellung, sich um irgendeinen Siechen kümmern zu müssen, »nur fürchte ich, der Aufgabe nicht gewachsen zu sein –«

Eudeline brachte sie mit einer Handbewegung zum Schweigen. »Hingabe, Barmherzigkeit, Beständigkeit. Etwas anderes wird nicht von Euch verlangt. Ihr müsst Euch daran gewöhnen, vor Sonnenaufgang aufzustehen und Eure eigenen Bedürfnisse hintanzustellen. Um den zeitlichen Ablauf zu verinnerlichen, achtet auf die Stunden der täglichen Messen und auf die Schläge unserer Glocke.«

In den folgenden Tagen passte sich Aleydis den Regeln des Klosterlebens an und führte jede Aufgabe aus, die ihr von der Infirmaria aufgetragen wurde. Entgegen ihren Befürchtungen wurde nicht von ihr verlangt, sich um irgendwelche Kranken zu kümmern. Stattdessen musste sie einfache, aber anstrengende Aufgaben ausführen. Den Großteil des Tages verbrachte sie gebückt im *Hortus* und *Herbaria* damit, Unkraut zu zupfen, Pflanzen zu gießen und die Erde mit einer Hippe aufzuhacken. Außerdem musste sie das Valetudinarium sauber halten, die Bücher, die medizinischen Instrumente und die getrockneten Heilkräuter ordnen, die in Glasgefäßen in einer Art Keller aufbewahrt wurden. Sie zwang sich, immer pünktlich zur Messe zu kommen, und nach der Vesper zog sie sich ins Gästehaus zurück, um allein zu essen und dann erschöpft auf ihr Strohlager zu sinken, während sie später der Gottesdienst zum Komplet erwartete. Ein Dankeswort oder ein anderes Zeichen der Wertschätzung erhielt sie nie.

Bisher hatte sie nicht gewusst, dass Gehorsam und Schweigen so viel Opfer verlangten. Mit niemandem ein Wort wechseln zu dürfen lastete schwer auf ihr, ebenso die Tatsache, ständig beobachtet und in ihrem Tun bewertet zu werden. Außerdem fürchtete sie jedes Mal, wenn sie mit den Mitschwestern zusammen war, sich unangemessen zu verhalten und dumm zu erscheinen. Und dennoch zwang sie sich durchzuhalten, bis ihre Geduld endlich belohnt wurde.

Das geschah am fünften Tag, als sie den Boden des Valetudinariums gerade mit einem mit Essig getränkten Lumpen scheuerte. Die Siechenmeisterin hatte sie allein gelassen, weil sie draußen etwas zu erledigen hatte. Plötzlich kam die Äbtissin herein.

Aleydis schrubbte von ihr unbemerkt in einer Ecke kniend weiter. Und während sie sich fragte, was Eudeline hier tun würde, beobachtete sie sie heimlich. Sie sah, wie sie den Raum durchquerte und sich neben den einzigen Kranken im Valetudinarium setzte, einen Mann mit verbundenem Kopf, der tief zu schlafen schien.

Aleydis kannte seinen Namen nicht, aber ein Blick auf seine kräftige Gestalt und die Soldatenkleidung am Fußende des Bettes hatten ihr genügt, um Mutmaßungen anzustellen. Doch sie fragte sich, weshalb ein verletzter Soldat in einem Kloster gepflegt wurde. Womöglich war das genau so eine Nachricht, die den Kardinal interessieren könnte.

Was allerdings dann geschah, weckte ihre Neugier nur umso mehr.

Eudeline tat eigentlich nichts Außergewöhnliches. Sie betrachtete den Kranken bloß sehr eindringlich. Aber nicht Nächstenliebe war auf ihrem Gesicht zu lesen oder das Mitleid einer Nonne mit einem Leidenden. Obwohl Aleydis sich nicht sicher war, hatte sie das Gefühl, einem wesentlich persönlicheren Moment beizuwohnen.

Dieses Gefühl dauerte nur einen Augenblick. Als Eudeline aufstand, wandte sie unvermutet den Kopf und bemerkte Aleydis. Rasch ging sie zu ihr.

Aleydis wappnete sich bereits für eine Ermahnung. Doch als die Äbtissin vor ihr stand, sah sie in deren Augen nur Sorge. Eine Sorge, die gewiss nichts mit dem ruhigen, zurückgezogenen Leben einer Nonne zu tun hatte.

Von diesem Blick überrascht verharrte Aleydis auf den Knien mit dem Lumpen in der Hand und wusste nicht, was sie nun erwartete.

»Zeigt mir Eure Hände«, befahl Eudeline.

Aleydis zögerte und fragte sich, ob sie sich verhört hätte. Nach einem ungeduldigen Wink gehorchte sie ein wenig beschämt. Ihre Finger waren geschwollen und von der harten Arbeit der letzten Tage mit Kratzern übersät.

Prüfend fuhr Eudeline mit den Fingerspitzen darüber. Dann ließ sie den Blick über den Boden gleiten, um Aleydis' Arbeit zu begutachten. Schließlich lächelte sie befriedigt.

»Euer Aufenthalt im Gästehaus ist beendet«, sagte sie. »Ich nehme Euch als Novizin auf.«

15

Gegend um Saint-Savin-sur-Gartempe
Ende Oktober

Nachdem er auch den zweiten Hinterhalt überlebt hatte, setzte Maynard seine Reise zur Abtei Saint-Savin fort. Er tat es mit gemischten Gefühlen. Einerseits quälte ihn Reue, seine Verfolgerin getötet zu haben, auf der anderen Seite spürte er ein Gefühl der Befreiung bei der Vorstellung, dass ihm nun niemand mehr auf den Fersen war. Doch getragen wurde er vor allem von der Freude darüber, der Lösung des Rätsels nun endlich näher zu kommen.

Als er den Ort erreicht hatte, trieb er sein Pferd durch den kleinen, von Mauern umgebenen Stadtkern, bis er die Kirche mit dem hohen Turm erreicht hatte, der die vielen Hütten um ihn herum spitz überragte. Maynard wusste noch nicht, wo er mit seiner Suche beginnen sollte, da die Pergamentrolle von Jang de Blannen Saint-Savin nur als eine Etappe auf dem Weg zum Mons floris bezeichnete, dem eigentlichen Versteck des Lapis exilii. Um sich noch einmal zu vergewissern, hielt er sein Pferd an und las den betreffenden Satz erneut:

Est Lapis exilii in Monte floris
a meridie Sancti Savini in villa Cerisii

»Südlich von Saint-Savin«, wiederholte er leise. Also hätte er sich jetzt nach Süden wenden müssen, doch der Text enthielt keinerlei näheren Hinweis, wie weit er in diese Himmelsrichtung reiten sollte. Andererseits hoffte Maynard, dass er nicht weit von seinem endgültigen Ziel entfernt war und dass die Einheimischen ihm bei seiner Aufgabe helfen konnten.

Als Erstes hielt er einen Tischler an, dann einen Lederhändler und schließlich noch einen Pilger. Doch jeder, den er nach dem geheimnisvollen Mons floris fragte, antwortete, dass er noch nie davon gehört habe.

Maynard ritt weiter und stieg schließlich vor dem Portal der Kirche aus dem Sattel. Er würde längst noch nicht aufgeben. Die Mönche, die gebildeter waren als das gemeine Volk, würden ihm sicher auf seine Fragen antworten können.

Der erste *Frater*, auf den er traf, war der Bruder Pförtner. Er sagte ihm jedoch, dass er nicht wisse, wo dieser »Blumenberg« sich befände. »Kommt in die Kirche«, fügte er dennoch einladend hinzu, »unser Prior kennt die Gegend hier ganz genau. Mit der Hilfe des Herrn wird er Euch vielleicht den rechten Weg zu weisen wissen.«

Maynard übergab sein Pferd einem Stallknecht und folgte dem Mönch in die Kirche.

Er hatte Saint-Savin noch nie besucht, aber es hatte ihn immer gedrängt, sich die großartigen Wandfresken anzusehen, die in der gesamten Christenheit berühmt waren. Und tatsächlich, kaum hatte er sich an das Halbdunkel gewöhnt, stockte ihm der Atem. Das gesamte Kirchenschiff, der Chor und die Seitenkapellen waren mit farbenprächtigen Malereien geschmückt. Zum größten Teil handelte es sich um Darstellungen aus der Armenbibel, einige Episoden aus dem Alten und Neuen Testament; doch es gab auch andere Szenen, die er auf den ersten Blick nicht zu deuten wusste.

Maynard folgte dem Bruder Pförtner zum Altar, wobei er sich neugierig umsah, sodass er den alten Prälaten beinahe nicht bemerkt hätte, der gerade aus dem vom Lettner begrenzten Raum herauskam. Maynard begegnete seinem Blick und deutete eine Verbeugung an.

»Ich bin ein Pilger aus dem Burgund«, log er, »und suche einen Berg, der Mons floris genannt wird. Ich weiß nicht, wo er sich erhebt, aber soweit mir bekannt ist, müsste er sich im Süden nicht weit von dieser Kirche hier befinden.«

Der Prälat zögerte und lehnte sich an den Eingang des Lettners. »Wer auch immer Euch dies erzählt hat, täuscht sich oder hat gelogen«, sagte er schließlich. »Es sei denn, Ihr hättet Euch verirrt.«

»Ich glaube doch, dass ich mich am rechten Ort befinde.« Maynard dachte an die Worte des Rätsels. »Wenn diese Mauern hier dem heiligen Savinius geweiht sind und auf einem Boden ruhen, den man einstmals Villa Cerisii nannte, dürfte ich mich ganz in der Nähe des besagten Berges befinden.«

»Und doch«, beharrte der Prälat, »südlich von Saint-Savin gibt es keinen Mons floris, das versichere ich Euch. Ihr könntet nur ...« Er runzelte die Stirn, dann blitzten seine Augen kurz auf. »Sagt mir eins, Herr, wisst Ihr genau, was Ihr da eigentlich sucht?«

»Was meint Ihr damit?«, fragte Maynard.

»Hört denn«, murmelte der Prälat, »dass mir ein Name gerade wieder in den Sinn gekommen ist. Und ich habe mich vorher nicht daran erinnert, weil Ihr mich mit Euren Worten auf den falschen Pfad geführt habt, da Ihr von einem Berg gesprochen habt.«

»Ich bitte um Verzeihung. Angesichts des Namens habe ich angenommen, dass der Mons floris ein Berg sei. Um was handelt es sich denn Eurer Meinung nach?«

»Mons floris ... Mont-Fleur ...« Der Prälat nickte bedächtig. »Nein, ich irre mich nicht. So muss es sein! Ihr sucht nicht nach einem Berg, sondern nach einem Kloster.«

»Seid Ihr sicher?«, fragte Maynard, obwohl er sofort überzeugt war, dass der Mann recht hatte. Wenn Mons floris tatsächlich ein Kloster war, ergab auch die Erwähnung einer Krypta einen Sinn.

»Auf jeden Fall«, bestätigte der Prälat. »Das Kloster von Mont-Fleur erhebt sich dort zwischen den Hügeln, weitab von Straßen und Pfaden. Die Pilger meiden es, weil es ärmlich und von dichtem Unterholz umgeben ist. Doch wenn Ihr von hier nach Süden reitet, könnt Ihr es gar nicht verfehlen. Von hier sind es zwei Tagesritte.«

Und so war es.

Nachdem er Saint-Savin hinter sich gelassen hatte, ritt Maynard nach Süden, den ganzen Tag und die folgende Nacht, bis er ein undurchdringlich scheinendes Dickicht erreichte. Mit einer Fackel in der Hand drang er langsam durch die Bäume vorwärts, dabei musste er sich ständig bemühen, seinen Rappen ruhig zu halten. Seit dem Sonnenuntergang hatten ihn unheimliche Geräusche auf der Hut sein lassen, doch sie jagten ihm keine Angst ein. Für jemanden, der dem Tod bereits ins Auge gesehen hatte, reichte ein Schwert im Gürtel aus, um sich sicher zu fühlen. Ihn beschwerten im Augenblick andere Sorgen.

Obwohl er nicht wusste, was er am Ende seines Wegs vorfinden würde, hoffte er insgeheim, dass ihm das Kloster Mont-Fleur einen neuen Abschnitt in seinem Leben eröffnen könnte. Ganz gleich, ob er besser oder schlechter als die vorherigen ausfallen würde, nur eins war wichtig: dass er sich von den Nachtmahren der Vergangenheit befreite, von seiner Seelenpein und dem brennenden Rachedurst ...

Er dachte an Eudeline und schwor sich, ihr zu schreiben, sobald er das Rätsel um den Lapis exilii gelöst hatte. Er konnte das Schweigen zwischen ihnen nicht ertragen und wünschte sich, es so bald als möglich beenden zu können. Doch zunächst musste er erfahren, welches Schicksal ihn nun erwartete.

Und während er in der Finsternis durch die gottverlassene Gegend ritt, sah er plötzlich den apokalyptischen Engel vor sich, der einen großen Mühlstein ins Meer warf; er war riesig, seine majestätisch ausgebreiteten Flügel zeichneten sich gegen den windgepeitschten Himmel ab. Maynard verwünschte sich selbst. Seit er die Prophezeiung des Johannes gehört hatte, quälte ihn ein furchtbarer Zweifel: Vielleicht hatte Jang de Blannen den Lapis exilii ja aus der Furcht heraus versteckt, diese düstere Prophezeiung könnte Wirklichkeit werden, sobald er gefunden würde. Wenn dem so war, stand er im Begriff, einen furchtbaren Fehler zu begehen. Aber was, wenn er denn auserwählt war, den göttlichen Willen zu vollbringen?

Ein Heulen durchbrach die nächtliche Stille.

Inmitten der Dunkelheit stellte Maynard auf einmal fest, dass ihm sein Schwert keineswegs genügte, um sich sicher zu fühlen. Auch wenn er dem Tod schon ins Auge geblickt hatte und es ihm an Mut gewiss nicht mangelte. Doch er fürchtete weder einen Hinterhalt noch den Schmerz durch blitzende Klauen, die ihm die Glieder zerrissen. Nein, es war die Vorstellung, dass alles zu Ende sein sollte, während er nur noch einen Schritt von der Wahrheit entfernt war, die Schuld aber immer noch schwer auf seiner Seele lastete.

Er trieb sein Pferd an und galoppierte zwischen den verkrüppelten Baumstämmen auf einem kaum erkennbaren Pfad weiter. *Das ist der Teufel*, dachte er, als er lang gezogene Schatten zwischen den Büschen neben sich hasten sah. *Der Teufel kommt, um mich zu holen.*

Die Hufe des Rappen flogen über den Pfad. Maynard klammerte sich an die Zügel, beugte sich vor und betete zum Herrn, er möge nicht durch einen in der Dunkelheit verborgenen Ast aus dem Sattel gerissen werden. Der Schein seiner Fackel erhellte kaum den Boden vor ihm, eine Fläche aus trockenen Blättern und festgestampfter Erde, die von dicken Baumwurzeln aufgeworfen war.

Maynard trieb sein Pferd weiter, während ihn ein Rausch aus Bildern und Lauten bestürmte; unablässig hielt er Ausschau nach flinken Körpern, die aus dem Dunkel auftauchten. Inzwischen wurde der Pfad allmählich breiter, und er konnte in der Ferne hinter dem Pflanzendickicht ein Licht schimmern sehen.

Das Heulen der Wölfe in den Ohren, gab er seinem Rappen noch einmal die Sporen. Er spürte, wie etwas seinen rechten Knöchel streifte, doch er wandte sich nicht einmal um. Das Licht vor ihm wurde immer heller, aus dem Pfad war nun eine Straße geworden. Hundert Schritte vor ihm lag ein freier Platz, vielleicht auch Mauern.

Plötzlich musste er sich zur Seite lehnen, um einem gefährlich ausladenden Baumstamm auszuweichen, und dabei sah er die hungrige Horde, die ihn heulend verfolgte. Hastig setzte er sich wieder aufrecht und konzentrierte sich auf das rettende Ziel.

Noch bevor er das große Wachfeuer erreichte, bemerkte er, dass die Wölfe die Verfolgung aufgaben. Erleichtert preschte er vorwärts, bis er den hellen Lichterschein erreichte. Erst dann fiel ihm die mächtige dunkle Silhouette auf, die sich vor ihm mitten im Unterholz erhob.

Erschöpft dankte er dem Himmel, dass er ihn heil und gesund zum Kloster Mont-Fleur hatte gelangen lassen.

16

Mont-Fleur wirkte keineswegs wie ein ärmliches Kloster. Es war von einer Art Festungsmauer umgeben, dahinter erhob sich eine hohe Konstruktion, die mehr einem Wehrturm als einem Kirchturm ähnelte. Der einzige Zugang, ein großes Portal, war mit einem Gitter aus Holz und Metall verschlossen. Während er darauf wartete, dass es sich öffnete, bat Maynard um Erlaubnis, sich an das Feuer setzen zu dürfen, um die Kälte und den Schrecken der Wölfe zu vertreiben. Die Wachen empfingen ihn freundlich, boten ihm eine Decke und heißen Wein an, doch niemand wollte wissen, woher er kam und was er an diesem abgelegen Ort suchte. Er verhielt sich genauso zurückhaltend und versuchte, sich ein wenig auszuruhen.

In der ersten Morgendämmerung konnte er endlich hinter die Mauern gelangen. Er befand sich nun am Ziel, aber er wusste nicht, ob er zufrieden oder besorgt sein sollte. Ein Teil von ihm wollte am liebsten umkehren und die Angelegenheit vergessen; doch das hätte seine Neugier ihm nie gestattet. Außerdem galt sein Interesse nicht ausschließlich dem Lapis exilii, er wollte auch das Komplott gegen den König von Böhmen aufdecken. Bisher wusste er nur, dass irgendwelche Männer, die sich im Dunkeln verbargen, nach dem Geheimnis von Mont-Fleur strebten. Mächtige Männer. Wer auch immer sie waren, er musste herausfinden, wonach genau sie trachteten, und, wenn nötig, ihren brutalen Machenschaften entgegentreten.

Sobald er das Portal durchschritten hatte, erkannte er, dass er sich an einem ganz besonderen Ort befand. Abteien und Pfarreien beherbergten in ihren Mauern im Allgemeinen Dörfer, denen sie Schutz gegen eine entsprechende Menge Geld anboten. Mont-Fleur dagegen ähnelte mehr einer Einsiedelei, die ausschließlich von Mönchen bewohnt wurde. In dem engen Hof um das Kloster befanden sich nur Stallungen, Beete und Gatter für die Tiere. Und wie Maynard schon herausgefunden hatte, handelte es sich bei den Wachen, auf die er gestoßen war, keineswegs um richtige Soldaten, sondern um einfache Männer, die dem Kloster ergeben dienten.

Er nahm sein Ross an den Zügeln und ging zur Vorderseite des Gebäudes. Es wirkte unerschütterlich und altehrwürdig und hatte im Laufe der Jahrhunderte bestimmt zahlreiche Umbauten erlebt, obwohl die Lünette über dem Portal alt genug wirkte, um noch aus der Anfangszeit stammen zu können. Sie stellte das abscheuliche Maul des *Gorgoneions* dar, das die zur Hölle Verdammten verschlang. Seltsam, dass ein dem Frieden geweihter Ort Zufluchtsuchende unter einem so furchtbaren Zeichen empfing.

Maynard band den Rappen an einem Zaun fest und betrat das Innere des Klosters. Als er sich umsah, ergriff ihn Bewunderung. Das Kirchenschiff war riesig. Obwohl nach veralteten architektonischen Stilregeln errichtet, waren die Wände doch mit den elegantesten und kunstfertigsten Malereien bedeckt, die er je gesehen hatte. Im Vergleich dazu wirkte das Werk des Künstlers von Saint-Savin wie das eines unerfahrenen Lehrlings. Die Gemälde stellten eine Reihe von Szenen aus der Bibel dar, die wiederum in Paneelen und in drei Registern angeordnet waren: Das oberste war dem Alten Testament gewidmet – von Adams Schöpfung bis zur Herrschaft Davids –, das mittlere dem Neuen Testament mit dem Leben und der Wiederauferstehung von Jesus Christus. Bis dahin gab es nichts Auffälliges außer der unübertrefflichen Begabung des Malers. Die Besonderheit lag in der untersten Reihe, die ganz der Offenbarung des Johannes gewidmet war.

Maynard betrachtete bestürzt einen bizarren Zug von Ungeheuern, Engeln, Dämonen und seltsamen Kreaturen, die unaufhörlich zum Zeitpunkt der Ernte aus der Öffnung der sieben Siegel hervorströmten.

Hin- und hergerissen zwischen Staunen und der Neugier, wer ein solches Meisterwerk geschaffen haben mochte, fühlte er sich jäh an den Mittelteil des Textes auf der Pergamentrolle von Jang de Blannen erinnert:

Est Lapis exilii in Monte floris
nostra salute clausus in vetusta crypta
sub caelo historiis mire depicto

Endlich begriff er es! Wenn die ersten beiden Zeilen besagten, dass sich der Lapis exilii im Kloster Mont-Fleur befand, eingeschlossen in einer alten Krypta, dann war mit der dritten – »unter einem Himmel von wunderbar gemalten Geschichten« – zweifellos das Kirchenschiff des Klosters gemeint, das mit Geschichten aus dem Neuen und Alten Testament ausgemalt war.

Ich bin am richtigen Ort, dachte er. Doch wieder erfasste ihn diese Unruhe. Ihm war nicht entgangen, dass die Worte auch eine versteckte Warnung enthielten. Als wollte der Verfasser des Rätsels mit den Worten »Unser Heil« auf irgendwelche Fallstricke hinweisen, die mit dem Lapis exilii verbunden waren.

Maynard versuchte in den Wandfresken Erklärungen zu finden. Aufmerksam ließ er seinen Blick über die Wände schweifen auf der Suche nach dem Engel mit dem Mühlstein, von dem in der ersten Zeile des Pergaments die Rede war. Bevor es ihm gelang, ihn zu finden, entdeckte er drei Reiter mit verschiedenfarbigen Streitrössern. Ihre Köpfe waren von Heiligenscheinen umgeben. Der erste war weiß, der zweite rot, der dritte golden. Es schien ihm, als würde er wieder in seinem Alptraum versinken.

Benommen hielt er sich an einer Säule fest. Diese Reiter hatten sogar die gleichen Attribute in Händen. Eine Krone, ein Schwert und eine Waage. Maynard betrachtete sie noch einmal genauer. Auf dem Gemälde folgte hinter ihnen die Ankunft eines Vierten, eines furchterregenden Skeletts auf einem grünlich schimmernden Pferd.

»Symbole«, sagte eine Stimme hinter ihm.

Maynard fuhr herum und versuchte, seine Erschütterung zu verbergen. Zwischen den Kirchenbänken stand ein großer, hagerer Mönch mit einem langen silbergrauen Bart; seine ebenfalls silbergrauen Haare fielen ihm offen über die Schultern. Gestützt auf einen Stock, kam er nun mit kleinen Schritten auf ihn zu.

»Vorahnungen von Wahrheit«, erwiderte Maynard.

Der hagere Alte lächelte. »Die Wahrheit zeigt sich durch ein Spiel der Spiegelungen. Es ist schwer, sie zu entdecken.«

»Diese Worte sind eines Kirchengelehrten würdig.«

Der Mönch zuckte mit den Schultern. »Macrobius schrieb sie in längst vergangenen Zeiten«, sagte er und blieb vor Maynard stehen. »Wo wir schon bei der Wahrheit sind – ich wüsste gern, wer hier vor mir steht.«

»Ein einfacher Pilger, Vater.«

»Seit langer Zeit habe ich hier keinen mehr gesehen. Der letzte kam vor mehr als fünfzehn Jahren und ließ keine gute Erinnerung zurück.«

Maynard senkte ehrfürchtig den Blick, denn er ahnte, dass er keinen gewöhnlichen Mönch vor sich hatte. Dies dachte er nicht nur wegen dessen Haltung oder der ebenso befehlsgewohnten wie höflichen Umgangsformen. Nein, es war diese weise und gleichzeitig einschmeichelnde Stimme, die ihm Respekt einflößte. »Ich hoffe, dass Euch ein Mann auf der Suche nach Erleuchtung weniger unwillkommen sein wird«, erwiderte er.

Der Mönch musterte ihn eindringlich. »Wie heißt Ihr, mein Herr?«

»Maynard de Rocheblanche«, antwortete er, unfähig einer Lüge.

»Ihr seid weit mehr als ein gewöhnlicher Pilger«, der Mönch sah ihn weiter forschend an, »das zeigen mir schon Eure Sporen und der Waffengurt, den man unter Eurem langen Mantel erahnt.«

Maynard lächelte. »Darf ich den Namen eines so aufmerksamen Beobachters erfahren?«

»Ich bin Abt Manessier, von Gnade Gottes Hüter und Leiter dieser Stätte.«

Maynard kniete formvollendet nieder. »Ich bitte um eine Unterkunft in Eurem Kloster, hochverehrter Abt.«

»Aus welchem Grund?«

»Wie gerade gesagt bin ich auf der Suche nach Erleuchtung.«

Der Abt forderte ihn auf, sich zu erheben. »Zu viel Licht kann blind machen.«

»Aber ich bin bereit«, beharrte Maynard. »Ich bin den Hinweisen gefolgt, und ich weiß von Eurer Krypta. Ich weiß, dass sich dort ein bedeutendes Geheimnis verbirgt. Ich will es ergründen, ich bitte Euch. Ihr müsst mir helfen …«

Abt Manessier trat misstrauisch einen Schritt zurück. »Kann ich erfahren, worauf Ihr Euch bezieht?«

Bevor er antwortete, zog Maynard die kleine Pergamentrolle heraus, die er in seinem Münzbeutel aufbewahrte. »Darauf«, sagte er und reichte sie dem Abt. »Auf den Lapis exilii.«

Kaum hatte er die Worte ausgesprochen, erkannte er, dass er einen unverzeihlichen Fehler begangen hatte.

Der Abt richtete sich drohend zu seiner vollen Größe auf. »Wachen!«, donnerte er. »Hierher, schnell!«

17

Reims, Kloster Sainte-Balsamie
29. Oktober

Marcus erschien pünktlich am Ende der ersten Woche.

Er hielt seinen Braunen vor dem Kloster an und wartete auf die Ankunft Aleydis'. Es gab keine Notwendigkeit, die Schwester Pförtnerin zu bemühen. Eudeline stand mit ihr schon hinter dem Portal bereit. Ihre Hand schützend auf der Schulter der jungen Novizin, gingen sie zu ihm.

Marcus deutete vom Pferd herab eine übertrieben ehrfurchtsvolle Verneigung an, fast als wollte er sie verhöhnen, dann löste er schließlich einen Beutel vom Sattel und reichte ihn ihr. »Die Mitgift von tausend Goldflorin«, sagte er. »So, wie es mit meinem Herrn ausgemacht war.«

Eudeline nickte ausdruckslos. »Ich werde dafür sorgen, dass Ihr ein Dokument erhaltet, welches den Eintritt von Aleydis in unser Kloster bezeugt.«

»Ich werde es bei unserer nächsten Begegnung mitnehmen.« Marcus setzte ein schmeichlerisches Lächeln auf. »Und nun, wenn Ihr erlaubt …« Er streckte die Hand nach Aleydis aus.

Eudeline hielt ihn zurück. »Ich sehe immer noch nicht die Notwendigkeit, weshalb man eine Novizin irgendwohin bringen muss, nur damit sie beichten kann …«

»Das war die *Vereinbarung*, edle Dame.«

Eudeline ließ es ungern geschehen. Sie verabscheute den Gedanken, einen ihrer Schützlinge, selbst für kurze Zeit, einem so wenig vertrauenswürdigen Menschen zu überantworten. Natürlich wusste sie, dass er die Leibwache für ihren Schützling war, aber ihr Herz sagte ihr, dass sie wachsam sein musste. Argwöhnisch sah sie zu, wie Aleydis sich von Marcus in den Sattel helfen ließ. Dabei glaubte sie in seinen Bewegungen etwas Laszives zu bemerken, etwas, das ihr den Magen umdrehte und ihr heftige Übelkeit verursachte.

Da sie vermutete, Marcus habe es absichtlich getan, um sie zu provozieren, tat sie so, als wäre nichts, und begnügte sich damit, Aleydis einen letzten Blick zuzuwerfen. Noch bevor der Braune verschwunden war, wandte sie den Blick ab und kehrte ins Kloster zurück.

Kaum hatte Aleydis den Raum betreten, bemerkte sie, dass der Kardinal ungeduldig war.

Er saß unter einem *Biforium* auf einer Marmorbank im größten Raum der Abtei Saint-Remis, ein von der Kirche abgetrennter Bereich, zu dem den Mönchen der Zutritt untersagt war, solange der Prälat ihn benötigte.

»Meine Liebe«, sagte er und forderte sie auf, sich neben ihn zu setzen. »Jetzt bist du also Novizin.«

»Und das verdanke ich Euch, Eminenz«, erwiderte Aleydis. »Aber es war nicht leicht.«

»Haben dich die Nonnen hart geprüft?«

»Sie waren mitleidlos und unfreundlich zu mir, bis sie sich von meinen guten Vorsätzen überzeugt hatten.«

Der Kardinal nickte. »Und die junge Äbtissin?«

Aleydis bemerkte einen Hauch von Anzüglichkeit in seiner Stimme, der ihren Unmut erregte. Schwester Eudeline war eine faszinierende Frau, das war ihr sofort aufgefallen. Und Marcus' interessierte Blicke waren ihr ebenfalls nicht entgangen. Bestimmt hatte der Soldat sie dem Kardinal bis in jede Einzelheit beschrieben. »Es ist mir noch nicht möglich gewesen, ihre Geheimnisse zu lüften«, antwortete sie nur.

Das Gesicht des Kardinals verfinsterte sich. »Du enttäuschst mich.«

»Bis auf eins.«

»Und zwar?«

»Sie besucht täglich einen Kranken im Valetudinarium«, berichtete Aleydis. »Einen Soldaten, vielleicht einen Ritter, könnte man meinen wegen der Kleidung, die neben seinem Lager aufbewahrt wird. Seine Anwesenheit in einem Nonnenkloster erscheint mir doch ziemlich ungewöhnlich.«

»Vielleicht der Begleiter von Rocheblanche ...« Der Kardinal kniff die Augen zusammen. »Was hast du über ihn herausgefunden?«

»Nichts, Herr.«

Das Gesicht des Kardinals verzerrte sich zu einer wütenden Grimasse. »Heißt das etwa, du hast nicht nachgeforscht? Hast nicht einmal seine Kleidung durchsucht?«

Aleydis wich furchtsam zurück. »Es wurde mir verboten, dort –«

Die Ohrfeige traf sie mit einer solchen Wucht, dass sie auf den Boden geschleudert wurde. Benommen blieb sie liegen. Noch nie hatte sie etwas so erschüttert. Erst nach einigen Augenblicken gelang es ihr, sich auf Knie und Hände zu stützen und mit zitternden Lippen eine Erklärung zu versuchen.

Doch der Kardinal packte sie bei den Haaren, hob sie hoch und schleifte sie an das entgegengesetzte Ende des Raumes. »Dumme Dirne«, zischte er. »Glaubst du, ich hätte tausend Goldflorin nur zu deinem Vergnügen ausgegeben? Oder dass es mir Spaß macht, in diesen Mauern unter äußerster Geheimhaltung auf dich zu warten?« Grob stieß er sie so gegen einen Tisch, dass sie ihm den Rücken zuwandte. »Ich werde es dir zeigen!«

»Eure Eminenz ...«, wimmerte Aleydis. »Ich schwöre Euch, dass es nicht ging ... Ich verspreche Euch, dass –«

»Schweig«, unterbrach der Kardinal sie und schwang eine von den Gerten, mit denen die Lehrer ihre Schüler züchtigten.

Aleydis versuchte sich loszureißen, doch der Kardinal zwang sie stillzuhalten, während er ihr Gewand bis über ihre Rückseite hochschob. Der erste Schlag ließ sie aufzucken, aber sie empfand kaum Schmerzen. Doch während sich das Brennen ausbreitete, folgten weitere, bis sie schließlich schrie: »Hört auf!«

Aber der Kardinal missachtete ihr Flehen, während sein Mund sich zu einem gehässigen Grinsen verzog. Als er endlich genug hatte, warf er die Gerte weg, beugte sich vor und flüsterte ihr ins Ohr: »Dies soll dir eine Lehre sein. Und da du mir bis jetzt noch nicht nützlich warst, wirst du mich eben auf andere Weise befriedigen.«

18

Kloster Mont-Fleur
29. Oktober

Zwei Männer hielten ihn fest, während ein dritter ihm das Bohrschwert und den Dolch abnahm. Maynard wehrte sich nicht. Reglos wartete er ab, bis sie ihn durchsucht hatten, dann ließ er sich unter Bewachung in ein Nebengebäude des Klosters führen. Er widersetzte sich nicht einmal, als man ihn in einem niedrigen Raum mit Deckengewölbe auf einen mächtigen Holzstuhl drückte, um ihn dort an Händen und Füßen zu fesseln.

Kaum war er allein, musste er beinahe über sich lachen. Unter anderen Umständen hätte er sich seine Flucht ohne zu zögern mit Schwerthieben erkauft. Doch dass es ihm diesmal gelungen war, sich angesichts der Bedrohung zu zügeln, war für ihn kein Zeichen von Aufgabe, sondern von Kühnheit.

»Sei mutig und kühn«, hatte man ihn von Kindesbeinen an gelehrt. Zuerst hatte er die Worte von der Mutter, später von seinem Waffenlehrer Bastien des Baux gehört. Es waren die schönsten Jahre seines Lebens gewesen, als er sich in der Kunst des Zweikampfs übte in der Erwartung, demnächst große Taten zu vollbringen. Doch die Hoffnung hatte sich nie erfüllt. Die Welt der Kriege und Komplotte hatte ihn enttäuscht und mit einer Wirklichkeit konfrontiert, die nur für solche Schurken wie seinen Vater von Vorteil war. Für ihn selbst hielt sie bloß Wut und Enttäuschung bereit, bis er auf dem Tiefpunkt dieses dunklen Abgrunds Jang de Blannen begegnet war. Nun hatte Maynard endlich ein Ziel und einen Lebenszweck gefunden: Er wollte die Wahrheit herausfinden und sich den Bösen in den Weg stellen.

Und wenn er sich erst gefangen nehmen lassen musste, um den Schleier über diesem Geheimnis zu lüften, dann würde er sich dem nicht entziehen.

Abt Manessiers Eintreten holte ihn in die Gegenwart zurück. Der alte Mann schloss die Tür hinter sich und stellte sich dann Maynard gegenüber, gestützt an einen mit Dokumenten überhäuften Tisch, auf den Licht durch ein schmales Fenster fiel. Eine steile Falte durchteilte seine runzelige Stirn, die silbergrauen Augenbrauen waren grimmig zusammengezogen. Streng, beinahe drohend zeigte er Maynard die Pergamentrolle.

»Von wem habt Ihr das?«

»Von einem Menschen, der an der Schwelle des Todes stand«, erwiderte Maynard, »auf einem Schlachtfeld.«

»Das müsst Ihr mir genauer erklären.«

»Ich verstehe nicht, warum.« Maynard zerrte halbherzig an den Fesseln, die seine Handgelenke an die Seitenlehnen des Stuhls banden. »Wenn Ihr die Güte hättet, mir zu erklären, was hier eigentlich vorgeht?«

Der Abt sah ihn verärgert an. »Ihr seid im Besitz eines solchen Dokuments und spielt mir hier den Unwissenden vor?«

»Ich spiele gewöhnlich niemandem etwas vor.«

»Selbst wenn ich annähme, dass Ihr die Wahrheit sagt, warum kommt Ihr hierher, ohne zu wissen, was Ihr eigentlich sucht?«

Maynard lächelte bitter. »Das ist kompliziert.«

»Und zwar weit mehr, als Ihr glaubt«, erwiderte der Abt. »Jetzt erzählt mir von jenem Mann, falls es ihn denn wirklich gibt.«

»Es tut mir leid, aber ich habe geschworen, das Geheimnis zu bewahren.«

Abt Manessier stieß einen Seufzer aus; Maynard merkte ihm an, wie viel es ihn kostete, ruhig zu bleiben. »Das Geheimnis, das ihr angeblich wahren wollt, stammt von hier, versteht Ihr? Das Rätsel, welches Ihr mir so naiv gezeigt habt, ist hier in diesen Mauern niedergeschrieben worden und blieb hier über ein Jahrhundert bewahrt. Bis es vor fünfzehn Jahren gestohlen wurde.«

Maynard erinnerte sich an ein Detail aus ihrem vorigen Gespräch. »Von dem Pilger, den Ihr erwähntet?«

»Seid Ihr sein Komplize?«, fragte der Abt drohend.

»Ich weiß nicht, wovon Ihr sprecht.«

»Das bezweifele ich.«

Maynard wusste nicht, wie er dieses Missverständnis aufklären sollte. Er begriff ja kaum den Sinn dieses Verhörs, und ihm war vollkommen unklar, wie er seine Unschuld beweisen sollte. »Derjenige, der mir dieses Dokument anvertraut hat, war ein hoher Adliger«, setzte er an. »Ich weiß nicht, woher er es hatte.«

»Selbst wenn das stimmt«, der Abt musterte ihn wieder forschend, »hat er Euch nichts darüber enthüllt?«

»Er starb, bevor er dies tun konnte.«

Der Abt schwieg einige Augenblicke, dann ging er auf Maynard zu und stützte sich auf dessen Handgelenke. »Warum solltet Ihr den Namen eines toten Mannes verschweigen?«

Maynard blickte in die wissenden grauen Augen vor ihm. Er entdeckte Neugier, Verwirrung und vielleicht sogar Angst darin. »Ein Ehrenwort bindet mich zu schweigen.«

»Ehre ... oft nur ein anderes Wort für Stolz.«

»Für mich bedeutet es Erlösung.«

»Erklärt Euch näher.«

Es fiel ihm nicht leicht, die eigenen Qualen in Worte zu fassen, doch nun blieb Maynard kein anderer Ausweg mehr. »Erlösung von den Missetaten meines Vaters und vor allem von einer großen Sünde, die ich begangen habe.« Er senkte den Kopf und bemerkte auf einmal, wie naiv sein Vorhaben gewesen war. »Ich hatte gehofft, ich könnte sie sühnen, indem ich bis hierher gelange.«

»Die *Curiositas*, also Eure Neugier zu befriedigen, wird Euch nicht helfen, etwas zu sühnen«, ermahnte ihn Abt Manessier.

»Nicht Neugier hat mich befeuert«, verteidigte sich Maynard. »Wenigstens nicht nur. Es war auch mein Wunsch, dass der Gerechtigkeit Genüge getan werde, aus Achtung vor einem edlen Mann.«

Der Abt strich sich über den Bart. »Ich nehme an, Ihr meint den Adligen, dem Ihr zu schweigen geschworen habt.«

»Ja. Er wurde wegen des Geheimnisses um den Lapis exilii verraten, was auch immer dies sein mag.«

Abt Manessier wurde blass. »Habe ich recht gehört? Es wissen noch andere von dem Geheimnis?«

Maynard nickte. »Ich weiß zwar nicht, wie viel ihnen bekannt ist, aber sie haben versucht, mich zu töten, um an das Pergament zu gelangen.«

Der Abt begann mit nervösen Schritten auf und ab zu gehen. »Also könnten sie Euch gefolgt sein … Gott möge das verhütet haben!«

»Sorgt Euch nicht, ich war vorsichtig.«

Doch Abt Manessier ließ sich davon nicht beruhigen. »Wer kann das sein …«, murmelte er. »Wer kann das sein …«

»Der Ring«, sagte Maynard, in der Hoffnung, ihn von seinen guten Absichten zu überzeugen. »Nehmt den Ring, der in meinem Münzbeutel versteckt ist.«

Der Abt warf ihm einen fragenden Blick zu. Dann näherte er sich ihm zögernd, durchsuchte ihn und zog das Schmuckstück hervor.

»Erkennt Ihr ihn wieder?«, fragte Maynard hoffnungsvoll. »Er wurde mir zusammen mit dem Pergament anvertraut. Der Ring trägt das Wappen der gedungenen Mörder, die versucht haben, mich zu töten.«

»Ein Kardinalswappen«, sagte Abt Manessier, während er das Siegel im Licht des schmalen Fensters betrachtete. »Aber leider kenne ich es nicht.«

Maynard fluchte unterdrückt. »Früher oder später finde ich heraus, wem es gehört!«

Der Abt legte den Ring auf den Tisch, dann wandte er sich wieder Maynard zu. »Warum bemüht Ihr Euch so?«, fragte er leise.

Maynard dachte an Jang de Blannen und an das unbestimmte, brennende Gefühl, das ihn bei seinem Anblick überfallen hatte. »*Mielz voeill murir che hunte nus seit t'retraite* – Lieber will ich sterben als in Schande leben.« Besser als mit diesem Vers aus dem Rolandslied hätte er nicht ausdrücken können, was er fühlte. »Versteht Ihr jetzt?«, fragte er und hob den Kopf mit neu erwachter Kraft. »Dieser Mann fiel als wahrer Held in der Schlacht. Selbst wenn es die einzige wagemutige Tat in seinem ganzen Leben gewesen wäre, verdient er viel mehr als meine Loyalität.«

»Die Worte desjenigen, der sein eigenes Leben einem Ziel weiht«, sagte Abt Manessier beinahe bewundernd.

»Nennt es Berufung«, sagte Maynard und warf ihm einen herausfordernden Blick zu. »Eine ungewöhnliche Berufung, das gebe ich zu. Dennoch lieh ich seinem Ruf mein Ohr.«

»Obwohl das von Eurer Seite nur zu loben ist, muss ich doch wissen, aus welchem Grund Euch diese Pergamentrolle übergeben wurde.«

Das hat nichts mit dem Geheimnis selbst zu tun, überlegte Maynard. Vielleicht irrte er sich ja, aber er meinte eine Veränderung im Verhalten des Abts wahrzunehmen. Deshalb beschloss er, dessen Frage zu beantworten. »Meine Aufgabe ist es, dieses Pergament vor der ganzen Welt zu verbergen.«

Abt Manessier erwiderte nichts, sondern ging zum Tisch und nahm ein langes Messer in die Hand, das halb unter Dokumenten verborgen dort gelegen hatte. »Genau so soll es sein.«

»Ist das Geheimnis von Mont-Fleur denn so schrecklich?«, fragte Maynard und betrachtete mit wachsender Unruhe die stählerne Klinge des Messers.

»Bevor Ihr eine Antwort erhaltet, müsst Ihr mir Eure Sünde gestehen.«

Und ebenso schnell wie überraschend schnitt der alte Abt die Fesseln durch, die Maynard an den Stuhl banden.

19

»Gott ist mein Zeuge – wenn ich beschlossen habe, Euch zu vertrauen, dann sicher nicht wegen der unsinnigen Antworten, die Ihr mir gegeben habt«, sagte Abt Manessier fast schon ein wenig spöttisch. Während er langsam, auf seinen Stock gestützt, durch das Schiff der Klosterkirche schritt, ließ er den Blick über die Gestalten auf den Fresken wandern. »Ich tat es vor allem wegen Eurer Leidenschaft und auch weil Ihr bereit seid, Euch für das Ziel zu opfern, das Ihr Euch gesetzt habt.«

»Ein Mann ohne Ideale ist jämmerlich«, erwiderte Maynard, der wachsam neben ihm herging. Gerade eben hatte er noch geglaubt, er wäre verloren. Jetzt wusste er zwar immer noch nicht, was er zu erwarten hatte, aber er war begierig zu erfahren, wie die Dinge sich entwickelten.

Der Abt nickte zerstreut und zeigte voller Stolz auf die Bilder. »Dieses hier wurde vor mehr als drei Jahrhunderten gemalt«, erklärte er, »von einem begabten Meister, dessen Namen leider in Vergessenheit geriet.« Er blieb vor einer Darstellung des unteren Registers stehen. »Und hier haben wir die Reiter, die Euch so sehr zu erschrecken schienen.«

»Sagt mir nicht, dass Ihr mich nur hierhergeführt habt, um sie mir zu zeigen.«

»Ehrlich gesagt hielt ich diesen Ort für den geeignetsten, damit Ihr mir von Euren Sünden erzählt.« Abt Manessier legte ihm eine Hand auf die Schulter und deutete mit der Stockspitze auf das Gemälde. »Die Reiter der Apokalypse!«, rief er mit lauter Stimme, was eine kleine Gruppe Mönche zusammenzucken ließ, die sich gedämpft in der Nähe der Apsis unterhielten. »Niemand weiß genau, was die ersten drei wirklich darstellen sollen, vor allem derjenige mit dem weißen Heiligenschein. Seine Korona und sein weißes Ross könnten auf die Rückkehr zur Reinheit, ja vielleicht sogar auf Christus selbst anspielen. Der Zweite, mit dem Schwert und dem roten Pferd, verkörpert dagegen die grimmige Gewalt der Schlacht. Der Dritte schließlich mit dem goldenen Schein und dem Rappen hält eine bedrohliche Waage in der Hand, ein Hinweis auf Hungersnöte oder drohende Plagen.«

»Ich glaube, dass ich sie im Traum gesehen habe«, murmelte Maynard.

»Träume sind unklare Botschafter«, erwiderte Abt Manessier, »aber nicht immer bedeuten sie Schlechtes.« Er drückte Maynards Schulter, fast als wollte er ihn trösten. »Selbst wenn es sich um die Reiter der Apokalypse handelt.«

Maynard sah ihn überrascht an. »Empfindet Ihr etwa keine Bedrohung dabei?«

Auf den Lippen des Abts erschien ein geheimnisvolles Lächeln. »Erst kürzlich hat der Herr mir diesbezüglich Erleuchtung geschenkt.«

»Ich würde Eure Ansichten gern erfahren.«

»Nicht ehe Ihr mir Eure Sünde gebeichtet habt.«

Maynard war verwirrt von so viel Vertrauen. Einen Moment lang glaubte er, erneut Opfer eines Missverständnisses geworden zu sein. Die andere Möglichkeit war, dass der alte Manessier den Verstand verloren hatte, weil er schon seit so langer Zeit von der Welt zurückgezogen lebte. Doch Maynard beschlich das merkwürdige Gefühl, ein wichtiges Detail übersehen zu haben.

»Warum interessiert Ihr Euch so sehr für mein persönliches Leid?«

»Ich werde Euch schon noch alles enthüllen, seid unbesorgt, aber zuerst muss ich mich davon überzeugen, dass ich mich nicht getäuscht habe.« Der Abt verschränkte die Arme vor der Brust. »Habt daher die Gnade, mir zu sagen, wer Ihr seid.«

Maynard starrte auf das Fresko und verlor sich in der Fülle an Symbolen und Bildern. »Ich bin ein Mann, der dem eigenen Vater nicht vergeben konnte«, brach es aus ihm hervor. Er sah, wie sich das Gesicht des Abtes verfinsterte, und hielt inne, doch Manessier bedeutete ihm fortzufahren. Also erzählte er schicksalsergeben von seinem Vater Gaspar. Er beschrieb ihn so, wie er ihn seit seiner Kindheit empfand: als einen groben Mann mit Neigung zu Ausschweifungen, einen Mann, dem es Vergnügen bereitete, die Menschen in seiner Umgebung zu demütigen.

Maynard hatte ihn immer verachtet, ihm dennoch stets Respekt erwiesen. Da er ihn für nicht so grausam hielt, der eigenen Familie etwas anzutun, hatte er Reims verlassen, um seine Ausbildung zum Ritter zu beenden. Damals war er zwanzig gewesen und konnte sich nicht vorstellen, dass sich den Sterblichen die Hölle auf die abartigsten und grausamsten Arten auftun könnte. Ebenso wenig hatte er ahnen können, dass sich Blutsbande in Pechströme verwandeln konnten. Allein bei dem Gedanken daran kam ihm die Galle hoch.

»Als ich nach Reims zurückkehrte, fand ich meine Schwester in dem finstersten Winkel unseres Anwesens, wohin sie sich zurückgezogen hatte. Unwissend darüber, was ihr widerfahren war, näherte ich mich ihr, um sie zu trösten, doch sie wich zurück wie ein verschrecktes Tier und schrie, dass *er* sie geschändet habe … Gott möge mir vergeben, wenn ich die Worte zunächst nicht begriff, aber mein Verstand weigerte sich, es zu glauben. Das durfte nicht wahr sein. Ich wollte nicht, dass es so war … Ich bat sie, mir alles zu erklären, sich zu beruhigen, es verletzte mich, dass sie sich meinen Umarmungen immer wieder entzog, bis ich mich dem Offensichtlichen beugen musste. Unser Vater hatte ihr Gewalt angetan.«

Er sah, wie Abt Manessiers Kopf langsam nach unten sank, als würde er niedergedrückt von einer schweren Last.

»Versteht Ihr?«, sagte er erregt, als er diese quälenden Momente erneut durchlebte. »Da war ich nun und hörte entsetzt, wie sie voller Angst und zutiefst gedemütigt diese schrecklichen Worte aussprach! Und dann … unsere Mutter …« Er trocknete sich die Tränen, ein plötzliches Zittern erfasste seinen ganzen Körper. Für einen Augenblick sah er sie wieder vor sich, wie sie sich stolz und mutig, ganz so, wie sie es ihn immer gelehrt hatte, vor die Tochter stellte, um sie zu verteidigen. »Durchbohrt vom Dolch dieses tollwütigen Hundes …«

Er verlor sich in dem finsteren Labyrinth seiner Erinnerungen. Sein Zorn verebbte allmählich und machte Platz für etwas weit Bittereres und Düstereres. »Er war geflohen.« Voller Hass sah er sich um, als suche er nach ihm zwischen den Mönchsgestalten, die hinter den Säulen vorbeieilten. »Vielleicht hat ihn sein Gewissen dazu getrieben oder die Furcht vor meiner Rache, aber das kümmerte mich nicht. Ich fand heraus, dass er sich nach Hispanien abgesetzt hatte, und so folgte ich ihm, besessen von dem brennenden Verlangen, sein Blut zu vergießen ... Schließlich fand ich das, was noch von ihm geblieben war, in einer durch Belagerung besiegten Stadt, dem maurischen Algeciras.«

»Meint Ihr damit, dass er ... tot war?«, fragte der Abt.

Maynard schüttelte den Kopf. Er hatte niemandem, nicht einmal Eudeline, enthüllt, was sich damals wirklich zugetragen hatte. Zu viele Gewissensbisse, zu viel Wut verdunkelten die Erinnerung an den sandigen Platz, an dem Dutzende von Sterbenden im Staub der prallen Sonne ausgesetzt gewesen waren. Dort hatte er ihn gefunden, vor der verlassenen Moschee, der Körper voller Wunden und von Heerscharen von Fliegen umschwärmt.

»Mein Vater hat mich als Erster erkannt«, sagte er leise. »Er rief mich bei meinem Namen und bat mich um Vergebung. Ich musste ihn nichts fragen. Er sagte, dass er bereue, was er getan hatte, dass ihn ein Dämon dazu getrieben habe ... Und dann bat er mich, sein Leben zu retten.« Maynard musste daran denken, wie er seinen Vater mit dem Dolch in der Hand angestarrt hatte und zwischen dem Wunsch nach Rache und dem Verlangen, ihn in alle Ewigkeit leiden zu sehen, hin- und hergerissen war. *Töte ihn*, hatte er sich abertausendmal gesagt. *Bring ihn mit deinen eigenen Händen um, ehe der Tod ihn mit sich nimmt.* Aber das Vergnügen, seinen Vater leiden zu sehen, war zu groß, zu beglückend gewesen, als dass er sich hatte entschließen können, ihm den Gnadenstoß zu versetzen. »Ich ließ ihn zurück, damit er dort seinen letzten Atemzug tun sollte.«

Nachdem er geendet hatte, hielt er den Blick fest auf die drei Reiter an der Wand gerichtet. Er betrachtete dann den vierten Herold, ein menschliches Gerippe auf einem grünlichen Pferd. Sein Name hieß Tod, und die Hölle folgte ihm nach.

Der Abt wartete geduldig ab, bis aus Maynards Gesicht alle Zeichen von Groll und Grausamkeit verschwunden waren. »Ihr wütet«, sagte er schließlich, »weil Ihr nicht akzeptieren wollt, dass Ihr ein guter Mensch seid. Eure Sünde dagegen rührt daher, dass Ihr Euch nicht eingestehen wolltet, dass Ihr Eurem Vater bereits vergeben habt.« Er verhinderte Maynards Entgegnung mit einer knappen Handbewegung. »Ich glaube kaum, dass die Vorstellung von der versäumten Rache Euch quält, sondern vielmehr die Tragödie, die Euren Angehörigen zugestoßen ist.«

Maynard zuckte mit den Achseln und tat so, als hätten diese Worte nichts in ihm ausgelöst. »Was wollt Ihr schon von so tiefen Wunden wissen?« Fast musste er lächeln, als er an die Gründe dachte, die ihn an diesen Ort geführt hatten. »Wie auch immer, ich habe mein Wort gehalten.« Er sah den Abt an. »Jetzt seid Ihr an der Reihe, zu Eurem zu stehen.«

»Ihr habt recht.« Abt Manessier verlagerte das Gewicht auf seinen Stock und stützte sich zusätzlich auf einer Bank ab. »Obwohl die Lösung des Rätsels weniger von meinen Enthüllungen abhängen wird als von dem, was Ihr zu tun bereit seid.«

»Ich habe Euch mein Herz geöffnet, ehrwürdiger Vater. Ich glaube, ich habe mir deutlichere Worte verdient.«

»Und Ihr werdet sie erhalten.« Ehe er fortfuhr, scheuchte der Abt mit einem strengen Blick einen Mönch fort, der sich genähert hatte, um ihrer Unterhaltung zu lauschen. Sobald sie wieder allein waren, klopfte er mit dem Stock auf den Boden. »Wie Ihr bereits erahnt habt, liegt in der Krypta unter unseren Füßen der Lapis exilii. Es handelt sich um einen so heiligen und wertvollen Schatz, dass jeder Mann des Glaubens – falls er davon erführe – alles opfern würde, um ihn anzubeten. Habt Ihr eine Ahnung, was geschähe, falls man dies der gesamten Menschheit kundtun würde?«

»Ich kann es mir vorstellen«, sagte Maynard, den das Zögern des Abts verärgerte. »Ich frage mich jedoch, ob Ihr mir den Zugang zu dieser Krypta gewährt.«

»Vielleicht eines Tages«, entgegnete Abt Manessier. »Ihr müsst ihn Euch erst verdienen.«

»Aber ich bin ganz ohne Hilfe hierher gelangt …«

»Indem Ihr ein lächerliches Rätsel gelöst habt«, verspottete ihn der alte Mann. »Ich verlange weit mehr von Euch. Denn Ihr seid die Antwort auf meine Gebete.«

Maynard sah ihn bestürzt an. »Ihr seid verrückt.«

»Glaubt Ihr das wirklich?«, gab der Abt verächtlich zurück. Gleich danach änderte er jedoch sein Verhalten und wiederholte in sanfterem Ton: »Glaubt Ihr das wirklich?« Ohne eine Antwort abzuwarten, verneigte er sich leicht und machte Anstalten, Maynards Hand zu ergreifen. »Bitte verzeiht mir … Ihr seid die erste Gelegenheit, die sich mir nach Jahren bietet, einen schweren Fehler wiedergutzumachen.«

Maynard wich zurück. »Ich habe bereits eine Mission zu erfüllen. Eine dringende Mission, wenn ich so sagen darf. Ich muss die Hintergründe einer Verschwörung aufklären und die Verantwortlichen bestrafen.«

»Wenn Ihr Euch damit auf den Tod des Mannes bezieht, der Euch das Pergament anvertraut hat, so wisset, dass das eine das andere nicht ausschließt. Ganz im Gegenteil, ich werde Euch ein gutes Stück voranbringen.«

Maynard musterte den Abt zweifelnd, dabei entdeckte er in dessen Augen einen eisernen Willen und eine unausgesprochene Bitte. Er begriff jedoch auch jetzt nicht, was genau der alte Mann von ihm wollte. »Sobald ich erfahren habe, worum es sich handelt, kann ich immer noch entscheiden, ob ich Euch helfen will oder nicht«, sagte er schließlich in etwas versöhnlicherem Ton.

»Gut«, stimmte der Abt zu, obwohl er verärgert wirkte. »Erinnert Ihr Euch, was ich Euch über den Diebstahl erzählt habe, der sich in diesem Kloster ereignete?«

»Ihr meint jenen Pilger damals, vor mehr als fünfzehn Jahren … Er stahl das Pergament, das in meinen Besitz gelangt ist, wenn ich nicht irre.«

»Um genau zu sein, war es ein Mönch«, erklärte Abt Manessier.

»Er suchte Zuflucht in Mont-Fleur und blieb etwa einen Monat. In dieser Zeit gewann er mein Vertrauen, bis er durch Hinterlist die Krypta des Lapis exilii entdecken und daraus einen Schrein entwenden konnte, der drei Gegenstände enthielt: zwei Reliquien von unschätzbarem Wert und eben diese kleine Pergamentrolle mit dem Rätsel. Damals war ich gerade zum Abt ernannt worden.«

Maynard erkannte den Zusammenhang mit der Angelegenheit, in die er verwickelt worden war. Der Dieb stand in irgendeiner Beziehung zu Jang de Blannen oder demjenigen, der diesen verraten hatte. »Wenn ich mich nun auf die Suche nach diesem Mönch begeben würde«, überlegte er laut, »könnte ich herausfinden, was wirklich geschehen ist …«

Der Abt nickte. »Genau um diesen Dienst will ich Euch bitten.«

»Ich begreife aber immer noch nicht, wie ich Euch von Nutzen sein könnte.«

»Wenn Ihr diesen Mann findet, könntet Ihr die beiden Reliquien wiederbeschaffen, die er mir entwendet hat. Sie müssen um jeden Preis nach Mont-Fleur zurückkehren. Allein bei dem Gedanken, sie in den Händen von Verbrechern zu wissen, verfluche ich viele tausend Mal meine Gutgläubigkeit von einst.«

»Wenn Euch so viel daran gelegen ist, weshalb habt Ihr bis jetzt gewartet? Warum habt Ihr vor mir niemand anderen ausgesandt?«

»Glaubt Ihr etwa, ich hätte es nicht versucht?« Abt Manessier breitete empört die Arme aus. »Seht Euch doch um! Die Notwendigkeit, das Geheimnis über den Lapis exilii geheim zu halten, zwingt mich, allein auf Mönche und Laienbrüder zu bauen, zweifelsohne fromme Männer voll guten Willens, jedoch gänzlich ungeeignet für eine derartige Aufgabe. Im Gegensatz zu Euch, mein Herr. Ihr tragt Waffen, habt den Krieg erlebt und kennt bereits das Geheimnis von Mont-Fleur … Haltet mich nicht für dumm, ich weiß sehr wohl, dass sich unter diesem Umhang kein gewöhnlicher Mann verbirgt.«

»Aber Vater, übertreibt Ihr nicht ein wenig? Einen einfachen Mönch aufzufinden erscheint mir kein so schwieriges Unterfangen … Vorausgesetzt natürlich, dass er immer noch am Leben ist.«

»Es ist gefährlicher, als Ihr Euch vorstellt«, sagte der Abt. »Der

Mönch heißt Facio di Malaspina. Und seid gewiss, er ist ganz sicher noch am Leben.«

»Woher wisst Ihr das?«

»Ich hörte, wie letztes Jahr beim Generalkapitel des Benediktinerordens sein Name von einigen Mönchen aus der Emilia erwähnt wurde. Ihnen zufolge verbirgt er sich irgendwo an den Ufern des Padus, wo genau, ist leider nicht bekannt.«

»Das ist doch schon ein guter Anhaltspunkt«, sagte Maynard, während in seinem Kopf bereits ein Plan Gestalt annahm, der ihn von Facio di Malaspina zu den Urhebern des von Jang de Blannen befürchteten Komplotts führen würde. Schon bald würde das Kardinalswappen mit dem Löwen kein Geheimnis mehr für ihn sein. Doch da gab es noch eine letzte Sache zu klären. »Ehe ich Euch meine Dienste anbiete, müsst Ihr mir noch offenbaren, worum es sich bei den beiden Reliquien handelt, die dem Kloster geraubt wurden.«

Abt Manessier schien bei diesen Worten neuen Mut zu fassen. »Fürs Erste müsst Ihr nur wissen, dass es sich um einen Kelch und eine Lanzenspitze handelt. Gewöhnliche Dinge in den Augen eines Unwissenden, die jedoch unbedingt an ihren Platz zurückkehren müssen. Den Rest werdet Ihr zu gebührender Zeit erfahren, wenn ich Euch das Geheimnis des Lapis exilii enthüllen werde.«

»Ich werde Euren Angaben folgen, Vater. Aber sagt mir noch eins … Warum vertraut Ihr mir?«

»Weil Ihr mich aufgesucht habt.«

Ehe Maynard von Mont-Fleur aufbrach, erfuhr er von Abt Manessier die Legende des Lapis exilii. Die Geschichte, die seit einhundert Jahren von einem Mönch zum anderen überliefert worden war, besagte, dass dieses unschätzbare Kleinod von einem Reliquienhändler aus Hispanien in dieses Kloster gebracht worden war. Der Händler hieß Ignatius und hatte beschlossen, es an diesem abgelegenen Ort zusammen mit dem Kelch und der Lanzenspitze zu verstecken, um es vor der Gier und dem Machthunger der Menschen zu schützen.

Maynard hörte fasziniert zu. Er hätte sich niemals träumen lassen, dass das Rätsel um die Pergamentrolle ihn nicht zu Erleuchtung, sondern zu dem Beginn einer neuen Prüfung führen würde. Aber im Grunde war es ja genau das, was er wollte. Dank der Mission, die ihm von Abt Manessier anvertraut wurde, würde er vielleicht dem eigenen Leben einen Sinn verleihen und seinen Mut beweisen können. Möglicherweise nicht auf einem Schlachtfeld, aber in der Welt.

Mit neuer Hoffnung empfing er seine Waffen zurück, und nachdem er sich erkundigt hatte, welchen Weg er zu gehen hatte, wandte er sich dem Ausgang der Klosterkirche zu, hinter dem die Wildnis, Wölfe und tausend andere Gefahren auf ihn lauerten.

Doch er war noch nicht zum Portal hinaus, da wurde er beim Namen gerufen.

»Ich schulde Euch noch eine Antwort.« Der alte Abt stand aufrecht mitten im Kirchenschiff und zeigte auf die Reiter der Apokalypse. »Vorausgesetzt, Ihr seid immer noch an meiner Meinung dazu interessiert.«

Maynard machte kehrt. »Oh ja, das bin ich.«

»Dann wisst«, begann Abt Manessier, »dass ich seit meiner Jugend die Sterne beobachte. Genau vor einem Jahr nun erlebte ich die Konjunktion dreier großer Himmelskörper, Jupiter, Mars und Saturn im Zeichen des Wassermanns. Und das genügte dem Herrn, um meinen armseligen Geist zu erleuchten. Denn in diesen Planeten erkannte ich die drei Reiter der Apokalypse. Drei Herolde stürmen im Galopp über den Himmel, gekennzeichnet durch die Farben Weiß, Rot und Schwarz ihrer Rösser. Aber ich ging noch weiter! Ich entschlüsselte sogar die Symbole. Die mit königlicher Macht verbundene Korona des Jupiter, das Schwert des blutigen Mars und schließlich die Waage des geheimnisvollen Saturn, der in der Antike als Gott des Ackerbaus verehrt wurde.« Die Augen des Abts weiteten sich, als könnten sie etwas jenseits der Nebel der Prophezeiung erkennen. »Sie sind bereits hier, mein lieber Freund. Erkennt Ihr sie jetzt? Eine unzulängliche Regentschaft, der Krieg und die Hungersnot. Sie sind über uns und stürmen als flammende Gestirne über unseren unseligen Geschicken dahin.«

Maynard lauschte ihm gebannt, bis ein Gedanke ihn aus seiner Mischung aus Furcht und Staunen riss. »Es fehlt noch der vierte Reiter. Der Tod.«

»Nur wenn Gott das wünscht«, sagte Abt Manessier und bekreuzigte sich. »Und der Mensch.«

20

Reims, Kloster Sainte-Balsamie
4. November

Bruchstücke von Bildern und Wortfetzen drängten sich durch die Benommenheit, die sich bis in seine äußersten Gliedmaßen erstreckte. Er versuchte, die rechte Hand zu heben und auf den Kopf zu pressen, um den stechenden Schmerz dort zu lindern, doch es gelang ihm nicht. Seine Hand blieb weiter starr unter der Decke liegen. Mit wachsender Panik versuchte er, die andere Hand zu bewegen, doch auch sie blieb reglos liegen. Sein ganzer Körper war unfähig, sich zu bewegen.

Erst jetzt wurde ihm bewusst, dass er die Augen geöffnet hatte. Er erkannte eine Balkendecke über ihm und ringsum Ziegelwände. Schattengrau war die vorherrschende Farbe. Fieberhaft versuchte er, in seiner Erinnerung die jüngsten Geschehnisse aufzurufen, um zu begreifen, wo er war, doch selbst das gelang ihm nicht. Er erinnerte sich nur noch an ein vages Gefühl von Gefahr und einen schrecklichen Schmerz im Kopf.

Vollends erwacht nahm er eine Bewegung am Fuße des Lagers wahr. Er wollte fragen, wer dort sei, aber er brachte keinen Laut heraus. Verzweifelt versuchte er noch einmal, sich zu bewegen, doch er schaffte es nur, den Kopf so weit zu heben, dass er über seine Füße hinaussehen konnte. Mit großer Anstrengung erkannte er eine Gestalt, die sich über einen Kleiderhaufen beugte. Er öffnete erneut den Mund, um die Aufmerksamkeit auf sich zu lenken, doch über seine Lippen kam nur ein Stöhnen.

Die Gestalt sprang auf. Eine junge Frau mit langen Locken. Als er sie sah, schoss ihm die Erinnerung an ein anderes Frauengesicht durch den Kopf. Ernster im Ausdruck, mit dunklen Augen, die einem bis ins Innerste sahen. Ein Antlitz, das von einer weißen Kinnbinde und einem bis auf die Augenbrauen herabgezogenen Schleier eingerahmt wurde. Er versuchte, sich zu erinnern, zu wem es gehörte, doch vergebens.

»Sagt nichts …«, beschwor ihn die Frau. »Sagt nicht, dass Ihr mich gesehen habt …«

Er nickte langsam, gequält von einem Schmerz, der sich immer heftiger in seinen Kopf bohrte. Und während er sich wieder auf das Kissen zurücksinken ließ, sah er, wie die junge Frau davoneilte und in einem blendenden Rahmen aus Licht verschwand.

Die Leitung eines Klosters erforderte immens viel Zeit und Kraft. Eudelines Aufgabe beschränkte sich nicht darauf, die Einhaltung der Disziplin ihrer Mitschwestern zu überwachen und für deren materielle und geistige Bedürfnisse zu sorgen. Sie musste auch die wirtschaftlichen Belange der Gemeinde im Auge behalten und sich versichern, dass die Zahlung des Zehnten gemäß den Vereinbarungen erfolgte. Und obwohl nach dem Gesetz die Güter von Sainte-Balsamie von einem *Procurator* verwaltet wurden, kontrollierte Eudeline ihn regelmäßig und beriet sich einmal wöchentlich mit dem Kapitel der älteren Nonnen über die Geschäfte. Allerdings hatte allein sie das Recht, wichtige Entscheidungen zu treffen und Urkunden mit dem Klostersiegel zu versehen.

Je näher das Ende des Jahres rückte, desto mehr Dokumente aller Art stapelten sich auf ihrem Schreibtisch, sodass er unter Büchern und Pergamentrollen fast verschwand. Die einzige Hilfe, auf die sie zählen konnte, war die *Kapellanin*, eine Nonne, die Eudeline unter anderem mit der Aufgabe betraute, die Papiere nach Dringlichkeit zu sortieren. Ihr Name war Schwester Claire, und obwohl sie zu den aufgewecktesten Nonnen des Klosters gehörte, musste sie doch geduldig überwacht werden, da sie dazu neigte, Geschichten zu erfinden, und leicht zerstreut war. Eudeline nahm es hin, da sie wusste, dass ihr niemand Besseres zur Verfügung stand.

Sie wollte Claire gerade zu Beginn eines absehbar arbeitsreichen Tages einige Anweisungen erteilen, als die Infirmaria in der Tür erschien.

»Was gibt es?«, fragte Eudeline und unterbrach sich dafür mitten im Wort.

»Robert de Vermandois«, erwiderte die Siechenmeisterin. »Er hat das Bewusstsein wiedererlangt.«

Schwester Claire bekam rasch noch die Aufgaben für den Vormittag mitgeteilt, dann eilte Eudeline schon zusammen mit der Siechenmeisterin durch die Gänge des Klosters zum Valetudinarium.

»Ein Wunder«, wiederholte sie nun schon zum dritten Mal, das Gewand gerafft, um beim Laufen nicht darüber zu stolpern. »Und Ihr seid sicher, dass er …«

»Er ist schon seit Längerem wach, und ich habe ihm bereits eine Stärkung verabreichen können«, antwortete die Siechenmeisterin. »Bislang hatte er niemals Anzeichen von klarem Verstand erkennen lassen. Jetzt hat er sogar gesprochen.«

Eudeline warf ihr einen Blick zu. »Worüber?«

»Das werdet Ihr gleich selbst hören.«

Robert de Vermandois lag auf seiner Bettstatt, reglos wie immer. Noch ehe Eudeline ganz bei ihm war, erkannte sie, dass sich etwas an ihm verändert hatte. Auf diese Erkenntnis folgte ein kurzer Moment der Bestürzung und – was ihr schon seit Langem nicht mehr passiert war – die verwirrende Neugier, zu erfahren, ob er sie schön fand oder zumindest von ansprechendem Äußeren.

Als sie vor ihm stand, schwieg sie, bis die Siechenmeisterin die Augenreflexe und die Verbände am Kopf überprüft hatte. »Wie fühlt Ihr Euch?«, fragte sie dann.

Roberts Lider flatterten. »Ziemlich schlecht, um ehrlich zu sein …«, murmelte er schwach. »Ich kann mich weder bewegen noch an irgendetwas erinnern …«

Eudeline spürte einen schmerzhaften Stich in der Brust. »Wollt Ihr damit sagen, Ihr wisst nicht …«

»… wer ich bin, edle Frau.« Robert de Vermandois war sichtlich erschüttert, dennoch drückte er sich überlegt aus, als hätte er lange über die eigene Lage nachgedacht. »Ich wäre Euch sehr dankbar, wenn Ihr mir meinen Namen nennen würdet und den Grund, weswegen ich in diesem Zustand bin.«

Eudeline wich ein Stück zurück, unfähig, ihre Bestürzung zu verbergen. Als sie von Roberts Besserung erfahren hatte, hatte sie erwartet, dass er gesund und bei klarem Verstand wäre. Stattdessen stand sie nun vor einem geistig verwirrten Mann, der sie mit seinen grünen Augen flehend ansah. Augen, die sie dennoch magisch anzogen. Bei diesem Gedanken kam sie sich lächerlich vor und versuchte, die Fassung wiederzuerlangen. Sie durfte sich jetzt keinen unsinnigen Träumereien hingeben, sondern musste überlegen, wie man dem armen Mann helfen konnte, der gelähmt war und unter Gedächtnisverlust litt.

»Es ist nicht außergewöhnlich, dass er sich so fühlt«, sagte die Siechenmeisterin leise. »Die Verletzung, die er überlebt hat, war schwer. Wahrscheinlich wird sein Gedächtnis langsam wiederkehren, zusammen mit seiner Bewegungsfähigkeit.«

»Seid Ihr Euch da wirklich sicher?«, fragte Eudeline.

Ihre Mitschwester zuckte nur mit den Schultern. »Ich bin mir bei gar nichts sicher, aber wenn Ihr eine genauere Diagnose stellen könnt …«

Obwohl sie versucht war, die Siechenmeisterin wegen dieser respektlosen Bemerkung zu tadeln, schob Eudeline ihren Stolz beiseite und wandte sich wieder dem Mann vor ihr zu.

»Ihr heißt Robert de Vermandois und seid ein Waffengefährte meines Bruders Maynard.«

Robert runzelte die Stirn in dem Bemühen, sich zu erinnern.

»Ihr seid am Kopf verwundet worden«, fuhr Eudeline fort, während sie sich von ganzem Herzen wünschte, sie könnte ihm helfen. »Ihr wurdet in dieses Kloster gebracht, um …«

»Aaah!«, schrie Robert plötzlich auf, das Gesicht schmerzverzerrt. »Der Kopf … mein Kopf!«

Bestürzt wandte sich Eudeline an die Siechenmeisterin. »Was hat er?«

»Einen Anfall. Die Wunde …«

»Könnt Ihr nichts tun, um seinen Schmerz zu lindern?«

»Ich würde ihm Opium verabreichen, wenn unsere Vorräte nicht bereits so dezimiert wären …«

»Ja und?«, fuhr Eudeline auf. »Wir werden sie schon wieder auffüllen, sorgt Euch nicht.«

Die Siechenmeisterin nickte. »Dann wie Ihr befehlt, Mutter Oberin.«

»Tut alles, um diesen Mann zu heilen«, ermahnte Eudeline sie, während ihr Blick zum Ausgang ging. Plötzlich wollte sie nur noch fort, das Unbehagen in ihrem Inneren wurde allmählich unerträglich.

»Wartet …«, hielt Robert sie zurück. »Euer Gesicht … Ich kenne Euch … Das stimmt doch, oder? Ich erinnere mich, dass Ihr an meinem Lager standet …«

Eudeline hätte alles Mögliche erwartet, nur das nicht. Rot vor Verlegenheit ergriff sie die Flucht, während sie krampfhaft versuchte, ihre Würde zu wahren. Sie verließ den Raum und eilte mit gesenktem Kopf den Gang entlang, der zum Hof führte, dabei flehte sie zum Herrn, sie möge wieder zu klarem Verstand kommen. Sie begriff nicht, woher ihre Verwirrung rührte. Obwohl sie ihn angesehen und für freundlich befunden hatte, blieb Robert doch immer noch ein Fremder. Aber etwas an ihm zog sie an, und das war ihr nach der Gewalt, die sie durch ihren Vater erlitten hatte, noch nie bei einem Mann geschehen.

Törichtes Weib!, schalt sie sich stumm, während die Erinnerung an diese schreckliche Zeit sie zu überwältigen drohte. Zornig über sich selbst und mit von Tränen verschleierten Augen hastete sie weiter und tröstete sich damit, dass sie wenigstens fern von neugierigen Blicken ihren Gefühlen freien Lauf lassen konnte.

Genau in dem Augenblick stieß sie auf Aleydis.

»Beunruhigt Euch etwas, ehrwürdige Mutter?«, fragte die junge Frau.

Rasch trocknete Eudeline sich das Gesicht und straffte sich, während sie überlegte, ihren Zustand mit einem Tadel zu überspielen. Doch das war nicht nötig. Als sie die Novizin ansah, entdeckte sie etwas Besorgniserregendes. »Woher rührt dieser blaue Fleck in Eurem Gesicht?«, fragte sie und vergaß für den Moment sogar Robert de Vermandois.

Aleydis bedeckte den Fleck auf der Wange. »Ein Missgeschick«, erklärte sie verlegen. »Nichts von Bedeutung.«

Eudeline nickte. »Rosmarinwickel«, riet sie dann, nickte ihr zu und ging weiter. Wenn sie es nicht so eilig gehabt hätte, fortzukommen, hätte sie vielleicht die ungewöhnliche Wölbung unter dem Gewand der Novizin bemerkt.

Sobald sie allein war, versteckte sich Aleydis im Schatten einer Nische, schaute sich noch einmal um, ob sie auch niemand beobachtete, dann holte sie einen kleinen Reisesack hervor, den sie unter den Habseligkeiten von Vermandois gefunden hatte. Das war der einzige Gegenstand, von dem sie sich Hinweise für den Kardinal erhoffen konnte. Vor Angst, wieder mit leeren Händen vor ihm zu erscheinen, hatte sie nicht gezögert, ihn zu stehlen, als sie zwischen den morgendlichen Gottesdiensten heimlich ins Valetudinarium geschlichen war.

Sie war ziemlich geschickt darin, sich nicht erwischen zu lassen, abgesehen von dem unerwarteten Erwachen des Kranken und der Begegnung mit der Äbtissin. Zum Glück hatte die ehrwürdige Mutter keinerlei Verdacht geschöpft, dass sie etwas Unrechtes getan hätte. Andererseits war Aleydis über deren Verhalten äußerst erstaunt. Sie hatte Schwester Eudeline noch nie so verwirrt und mit tränenüberströmtem Gesicht gesehen, sodass sie davon überzeugt war, dass die Äbtissin irgendetwas verbarg, vielleicht peinliche Geheimnisse, die ihr auf der Seele brannten.

Doch im Moment bereitete ihr etwas anderes Sorgen. Am nächsten Tag würde Marcus wieder beim Kloster erscheinen, und bis dahin sollte sie sich nützliche Neuigkeiten beschafft haben.

Sie öffnete den Reisesack und kramte darin. Der Kardinal hatte sich klar ausgedrückt: Er suchte nach Hinweisen auf den Bruder von Schwester Eudeline und einen geheimnisvollen Gegenstand, den er Lapis exilii nannte. Aleydis hatte genug gehört und gesehen, um zu ahnen, dass der Kranke wohl ein Ritter war wie Maynard de Rocheblanche, wahrscheinlich sogar dessen Waffengefährte. Sonst wäre seine Gegenwart im Kloster kaum zu erklären gewesen. Und so hoffte sie, in der Tasche etwas zu finden, das ihre Vermutungen bestätigte.

Doch zunächst wurde sie enttäuscht. Sie fand ein altes Schachspiel mit Figuren aus Elfenbein, einen Wetzstein, einen Feuerstein, ein Messer und einen Siegelring, von dem sie annahm, er gehöre zum Haus Vermandois.

Schließlich berührten ihre Fingerspitzen ein Pergament. Bebend vor Erwartung holte sie es hervor und sah, dass es ein etwa fingerlanger Streifen war. Darauf standen nur wenige Worte.

Mein Freund, ich lasse Euch in den Händen meiner ehrwürdigen Schwester. Ich muss fort, es tut mir leid. Eine wichtige Mission wartet auf mich. Ich bete zu Gott, dass ich Euch gesund wiedertreffe. M.

Wenige Worte, aber genug, um ihre Mühen zu lohnen.

Aleydis verbarg die Nachricht in einer Tasche ihres Gewandes und warf den Beutel mit dem Rest des Inhalts in einen alten Brunnen am Ende des Gartens, aus dem niemand mehr Wasser holte. Dann eilte sie zur Messe der dritten Stunde, erleichtert von dem Gedanken, dass der Kardinal sie am folgenden Tag nicht wieder schlagen würde.

21

Am Flusslauf der Rhone
Mitte November

Maynard ließ seinen Rappen an einem Teich zwischen den Bäumen anhalten, um dem Tier eine Rast zu gönnen. Als er abstieg, fiel sein Blick auf die Wasseroberfläche mit seinem Spiegelbild. Er sah einen Mann, der sich deutlich von dem unterschied, der die Schlacht bei Crécy überlebt hatte. Die langen Haare und der ungepflegte Bart ließen ihn wie einen Eremiten aussehen. Dazu hatte er die Kleidung gewechselt, um nicht aufzufallen: Er hatte Abt Manessier um eine Mönchskutte gebeten, die er nun anstelle seiner Ritterkleidung unter seinem Umhang trug.

Was sich als vorausschauende Maßnahme erwiesen hatte, da er am Vortag bei einer Rast in einem Dorf zwei schwarz gekleidete Bogenschützen bemerkt hatte. Er konnte sich zwar nicht ganz sicher sein, aber als er sie beobachtet hatte, meinte er, an ihren Gürtelschnallen das Löwenwappen erkannt zu haben. Suchten sie nach ihm?

»Er ist Euch überlegen«, hatte seine Angreiferin gesagt, ehe sie starb. Maynard musste an den Goldring denken, den er in seinem Geldbeutel aufbewahrte. Nicht einmal der Abt von Mont-Fleur hatte ihm sagen können, wem er gehörte, obwohl Maynard insgeheim befürchtete, dass es ihm ohnehin wenig helfen würde, wenn er dieses Rätsel löste. Er ahnte, dass dieser geheimnisvolle Kardinal niemals davon ablassen würde, ihn zu jagen. Also musste er weiter vor ihm fliehen, bis er Facio di Malaspina gefunden hatte. Nur dann würde er vielleicht etwas über die Verschwörung erfahren, die zu Jang de Blannens Tod geführt hatte.

Maynard beschloss, seine Verkleidung noch glaubwürdiger wirken zu lassen. Während er die Wasseroberfläche weiter als Spiegel benutzte, holte er den Dolch heraus und begann, sich die Haare über den Ohren und der Stirn abzuschneiden. Als er befand, dass er ein annehmbares Ergebnis erzielt hatte, stutzte er noch einige Locken vom Haupthaar und rasierte sich sorgfältig den Oberkopf, bis er eine Mönchstonsur hatte. Er tastete seinen Schädel ab, bis er schließlich zufrieden über das Resultat wieder in den Sattel stieg.

Wenn er Schwert und Dolch unter dem Umhang gut verborgen hielt, würde man ihn für einen fahrenden Mönch halten.

Als er sich fragte, was wohl Eudeline sagen würde, wenn sie ihn in einem solchen Aufzug sähe, konnte er sich ein Lächeln nicht verkneifen. Vom nächsten Gasthaus aus würde er ihr schreiben, um sie über seine Fortschritte zu informieren, ohne dabei in die Einzelheiten zu gehen. Er musste sie unbedingt vor der Neugier schützen, die er in ihren Augen hatte aufblitzen sehen. Dieselbe, die ihn ebenfalls quälte, seit er Mont-Fleur hinter sich gelassen hatte.

Der Schrei einer Frau riss ihn in die Gegenwart zurück und veranlasste ihn, sein Pferd zwischen den Bäumen hindurchzutreiben, bis er den Rand eines brach liegenden Feldes erreichte. Dort sah er im Schein der untergehenden Sonne, wie drei Männer ein Mädchen belästigten.

Maynard sprang aus dem Sattel. »Was geht hier vor?«, rief er.

Einer der drei fuhr herum und sah ihn drohend an. »Das ist nicht deine Angelegenheit, Mönch!«

Unbeirrt ging Maynard mit weiten Schritten näher und bemerkte nun, dass es sich bei den Männern nicht um einfache Bauerntölpel handelte. Sie trugen Kettenhemden und verschiedenartige Waffen. *Söldner*, dachte er. »Lasst sie in Ruhe!«, rief er, doch er erntete nur bösartiges Gelächter.

Das unglückselige Mädchen nutzte diese Ablenkung für einen Fluchtversuch und kroch schnell über das Gras davon. Sie war ziemlich schmutzig und ihre Kleider zerrissen. Einer der drei packte sie jedoch rasch bei den Haaren und raunte ihr zotige Worte ins Ohr.

Maynard spürte, wie Zorn in seiner Brust aufwallte, er musste an Eudeline denken, wie sie voller Angst und Scham in der dunklen Ecke gekauert hatte.

Ohne länger nachzudenken, griff er den ersten Söldner an und trat ihm in die Rippen, worauf dieser zu Boden fiel, dann drängte er den nächsten mit der Schulter beiseite, um zu dem Mädchen zu gelangen. Der dritte wartete jedoch schon mit gezücktem Schwert auf ihn.

Mit einem gellenden Schrei riss Maynard seine eigene Waffe aus der Scheide und setzte einen so mächtigen Schlag, dass sein Gegner in die Knie ging. Ehe er ihn allerdings erledigen konnte, wurde er an den Schultern nach hinten gerissen, doch er gab dieser Bewegung nach, verstärkte sie sogar noch und brach dem Mann hinter ihm mit einem kräftigen Kopfstoß die Nase.

Er konnte sich gerade noch rechtzeitig umwenden, um dem ersten Söldner entgegenzutreten, der mit einer Pike auf ihn zustürmte. Maynard wich aus und traf den Angreifer mit dem Knauf seines Schwertes so heftig an der Stirn, dass dieser mit gebrochenem Schädel zu Boden sank.

Maynard atmete tief durch und musterte die beiden Männer auf dem Boden, schließlich wandte er sich dem zu, der das Mädchen an der Flucht gehindert hatte. Er kniete immer noch wie versteinert da. Maynard hörte, wie er stammelnd um sein Leben flehte, aber er konnte nicht über den Ausdruck in dessen Gesicht hinweggehen. Denselben Ausdruck hatte er unzählige Male bei seinem Vater gesehen. Er musste diesen Ausdruck einfach auslöschen, daher hob er das Schwert und schlug dem Söldner mit der flachen Klinge auf die Wange, woraufhin dieser einen heftigen Strahl Blut ausspie und zur Seite sackte.

Maynard kniete neben dem Mädchen nieder. Ihre Haare hatten die Farbe von Weizen, das Gesicht wirkte noch kindlich. Sie war dürr und trug nur Lumpen am Leib, konnte kaum älter als dreizehn Jahre sein. Aber ihre Augen zogen ihn magisch an. Sie waren von unterschiedlicher Farbe, eines blau, das andere grün. »Hab keine Angst«, sagte er und wischte dem Mädchen die Tränen von der Wange. »Ich werde dich zu deiner Familie zurückbegleiten.«

Sie wich vor ihm zurück. »Ich habe keine Familie … Ich habe niemanden mehr.«

Maynard musterte sie voller Mitleid. »Wie heißt du?«

»Isabeau«, erwiderte sie misstrauisch.

»Hab keine Angst, Isabeau, du musst mich nicht fürchten.«

»Das haben die Männer auch gesagt …«

»Diese Männer werden dir nichts mehr zuleide tun«, versicherte er ihr. »Was mich betrifft, ich würde niemals –«

»Seid Ihr wirklich ein Mönch?«, unterbrach ihn das Mädchen, mehr neugierig als respektvoll. Sie schien ihre Notlage von eben bereits vergessen zu haben. »Mein Vater hat gesagt, dass Mönche keine Waffen tragen.«

Maynard wurde sich bewusst, dass er immer noch das Schwert in der Hand hielt. »Mein Orden erlaubt es mir«, log er, während er es zurück in die Scheide steckte. »Und er erlaubt mir auch, den Bedürftigen zu helfen.« Mit diesen Worten griff er zu seiner Börse und schüttete einige Münzen auf die flache Hand.

Das Mädchen wies sie zurück. »Ich bin nicht bedürftig«, sagte sie verächtlich. »Ich bin eine Gauklerin, wie meine Eltern.«

»Es lag mir fern, dich zu beleidigen.« Maynard bot ihr das Geld erneut an. »Ich wollte dir nur helfen.«

»Wenn Ihr mir wirklich helfen wollt, dann nehmt mich mit Euch.«

Maynard sah das Mädchen eingehend an, und erst jetzt bemerkte er, dass in diesen merkwürdigen Augen etwas sehr Seltenes und Wertvolles leuchtete. Etwas, das er nur wenige Male auf dem Schlachtfeld gesehen hatte und das er bestimmt nicht bei einem klapperdürren Mädchen erwartet hätte, das soeben drei gewalttätigen und skrupellosen Männern entkommen war. Doch er täuschte sich nicht, da funkelte Mut auf. Dennoch schüttelte er den Kopf. »Es tut mir leid, das kann ich nicht.«

»Ich könnte mich um Euer Pferd kümmern. Euch das Essen kochen. Euch …«

Maynard schüttelte erneut den Kopf. Dann stand er auf, ging zu seinem Pferd und packte es an den Zügeln. »Ich gehe einem schlimmen Schicksal entgegen.«

Doch ehe er den Fuß in den Steigbügel setzen konnte, war das Mädchen schon zu ihm gelaufen und hatte seine Hand ergriffen. »So wie ich«, sagte sie, »seit dem Tag meiner Geburt.«

Als Maynard das hörte, wusste er nicht, wie er sich weiter weigern sollte.

22

Reims, Kloster Sainte-Balsamie
Ende Dezember

Schnee hatte den Klosterhof weiß überzogen. Eudeline ging am Gemüsegarten entlang, und während sie dem weichen Knirschen unter ihren Füßen lauschte, versuchte sie, ihre innere Unruhe zu besänftigen. Das zweite Jahr in Folge hatte zu regnerisches Wetter für Missernten gesorgt. Es drohte eine Hungersnot, und die Bettler drängten sich zuhauf vor den Kirchen und flehten um etwas zu essen und ein Lager. Eudeline wusste sich nicht mehr zu helfen. Das Kloster Sainte-Balsamie lag in einem recht armen Dorf und hatte nur gerade so viele Vorräte, um die eigene Gemeinde zu ernähren. Obwohl es dafür bekannt war, dass es rasch gewachsen war, konnte es sich doch keineswegs mit dem Reichtum des Bischofssitzes messen, selbst an den bescheidenen Wohlstand der Abtei Saint-Remi kam es nicht heran.

Eudeline wusste jedoch nur zu gut, dass ihre Unruhe zum größten Teil von persönlichen Sorgen herrührte. Die Infirmaria hielt sie ständig über die Genesungsfortschritte von Robert de Vermandois auf dem Laufenden. In den Wochen nachdem er aufgewacht war, hatte er die Kontrolle über seine Arme wiedererlangt, ebenso über seinen Oberkörper, aber seine Beine wollten ihm noch nicht gehorchen. Außerdem hatte er immer noch nicht sein Gedächtnis wiedererlangt. Er konnte sich an nichts erinnern und versank darüber mit jedem weiteren Tag in größerer Schwermut.

Eudeline hatte ihn jedoch nie mehr besucht. Allein bei dem Gedanken, noch einmal vor ihm zu stehen, durchlebte sie erneut die Verlegenheit und die Angst, wegen der sie unter Tränen aus dem Valetudinarium geflohen war. Doch sich von ihm fernzuhalten hatte ihr keineswegs geholfen. Sie war immer nervöser und reizbarer geworden und verlor ihren Mitschwestern gegenüber ständig die Geduld.

Sie wusste nicht, wie sie dieses unangenehme Gefühl benennen sollte, und hoffte nur, dass es bald vorübergehen würde.

Eudeline schritt über den Schneeteppich und beobachtete ein Rotkehlchen in den Zweigen eines kahlen Baumes, bis die Kälte unter ihren Umhang kroch und sie dazu zwang, sich in ihr Domus particularis zurückzuziehen.

Kurz darauf befand sie sich in ihrem spärlich erleuchteten Zimmer an ihrem Schreibtisch. Schwester Claire saß am Tisch daneben und wollte gerade ein *Kartular* im Schein der Kerze auf den neuesten Stand bringen.

Sobald Eudeline sich gesetzt hatte, spürte sie, wie die Sorgen in ihrem Herzen schwanden. Hinter ihren Registern und Tintenfässern fühlte sie sich wieder wie sie selbst, eine Königin im eigenen Schloss. Dazu kam, dass alle dringenden Angelegenheiten schon erledigt waren. Sie konnte sich daher den weniger wichtigen und nicht ganz so heiklen Unterlagen widmen, die sich auf der linken Seite des Schreibtisches angesammelt hatten. Als sie in den Papieren blätterte, bemerkte sie einen Brief, der unter dem Stapel hervorsah. Sie zog ihn heraus. Nachdem ihr Blick auf den Absender gefallen war, sprang sie wutentbrannt auf.

»Schwester Claire«, rief sie, »wie konntet Ihr nur?«

Die Kapellanin zuckte zusammen und ließ das Pergament fallen, das sie gerade in Händen gehalten hatte. »Ehrwürdige Mutter, ich verstehe nicht …«

»Dieser Brief! Er liegt schon seit vier Tagen unter den weniger wichtigen Dokumenten. Warum habt Ihr ihn dort abgelegt?«

»Ich dachte, dass …«

»Habt Ihr den Absender nicht gelesen?«

»Der muss mir entgangen sein …«

Eudeline wedelte drohend mit dem Brief vor den Augen der Schwester. »Hier steht der Name meines Bruders! Ist Euch das klar? Was hat Euch dazu verleitet, ihn mir zu unterschlagen?«

Schwester Claire senkte den Kopf. »Ich bitte um Vergebung, ich weiß nicht, wie ich einen solchen Fehler begehen konnte …«

»Aber ich weiß es«, zischte Eudeline unerbittlich. »Ihr seid unfähig, ein törichtes Weib, das einfach unaufmerksam ist.« Sie zeigte zur Tür. »Geht mir aus den Augen, ehe ich …«

Schwester Claire starrte sie einen Moment voller Angst an, dann schlug sie die Hände vors Gesicht und rannte schluchzend davon.

Eudeline blieb in der Mitte des Raumes stehen und wartete darauf, dass ihr Zorn sich legte. Sobald sie wieder klar denken konnte, kam sie sich wie ein grausames Ungeheuer vor. Sie hatte übertrieben reagiert. In jenen Tagen erreichten so viele Dokumente das Kloster, dass jeder diesen Fehler hätte begehen können. Außerdem wusste sie ganz genau, was zu diesem Ausbruch geführt hatte. Und sie verdammte die eigene Schwäche.

Sie setzte sich wieder an den Schreibtisch, brach das Siegel und öffnete das Schreiben voller Ungeduld. Der Brief enthielt weder eine Angabe des Ortes noch ein Datum.

Geliebte Schwester,
ich schreibe diese Zeilen im Angesicht einer Bergkette, hinter der mich die Wahrheit über das geheimnisvolle Komplott erwartet, von dem ich dir bei unserer letzten Begegnung erzählt habe. Wisse denn, dass ich bereits den Ort gefunden habe, der in dem Rätsel angegeben war, obwohl sich der Lapis exilii bis jetzt meinem Blick entzieht. Ich muss mich zunächst würdig erweisen und eine äußerst wichtige Mission erfüllen in der Hoffnung, dass dies mich zu einem besseren Menschen macht. Zu einem Mann, der eines Tages den Mut finden wird, dir Dinge zu gestehen, von denen ich dir niemals erzählt habe.
Fürchte nicht um mein Wohl, ich bin gesund, und der Weg schreckt mich nicht. Seit einer Woche habe ich eine Begleiterin, noch recht jung, aber schon ganz allein auf der Welt. So wie wir es wären, hätten wir nicht die Liebe, die uns vereint.

Möge Gott dich segnen

Maynard

ZWEITER TEIL

DER PLAN DES ABTES

23

Abtei Santa Maria di Pomposa
20. März 1347

Den Blick hoch auf die Apsis gerichtet, musterte Abt Andrea den in der *Mandorla* eingefassten Christus *Pantokrator*, den Weltenherrscher, Vater und Sohn in der Mitte der himmlischen Sphären, und wie schon unzählige Male zuvor überkam ihn Bitterkeit. Obwohl er seit mehr als zehn Jahren versuchte, seinen Glauben wieder zu stärken, kam er nicht umhin, ihn mit dem Zustand dieses altehrwürdigen, jedoch inzwischen reichlich verblassten Gemäldes zu vergleichen. Gewiss, die Schönheit der Formen war erhalten geblieben, das Abbild des Herrn erfüllte die Gewölbedecke mit Würde und vermittelte den Eindruck von göttlicher Majestät. Doch die Strahlkraft der Farben war ebenso gewichen wie die mystische Verzückung, die Abt Andrea in seiner Jugend im Gebet empfunden hatte. Von diesen Momenten, die er im undurchdringlichen Schweigen der Askese erlebt hatte, war ebenfalls nur eine schwache Erinnerung geblieben. Das Gleiche konnte man auch von dem Freskenzyklus sagen, der an den hohen Wänden des Hauptschiffs entlanglief, eine Folge von Geschichten aus der Bibel, auf dem inzwischen nicht einmal mehr die Züge der Propheten oder die Landschaften Palästinas und Ägyptens zu erkennen waren. Das fortschreitende Bröckeln der Farbschicht auf dem Putz hatte sie vernichtet.

Nur die Fresken in den beiden Seitenschiffen, die unter den Bögen des Umgangs hervorsahen und aus dem Leben der Apostel Petrus und Paulus erzählten, waren dem Verfall entgangen. Ein Aufblitzen alter Größe, die Abt Andrea an den glühenden Mönch erinnerte, der er in seiner Jugend gewesen war. Dennoch zu wenig für ein Kloster, das bis ins vorige Jahrhundert hinein unter all den vielen anderen hervorgeragt hatte. Zu wenig, um die Erinnerung an die großen Äbte zu ehren, die einander in diesen Mauern nachgefolgt waren.

Aus diesem Grund wünschte sich der ehrwürdige Andrea eine Rückkehr zu den Zeiten früheren Glanzes. Zeiten, in denen die Mönche nicht vor grauen Flecken die Messe singen mussten so wie jetzt, da diese wie unheilvolle Dunstschleier die heiligen Bilder den Blicken entzogen. Zeiten, in denen man, wenn man das Kloster von Pomposa betrat, begeistert ausrief: *»Beati oculi che vident.«*

Glücklich die Augen, die dies sehen.

Beinahe verächtlich wandte er sich um, und erst jetzt bemerkte er, dass der Mann, der aus Respekt hinter ihm lief, noch kein Wort gesagt hatte. Er schritt stumm über den mit Mosaiken geschmückten Fußboden, starrte mit in den Nacken gelegtem Kopf nach oben und strich sich über den dichten rabenschwarzen Bart.

»Nun?«, fragte Abt Andrea, begierig darauf, dessen Meinung zu hören. Der Mann hieß Sigismondo de' Bruni und war ein *Mastro pittore*, seit mehr als zwanzig Jahren übte er den Beruf des Malers aus. Gedrungen und kahlköpfig, wie er war, besaß er doch eine gewisse Eleganz, mit der er seine feingliedrigen Finger und die schlanken Beine bewegte. Andrea war ihm noch nie begegnet, aber da er von einem Prälaten aus der Romagna viele Lobesworte über ihn gehört hatte, hatte er sich entschlossen, ihn zu sich zu rufen.

Meister Sigismondo zuckte mit den Schultern, während sich auf seinem Gesicht ein skeptisches Lächeln ausbreitete. »Also, ich rate von einer Restaurierung ab«, antwortete er mit heiserer Stimme, sein Blick blieb indessen weiter auf die Fresken des Hauptschiffs gerichtet.

»Soll dies bedeuten, dass Ihr das alte Fresko des Mittelschiffes nicht erhalten könnt?«

»Natürlich kann ich das«, berichtigte ihn Sigismondo, »aber ich sage es Euch noch einmal: Ich rate davon ab. Die beschädigten Wände mit Seccotechnik zu bemalen und die besser erhaltenen aufzufrischen wird Euch kaum weniger kosten als ein würdiges Neuwerk.«

Andrea zog eine Augenbraue hoch. »Also bietet Ihr mir an, ganz neue Fresken zu malen?«

»Wenn Ihr zustimmt, durchaus.«

»Ich hatte nicht an einen so einschneidenden Eingriff gedacht, das gestehe ich. Allein bei dem Gedanken, dass ich mich von der Schönheit dieser Bilder verabschieden soll …«

»Bei allem Respekt, ehrwürdiger Vater«, widersprach Sigismondo, »hier haben wir einen alten Stil. Überholt, würde ich sogar zu sagen wagen.«

»Das weiß ich selbst«, erwiderte Andrea, der keineswegs als ungebildet gelten wollte. »Doch es sind nicht nur reine Äußerlichkeiten, die ein gutes Gemälde ausmachen. Der Bilderzyklus, den Ihr hier seht, stellt die Geschichte der Rettung der Menschheit von der Erschaffung Adams bis zur Wiederauferstehung von Jesus dar. Wäret Ihr wirklich in der Lage, etwas vollständig Neues und dabei doch Gleichwertiges zu schaffen?«

»Selbst auf die Gefahr hin, dass ich jetzt hochmütig wirke: Ja, das wäre ich.« Meister Sigismondo strahlte eine Selbstsicherheit aus, die an Frechheit grenzte, obwohl er das entgegenkommende Benehmen eines Marktverkäufers an den Tag legte. »Versteht mich recht«, fügte er rasch hinzu, »ich weiß den Pinselstrich eines kunstfertigen Malers zu schätzen, der zu seiner Zeit Talent besessen haben muss, aber offen gesagt bin ich sicher, dass Euch meine Arbeit zufriedenstellen wird. Ich habe wesentlich komplexere Werke als dieses hier ausgeführt, und glaubt mir, wenn ich sage, dass die Werke von früher mit den heutigen Entwicklungen nicht mithalten können.«

Er deutete auf den oberen Teil des Freskos an der Südwand. »Seht Ihr, wie zum Beispiel Noahs Arche gemalt wurde? Sie ist flach, ohne jegliche Tiefe«, dann zeigte er auf den unteren Teil, »genau wie die Landschaft in der Szene mit der Verkündigung. Das Gleiche gilt für die Gesichter, die Faltenwürfe und die Schatten …«

Abt Andrea nickte zwar zu den Ausführungen Sigismondos, doch war er weit davon entfernt, sich beschwatzen zu lassen. Er kam aus Fano, einer Stadt mit vielen Kirchen und Palazzi, und später hatte er in Padua, Ferrara und Rimini die Vollkommenheit der Malerei kennengelernt. Eine Vollkommenheit, die ihn seit seiner Zeit als Novize fasziniert hatte, als die Abbildungen in Büchern, auf Wandteppichen und sogar auf Majolikavasen seine Phantasie angeregt hatten. Und obwohl er wusste, dass die Fresken in seiner Abtei einem altertümlichen Stil angehörten, hatte er sie so lieb gewonnen, dass er niemals in Erwägung gezogen hatte, sie zu ersetzen.

»Ich muss darüber nachdenken«, sagte er laut und unterbrach damit den Wortschwall des Malers.

Sigismondo de' Bruni sah ihn an wie ein Hund, der sich in einen Knochen verbissen hatte und ihn nicht wieder loslassen wollte. »Ich begreife Eure Haltung«, sagte er und betrachtete eingehend den Bereich oberhalb des Altars. »Während ich Eure Antwort erwarte, könnte ich mich der Ausschmückung der Apsis widmen«, schlug er vor. »So könnt Ihr selbst entscheiden, ob ich würdig bin, die Arbeit im Hauptschiff fortzusetzen.«

Der Abt musterte den Pantokrator, ganz gewiss das Bild, das am meisten unter dem Zahn der Zeit gelitten hatte. Bei seinem Anblick empfand er jedes Mal eine Mischung aus Scham und Traurigkeit, gepaart mit Schuldbewusstsein und vor allem dem Wunsch, in die Zeit zurückzukehren, als er noch fest im Glauben stand. Also gut, überlegte er, auf irgendeine Weise musste man die Erneuerung beginnen.

»Eure Idee gefällt mir«, erklärte er daher und verschränkte die Hände hinter dem Rücken. »Die Apsis soll vollkommen neu gestaltet werden, ich kann nicht länger zulassen, dass sie in diesem Zustand verharrt. Aber bedenkt wohl«, er sah Meister Sigismondo an, »die Arbeit beschränkt sich nicht nur auf die Lünette mit Christus in seiner Gloriole. Habt Ihr auch die darunterliegenden Szenen bemerkt?«

Befriedigt darüber, wie sich die Unterhaltung entwickelte, richtete der Maler den Blick auf den unteren Teil der Apsis, deren Wände schrecklich unter dem Verfall und der Feuchtigkeit gelitten hatten. »Ich sehe dort die Überreste von vier Gestalten mit Heiligenscheinen, doch sie sind zu verblasst, um sie wirklich zu erkennen. Vielleicht handelt es sich um eine Prozession von Heiligen.«

»Der heilige Eustachius, der heilige Vincentius, der heilige Vitalis und der heilige Sebastian«, zählte Andrea die inzwischen kaum noch erkennbaren Schatten aus dem Gedächtnis auf. »Die Märtyrer, die hier in Pomposa verehrt werden und vor Jahrhunderten dort oben im byzantinischen Stil verewigt wurden.«

»Sie müssen vollkommen neu gemalt werden«, erklärte Sigismondo.

»Ich besitze ein Legendarium, dessen Bilder Euch weiterhelfen könnten.«

Sigismondo nickte. »Haben wir jetzt also eine Vereinbarung?«

»Im Augenblick haben wir nur das Problem angesprochen«, beschied ihm Andrea. »Wir müssen noch klären, wie Ihr vorgehen sollt, und über Euren Lohn haben wir bislang noch kein Wort verloren.«

»Bei meiner Treu, Ihr habt recht«, rief Sigismondo. »Wir werden uns schon einigen, wenn ich Euch die Entwürfe zeige, die ich noch heute Nacht vorbereiten werde.«

Andrea gefiel der Vorschlag, doch bevor er sich dazu äußern konnte, sah er, wie ein Diener eilig durch das Hauptportal auf ihn zukam.

»Ehrwürdiger Vater«, rief er aus, »Ihr müsst sofort in den Kapitelsaal kommen!«

»Weshalb, was geht dort vor?« Andrea schritt ihm entgegen.

»Pater Facio … Facio di Malaspina …«, stammelte der Diener. »Er hat das Kapitel ohne Eure Zustimmung einberufen!«

Bei der Nennung des Namens überfiel Andrea Übelkeit. Er verabscheute diesen Mönch, und zwar nicht wegen seiner verkrüppelten Gliedmaßen, sondern vielmehr wegen der hinterhältigen Machenschaften, mit denen er fortlaufend in der Abtei Zwietracht zu stiften suchte. Allein bei dem Gedanken, was dieser niederträchtige Mensch sich diesmal ausgedacht haben mochte, flehte Andrea den Herrn an, er möge ihm ausreichend Geduld verleihen, um dem Mönch vor der gesamten Bruderschaft entgegenzutreten.

Sigismondo de' Bruni beobachtete, wie der Abt unter den Bögen des südlichen Seitenschiffs auf eine kleine Seitentür zueilte. *Bestimmt warten Schwierigkeiten auf ihn*, dachte er und hoffte, dass sie den Auftrag für die Wandfresken nicht verhindern würden. Und wenn doch, würde er es als Strafe dafür nehmen, dass er hinsichtlich seiner

Erfahrung gelogen hatte. Und dafür, dass er, obwohl er sich gehütet hatte, es zuzugeben, die Bilderfülle von Pomposa schlichtweg großartig fand und jedem Werk bei Weitem überlegen, das er je selbst ausgeführt hatte.

Er bat die Jungfrau Maria um Verzeihung, andererseits hatte er keine Wahl gehabt. Die Gelegenheit war zu verlockend gewesen, um sie sich entgehen zu lassen. Er brauchte Geld, und vor allem musste er seiner Familie nach einer langen Zeit voller Entbehrungen und des Umherziehens endlich Ruhe verschaffen.

Trotzdem plagte ihn die Furcht, womöglich auf eine Aufgabe zu treffen, die seine Kräfte überstieg. Im besten Fall würde es die größte sein, an der er sich je gemessen hatte. Um sich eine möglichst genaue Vorstellung von deren Dimension zu machen, sah er sich mit fachmännischem Blick im Hauptschiff um und nahm das Maß der Wände, die auszumalen waren.

Es ging ungefähr um die Arbeit von fünfzehn Gerüstgängen, so oft müsste er seinen Aufbau des Gerüsts umstellen, um das Werk zu vollenden. Eigentlich nicht so viel. Und im Grunde hatte er den Abt nicht belogen. Er hatte schon früher Fresken mit biblischen Themen angefertigt, aber noch nie auf einer so großen Fläche.

Der Auftrag konnte sich zudem als eine großartige Möglichkeit für ihn herausstellen. Wenn er einmal bewiesen hatte, dass er eines solchen Werkes fähig war, würde er bestimmt das Interesse neuer Auftraggeber erregen, höhergestellt und mit Geld reicher gesegnet als die, für die er für gewöhnlich tätig war. Und vielleicht konnte er dann in einigen Jahren eine eigene, ordnungsgemäße Meisterwerkstatt eröffnen, wie er es sich schon seit seiner Zeit als junger Lehrling erträumt hatte.

Während er stumm betete, dass alles sich zum Guten entwickeln möge, ging er langsam auf das Hauptportal zu und ließ dabei den Blick noch einmal über die mit großer Fertigkeit dekorierten Wände wandern.

Draußen angekommen, vertrieb er die Gedanken, die seinen Kopf bestürmten, und wandte sich um, damit er die Abtei in ihrer vollen Größe bestaunen konnte. Als er eingetroffen war, hatte er ihr vor lauter Eile, so schnell wie möglich mit dem Abt zu sprechen, nicht die verdiente Aufmerksamkeit widmen können. Doch jetzt hatte er alle Zeit der Welt, um sie im milden Licht der Abenddämmerung genau zu betrachten. Ein erhabenes Gebäude, das abgesehen von den Marmorsäulen und den in die Fassade eingebundenen Terrakottaschalen aus festem Mauerwerk bestand. Es vermittelte in allem den Eindruck von Schlichtheit und Strenge, die geistigen Grundlagen der alten Mönche, die sich vor dem Jahr 1000 hierher zurückgezogen hatten, um ganz nach den Regeln des heiligen Benedikt zu leben.

Die Fassade des Klosters war nach Westen ausgerichtet. An der Stirnseite der Eingangshalle, die sich mit drei Bögen dem Besucher öffnete, war in der Lünette des Portals ein Fresko der Madonna auf dem Thron angebracht. Über der Vorhalle erhob sich der Kopfteil des Hauptschiffes der Kirche, auf dem das Dach ruhte.

An der Nordseite ragte ein mächtiger Kirchturm auf einem viereckigen Grundriss empor, neun Stockwerke hoch, die in einer kegelförmigen Spitze ausliefen. Die Zahl und Breite der Bogenfenster, mit denen die Wände durchbrochen waren, steigerte sich von Stockwerk zu Stockwerk, sodass ganz oben auf jeder Turmseite vier hohe, massige Bogen fast die gesamte Fläche einnahmen. Fasziniert schätzte Sigismondo den Turm auf eine Höhe von über zwölf *Ruten* ein.

Schließlich wandte er sich nach rechts, um sich den Ostteil des Gebäudekomplexes anzusehen: eine Ansammlung von Häusern, die sich um einen Kreuzgang reihten. Hinter diesen nur hier und da von kleinen Fensternischen unterbrochenen Mauern spielte sich seit Jahrhunderten das geheime und stille Leben der Mönche ab.

Nun erst erfasste er den wahren Sinn der Worte, die Abt Andrea vorhin gesprochen hatte. »Es sind nicht nur reine Äußerlichkeiten, die ein gutes Gemälde ausmachen.« Weder die Bautechnik noch der Architekturstil machten dieses Kloster zu einem Monument mönchischer Ideale. Sondern das Fundament aus den Gedanken, die es erschaffen hatten. Die Inspiration seiner Schöpfer.

Sigismondo würde sich dies eine kostbare Lehre sein lassen müssen, wenn er vorhatte, ein Gemälde zu schaffen, das gegenüber dieser Ehrwürdigkeit bestehen konnte.

Immer nachdenklicher lief er auf den überdachten Wagen zu, der nur wenige Schritte entfernt am Rand des Klosterhofes stand.

Seine Frau und sein einziger Sohn erwarteten ihn.

»Du treibst deinen Spaß mit mir«, kicherte Sapia. »So schön bin ich nicht.«

Gualtiero achtete nicht auf die Worte seiner Mutter, sondern fuhr fort, ihre Züge auf dem Bild festzuhalten. Dafür verwendete er ein Stück Weidenkohle mit gehärteter Spitze und behalf sich mit einer Hühnerfeder, um mögliche Fehlstriche zu tilgen. Hin und wieder hielt er inne und lehnte sich zurück, um die Zeichnung auf der Staffelei zu betrachten, wobei er voller Wehmut dachte, dass wahre Schönheit ohnehin zu flüchtig sei, um sie wirklich abzubilden. Andererseits war er überzeugt, dass zumindest ein Teil dieser inneren Flamme in den Darstellungen weiterlebte, wenn sie denn kunstvoll und mit genügend Gefühl ausgeführt wurden. Er bezweifelte zwar, dass er so begabt war, doch Bildern eine Form zu geben befriedigte ihn und machte ihn beinahe glücklich.

Erfüllt von diesen Gedanken wandte er sich wieder seiner Mutter zu, um die letzten Details ihres Kinns und der Augenbrauen zu erfassen. »Lach nicht zu sehr«, ermahnte er sie scherzhaft, »sonst kann ich dich nicht richtig wiedergeben.«

Sapia setzte sich aufrecht und lehnte sich mit dem Rücken an die Holzwand des Wagens. Sie war ernst geworden, und ihr Gesicht strahlte vor Stolz.

Das machte Gualtiero beinahe verlegen. Er hatte aus Spaß begonnen, sie zu malen, um sie so von den Entbehrungen der langen Fahrt abzulenken, aber jetzt stellte er fest, dass er gute Arbeit geleistet hatte. Er legte den Kohlestift aus der Hand und nahm einen Griffel mit silberner Spitze, um die Grundzüge des Gesichts nachzuziehen. Er musste sorgsam vorgehen und hob dazu eine Laterne an, um das spärliche Licht ein wenig aufzuhellen. Das immer noch kühle Wetter hatte sie gezwungen, im Wagen zu bleiben, in dem

Halbdunkel, das von dem stechenden Geruch der Malerutensilien durchdrungen war.

Dennoch war dies viel mehr als nur ein einfacher Karren für ihn. Es war sein Heim, der Ort, wo er geboren und aufgewachsen war, an dem er mit seinen Eltern endlos lange kalte Winter und heiße Sommer verbracht hatte und dabei die Grundlagen des Malerhandwerks gelernt hatte. Der Wagen war gleichzeitig die Werkstatt seines Vaters Sigismondo, das Lager aller Art von Utensilien und das Versteck faszinierender Geheimnisse.

Gualtiero kannte jeden Winkel in diesem Raum und wählte mit geübten Bewegungen, beinahe traumwandlerisch, aus einem Regal zu seiner Rechten einige Farbtöpfchen. Er ordnete sie auf einem Schemel vor der Staffelei an, dann nahm er einen Fehhaarpinsel aus einem Becher.

Er begann damit, die Farbe für die Haut aufzutragen, eine Temperafarbe aus Bleiweiß und Zinnoberrot, die er über die gesamte Fläche des Gesichts verteilte und nur die Augen aussparte. Dann fügte er eine halbe Unze Grünerde und Sinopia hinzu, um den rötlichen Farbton zu erzielen, mit dem er die Nasen- und Lippenkonturen ziehen und Stirn wie Wangen schattieren würde. Sein Strich war schnell und sicher, er zögerte nur kurz bei einigen Details, um ihn dann wieder leicht aufzunehmen und diesem Gesicht mit dem engelsgleichen Lächeln weitere Tiefe zu verleihen.

Sapia beobachtete ihn still, sie sagte kein Wort, doch Gualtiero genügte ihr Blick, damit ihm um vieles leichter wurde. *Ich bin besser als mein Vater*, dachte er und betrachtete stolz sein Werk. Dieser Gedanke kam ihm oft, obwohl er wusste, dass er nicht über halb so viel Erfahrung verfügte wie Sigismondo. Und doch war es offensichtlich. Er war wesentlich geschickter darin, Gesichtern Ausdruck zu verleihen und Körper natürlich wirken zu lassen. Außerdem brannte in ihm die Leidenschaft, die Tradition mit neuem Leben zu erfüllen. Dieser Ehrgeiz hatte in den letzten Jahren mehrfach zum Streit mit seinem Vater geführt.

Er wusch den Pinsel aus und verdrängte die Erinnerung an ihre letzte Auseinandersetzung, dann tunkte er die Spitze in das Töpfchen mit dem Ockergelb, um damit die wunderschönen blonden Haare seiner Mutter auf dem Porträt zu verewigen. Danach schattierte er sie mit einem rötlichen Farbton, um die üppigen Flechten genau wiederzugeben, die oberhalb der Ohren zusammengehalten wurden. Schließlich wandte er sich den Augen zu, legte einen weißlichen Schleier über die Pupillen und einen nussbraunen über die Iris, der er Punkte in Schwarz und Grünerde zufügte.

Als er die letzten Details an den Augenbrauen vollendet hatte, klatschte Sapia begeistert in die Hände.

Kurz darauf erschien der Lockenkopf seines Vaters zwischen den Vorhängen, die das Wageninnere nach außen hin schützten.

»Nun denn, Vater?«, fragte Gualtiero und legte den Pinsel hin.

Sigismondo betrachtete missmutig die auf dem Schemel verteilten Farbtöpfchen. Welche Verschwendung von Materialien, schien sein Blick zu sagen. Doch seine Stirn glättete sich rasch wieder. »Vielleicht bekommen wir einen wichtigen Auftrag«, verkündete er.

»Das Hauptschiff der Abtei?«, fragte Sapia lächelnd.

»Zunächst die Apsis, danach entscheidet sich alles Übrige.«

»Ich kann es kaum abwarten, sie zu sehen«, sagte Gualtiero, und in seinen Worten schwang eine gewisse Verstimmung mit. Sein Vater hatte ihm verboten, an dem Gespräch mit dem Abt teilzunehmen. All seine Proteste hatten nichts genützt. Sigismondo hatte seinen eigenen Willen und bestand darauf, Vereinbarungen und Entscheidungen zu treffen, ohne sich mit ihm zu beraten, ja er behandelte ihn immer noch wie einen unfähigen Lehrling.

Sigismondo stellte die Farbtöpfchen nacheinander ins Regal zurück und setzte sich auf den Schemel, ohne sich dem Porträt nur einen einzigen Moment zu widmen. »Du wirst sie morgen sehen.«

Gualtiero sah kurz zu seiner Mutter hinüber, dann platzte er wütend heraus: »Heißt das etwa, ich darf nicht einmal einen kurzen Blick darauf werfen?«

»Der Abt muss mir noch seine Entscheidung mitteilen«, erwiderte Sigismondo gereizt. »Ich möchte ihn keinesfalls verärgern.«

»Ich könnte doch hineingehen, um dort zu beten«, schlug Gualtiero vor. »Und währenddessen würde ich mich umsehen, nur um mir einen Eindruck zu verschaffen.«

»Du solltest besser das Papier für mich vorbereiten.« Sigismondo war kurz davor, die Geduld zu verlieren. Er hasste es, wenn man ihm öffentlich widersprach, aber mehr noch im Privaten, in Anwesenheit seiner Frau. »Los, tu, was ich dir sage. Ich brauche es gleich, um das Motiv für die Gewölbedecke der Apsis zu skizzieren.«

Da er ahnte, dass dieser Auftrag nur ein Vorwand war, um ihn zum Schweigen zu bringen, schaute Gualtiero wieder zu seiner Mutter hinüber, die die Szene in resigniertem Schweigen verfolgt hatte, und sagte unwillig: »Es steht schon so viel Papier bereit, wie du willst, ich habe es mit Bein poliert und gereinigt.« Zunächst war er versucht, diesen Satz mit einem Ausruf des Protests abzuschließen, doch er konnte seine Neugier nicht zurückhalten. »Um welches Motiv geht es?«

Bevor er ihm antwortete, warf Sigismondo einen Blick auf das Porträt, dann auf seine Frau. Ein Funke Neid glomm in seinen Augen auf. »Christus auf dem Himmelsthron in byzantinischem Stil«, antwortete er brummig, als hätte er noch sagen wollen: »Aber das geht dich nichts an.«

Gualtiero ließ sich jedoch nicht einschüchtern. »Und was umgibt ihn?«

»Nichts bis auf die Mandorla, die ihn umrahmt.«

»Wirkt das Gewölbe dadurch nicht zu leer?«

»Willst du mich etwa mein Handwerk lehren?« Verärgert schlug Sigismondo sich mit der Hand auf das Knie. »Der Weltenherrscher gehört allein dargestellt in all seiner Erhabenheit.« Er wollte schon drohend aufspringen, doch als er Sapias flehenden Blick bemerkte, hielt er sich zurück. »Außerdem«, sagte er, »wie kannst du dich über etwas äußern, das du noch nicht einmal gesehen hast?«

Gualtiero schüttelte empört den Kopf, er hatte es satt, sich von seinem Vater wie ein Dummkopf behandeln zu lassen. Es war nicht seine Absicht gewesen, ihn zu kritisieren. Er hatte die Frage doch nur aufgebracht, um sich mit ihm darüber auszutauschen und ihm zu zeigen, dass er durchaus in der Lage war, sich über das Thema zu unterhalten. Aber wie es schien, war seine Meinung nicht gefragt. Er schob die Vorhänge auseinander und machte Anstalten, den Wagen zu verlassen. »Dann sollte ich das schnell ändern.«

»Hiergeblieben!« Sigismondo sprang auf und packte ihn am Arm. »Hör zu –«

»Mir ist gleich, was du mir sagen willst!« Gualtiero befreite sich mit einem Ruck aus dem Griff seines Vaters.

Mit Bitterkeit im Herzen verschwand er hinaus in das graue Licht des späten Märztags.

24

Nachdem er die Kirche durch die Pforte im Seitenschiff verlassen hatte, ging Abt Andrea schnellen Schrittes am Kreuzgang entlang hin zu einem großen Gebäude, das sich ab Höhe der Apsis auf einer Länge von sieben Ruten bis zum Refektorium erstreckte. Er sah hinauf zum oberen Stockwerk, in dem sich das – zum großen Teil ungenutzte – Dormitorium befand, und stieß einen bitteren Seufzer aus. Es war lange her, dass Pomposa einmal eine Gemeinschaft von hundert Mönchen beherbergt hatte, doch in diesem Moment war er zu sehr in Eile, um vergangene glanzvolle Epochen zu beweinen. Nun wurde er im Kapitelsaal im unteren Stockwerk erwartet, den ein breites Portal mit einem Spitzbogen schmückte.

Bevor er es durchschritt, wanderten seine Gedanken wieder zu Facio di Malaspina. Es hatte eine Zeit gegeben, da war dieser Name vor allem respektvoll genannt worden. Sie lag etwa zwanzig Jahre zurück, als der Papst einen Kreuzzug gegen die Markgrafen d'Este ausgerufen hatte, die über das nahe Ferrara herrschten. Denn damals war er Abt von Pomposa gewesen. Allerdings gab es Stimmen, er habe für seine Ernennung die Wirren, die in den umliegenden Gütern ausgebrochen waren, schamlos genutzt und dass er in der Folge ein Privileg nach dem anderen für sich beanspruchte, während er den Schergen derer d'Este erlaubte, die Besitztümer der Abtei zu plündern. All dies war in den Jahrbüchern verzeichnet, einschließlich der Abschrift einer päpstlichen Bulle, in der von den *nequissimi homini*, den schändlichen Menschen, die Rede war, die die Mönche und das Kloster betrogen.

Es dauerte nicht lange, und Facio wurde als einer der Hauptverantwortlichen für die schändlichen Ereignisse ausgemacht. Daraufhin wurde er seines Amtes enthoben, doch man ersparte ihm die Exkommunikation. Als die d'Este ihren Streit mit dem Papst schließlich beigelegt hatten, war er plötzlich wieder im

Kloster erschienen, nachdem er lange Zeit verschwunden gewesen war. Andrea, damals gerade neu in seinem Amt als Abt, hatte diese widerliche Schlange nicht wegjagen können, da er Facios mächtige Freunde fürchtete und wusste, welchen Einfluss er immer noch auf seine Mitbrüder hatte.

Heute schämte er sich dafür, dass er damals nicht mit der nötigen Autorität durchgegriffen hatte. Und nun erntete er die Früchte seiner Fehler.

Von Reue erfüllt stieß er die Türflügel auf und betrat den Kapitelsaal. Entlang der Wände mit den wunderbaren Fresken saßen die Mönche in ihren Holzstühlen und sahen ihn stumm an. Es waren fast alle anwesend, stellte er fest, doch sein Augenmerk galt dem verkrüppelten Mann, der in der Mitte des Raumes stand.

Mager und buckelig, hatte Facio di Malaspina die überlangen Arme vor der Brust so verschränkt, dass sie wie die einer Heuschrecke wirkten. Auch seine Beine, die ihn kaum trugen, waren in dieser merkwürdigen Art gekrümmt, dass man nicht wusste, ob er noch stand oder in die Knie gehen wollte. Es hieß, für seinen Zustand sei eine vor langer Zeit erlittene Folter verantwortlich, aber niemand kannte die genaue Wahrheit. Vielleicht war es geschehen, als man ihn beschuldigt hatte, mit den d'Este paktiert zu haben, so vermutete zumindest Andrea, der schreckliche Geschichten über die Kerker des Bischofs von Ferrara gehört hatte. Andererseits flößten ihm die Missbildungen Facios nicht das geringste Mitleid ein. Ganz im Gegenteil sah er darin den Vorzug, dass Facios Äußeres nur allzu deutlich seine bösartige Natur widerspiegelte.

Er beachtete Facio nicht weiter, sondern wandte sich an die Mönche. »Was geht hier vor?«, donnerte er. »Ich habe keine Versammlung einberufen.«

Als einzige Reaktion kam verlegenes Schweigen. Kurz darauf senkte Facio heuchlerisch den Kopf und ergriff das Wort. »Die Versammlung des Kapitels ist eine Pflicht für die Mönche, Euer Gnaden.«

»Das ist richtig«, erwiderte Andrea. »Aber die Versammlung ist nur rechtens, wenn der Abt ihren Vorsitz führt.«

Der verkrüppelte Mönch kicherte. »Nun gut, jetzt seid Ihr ja anwesend …«

»Glaubt Ihr etwa, Ihr könntet mich benutzen?« Andrea sah Facio verächtlich an. »Es gibt nichts zu besprechen in der heutigen Tagesordnung.«

Facio antwortete ihm nicht, sondern breitete nur stumm seine heuschreckenartigen Arme aus. »Habt Ihr gehört, verehrte Brüder?«, rief er und verzog empört sein Gesicht. »Es verhält sich genau so, wie ich es sagte! Man fällt hinter unserem Rücken Entscheidungen, ohne uns zur Beratung hinzuzuziehen.«

»Gebt acht, was Ihr sagt«, fuhr Andrea auf, »das grenzt an Beleidigung!«

Facio durchbohrte ihn mit seinen brennenden Augen. »Leugnet Ihr etwa, dass Ihr einen Maler empfangen habt, der die Fresken der Abtei restaurieren soll?«

»Nun, und?« Andrea versuchte zu begreifen, worauf Facio hinauswollte. »Das ist kein Geheimnis. Meine Absicht war allen hier wohlbekannt.«

»Also wollt Ihr Geld für flüchtigen Tand verprassen! Euch überflüssige Ausgaben gestatten, während unser Kloster schwierigen Zeiten entgegengeht.«

Andrea musste feststellen, dass einige Mönche bei diesen tadelnden Worten verhalten nickten, aber das verwunderte ihn nicht. Er kannte Facios List nur zu gut. Diese Schlange benutzte jeden Vorwand, um sich Zustimmung zu erwerben, mit dem einzigen Ziel, wieder Abt von Pomposa zu werden. Und dazu gab es nur einen Weg – er musste denjenigen, der zurzeit statt seiner dieses Amt bekleidete, in Verruf bringen.

»Überflüssige Ausgaben, sagt Ihr?« Er lachte auf und stellte sich Facio stolz entgegen. »Ich würde Euch zustimmen, wäre dies ein Wirtshaus, das nur auf schnöden Gewinn abzielt, doch Ihr vergesst, dass wir uns hier in einem Kloster befinden.«

Er wandte sich an seine Mitbrüder, als wollte er sie alle ermahnen.

»Unsere oberste Pflicht ist es, den Herrn zu ehren! Also handelt es sich nicht um flüchtigen Tand, sondern um den ersten Schritt zu früherem Glanz und ehemaliger Größe.«

»Eitelkeit! Hochmut!«, rief Facio aus, als würde er eine Predigt halten. »Als der heilige Antonius sich im Gebet in die Einsamkeit zurückzog, kümmerte er sich bestimmt nicht darum, die Wände seiner Höhle auszumalen. Oder irre ich mich?«

»Wahrer Hochmut wäre es, uns mit dem heiligen Antonius zu vergleichen«, gab Andrea zurück, der die Zuhörerschaft weiterhin mit strengen Blicken musterte. »Wir sind nichts als arme Sünder, vergesst das nicht! Nur die Vorbilder großer Männer können unseren Glauben anleiten.« In der Hoffnung, einige Mitbrüder für sich zu gewinnen, wies er auf die Reihe der Heiligen und Propheten, die die Wände schmückten. Es handelte sich um ein wunderbares Werk aus der Schule der Romagna, das in einer Kreuzigungsszene gipfelte, in der die Engel das Blut aus den Wunden Christi auffingen. »Das ist die edle Aufgabe der heiligen Bilder! Bilder, wie wir sie hier vor uns sehen, die nur vor wenigen Jahrzehnten auf Befehl des weisen Abts Enrico ausgeführt wurden. Mit welchem Recht wollt Ihr mir verweigern, sein Werk fortzusetzen?«

»Zu Zeiten Enricos war die Abtei von Pomposa nicht mit Schulden belastet«, sagte Facio und lenkte damit die Aufmerksamkeit wieder auf sich. »Heute müssen wir, wie jeder hier im Raum weiß, dem Apostolischen Stuhl dreitausendsechshundert Goldflorin erstatten.«

Auf diese Bemerkung hin erhob sich ein immer lauter werdendes Raunen im Raum. Andrea brachte die Mönche mit einer Handbewegung zum Schweigen. »Wir werden das Geld zurückgeben, sobald wir dazu in der Lage sind«, verkündete er mit fester Stimme. »Ich glaube kaum, dass die Purpurträger in Avignon in der Zwischenzeit vor Entbehrungen sterben. Es vergeht kein Tag, an dem man nicht hört, dass rund um den *Rocher des Doms* neue Kardinalslivréen errichtet werden.« Endlich konnte er bemerken, dass seine Mitbrüder beifällig nickten.

Facio versprühte jedoch weiterhin sein Gift. »Es bleibt noch die Tatsache, dass Ihr Vereinbarungen mit einem Künstler getroffen habt, ohne das Kapitel zurate zu ziehen.«

»Es wurde bisher überhaupt keine Vereinbarung getroffen«, erklärte Andrea. »Es handelte sich ausschließlich um ein erstes Treffen, währenddessen ich einen Maler um ein Urteil über den Zustand unserer Fresken gebeten habe. Es wurde kein Wort über einen Lohn verloren. Und wenn ich mich entschließen sollte, ihm die Restaurierungsarbeiten anzuvertrauen, dann erst, nachdem ich mich mit meinen Mönchen beraten habe.« Drohend richtete er nun den Zeigefinger auf seinen Gegner. »Was Euch betrifft, Pater ... Wie konntet Ihr es wagen, Euch über meine väterliche Autorität hinwegzusetzen und diesen Rat einzuberufen?«

»Denkt Ihr etwa, ich hätte auf eigenen Wunsch gehandelt?« Facio di Malaspina grinste Andrea herausfordernd an. »Ich wurde darum *gebeten*. Meine verehrten Mitbrüder haben mich aufgefordert, einige Fragen zu bereden, die ihre Ruhe störten. Wie konnte ich mich dem entziehen?«

Andrea wich einen Schritt zurück und sah sich um. Zum ersten Mal kam es ihm vor, als sei er von Feinden umgeben. Inwieweit wurde hier seine Autorität in Frage gestellt? Nein, sagte er sich schließlich. Dafür waren nicht seine Mönche verantwortlich. Er kannte sie zu genau, als dass er sich in ihnen täuschte. Sie mussten verführt worden sein, es gab keine andere Erklärung. Und dennoch hatte er keine Beweise, um den wahren Schuldigen zu bestrafen.

Er unterdrückte einen Wutausbruch und zwang sich zu denken wie ein Vater, der sich um die Erziehung seiner Kinder sorgt. »Wenn Ihr alle verantwortlich seid«, verkündete er schließlich mit zusammengebissenen Zähnen, »werdet Ihr auch ohne Ausnahme bestraft. Mit drei Tagen Fasten.«

Ungeachtet des Murrens, das sich um ihn erhob, drehte er sich auf dem Absatz um und verließ den Kapitelsaal.

Von diesem Tag an, so schwor er sich, würde sich hier manches ändern.

25

Abt Andrea hatte noch nie eine solch wütende Ohnmacht empfunden, die ihm den Magen zusammenpresste und darauf brannte, sich in einem Schrei zu entladen. Während er den Kapitelsaal verließ, musste er an sich halten, um nicht seine gesamte Enttäuschung für alle sichtbar werden zu lassen.

Dieser Elende hat gewonnen, dachte er. Obwohl es ihm gelungen war, ihn zum Schweigen zu bringen, würde Facio weiter versuchen, ihn gegen die Brüder aufzuhetzen, bis er seiner Wut nicht mehr Herr wäre. Andrea begriff den Ernst der Lage, dennoch fühlte er sich zu schuldig, um klar überlegen zu können. Es schien ihm, als hätte das Erkalten seines Glaubens einen Schatten über das gesamte Kloster geworfen und so zu einem allmählichen Verfall der Sitten und der Befolgung der Regel des heiligen Benedikt geführt. Die Mönche befanden sich immer noch auf einem frommen Weg, daran war nichts auszusetzen, dennoch hatte sich ihre Strenge zerrieben, und sie waren weich und formbar geworden wie Ton. Facio musste es nicht schwergefallen sein, sie zu beeinflussen, obwohl er immer noch mit dem Makel der Schande befleckt war. Andererseits hatte er auch Wahrheiten ausgesprochen.

Die Abtei war tatsächlich mit Schulden belastet.

Und obwohl Andrea sich dagegen wehrte, der wirtschaftlichen Not die Schuld an dem spirituellen Verfall zuzuschreiben, konnte er doch vor deren Folgen nicht länger die Augen verschließen. Als man ihn zum Abt ernannte, hatte er die kühne Hoffnung gehegt, er könne Pomposa wieder zu einem begehrten Ort für Pilger und Novizen machen. Stattdessen hatte er sich einer entmutigenden Lage gegenübergesehen: schwindende Einkünfte, harte Winter und feuchte Sommer, die Fieber und andere Krankheiten begünstigten.

Seit Jahren fühlte er sich schon von einem allzu schweren Joch erdrückt. Nicht etwa, weil es ihm an Kraft oder Hingabe mangelte, sondern wegen seiner übergroßen Träume, die er nicht vergessen konnte. Er war der festen Überzeugung, dass sich die Liebe zum Herrn in einer Suche nach Schönheit mittels Gesang, Studium und geheiligter Bilder ausdrücken musste. Mochte Facio dies auch Hochmut nennen, er, der ehrwürdige Abt, wusste, dass seine Absichten edel waren. Und selbst wenn er im Glauben wankte, würde er darum kämpfen, sie zu verteidigen. Trotz aller Schulden und Streitigkeiten.

Um den auf ihn einstürmenden Gedanken zu entfliehen, durchschritt er das Portal des Klosters. Auf der Suche nach Frieden und Stille betrat er die Kirche, hoffte in der Kühle des Hauptschiffs auf dieses Gefühl von Ruhe, das ihn dort einstmals wie die Flügel eines Engels schützend umfangen hatte. Doch er fand nur einen leeren Raum vor, der darauf wartete, dass das Komplet begann.

Plötzlich drang ein Flüstern an sein Ohr.

Andrea lenkte den Blick in den hinteren Teil des Kirchenschiffs. Ein junger Mann, eng in einen Umhang gewickelt, schritt vor der Apsis auf und ab, die Augen stets auf die Wandfresken gerichtet. Er sprach mit sich selbst, doch ab und zu nickte er, als würde er jemand anderem zuhören. Andrea beobachtete ihn schweigend, bemerkte die Inbrunst, mit der der Mann den Christus Pantokrator betrachtete, bis er sah, dass der Unbekannte die Paramente vom Altar entfernte und ohne jede Rücksicht auf die steinerne Platte hinaufkletterte.

»Haltet ein!«, rief er. »Wie könnt Ihr es wagen?«

Der Jüngling zuckte zusammen, sprang vom Altar und lief durch die Apsis auf der Suche nach einem Fluchtweg. Er versuchte, die Tür zur Sakristei zu öffnen, doch er fand sie verschlossen, genauso erging es ihm mit der Tür, die in die Krypta führte.

Da er nicht wusste, mit wem er es zu tun hatte, nahm Andrea einen schweren Kerzenleuchter aus einer Nische und ging auf den Mann zu. Darauf glitt der Unbekannte in ein Seitenschiff und eilte im Dunkel in Richtung des Hauptportals.

Doch Andrea gelang es, ihm den Weg abzuschneiden. »Bleibt stehen!«, befahl er. Als der junge Mann weiterlief, nahm er den Kerzenleuchter in beide Hände und schwang ihn durch die Luft, wobei er beinahe das Gleichgewicht verloren hätte. Der Fliehende wich dem Schlag aus, doch bevor er sich davonmachen konnte, stolperte er über eine Bank und fiel zu Boden.

Andrea hastete vorwärts und packte den Unbekannten an den Kleidern, um sein Gesicht zu enthüllen. Dabei stellte er fest, dass dieser keinen Umhang trug, sondern nur in eine große Decke gehüllt war. Darunter schaute nun ein Jüngling, fast noch ein Knabe, mit schwarzem, zerzaustem Haarschopf hervor.

»Kann ich erfahren, was Ihr hier wollt?« Andrea hob drohend den Kerzenleuchter.

»Ich bitte um Verzeihung …«, stammelte der junge Mann und legte die Hände flehentlich zusammen. »Ich bin nur auf den Altar gestiegen, um besser sehen zu können …«

»Was wolltet Ihr sehen?«

»Die Fresken.«

Andrea senkte den Kerzenleuchter. Seine Empörung wich Neugier. »Sagt mir, wer Ihr seid.«

Der junge Mann stand auf und ordnete seine Kleider. »Ich heiße Gualtiero«, sagte er und verneigte sich. »Ich bin der Sohn von Mastro Sigismondo de' Bruni.«

»Dem Maler.« Andrea stellte den Kerzenleuchter ab und stützte sich mit einer Hand an einer Säule ab, weil ihm plötzlich die Kräfte schwanden. »Ihr habt mir einen tüchtigen Schrecken eingejagt …«

»Genau wie Ihr mir.« Der junge Mann machte eine entschuldigende Handbewegung. »Ich dachte, ich wäre allein, und als ich Euch schreien hörte …«

Andrea zog die Augenbrauen hoch und gab ihm so zu verstehen, dass er ihm verziehen hatte. »Meister Sigismondo hat mir nicht anvertraut, dass er einen Sohn hat.«

»Das hätte mich auch erstaunt«, erwiderte Gualtiero. »Ich helfe ihm als Lehrling, obwohl ich inzwischen genauso viel kann wie er.«

»Und was hattet Ihr hier zu suchen?«

»Ich wollte mir unbedingt die Apsis ansehen.«

»Hat Euer Vater sie Euch nicht beschrieben?«

Bevor er ihm antwortete, musterte der junge Mann Andrea aufmerksam, wie um herauszufinden, wen er da vor sich hatte. »Nicht ausreichend«, antwortete er schließlich schulterzuckend. »Außerdem hat er nichts über die Fresken im Hauptschiff erzählt. Erhabene Werke, selbst in diesem Zustand.« Er betrachtete die Wände, die im Dunkel lagen, die wenigen Gemälde, die im Licht der Kerzen gut zu sehen waren. Das tat er auf ganz besondere Weise, vorsichtig, behutsam und doch voller Leidenschaft. »Man glaubt beinahe, das Rauschen von Flügeln zu hören«, sagte er leise.

Andrea fühlte sich an das brennende Empfinden erinnert, das früher einmal ihn selbst aus der Welt herausreißen und ihn alles um sich herum im Gebet vergessen lassen konnte. Hier war es wieder, vor ihm, in der bewundernden Miene des jungen Mannes, der die Fresken nicht mit den Augen, sondern mit dem Geist zu sehen schien. Er nahm es so deutlich wahr, dass er meinte, das Echo der Gedanken des Jünglings nachklingen zu hören. Dann verlosch dieses Gefühl, und alles war wie vorher. Dunkel und leer. *»Beati oculi qui vident …«*, flüsterte er bedauernd.

Gualtiero wandte sich fragend zu ihm um.

Andrea nickte nur, dann durchzuckte es ihn wie ein Blitz. Und wenn diese Begegnung kein Zufall war? Schließlich war es Jahre her, dass er eine solche Begeisterung gespürt hatte. Vielleicht hatte der Herr ihm diesen jungen Burschen geschickt, um ihm den rechten Weg zu weisen. Unvermittelt zeigte er auf die Apsis. »Was haltet Ihr davon?«

Gualtiero wurde nachdenklich. »Ich sehe so viel leere Fläche«, gestand er und deutete auf die weiten Teile gemalten Himmels, die die Mandorla um Christus umgaben. »Eine Fläche, die ich, ginge es nach mir, besser nutzen würde.«

»Dann würde es also nicht genügen, den Weltenherrscher neu zu malen?«

»Meiner bescheidenen Meinung nach nicht. Doch es liegt nicht an mir –«

Andrea packte ihn am Arm. »Und wenn es von Euch abhinge?«, fragte er eindringlich.

Gualtiero musterte ihn misstrauisch. »Wer seid Ihr?«, schien sein Blick zu fragen. Doch dann sah er wieder hinauf in die Apsis, wo inzwischen nur noch Dunkelheit herrschte, und beschrieb mit den Händen Bilder in der Luft. »Ich würde eine Versammlung von Heiligen hinzufügen. Eine große Gruppe, vielleicht vor der Jungfrau Maria …«

Und während der junge Mann in seiner Schilderung fortfuhr, nickte Andrea zu seinen Worten, forderte ihn auf, genauer zu sein und all seine Ideen frei zu äußern. Währenddessen gönnte er sich den Spaß, sich ihm weiterhin nicht zu erkennen zu geben und sich so zu verhalten, als wäre er irgendein gewöhnlicher Mönch.

Sie unterhielten sich noch lange, sprachen über Formen, Farben und heilige Bilder, bis die Glocken, die zum Komplet riefen, Andrea aus dem herausrissen, was ihm wie ein Tagtraum erschienen war.

26

Reims, private Gemächer in der Abtei Saint-Remi
20. März

Der Kardinal strich über Aleydis' nackten Rücken und presste den Daumen in die kleine Kuhle über den Hinterbacken, genau dort, wo ein leuchtend roter Streifen begann, der sich bis hinüber zur Hüfte zog. Das Mädchen erbebte, machte aber keine Anstalten, sich ihm zu entziehen. Vielleicht war sie zu eingeschüchtert, um sich zu wehren. Oder sie begann Gefallen am Schmerz zu finden. Er hatte sie wieder bestrafen müssen. Diesmal nicht mit einer Reitgerte, sondern mit einem Ochsenziemer.

Es war ihm eine Angewohnheit geworden, die weit über eine einfache Züchtigung hinausging. Der Kardinal spürte, dass er dies brauchte. Seit allzu langer Zeit lebte er fern seiner geliebten Livrée du Lion und musste jeden Tag gegen Langeweile und Enttäuschung ankämpfen. Die Männer, die er auf Maynard de Rocheblanche angesetzt hatte, waren tot oder unverrichteter Dinge zurückgekehrt, nachdem sie dessen Spur verloren hatten und somit jede Hoffnung darauf, den Lapis exilii rasch zu finden, zunichtegemacht war.

Als er aufgebrochen war, hatte er nicht erwartet, dass er sich so lange würde gedulden müssen. Nun hing alles von Aleydis ab. Aber obwohl ihre Berichte von Woche zu Woche genauer wurden, reichten sie dennoch nicht aus, um herauszufinden, mit welchem Ziel Rocheblanche unterwegs war. Die junge Frau weigerte sich immer noch hartnäckig, sich der grundlegenden Mittel der Spionage zu bedienen. Manchmal genügte es eben nicht, jemanden auszuspähen. Man musste auch etwas wagen, Menschen manipulieren und sich in ihre Leben einschleichen. Bereits bei ihrer ersten Begegnung hatte der Kardinal in Aleydis ein natürliches Talent für derlei wahrgenommen, und trotz ihres bisherigen Versagens glaubte er immer noch, dass er sich nicht in ihr getäuscht hatte. Nein, es lag nicht an seiner Wahl, sondern an einem unbekannten Einfluss, den jemand auf sie ausübte und der sie von ihrer eigentlichen Aufgabe ablenkte. Allen Strafen und versprochenen Belohnungen zum Trotz.

Der Kardinal hätte den Druck auf Aleydis noch einmal verstärken können, allein er war mit seiner Geduld am Ende. Er brauchte nun schnelle Ergebnisse. Dringende Angelegenheiten warteten andernorts auf ihn, und so wurde ihm dieser endlose Aufenthalt in Reims immer verhasster.

»Wenn du weiter so versagst, werde ich dir alles nehmen«, raunte er ihr beinahe zärtlich mahnend ins Ohr. »Und augenblicklich fällst du wieder zurück in dein Elend.«

Aleydis fuhr zwischen den Laken herum, um ihn unterwürfig anzusehen, als wollte sie ihn verführen und gleichzeitig sein Mitleid erregen. »Es tut mir leid, Euch zu enttäuschen, Euer Gnaden. Ich tue alles, was in meinen Kräften steht.«

Ihre Reaktion gefiel dem Kardinal. Da war es endlich, das falsche, lügnerische Weib, in das er so viele Hoffnungen gesetzt hatte.

»Und doch weiß ich genau, dass du nicht alles wagst«, entgegnete er und ließ seine Hand ihren Rücken hinaufwandern, bis er ihre Haare im Nacken zu fassen bekam. »Ich frage mich, ob es an den Regeln liegt, die sie dir im Kloster einbläuen«, dabei zog er leicht an ihrem Schopf, »oder vielmehr an der Zuneigung, die du für deine teure Äbtissin hegst.«

Mit einem gezierten leisen Aufschrei hob Aleydis den Kopf. »Ich hege gar –«

»Du bewunderst sie, das kannst du nicht leugnen«, unterbrach er sie ein wenig verärgert, aber auch erregt von diesem Spiel. »Jedes Mal wenn du Eudeline de Rocheblanche erwähnst, leuchten deine Augen auf. Das ist verständlich, du siehst in ihr ein Vorbild … Aber dennoch solltest du niemals vergessen, wem du dein derzeitiges Wohlergehen zu verdanken hast. Wenn es nach der anmutigen Eudeline gegangen wäre, würdest du immer noch vor den Toren von Avignon im Dreck leben. Tausend Goldflorin, erinnerst du dich? Das bedeutest du für sie, mehr nicht.«

»Aber die ehrwürdige Mutter sagt, dass ich klug bin«, widersprach Aleydis. »Sie sagt, ich wäre eine ausgezeichnete Helferin –«

»Hältst du dich etwa für etwas Besonderes?« Seine Hand schloss sich wie eine Kralle um ihren Nacken. »Solche wie dich gibt es wie Sand am Meer, arme und begabte Mädchen, dazu bestimmt, im Kloster alt zu werden. Nur die adligen Damen dürfen Ehrentitel führen und sich als die wahren Herrinnen aufspielen. Erinnerst du dich, was ich dir gesagt habe? Enttäusche mich nicht, und ich werde mein Versprechen halten.«

»Wie kann ich Euch zufriedenstellen?«, fragte Aleydis.

»Das weißt du bereits. Gewinne das Vertrauen von Äbtissin Eudeline und dringe in ihre Gemächer ein. Dort findest du bestimmt die Beweise, die ich suche. Ein Brief würde genügen, so wie der, den du aus dem Reisesack von Robert de Vermandois gefischt hast, aber er muss mehr Einzelheiten enthalten.«

»Kaum jemand darf die Gemächer der Äbtissin betreten. Wenn ich das versuche, besteht die Gefahr –«

»Es gibt nur eine Nonne, für die Gefahr besteht, und das ist die Äbtissin«, gab der Kardinal zurück. »Ich verfüge über die nötige Macht, um ihren Bruder als flüchtigen Häretiker anzuklagen und sie als seine Komplizin, die ihn beschützt. Dann würde Eudeline ihren Titel als Superiorin verlieren.« Er schob Aleydis eine Locke aus der Stirn, um ihr ins Gesicht zu sehen. »Und immer noch dank mir würdest du ihr im Amt als Äbtissin von Sainte-Balsamie nachfolgen.«

Einen kurzen Moment lag Zögern in den Augen der jungen Frau, doch dann blitzte Ehrgeiz darin auf. »Vielleicht weiß ich ja, wie ich es anstellen kann, Euer Gnaden.«

»Nun denn, enttäusche mich nicht.«

Der Kardinal erhob sich vom Lager und wickelte seinen nackten Körper in eine Decke. Er hasste es, seinen welken Leib zu zeigen, besonders vor einer jungen Frau. Aus einem Tonkrug schenkte er sich einen Becher Wein ein und verließ den Alkoven. Ein dringendes Schreiben musste noch beantwortet werden. Auf der Suche danach fiel sein Blick auf den kleinen Schrein, der am Rand eines Eichentischs stand. Sofort empfand er Erleichterung.

»Jetzt geh«, sagte er abwesend, »Marcus wartet schon, um dich nach Sainte-Balsamie zurückzubringen.«

Ohne weiter auf Aleydis zu achten, die sich hastig ankleidete, nippte er weiter an seinem Wein, während er darauf wartete, endlich allein zu sein. Er hörte, wie ihre Schritte sich Richtung Ausgang entfernten, erriet am Innehalten, dass sie sich zum Abschied verbeugte, dann quietschten die Türangeln, und wenig später hörte er das Wiehern eines Pferdes.

Erst jetzt gab er seiner Ungeduld nach, eilte zum Tisch und öffnete den Schrein. Das hatte er schon seit Monaten nicht mehr getan, aber seine zunehmende Unruhe hatte nun dringend danach verlangt.

Als er ihn sah, ging es ihm sogleich besser.

Er zögerte kurz, ihn zu berühren, aus Angst, ein Sakrileg zu begehen. Seine Hände hatten soeben den Leib einer Frau misshandelt, sie waren unrein. Ehrfurchtsvoll zog er sie zurück und beschränkte sich darauf, ihn nur mit den Augen zu bewundern. Gebannt starrte er auf die zarten Reflexe, die vom Stiel bis zum Rand liefen, während er sich in mystischen, fast göttlichen Gefühlen erging.

Er war immer wieder über die schwarze Farbe überrascht, so dunkel wie ein Tonkrug, und auch über die ausladende Form, die eher einer Kylix, einer griechischen Trinkschale, ähnelte als einem Kelch. Nun gut, dieser Kelch wurde in keiner heiligen Schrift beschrieben. Weder in den vier kanonischen Evangelien noch in dem des Nikodemus oder in der *»Vindicta Salvatoris«*. Was andere Quellen betraf, da war Chrétien de Troyes ebenso zu misstrauen wie Robert de Boron oder selbst der »Legenda aurea« von Fra' Jacopo da Varagine. Einzig in dem geheimnisvollen »Codex Millenarius« war von ihm die Rede.

Andererseits benötigte er weder einen Beweis noch ein schriftliches Zeugnis. Ihm genügte es, den Gegenstand zu betrachten, um von seiner Echtheit überzeugt zu sein.

Doch der Kelch allein reichte nicht aus. Wenn er sein Ziel weiterverfolgen wollte, musste er die Lanzenspitze in seinen Besitz bringen und das Versteck des Lapis exilii entdecken.

Diese Überlegungen brachten ihn wieder zu dem Brief auf dem Tisch zurück. Nach einem letzten Blick auf den Kelch bekreuzigte er sich und schloss den Schrein, dann konzentrierte er sich auf die Pergamentrolle, deren Siegel bereits gebrochen war. Es handelte sich um eine Botschaft von Prinz Karel von Luxemburg, den er inzwischen korrekt als »Seine Majestät« titulieren musste.

Der Sohn von Jang de Blannen war sogleich nach dem Tod des Vaters zum König von Böhmen gekrönt worden, obwohl seine Macht so ungesichert war, dass es ihm den Beinamen »Pfaffenkönig« eingetragen hatte. Die wenigen Prälaten, auf die er sich stützen konnte, darunter der Erzbischof von Mainz und der Papst selbst, genügten nicht, ihm das nötige Ansehen zu verleihen, damit er sich bei den deutschen Kurfürsten um den ketzerischen Kaiser Ludwig den Bayern behaupten konnte.

Die Worte des edlen Karel klangen erbärmlich. Er flehte um Unterstützung und Rat. In all den Jahren hatte der Kardinal ihm beides nie verweigert. Unter dem Vorwand, ihn zu beschützen, hatte er ihn immer im Auge behalten. Aber bestimmt nicht, weil er auf seiner Seite war. Nein, tatsächlich wollte er die Spur zu der wertvollen Reliquie nicht verlieren, die er ihm seinerzeit vor den Stadttoren von Ferrara ausgehändigt hatte. Doch diesmal würde er im Gegenzug für seine Unterstützung deren Rückgabe fordern.

Er konnte nicht zulassen, dass auch die Lanzenspitze verloren ging, wie es bereits mit dem Rätsel um den Lapis exilii geschehen war, das er diesem armen Narren Jang de Blannen anvertraut hatte.

Aleydis schlug Marcus' helfende Hand aus und schwang sich allein aufs Pferd. Sobald sie im Sattel saß, stöhnte sie vor Schmerz auf, was Marcus nicht entging.

»Seine Exzellenz muss härter zugeschlagen haben als sonst.«

Aleydis ließ den Schergen zufrieden grinsen. Seinen Spott zu ertragen war nichts im Vergleich zu den Anstrengungen, die es sie kostete, sich dem Kardinal zu unterwerfen. Schon seit Langem glaubte sie nicht mehr, ihn sich mit ihrer Schönheit gefügig machen zu können. Inzwischen wusste sie, dass dieser Mann nicht nur in fleischlichen Genüssen Befriedigung fand, sondern auch darin, andere zu erniedrigen. Dass sie jetzt die Wahrheit kannte, machte es ihr jedoch nicht leichter, seine Demütigungen zu ertragen. Jedes Mal wenn sie mit leeren Händen vor ihm erschien, wurden die Züchtigungen grausamer und erniedrigender. Und so ging das nun schon seit über vier Monaten bei jedem Treffen.

Bis zu diesem Tag hatte Aleydis stillschweigend alles erduldet, die Strafen schienen ihr ein geringer Preis dafür, dass sie dem Elend entkommen war. Außerdem verlockte sie die Aussicht, Äbtissin zu werden. Nun jedoch bekam sie es allmählich mit der Angst zu tun. Bei dem Gedanken daran, was ihr wohl beim nächsten Treffen bevorstand, füllten sich ihre Augen mit Tränen.

Zudem begann sie an sich selbst zu zweifeln. Jedes Mal wenn sie lügen oder sich Ausreden ausdenken musste, überfielen sie tiefe Gewissensbisse, wie sie sie vorher nie gekannt hatte. Sie war im Dreck geboren und aufgewachsen, gewohnt, zu stehlen und sogar die eigene Mutter zu hintergehen, um zu überleben. Sie hatte niemals Skrupel verspürt noch sich gescheut, irgendeine Sünde zu begehen. Und nun hatten wenige Monate genügt, in denen sie sich in Mitleid, Gehorsam und Gebet üben musste, um sie so zu verändern, als ob sie vor dem Noviziat nie ein anderes Leben geführt hätte.

Der Kardinal hatte auch in einem anderen Punkt recht. Obwohl Aleydis die Äbtissin zunächst für eine oberflächliche und hochmütige Frau gehalten hatte, empfand sie nun eine gewisse Verehrung für Eudeline. Sie bewunderte ihren energischen Charakter, ihre immer offene und direkte Art. Wenn der Herr ihr die Wahl gelassen hätte, wäre Aleydis am liebsten so gewesen wie sie.

Doch sie hatte keine Wahl. Sie musste ihre Bedenken hinsichtlich der Äbtissin beiseiteschieben und ihren Auftrag erfüllen. Sie musste den Kardinal um jeden Preis befriedigen, wenn sie nicht wieder ins Elend zurückfallen wollte. Und ein solches Leben konnte sie nie wieder führen. Nicht nachdem sie gelernt hatte, wie es war, anständig zu sein. Nicht nachdem sie erfahren hatte, was es hieß, mit Respekt behandelt zu werden.

Und während der schmierige Marcus sein Pferd im Trott durch die dunklen Gassen von Reims führte, begann Aleydis, ihren eigenen Plan zu entwickeln.

Sie hatte den Kardinal nicht belogen. Seit einiger Zeit schon hatte sie ein schwaches Glied in der Kette entdeckt. Wenn sie dieses zerbrach, konnte sie an Eudeline herankommen.

Um den Preis, andere Menschen zu betrügen und zu verletzen.

Und um den Preis, dass ihre geliebte Äbtissin verleumdet wurde.

27

Abtei Santa Maria di Pomposa
21. März

Bei Anbruch des neuen Tages erhielt Gualtiero von Sigismondo die Erlaubnis, gemeinsam mit ihm den Abt zu treffen. Er vermutete, dass seine Mutter dabei ihre Hand im Spiel gehabt und sich nach dem gestrigen Streit für ihn eingesetzt hatte. Es wäre nicht das erste Mal gewesen. Sapia wusste, wie sehr er darunter litt, wenn er von wichtigen Entscheidungen ausgeschlossen wurde. Doch seine Mutter äußerte sich nicht dazu, sie begnügte sich mit einem verschwörerischen Lächeln, während sie ihm dabei zusah, wie er vom Wagen herunterkletterte.

Zusammen mit seinem Vater überquerte er die ausgedehnte, vom Morgentau noch feuchte Grasfläche, die vor der Abtei lag; im Dunst darüber schwang ein salziger Geruch, der wahrscheinlich vom Meer oder den nahen Sümpfen kam.

Nach dem Gespräch mit dem Mönch, dem er in der Kirche begegnet war, hatte sich Gualtieros Stimmung gebessert. Er hatte dessen Neugier befriedigt, wenn er auch nicht ganz den Grund für so viel Interesse verstanden hatte.

Sein Vater seinerseits wirkte sehr selbstsicher. Er hatte fast die ganze Nacht bei Kerzenschein an den Skizzen für die Fresken gearbeitet, die er für die Apsis plante. Er hielt die Rollen unter den Arm geklemmt, sorgsam verborgen vor den Blicken Gualtieros. Wenn er ihn doch nur um seine Meinung bitten würde ... Diese Geste des Vertrauens hätte ihm sehr viel bedeutet.

»Wenn wir den ehrwürdigen Vater treffen«, ermahnte Sigismondo ihn kurz vor dem Portal, »bleibst du immer einen Schritt hinter mir, und unterbrich mich niemals, aus keinem Grund.«

Gualtiero nickte seufzend und folgte Sigismondo stumm, bis sie vor der dreibogigen Fassade standen, genau vor dem Portal, das ins Hauptschiff führte.

Abt Andrea erwartete sie bereits mit dem Hirtenstab in der Hand. Mit einem Kopfnicken forderte er sie auf, näher zu kommen.

Sigismondo verbeugte sich tief vor ihm, Gualtiero dagegen verharrte bestürzt. Das war der Mann, mit dem er sich am Vorabend so lange unterhalten hatte! Eine Woge der Verlegenheit überkam ihn, und er betete, dass er nichts Ungehöriges gesagt hatte. Wenn er das doch nur gewusst hätte! Er war so dumm … Andererseits, wie hätte er darauf kommen können, dass er nicht nur einen einfachen Mönch vor sich hatte?

Gleichmütig bat der Abt nun seinen Vater, ihm die Skizzen zu zeigen.

Sigismondo trat näher und entrollte seine Papiere. »Seht her, Euer Gnaden«, sagte er voller Stolz. »Ich habe einige Verbesserungen am Pantokrator vorgenommen. Er wird größer erscheinen, die Mandorla als wunderbares Oval. Für den unteren Teil habe ich eine Schar von Heiligen skizziert, ganz so wie die, die Ihr mir gezeigt habt. Es ist alles so, wie Ihr es verlangt habt, aber mit mehr Schatten und Kontrasten, um den Bildern Tiefe zu verleihen.«

Abt Andrea betrachtete kurz die Zeichnungen, dann sah er zu Gualtiero hinüber.

Empört musterte Sigismondo die undurchdringliche Miene des Abtes. »Nun, ehrwürdiger Vater?«, fragte er und hielt noch einmal die Skizzen hoch. »Ich warte auf ein Urteil von Euch …«

»Wunderbare Bilder, das gebe ich zu«, sagte der Abt nun. »Doch Euer Sohn hat mir etwas weit … Inspirierenderes vorgeschlagen.«

Gualtiero wusste nicht, ob er sich freuen oder eher ängstigen sollte. Wie würde sein Vater darauf reagieren? Einen Augenblick später sah er ihn so rot anlaufen, dass der Abt ihn erstaunt ansah.

»Mein Sohn?«, stammelte Sigismondo und umklammerte die Papiere. »Aber wie … wann …?«

»Gestern Abend nach unserer Unterredung«, erklärte Abt Andrea gelassen, »er hat mir vorgeschlagen, dem Pantokrator eine Schar von Heiligen zur Seite zu stellen, um den Raum in der Lünette zu füllen.

Ebenso, Engel und einen Chor von Seligen in den oberen Teil zu setzen.«

Gualtiero spürte einen Stich im Herzen, denn er war sicher, eigentlich gar nichts vorgeschlagen zu haben. Wenn er am Tag zuvor davon geredet hatte, wie er die Apsis ausmalen würde, hatte er doch nur seiner Phantasie freien Lauf gelassen.

Er trat vor, um das Missverständnis aufzuklären, doch da sah er, wie sein Vater sich zu ihm umdrehte und ihm einen wütenden Blick zuwarf.

In seinem Gesicht stand purer Neid.

Dann wandte sich Sigismondo wieder an den Abt. »Entschuldigt, wenn ich mir erlaube, Euer Gnaden, aber vielleicht habt Ihr meine Skizzen nicht genau genug betrachtet«, beharrte er, während er seine Wut kaum noch beherrschen konnte. »Wenn Ihr sie Euch in den richtigen Farben, verschiedenen Hauttönen und Ultramarinblau, hier vorstellen würdet … Ich bin sicher, dass –«

»Ich versichere Euch, dass ich Euch voll und ganz verstanden habe, Meister Sigismondo«, gab der Abt zurück. »Und ich möchte auch, dass Ihr die Apsis dieser Abtei ausmalt, jedoch mit den Bildern, die mir Euer Sohn mit solcher Leidenschaft beschrieben hat. Und ich werde gewiss nicht davon abgehen, so sehr haben sie mich überzeugt.«

Notgedrungen nickte Sigismondo. »Und was möchtet Ihr im unteren Teil der Lünette sehen?«, fragte er mit zusammengebissenen Zähnen. »Wohl nicht noch eine zweite Schar von Heiligen. Das würde sich dann ja wiederholen.«

»Gualtiero hat die vier Evangelisten vorgeschlagen, über ihre Schreibpulte gebeugt und vom Heiligen Geist inspiriert.«

»Verstehe«, knurrte Sigismondo.

»Ihr habt keinen Grund, aufgebracht zu sein«, mahnte der Abt. »Euer Sohn ist begabt, er hat mich an längst in Vergessenheit geratene Dinge erinnert.«

Sigismondo zwang sich zu einem Lächeln. »Das freut mich.«

»Ich erwarte also die neuen Skizzen«, sagte Abt Andrea, während er sie zum Portal begleitete.

»Sie werden morgen in aller Frühe fertig sein«, versicherte Sigismondo und rollte verärgert seine Zeichnungen ein.

»Das will ich hoffen.« Der Abt sah Gualtiero an. »Ich möchte sie nämlich so schnell wie möglich im Kapitel der Mönche vorstellen, um ihre Zustimmung für den Auftrag zu erhalten.«

Gualtiero nickte, doch da spürte er, wie sich eine Hand in seine Schulter grub und ihn grob wegzerrte. Es war sein Vater, der sich gerade mit einer letzten steifen Verbeugung verabschiedet hatte. »Wie Euer Gnaden wünschen.«

Abt Andrea führte sie bis zu den drei Bögen der Fassade, hinter denen nun das erste Sonnenlicht erstrahlte. »Ein Letztes noch«, sagte er. »Ich wünsche, dass Gualtiero meinen Mitbrüdern die Skizzen vorstellt. Wenn er mich überzeugen konnte, weiß er hoffentlich auch die Zustimmung der Gemeinde von Pomposa zu erlangen.«

Gualtiero glaubte förmlich zu sehen, wie diese Worte sich in ein Stilett verwandelten, das sich in den Rücken seines stolzen Vaters bohrte. Kurz fürchtete er dessen Gewaltausbruch, doch dann zog etwas anderes die Aufmerksamkeit aller auf sich.

Ein Mann auf einem Rappen kam auf sie zugeritten. Er trug die schwarze Kutte eines Benediktinermönches, doch Gualtiero hatte den Eindruck, dass er kein Mönch war. Er entdeckte Sporen an dessen Fersen, und vielleicht sah da auch die Scheide eines Schwertes unter dem Saum seines Umhangs hervor.

Hinter ihm kam auf einem Maulesel ein blutjunger Stallbursche mit schmutzigem Gesicht geritten, er war ziemlich mager und trug eine Reisekutte, die ihm um ein Etliches zu groß war. Gualtiero musterte ihn näher und bemerkte, dass mit der Farbe seiner Augen etwas nicht stimmte, außerdem waren seine Züge unerwartet anmutig für einen Jungen. Der Reiter schlug nun die Kapuze zurück und enthüllte sein Gesicht, das allerdings halb hinter seiner wirren Mähne und einem ungepflegten Bart versteckt war.

Er stieg vom Pferd, trat vor den Abt und verbeugte sich elegant. »Mein Name ist Maynard«, sagte er mit französischem Akzent. »Ich suche einen Mönch, der sich an diesem Ort aufhält.«

»Ihr müsst schon etwas mehr vorweisen als eine bloße Frage«, erwiderte Abt Andrea, »ehe ich einem Fremden erlaube, einen meiner Mitbrüder zu treffen.«

»Ich werde Euch schon zu überzeugen wissen«, sagte der Mann und sah den Abt eindringlich an. »Aber unter vier Augen und erst nachdem wir Eure Gastfreundschaft erfahren haben.«

28

Sigismondo durchmaß mit langen Schritten den Klosterhof, schwenkte die Rollen mit den Skizzen zornig durch die Luft, aber er sagte kein Wort. Gualtiero wusste, dass dieses Schweigen nichts Gutes verhieß. Sein Vater war nur schlau genug, sich nicht an einem Ort zu Wutausbrüchen hinreißen zu lassen, an dem andere ihn hören oder sehen konnten.

Gualtiero folgte ihm schweigend. Obwohl er die eigenen Gefühle verbergen musste, hatten ihn die Worte des Abts zu sehr begeistert, um nun Angst zu empfinden. Außerdem drängte es ihn, mehr über den geheimnisvollen Reiter zu erfahren, den er vor dem Portal der Abtei von Pomposa gesehen hatte. In seiner ganzen Haltung war etwas gelegen, das in ihm tiefe Bewunderung ausgelöst hatte. Vielleicht wegen seines stolzen Verhaltens oder wegen des Mutes, der aus jeder seiner Gesten sprach.

Als sie den Wagen erreicht hatten, warf Sigismondo die Skizzen wütend auf die Wiese und packte Gualtiero am Kragen. »Verräter!«, schrie er. »Du hast mich wie einen Dummkopf dastehen lassen! Ausgerechnet mich, deinen Vater! Wie konntest du nur?«

Gualtiero versuchte, sich aus dem Griff zu befreien. »Das war nicht meine Absicht«, erwiderte er. »Ich wollte dir weder schaden noch dich lächerlich machen.«

»Ach wirklich?« Die Augen Sigismondos schienen zu glühen. »Das glaube ich dir nicht! Du hast mich hinterhältig belogen und betrogen.«

Gualtiero traute seinen Ohren nicht. »Das ist alles deine Schuld, nur deine!«, gab er heftig zurück. »Wenn du bessere Entwürfe vorgewiesen hättest, wäre das alles nicht geschehen. Du hättest mich nur um Rat bitten müssen –«

»Was für ein Stolz!«, zischte Sigismondo und schlug Gualtiero so heftig ins Gesicht, dass der rückwärts taumelte.

Blind vor Wut stürzte sich Gualtiero auf seinen Vater; mit gesenktem Kopf stürmte er vor, sodass Sigismondo gegen die Wand des Karrens prallte. Beleidigungen und Schläge flogen hin und her, bis Sapias Stimme ihnen Einhalt gebot.

»Schämt euch!«, rief sie und warf sich zwischen die beiden, doch Sigismondo schüttelte sie ab.

»Bleib an deinem Platz, Weib«, knurrte er. »Du weißt nicht, was dieser missratene Bengel getan hat.«

»Ich habe gar nichts getan«, rief Gualtiero und wischte sich das Blut von der Unterlippe. Er atmete tief durch und versuchte sich zu beruhigen. Zum ersten Mal hatte auch er gewalttätig reagiert. Was seinem Vater geschehen war, tat ihm ehrlich leid. Doch nach dessen Beleidigung hatte er die Beherrschung verloren, obwohl ihn weniger die Schmähungen getroffen hatten als das Wissen darum, dass sein Vater ihn tief beneidete. »Er hat mir vorgeworfen, hochmütig zu sein, nur weil er es nicht erträgt, dass ich besser sein könnte als er.«

Sigismondo bebte vor Zorn. Er wollte gerade wieder handgreiflich werden, doch dann beherrschte er sich. »Du hast Talent, mein Sohn, das bestreitet ja niemand«, lenkte er ein. »Aber du bist zu impulsiv. Dein Benehmen von heute hat dies bewiesen.«

Gualtiero schüttelte den Kopf. »Wenn du nur gestern mit mir über deine Pläne geredet hättest …«

»Ich muss mit dir über gar nichts reden! Du hast mir zu gehorchen, mehr nicht.«

Gualtiero hielt seinem Blick stand und dachte an das Einzige, womit er seinen Vater verletzen konnte. »Ich werde diese Skizzen anfertigen«, erklärte er dann bestimmt, »ob es dir nun passt oder nicht.«

Sigismondo sah ihn hochmütig an. »Das wirst du tun, weil ich es dem Abt versprochen habe. Rechne allerdings nicht mit meiner Hilfe.«

»Eigentlich solltest du stolz auf mich sein.« Gualtiero drehte sich um, damit Sigismondo seine Tränen nicht sah. »Stattdessen siehst du in mir nur einen Rivalen.«

29

Isabeau, die Tochter des Gauklers, nutzte die erstbeste Gelegenheit, die Abtei zu erkunden. Vor einigen Monaten, als sie sich Maynard anschloss, hätte sie nicht erwartet, dass sie so viel unterwegs sein würde, aber sie war daran mehr als gewöhnt. Seit ihre Mutter sie am Ufer der Seine zur Welt gebracht hatte, hatte sie zu Fuß oder auf dem Rücken eines Maultiers jedes Lehen von der Île-de-France bis ins Poitou kennengelernt, wohin die Arbeit des Vaters sie eben geführt hatte. Auf den Plätzen der Städte und Dörfer waren sie und die anderen Akrobaten und Gaukler zunächst immer willkommen gewesen, doch nach den Feiertagen sah man in ihnen wieder nur seltsame Fremde, und so zogen sie weiter, um unangenehme Zwischenfälle zu vermeiden. Isabeau hatte sich deshalb seit ihren Kindertagen von der Welt verachtet gefühlt und insgeheim gehofft, irgendwann einmal sesshaft zu werden. Sie konnte sich zwar nicht vorstellen, was es bedeutete, für unbegrenzte Zeit am selben Ort zu bleiben, dennoch beneidete sie all jene, denen dies vergönnt war. Allein bei dem Gedanken daran überkam sie ein Anflug von Geborgenheit und Wärme, die sie niemals erfahren hatte.

Sie verstand Maynard nicht. Dieser Mann reiste nicht umher, weil er dazu gezwungen war, sondern wegen einer geheimnisvollen Aufgabe, die ihn nicht zur Ruhe kommen ließ. Das sei eine Frage des Prinzips, hatte er ihr eines Tages erklärt. Sie hatte genickt, ohne es wirklich zu begreifen. Außer dem nackten Überleben gab es wohl keinen Grund, der schwer genug wog, um jemanden zu einem anstrengenden Wanderleben zu zwingen. Vielleicht die Liebe, hatte sie gedacht, aber Isabeau war zu jung, um darin Erfahrung zu haben. Sie kannte nur die Liebe zu den Eltern. Doch den Vater hatte sie schon früh durch das Antoniusfeuer verloren und die Mutter an einen Stoffhändler, der ihr ein bequemeres Leben versprach.

Daher hatte sie lange Zeit ihr Herz verschlossen und niemandem getraut, bis sie Maynard begegnet war. Abgesehen von gewissen Eigenheiten war dieser Mann freundlich, aufmerksam und vor allem in der Lage, sich Respekt zu verschaffen. Obwohl er sich wie ein Mönch kleidete, war er nicht gerade von sanftmütigem Naturell. Isabeau erkannte nur zu gut seine Unrast und die Wut, zu der er fähig war, obwohl sie ihn nach ihrer ersten Begegnung nie mehr zum Schwert hatte greifen sehen. Doch während ihrer Ruhepausen und wenn er stumm am Feuer saß und auf den Schlaf wartete, verhärteten sich seine Züge, und ein geheimer, verächtlicher Zorn verfinsterte seine Miene.

Isabeau vermutete, dass Maynard genau von diesem Zorn zu der Reise getrieben wurde. Und so waren sie immer weiter in den Süden gereist, über die rauen Gebirgspässe auf der Via Francigena, bis sie schließlich einem großen Fluss nach Osten gefolgt waren. Danach hatten sie noch in zahlreichen Städten der Emilia haltgemacht, auf der verbissenen Suche nach einem Mönch, den sie allerdings nirgends fanden. Schließlich hatte Maynard erfahren, dass dieser sich in einer Abtei im Osten versteckte, auf einer von Wäldern und Sümpfen überzogenen Insel zwischen der Mündung des Padus und dem Meer: der *Insula Pomposiae*. Dort, so hatte man ihm gesagt, würde er den Gesuchten finden. Und nun waren sie hier.

Isabeau wusste nicht, was Maynard von diesem Mönch wollte, das hatte sie nie aus ihm herausbekommen. Ihr war befohlen worden, sich fernzuhalten.

Doch sie lief nicht einfach ziellos herum. Maynard hatte ihr aufgetragen, sich umzusehen und auf alles zu achten, was ihr ungewöhnlich oder verdächtig vorkam. Dem Mönch, den sie suchten, könne man nicht trauen; wenn er sich bedrängt fühlte, würde er wohl wieder die Flucht ergreifen.

Die Mittagssonne stand hoch über der Abtei, unter ihrem unerbittlichen Schein lag eine weite Grasfläche, die im Osten an einer langen Straße endete und an den anderen Seiten von Wäldern und Kanälen begrenzt wurde. Hier fiel ihr nichts auf außer einem Wagen mit Aufbau, der am Rand eines Weges stand, und so beschloss sie, sich an einem Brunnen zu erfrischen. Nachdem sie sich das Gesicht gewaschen hatte, suchte sie nach einem ruhigen Ort, wo sie sich hinsetzen konnte.

Da entdeckte sie den Jungen.

Obwohl er so weit entfernt war, erkannte sie ihn sofort wieder: Er hatte eine besondere Art, den Kopf zur Seite zu neigen, als ob er einer vom Wind herbeigetragenen Melodie lauschte. Seit sie ihm heute Morgen begegnet war, hatte sie immer wieder an ihn gedacht.

Noch etwas war ihr an ihm aufgefallen. Sein Blick. Selten hatte sie in so leuchtende Augen gesehen. Zuletzt bei ihrem Vater, als er ein besonders schwieriges Akrobatenkunststück vollführt und danach voller Stolz den Beifall der Menge entgegengenommen hatte.

Der junge Mann saß im Gras und hatte der Abtei den Rücken zugekehrt. Die Arme um die Knie gelegt, wirkte er betrübt und verträumt zugleich.

Isabeau ging, ohne dass sie es wirklich beschlossen hätte, zu ihm und setzte sich grußlos vor ihn hin.

Zunächst schien er nicht auf sie zu achten, dann hob er verwundert den Kopf. »Ich habe dich heute Morgen gesehen«, sagte er, »zusammen mit dem Reiter auf dem schwarzen Pferd.«

Sie nickte. In den letzten Monaten hatte sie gelernt, die in diesem Landstrich gesprochene Sprache zu verstehen, aber sie hatte immer noch Schwierigkeiten, sich darin auszudrücken.

»Ich dachte, du wärst ein Junge.«

Isabeau sprang empört auf. »Du bist dumm!«, rief sie und wollte schon fortrennen.

»Warte!«, rief er. »Deine Augen ...«

Isabeau schenkte ihm ein geheimnisvolles Lächeln, dann drehte sie sich um und lief so schnell, wie sie gekommen war, wieder davon.

30

Der ehrwürdige Abt goss sich Wein aus einem Majolikakrug ein. »Ich habe schon befürchtet, dass es sich um *jenen* Mönch handeln würde«, sagte er seufzend.

»Es geht um eine Angelegenheit von ungeheurer Bedeutung«, erklärte Maynard erneut mit gedämpfter Stimme, wobei er misstrauisch die zwanzig Mönche beäugte, die vor ihm saßen.

Sie befanden sich im Refektorium der Abtei, einem weitläufigen Raum, dessen Wände mit Fresken geschmückt waren, darunter besonders ein Letztes Abendmahl, eine *Deesis* und eine Bankettszene mit einem Abt und einem Bischof. Maynard hatte genug Muße gehabt, sie zu bewundern, allerdings hatte ihn am meisten eine Darstellung am Rand beeindruckt; sie zeigte einen Mönch vor einem Lesepult, der aus der Bibel vorlas. Genau so eine Szene, wie sie sich gerade hier im Raum abspielte. Aus dem Hintergrund ertönte die metallische, ja beinahe feindselige Stimme des Lesenden, während sie den zweiten Korintherbrief des Apostels Paulus rezitierte: »Und auf dass ich mich nicht der hohen Offenbarung überhebe, ist mir gegeben ein Pfahl ins Fleisch, nämlich des Satans Engel, der mich mit Fäusten schlage ...«

Maynard hatte am Tisch des Abts Platz genommen, um mit ihm nicht nur das Mahl, sondern einige Worte im Vertrauen zu teilen. Die Mönche der Abtei von Pomposa hatten um drei rechteckige Tische, die entlang den Wänden aufgestellt waren, Platz gefunden. Diese standen weit genug entfernt, um ihnen beiden eine gewisse Abgeschiedenheit zu sichern. Von dort aus beobachteten die Brüder sie schweigend, ohne zu essen. Als er sich nach dem Grund dafür erkundigte, hatte Abt Andrea ihm nur kurz angebunden etwas von einer Fastenstrafe erzählt.

Doch auch die Speisen, die am Tisch des Abts serviert wurden, waren nicht gerade üppig, schließlich war Fastenzeit. Auf dem Tisch lagen nur kleine Brote und gegrillter Fisch. Maynard widmete ihnen nicht die geringste Aufmerksamkeit. Das Wissen, dass sich hier unter den Mönchen Facio di Malaspina befand, ließ ihn vor Ungeduld zittern, doch gleichzeitig schürte es in ihm die Angst, er könnte erkannt werden. Eigentlich war diese Sorge unbegründet, sagte er sich dann. Für Pater Facio wie für jeden anderen in diesem Raum war er nur ein ganz gewöhnlicher Reisender, der am Tisch des Abts bewirtet wurde.

»Denkt nicht, dass Ihr so einfach davonkommt«, hörte er den Abt leise hinter vorgehaltener Hand sagen, um zu verbergen, dass er die Regel des Schweigens brach. »Ihr müsst mir noch viel erklären, bevor ich Euch gestatte, mit diesem Bruder zu sprechen.«

»Zu Euren Diensten«, flüsterte Maynard genauso vorsichtig wie der Abt. Dann wandte er seine Aufmerksamkeit der Bibellesung zu und aß seinen Fisch. Erst nach dem Mahl, als die Mönche die Erlaubnis erhalten hatten, sich zu erheben und das Refektorium zu verlassen, nahm er die Unterhaltung wieder auf. »Zeigt ihn mir wenigstens«, flüsterte er und musterte jeden Mönch einzeln, der das Refektorium verließ. »Damit ich ihn erkennen kann, wenn ich vor ihm stehe.«

Anstatt seiner Bitte nachzukommen, fragte Abt Andrea: »Welchem Orden gehört Ihr an?«

Maynard verfolgte den langsamen Auszug der Mönche wie ein Wolf, der eine Schafherde vor sich fliehen sieht. Danach tauchte er die Finger in eine Schüssel mit Wasser und säuberte seine Hände. »Um der Wahrheit die Ehre zu geben, bin ich gar kein Mann der Kirche.«

»Das habe ich schon vermutet.« Das Gesicht des Abts verfinsterte sich. »Aber Euer Gewand, die Tonsur …«

»Damit habe ich mir beholfen, um nicht aufzufallen …«

»Werdet Ihr verfolgt?«

»Ich habe zwar große Sorgfalt darauf verwendet, meine Spuren zu verwischen, doch man kann nie wissen.«

Der Blick des Abts wurde hart. »Ich hoffe nur, dass Ihr kein Unheil auf mein Kloster gelenkt habt.«

»Ich könnte es Euch nicht verdenken, wenn Ihr mich fortjagen würdet«, erwiderte Maynard besänftigend. »Aber erlaubt mir zunächst, dass ich Euch erzähle, was geschehen ist.«

Abt Andrea zögerte erst, bis er schließlich zustimmend nickte.

»Die Geschichte begann vor ungefähr fünfzehn Jahren«, berichtete Maynard, nachdem sich das Refektorium vollständig geleert hatte, »als Facio di Malaspina drei ungeheuer wertvolle Gegenstände stahl. Einer von ihnen wurde bereits wiedererlangt. Und ich bin bis hierher gekommen, um die beiden fehlenden Dinge zu finden und sie dem rechtmäßigen Besitzer zurückzugeben.«

»Um welche Art Gegenstände handelt es sich?«

»Darüber muss ich Stillschweigen bewahren.«

»Vergesst nicht, dass Ihr von einem meiner Mönche sprecht«, warnte der Abt. »Einem Mönch, den ich zwar nicht besonders schätze, aber ihn ohne Beweise des Diebstahls zu beschuldigen könnte als Verleumdung gelten.«

»Dieser Gefahr bin ich mir bewusst«, sagte Maynard, der die Entschlossenheit des Abts bewunderte. Andererseits hatte er bereits jede Wendung überdacht, die dieses Gespräch nehmen könnte, und war auf alles vorbereitet. »Dennoch«, wandte er daher ein, »wenn sich herausstellte, dass Euer Mönch das in seinem Besitz hat, wonach ich suche ...«

»Ihr habt recht«, gestand Abt Andrea ihm zu. »Aber wenn Ihr die Angelegenheit vertiefen wollt, müsst Ihr mir mehr über die Gegenstände enthüllen.«

Maynard hatte gehofft, ein solches Ersuchen vermeiden zu können. Dennoch begriff er, dass er einen Mann vor sich hatte, der zu beharrlich war, als dass er ihn vollkommen im Unklaren lassen konnte. Wenn er sich seiner Hilfe versichern und seine Untersuchungen fortsetzen wollte, musste er ihm zumindest einen Teil des Geheimnisses von Mont-Fleur offenbaren.

»Es handelt sich um einen Kelch und eine Lanzenspitze«, erklärte er etwas widerstrebend. »Mehr darf ich nicht sagen, deshalb bitte ich Euch, fragt nicht weiter und bewahrt Stillschweigen darüber.«

Abt Andrea musterte ihn forschend. »Und die Männer, die Euch verfolgen?«

»Gedungene Mörder, denen ich bereits zweimal entkommen bin.« Maynard machte eine ausweichende Handbewegung. »Mehr weiß ich nicht über sie, außer dass ihre Gürtelschnallen das Wappen eines Kardinals ziert.« Er wartete ab, unschlüssig darüber, ob er dem Abt mehr offenbaren sollte. Da der sich nicht weiter äußerte, zeigte er ihm schließlich den Ring mit dem Löwenwappen. »Kennt Ihr es?«

Der Abt betrachtete es eingehend. »Nein«, sagte er dann.

»Dann wisst Ihr so viel wie ich«, erwiderte Maynard und betrachtete die Miene seines Gegenübers. Als er sah, wie der Abt nachdenklich die Stirn runzelte, hoffte er, dass er ihn überzeugt hatte.

»Ich schätze Eure Bemühungen«, begann Abt Andrea, »aber sie genügen nicht, um mein Vertrauen vollständig zu erlangen. In meinen Augen seid Ihr nichts als ein Fremder, der mir etwas von seltsamen Diebstählen und geheimnisvollen Verfolgern erzählt. Weshalb sollte ich Euch erlauben, mit diesem schändlichen Mönch zu sprechen?«

»Ich schwöre Euch bei meiner Ehre …«

»Ja wessen Ehre denn?«, fuhr Abt Andrea auf und schlug mit der Hand auf den Tisch.

Maynard begriff, dass er ihm wesentlich greifbarere Beweise für seine guten Absichten liefern musste als seine höflichen Manieren. Deswegen gab er sein zögerliches Taktieren auf, stand auf und enthüllte, wer er war. »Die Ehre des Hauses de Rocheblanche, eines Geschlechts aus Reims, Gott und dem heiligen Remigius ergeben«, erklärte er stolz. »Wie Ihr bereits erkannt habt, bin ich kein gemeiner Herumtreiber, ich wurde zum Ritter erzogen und kämpfte im Dienste Seiner Majestät, Philipp VI. de Valois, gegen die Engländer.«

»Für den französischen König?« Erstaunen breitete sich auf dem Gesicht des Abts aus. Er öffnete den Mund, als wollte er eine Frage stellen, doch es kam nur ein Stammeln heraus. Er musste noch einmal ansetzen. »Und auf seinen Befehl seid Ihr hier?«

»Ich bin hier, weil mich mein Pflichtgefühl dazu antreibt«, erwiderte Maynard. »Gegen meinen Willen wurde ich in eine dunkle Angelegenheit verwickelt, vielleicht sogar in eine Verschwörung. Aus diesem Grund verheimliche ich, wer ich wirklich bin.«

»Und was hat das alles mit dem Diebstahl zu tun, den Facio angeblich begangen haben soll?«

»Mehr, als Ihr Euch vorstellen könnt. Ich darf mich darüber leider nicht frei äußern, doch sollt Ihr wissen, dass ich vorhabe, die Schuldigen zu entlarven, um Gerechtigkeit zu üben.«

Nachdem er sein Erstaunen überwunden hatte, musterte der Abt Maynard erneut streng. »Dennoch behauptet Ihr, nicht im Dienst Eures Herrschers zu handeln …«

»Mich bewegen andere Gründe.«

»Vielleicht Hochmut, der sich unter dem Mantel der Tugend verbirgt?«

Der Abt hatte nicht ganz unrecht. Selbst nach der monatelangen Reise verlangte es Maynard immer noch danach, seinen eigenen Wert unter Beweis zu stellen. Dennoch hegte er in seinem Herzen weit tiefer gehende Beweggründe, als er dem ehrwürdigen Abt gebeichtet hatte. »Schon vor langer Zeit wurde ein Pfahl in mein Fleisch getrieben, auf dass ich nicht meinem Hochmut unterläge«, antwortete er bitter unter Bezug auf die vorher gehörte Bibelstelle.

»Meint Ihr etwa ein göttliches Zeichen?«, fragte der Abt.

»Vielmehr ein Zeichen Satans«, erklärte Maynard. »Ein schweres Vergehen, von dem ich hoffe, dass ich es mit diesem Unternehmen sühnen kann.« Zum ersten Mal sah er den Abt uneingeschränkt nicken, ja, seine Zustimmung kam eigentlich zu schnell, als dass es sich um pures Verständnis handeln konnte. »Und was ist mit Euch, Vater?«, fragte er ihn daher. »Was bringt Euch dazu, einen Mönch, den Ihr eigentlich verachtet, mit solcher Beharrlichkeit zu verteidigen?«

Die Frage schien den Abt zu treffen. Schweigend dachte er nach, während über sein Gesicht beinahe so etwas wie ein Ausdruck von Schuld huschte. Als er wieder sprach, klang seine Stimme wie die eines Büßers. »Weil er mein Feind ist«, erklärte er. »Und genau wie ein wahrer Ritter von Ehre habe ich vor, ihn im offenen Wortgefecht zu besiegen, ohne andere Vorteile zu nutzen.«

»Nun sprecht Ihr voller Hochmut«, sagte Maynard sarkastisch.

»Eine notwendige Sünde, um die Gnade wiederzufinden«, entgegnete Abt Andrea geheimnisvoll. Dann breitete er die Arme aus, zum Zeichen, dass er diese Unterhaltung beenden wollte. »Nun gut, ich habe mich entschieden«, verkündete er. »Ihr werdet Eure Gelegenheit bekommen, aber gewiss nicht jetzt oder etwa in meiner Abwesenheit. Morgen werde ich ohnehin das Kapitel einberufen, um eine Angelegenheit zu besprechen, die mir sehr am Herzen liegt, und bis dahin möchte ich auf keinen Fall Missstimmung unter meinen Mitbrüdern verbreiten. Nach dieser Versammlung werde ich Euch unter den notwendigen Vorsichtsmaßnahmen gestatten, Pater Facio di Malaspina zu befragen.«

Maynard verneigte sich vor ihm. »Ich bin Euch sehr dankbar.«

»In der Zwischenzeit«, fuhr der Abt fort, »werdet Ihr im Gebäude für die hochrangigen Gäste wohnen, das hinten am Kreuzgang liegt. Es ist bequem und wird nachts von Bogenschützen bewacht.«

Maynard konnte sich ein Lächeln nicht verkneifen. Trotz der höflichen Worte war die Erwähnung der Bogenschützen eine deutliche Warnung, nicht überstürzt zu handeln. »Was das Mädchen in meiner Begleitung angeht …«

»Frauen dürfen sich im inneren Bereich der Abtei nicht aufhalten, es sei denn, es handelt sich um Eure Tochter oder eine andere Verwandte.«

Bevor Maynard sich erklären konnte, bemerkte er im Augenwinkel eine flüchtige Bewegung. Als er sich umwandte, sah er, dass ein Mönch an der Tür stand und in seine Richtung sah. Irgendetwas war merkwürdig an dem Mann, er hatte etwas Furchterregendes an sich. Kaum hatte er bemerkt, dass man ihn entdeckt hatte, verschwand er eilig.

Maynard wandte sich wieder an den Abt, dem anscheinend nichts aufgefallen war. Er verbarg seine Bestürzung und bereitete sich darauf vor, nun zu lügen. »Sie ist nicht meine Tochter«, sagte er, »sondern meine Schwester.«

»In dem Fall wird ihr gestattet sein, bei Euch zu wohnen.«

31

»Deus, in adiutorium meum intende.«

Die Stimmen der zwanzig Mönche drangen durch das Kirchenschiff wie eine sanfte Flut. Abt Andrea ließ seinen Geist in diesem eintönigen und gleichermaßen erhabenen Klang versinken, bis er eins wurde mit den Seelen seiner Mitbrüder. Doch ein Teil von ihm blieb wach, harrte darauf, dass der *Magister chori* den neunten Psalm wie eine heilige Hymne anstimmte. Und da hörte er ihn auch schon in silberhellem Klang zum Gewölbe der Apsis aufsteigen.

»Confitebor tibi, Domine, in toto corde meo, narrabo omnia mirabilis tua.«

Der Zusammenklang der zwanzig Stimmen verband sich mit seiner eigenen, vibrierte so mächtig in seiner Brust, dass er die tiefsten Winkel seines Herzens erreichte, in denen sich seine Träume und seine Geheimnisse verbargen. Dort, wo eine niederdrückende Einsamkeit die Gottesfurcht ersetzt hatte.

Er korrigierte einen falschen Ton und tauchte wie ein Fisch aus dem ihn umgebenden Meer von Klängen auf. Danach war sein Gesang nicht mehr so leidenschaftlich, weil er über einen Satz nachdenken musste, der ihn verstörte. *Nun sprecht Ihr voller Hochmut.* Maynard de Rocheblanche hatte das nicht gesagt, um ihn zu verärgern, doch er hatte ihn damit mehr verletzt, als er zugeben wollte. Denn unwissentlich hatte er ihn mit der Wahrheit konfrontiert. Indem er Facio di Malaspina als seinen Feind bezeichnete, hatte sich Andrea mit anmaßendem Stolz über ihn erhoben, sich als Vorbild der Vollkommenheit hingestellt. So hatte er sich der Sünde des Hochmuts schuldig gemacht.

»Ut quid, Domine, stas a longe, abscondis te in opportunitatibus, in tribulatione?«

Der Wechsel zum zehnten Psalm traf ihn beinahe überraschend. Seine Gedanken durchströmten ihn weiter in einer Art meditativem Schwebezustand, den die Veränderung der Melodie nur noch verstärkte. Andrea fuhr mit seiner Gewissensprüfung fort. Vielleicht war Facio ja nur ein Spiegelbild, in dem er seine eigenen Unzulänglichkeiten erkannte. Die Nachlässigkeit, den Hochmut, die Charakterschwäche … Und über alldem herrschte dazu noch ein so übersteigerter Ehrgeiz, dass er sogar die alte Flamme des Glaubens in ihm erstickt hatte.

Es war falsch von ihm gewesen, die Schuld für derlei Versagen jemand anderem anzulasten oder sogar so weit zu gehen, diesem zu unterstellen, er habe sie im gesamten Kloster verbreitet und jeden Mönch damit angesteckt.

Doch wenn ihm die eigenen Verfehlungen endlich bewusst geworden waren, lag das nicht allein an Maynards Worten. Vielmehr hatte Gualtiero de' Bruni ihn aufgerüttelt. Dieser Jüngling hatte ihn dazu bewegt, nach dem erloschenen Eifer in sich zu suchen. Seine Leidenschaft hatte in ihm die Zeit wiederaufleben lassen, als er ins Kloster eingetreten war und noch geglaubt hatte, hoch oben unter diesen schattigen Bogengängen Engelsflügel rauschen zu hören.

Jetzt wusste er, wie tief er gesunken war. Sich mit der Kraft seiner Autorität gegen einen aufrührerischen Mönch durchzusetzen, würde ihm sicher nicht dabei helfen, sich selbst wiederzufinden. Im Gegenteil, es würde ihn endgültig zu Boden drücken. Denn Facio di Malaspina war kein Feind, den man vernichten musste, sondern ein Mitbruder, den man geduldig ermahnen sollte. Wie einen Sohn.

»In Domino confido, quomodo dicitis animae meae: Transmigra in montem sicut passer.«

Der neuerliche Wechsel in der Tonart zum elften Psalm brachte ihn in die Wirklichkeit zurück. Er sah auf die Kerzen, die vor dem Chor aufgestellt waren. Dutzende flackernder Lichter, unter denen Andrea lange Zeit nur ein einziges bemerkt hatte: sich selbst.

Armer Narr!, schalt er sich verächtlich. Er war doch nur eines unter den unzähligen Flämmchen, die sich am Himmel des Glaubens verteilten. Trotz seiner Stellung als Abt war er bloß ein winziges Teilchen im Mosaik des Lebens, das Pomposa beherbergte. Deshalb konnte er sich nichts als besonderes Verdienst anrechnen, ihn traf aber auch keine Schuld an jedweder Verstrickung der Schicksale.

Wenn es ihn wirklich danach drängte, eine spirituelle Erneuerung voranzutreiben, musste er zunächst einmal bei sich selbst anfangen.

Doch auf dem Grund dieser neuen Hoffnung sah er immer noch den Abgrund in sich selbst. Die Abwesenheit Gottes machte sich wie noch nie zuvor in seinem Leben als eine unergründliche Leere in ihm bemerkbar.

Herr, warum hast Du mich verlassen?

Während die Mönche das »Kyrie eleison« sangen und zu den Schlussgebeten kamen, musste Andrea gegen die Tränen kämpfen.

Dann verebbten die Stimmen des Chores allmählich, und als sich die *Schola cantorum* aufgelöst hatte, wurden die Mönche wieder zu dem, was sie immer gewesen waren. Ganz gewöhnliche Menschen.

Als die Gesänge zur Non verstummt waren, beschloss Gualtiero, in den Wagen zurückzukehren. Er hätte es gern noch ein wenig hinausgezögert, damit Wut und Groll sich noch weiter legen konnten, doch die Vereinbarung, die er mit dem Abt getroffen hatte, ließ ihm keine Zeit, länger untätig zu bleiben. Was er sich für die Apsis vorstellte, verlangte nach einer komplizierten Skizze, die ihn viele Stunden beschäftigen würde. Außerdem kannte er eigentlich nur einen Weg, seinen Gefühlen zu entfliehen, nämlich, sich in die Arbeit zu stürzen.

Während er stumm hoffte, dass sein Vater nicht vorhatte, sein Vorhaben zu behindern, erhob er sich aus dem weichen Gras, in dem er gesessen hatte, und lief im milden Schein der Nachmittagssonne zurück zum Wagen. Dieses französische Mädchen ging ihm nicht aus dem Sinn. Es hatte ihm leidgetan, dass sie schmollend weggelaufen war. Die Worte waren ihm einfach so aus dem Mund gesprudelt, zu schnell, als dass er sie hätte zurückhalten können. Wie hätte er denn auch auf die Idee kommen sollen, dass sich unter der Schmutzschicht, die ihm am Morgen aufgefallen war, ein so hübsches Gesicht verbergen würde.

Und ihre Augen!

Als Maler war Gualtiero sehr empfänglich für Farben, und so hatte sich seine Aufmerksamkeit sofort auf diese außergewöhnlichen Augen gerichtet. Eine Iris war blau, die andere grün. So etwas hatte er noch nie gesehen, und er vermochte sich nicht zu erklären, wie eine solche Laune der Natur das Mädchen anziehend und beunruhigend zugleich wirken lassen konnte. Gewiss, nach den Regeln der Kunst bedeutete dies eine Abweichung vom Üblichen, einen Fehler. Kein Maler hätte eingewilligt, ein Gesicht mit zwei verschiedenfarbigen Augen zu malen, die als Symbol für Zweideutigkeit, wenn nicht sogar die Doppelzüngigkeit des Teufels angesehen werden konnten.

Dennoch hätte er dieses Mädchen gern wiedergesehen, um noch einmal ihren Blick in sich aufzunehmen. Denn jetzt wusste er, dass auch Abweichung Schönheit in sich tragen konnte.

Als er den Wagen erreichte, fand er dort nur seine Mutter vor. Sie räumte den Innenraum auf, den Sigismondo wohl in einem Wutanfall völlig verwüstet hatte.

»Wo ist er?«, fragte Gualtiero.

»Du weißt doch, wie er ist.« Sapia lächelte schwach. »Er ist gegangen, um sein erhitztes Gemüt abzukühlen.«

Gualtiero erinnerte sich, dass er ganz in der Nähe, am Rand der Insula Pomposiae, ein Dorf gesehen hatte, und da er die Neigungen seines Vaters kannte, nahm er an, dass er sich dort auf die Suche nach einer Schenke gemacht hatte. »Es tut mir leid, ich hatte nicht die Absicht, ihn –«

»Du kennst deinen Vater immer noch nicht«, unterbrach sie ihn sanft. »Er hat mir alles erzählt. Und glaub mir, er ist stolz auf dich. Dennoch, vergiss nicht, was er in der Vergangenheit durchmachen musste. Er hat lange unter einem Herrn gearbeitet, der ihn um Ruhm und Verdienst betrogen hat. Und nun, da er endlich unabhängig ist, möchte er um jeden Preis beweisen, dass er den Titel eines Mastro pittore zu Recht führt.«

»Auch um den Preis, dabei seinen Sohn zu überschatten?«, fragte Gualtiero.

Sapia strich ihm zärtlich über den Kopf. »Er befürchtet, dass du zu unerfahren bist.«

Gualtiero nahm ihre Hand in seine und drückte sie liebevoll, doch zugleich wollte er ihr damit zu verstehen geben, dass sie nicht versuchen sollte, ihn zu überzeugen. »Mir kommt es eher so vor, als genieße er es, mir Steine in den Weg zu legen.«

»Jetzt bist du ungerecht. Wer hat dich denn alles gelehrt, was du weißt?«

»Das ist nicht genug.« Gualtiero nahm das Bild, das er am Vortag gemalt hatte, von der Staffelei und hielt es Sapia hin. »Er will mich hemmen. Mich ins Joch spannen wie einen Ochsen! Ich hingegen begehre mehr als das, was er mir aufzwingt. Ich möchte ihm beweisen, dass mein Blick weit über seine Vorstellungskraft hinausreicht. Nicht, um ihn zu demütigen, sondern weil ich ihm helfen will, sich in seinem Handwerk weiterzuentwickeln.«

Sapia betrachtete das Gemälde einen Augenblick, und ihr bewunderndes Lächeln zeigte, dass sie ihn verstand. Schließlich deutete sie auf die Rollen Zeichenpapier, die auf dem Regalbrett lagen. »Dann tu es«, sagte sie stolz. »Wenn es nicht mit Worten geht, dann beweise es ihm durch deine Kunst.«

Maynard löste den Umhang und warf ihn unwillig auf das Lager. »Das also soll die Unterkunft für die hochrangigen Gäste sein«, murrte er, während er sich umsah. »Wie mag dann erst der Rest aussehen?«

»Wir haben schon Schlimmeres vorgefunden«, erwiderte Isabeau, die auf Maynard einen ungewohnt zerstreuten Eindruck machte.

Er betrachtete sie besorgt. »Hast du etwas Verdächtiges bemerkt?«

Sie zuckte mit den Schultern. »Nichts Auffälliges.«

Seit ihrer ersten Begegnung schien sie erwachsener geworden zu sein. Obwohl er in ihr noch immer ein verängstigtes kleines Mädchen sah, konnte er in ihren Zügen bereits sehen, was für eine schöne Frau sie einmal sein würde. Nicht zufällig hatte er ihr das Gesicht mit Kohle geschwärzt, bevor sie die Abtei erreichten. Selbst wenn Pomposa als heilige Stätte galt, hatte er befürchtet, das Mädchen könnte die Gier irgendeines unkeuschen Mönchs erregen. Sie dagegen schien nichts von diesen Gefahren zu ahnen, denen sie ausgesetzt war. Oder wenn sie sich derer bewusst war, verbarg sie dies gut.

»Du musst auf dich aufpassen, solange wir hier sind«, ermahnte er sie wieder einmal. »Versprichst du mir das?«

»Ja.«

Maynard löste den Waffengurt mit dem Bohrschwert und dem Dolch und hängte ihn mit einem Seufzer der Erleichterung an einen langen Nagel, der in die Wand geschlagen war. »Morgen werde ich endlich meine Mission erfüllen können«, sagte er zufrieden. »Danach kehren wir nach Frankreich zurück.«

»Und was wird dann aus mir?«, fragte Isabeau entsetzt.

Maynard kniete sich vor sie hin und nahm ihr Gesicht in beide Hände. »Du musst dir keine Sorgen machen. Ich habe dir versprochen, dass ich mich um dich kümmern werde. Und ich habe nicht vor, mein Wort zu brechen.«

32

Reims, Kloster Sainte-Balsamie
22. März

Heute hatte sie ein weiterer Brief von Maynard erreicht.

Nachdem sie ihn gelesen hatte, legte Eudeline ihn in ein kleines Holzkästchen auf ihrem Schreibtisch und sprach leise ein Gebet für ihren Bruder. Ihre verhaltene Enttäuschung darüber, dass er nur so wenige Einzelheiten berichtete, versuchte sie wegzuschieben. Er hatte ihr bloß geschrieben, um sie in Kenntnis zu setzen, dass es ihm gut ging und er in seiner Nachforschung weiterkam. Ob und was er über den Lapis exilii herausgefunden hatte, verschwieg er.

Auch seine bisherigen Briefe hatten stets so wenige Anhaltspunkte enthalten, dass sie nicht einmal die Orte nannten, von denen sie gesandt worden waren. Eudeline war es dennoch gelungen, sich wenigstens einen vagen Eindruck vom Reiseweg ihres Bruders zu verschaffen, und zwar aufgrund der Nachrichten, die sie von den Überbringern der Briefe erhielt. Die ersten beiden waren ihr von Franziskanerminoriten aus dem Südwesten überbracht worden, die ihn von Mönch zu Mönch weitergereicht hatten. Den letzten hatte ihr ein Pilger übergeben, der einige Zeit in der Klause von San Michele verbracht hatte.

Doch das war zu wenig, um zu begreifen, wohin Maynard sein Weg führte, obwohl sie nun mit Bestimmtheit wusste, dass er die Alpen überquert hatte. Eudeline sorgte sich nicht nur wegen der Gefahren, denen er entgegenging, sondern vor allem wegen seines Gemütszustands. Bei ihrer letzten Begegnung hatte er so spröde und abweisend gewirkt, dass sie in ihm kaum mehr den leidenschaftlichen jungen Mann von einst wiedererkannt hatte. Obwohl er versucht hatte, es zu verbergen, hatte sie bei ihm ein so tief sitzendes Schuldgefühl bemerkt, dass er sich sogar vor ihr verschlossen hatte.

Doch ihr ging es ja nicht anders. Sie fühlte sich noch so gedemütigt und verletzt durch die Schändlichkeiten, die ihr der Vater angetan hatte, dass sie sich nie gefragt hatte, wie ihr Bruder diese Tragödie erlebt hatte. Um die Herrschaft über ihr eigenes Leben wiederzuerlangen, war sie gezwungen gewesen, sich in sich selbst zurückzuziehen und die Erinnerung an diese schreckliche Zeit zu verdrängen.

In den Monaten danach war kein Platz gewesen für Gedanken an Maynard, ja nicht einmal, um ihre Mutter zu beweinen. Sie war wie ausgelöscht gewesen. Betäubt, unempfindlich ihrer Umgebung gegenüber. Es war ihr nicht leichtgefallen, diese Verwüstung in ihrem Inneren anzunehmen, und erst nachdem sie begriffen hatte, was in all diesen Trümmern ihres Seins dennoch unverletzt geblieben war, hatte sie sich stark genug gefühlt, der Welt erneut mit erhobenem Haupt gegenüberzutreten. Doch die Eudeline, die aus diesem dunklen Gang wieder ans Licht trat, war nicht mehr das unbeschwerte Mädchen von einst.

Während sie sich an die Nacht erinnerte, in der Maynard endlich wieder heimgekehrt war und alles entdeckt hatte, sah sie noch einmal in plötzlicher Deutlichkeit die Wut auf seinem Gesicht, als er versucht hatte, sie in die Arme zu nehmen. Seine Züge hatten nicht nur Sorge widergespiegelt, sondern waren von purem, schmerzvollem Leiden verzerrt gewesen. Wie hatte sie nur annehmen können, dass er sich nicht verändert hätte?

Sie erinnerte sich an einige Worte aus seinem ersten Brief: *»In der Hoffnung, dass dies mich zu einem besseren Menschen macht. Zu einem Mann, der eines Tages den Mut finden wird, dir Dinge zu gestehen, von denen ich dir niemals erzählt habe …«*

Um ihrer Verwirrung zu entfliehen, schlug Eudeline mit einer schnellen Bewegung das Rechnungsbuch auf. Es wurde bald Tag, und sie hatte noch die Angaben über die Besitztümer der Familie auf den neuesten Stand zu bringen. Sie musste wieder die Kontrolle übernehmen. Wenn sie Zuflucht in den Zahlen suchte, würde sie gewiss ihren Frieden wiederfinden.

Doch Frieden war ihr an diesem Tag nicht vergönnt.

Es klopfte an der Tür, und als sie Schwester Claire befehlen wollte, sie zu öffnen, erinnerte sie sich, dass die Kapellanin gar nicht anwesend war. Nachdem sie einmal mehr einen Fehler von ihr entdeckt hatte, hatte Eudeline ihr befohlen, dem Schreibtisch bis zum Nachmittag fernzubleiben und über ihre Verfehlungen nachzudenken.

Deshalb stand Eudeline nun auf und öffnete selbst. Kaum erblickte sie das Gesicht der Infirmaria, war sie versucht, die Tür sogleich wieder zu schließen. »Was ist?«, fragte sie und konnte sich schon vorstellen, worum es sich handelte.

»Robert de Vermandois«, sagte die Siechenmeisterin. »Er fragt nach Euch.«

»Ich dachte, ich hätte mich klar ausgedrückt, als ich sagte, dass ich mit solchen Angelegenheiten nicht behelligt werden will.«

»Ich bitte um Verzeihung, ehrwürdige Mutter. Diesmal ist es anders.«

Eudeline erstarrte. »Geht es ihm schlechter?«

»Im Gegenteil, anscheinend kann er seine Beine wieder bewegen.«

»Das ist … ja unglaublich.«

»Die Muskeln sind erstarkt.« Die Siechenmeisterin stand immer noch in der Tür und zögerte, ehe sie fortfuhr. »Dennoch ist dies nicht der Grund, warum ich zu Euch geeilt bin.«

Eudeline ließ sie eintreten. »Spannt mich nicht auf die Folter«, sagte sie und schloss die Tür.

»Sein Gedächtnis kehrt zurück.« Die Siechenmeisterin senkte die Stimme. »Er behauptet, er könne sich an Euren Bruder erinnern.«

Schwester Claire war naiv, das hatte Aleydis vom ersten Augenblick an erkannt. Viele Mitschwestern beschuldigten sie des Hochmuts, weil die Äbtissin sie als ihre Vertraute auserwählt hatte, aber in Wahrheit war sie nur zerstreut und zurückhaltend. Die meisten der Missgünstigen vergaßen, dass sie einen der anspruchsvollsten Posten im Kloster innehatte. Als Kapellanin war es ihre Aufgabe, die Äbtissin bei heiklen und persönlichen Angelegenheiten zu unterstützen. Vor allem musste sie deren Archiv in Ordnung halten.

Aus diesem Grund besaß Schwester Claire als einzige der Schwestern einen Schlüssel zum Domus particularis der Äbtissin, den sie offen an einer Kette trug. Sollte es Aleydis gelingen, diesen Schlüssel in ihren Besitz zu bringen, würde sie die intimsten Geheimnisse Eudelines erforschen können, in der Hoffnung, dass sie dort etwas fand, was dem Kardinal nützlich sein konnte.

Sie beschloss, nach den Laudes zu handeln, wenn sich die Mitschwestern im Skriptorium versammelten, um bis zur dritten Stunde die Handschriften, die das Kloster aufbewahrte, zu kopieren. Nicht alle wurden für diese Arbeit berufen. Die ehrwürdige Mutter bestimmte nur diejenigen zum Kopieren der Kodizes, die am klügsten waren und ein gutes Auge besaßen. Die anderen verbrachten diese Zeit mit Sticken, Flicken oder Putzen.

Obwohl sie erst Novizin war, hatte Aleydis sich bereits so hervorgetan, dass Eudeline sie zu dieser faszinierenden Beschäftigung eingeteilt hatte. Sie war damit beauftragt worden, das Leben der heiligen Scholastika aus dem »Buch der Dialoge« des heiligen Gregor des Großen zu kopieren. Geduldig hatte sie Seite für Seite abgeschrieben. Schwester Eudeline war mehrfach bei ihr stehen geblieben, um ihre Arbeit zu überprüfen, und hatte beifällig genickt. Doch das wahre Lob hatte sie ihr nur unter vier Augen ausgesprochen, damit unter ihren Mitschwestern kein Neid aufkam. »Ihr seid tüchtig«, hatte Eudeline gesagt. »Ordentlich und genau wie kaum eine.«

Für Aleydis, die noch nie Anerkennung empfangen hatte, waren diese Worte ein kostbares Geschenk gewesen, umso mehr, weil sie von einer Frau stammten, die ihr ein Vorbild war.

Deshalb spürte sie einen Hauch von Reue, als sie ihre List einzufädeln begann. Sie wusste genau, dass sie die richtigen Worte zur rechten Zeit finden musste, ohne ihre wahren Absichten zu enthüllen. Schwester Claire mochte zwar unbedarft sein, aber sie war nicht dumm. Was allein schon ihr Geschick hier beim Kopieren der Kodizes bewies. Aleydis behielt sie also im Auge, während sie an diesem Vormittag selbst weiter das Leben der heiligen Scholastika abschrieb, und wartete auf eine gute Gelegenheit, um zu handeln. Als sie sah, dass Schwester Claire von ihrem Schreibtisch aufstand, um ihr leeres Tintenfass zu füllen, begriff sie, dass diese nun gekommen war.

Sie wartete ab, bis die nichts ahnende Kapellanin an ihr vorüberkam, dann ließ sie ihren Gänsekiel fallen und beugte sich so ruckartig hinunter, um ihn aufzuheben, dass ihr eigenes Fläschchen umfiel und sich die Tinte über Schwester Claire ergoss.

»Heilige Jungfrau Maria, das tut mir leid!«, rief Aleydis erschrocken aus.

»Psst!«, machte Schwester Claire, weil sie die anderen Nonnen nicht mehr als schon geschehen stören wollte. Ihr Gewand und ihre Hände waren über und über mit der schwarzen Flüssigkeit besudelt.

»Erlaubt mir, dass ich für Abhilfe sorge«, sagte Aleydis flüsternd. Ohne eine Antwort abzuwarten, hakte sie Schwester Claire unter, um sie aus dem Skriptorium zu geleiten.

Angesichts der Geschehnisse hatte die Schwester Bibliothekarin keine Einwände, dass sie sich entfernten.

»Ich brauche Eure Hilfe nicht ...«, sagte Claire, als sie draußen im Bogengang standen.

»Was für ein Unglück!«, rief Aleydis und tat so, als hätte sie Claire nicht gehört. »Ihr müsst Euch vollständig umziehen.« Sie führte die Schwester um die Ecke in einen engen Gang. »Kommt hier entlang, Ihr wollt Euch doch in diesem Aufzug nicht sehen lassen. Wenn wir der ehrwürdigen Mutter begegnen ...«

Sie erreichten den Raum neben dem Dormitorium, ohne dass Schwester Claire weitere Einwände erhob. Aleydis bat sie, dort einen Augenblick zu warten, und brachte ihr bald darauf eine Schüssel mit Wasser und frische Kleider.

Claire dankte ihr, dann wollte sie die Kette mit dem Schlüssel abnehmen.

»Überlasst das mir«, sagte Aleydis. »Mit Euren tintenbefleckten Händen werdet Ihr Euch noch das Gesicht beschmutzen.« Sie nahm ihr die Schlüsselkette ab, löste die Nadeln, mit denen der Schleier befestigt war, und die Kinnbinde, und legte alles auf den Boden. Dann kniete sie sich vor Schwester Claire hin und begann, ihr Gewand aufzuknöpfen.

»Jetzt komme ich allein zurecht«, unterbrach diese ihr Tun und errötete.

Aleydis lächelte sie ein wenig anzüglich an. »Wie Ihr wünscht.«

Doch bevor sie aufstand, nutzte sie die Gelegenheit, um den Gegenstand, den sie unter ihrem Ärmel verbarg, mit dem zu vertauschen, den sie gerade auf dem Boden abgelegt hatte.

33

Als sie das Valetudinarium erreichten, bat Eudeline die Infirmaria, sie allein zu lassen. Widerstrebend betrat sie den Raum und hoffte, dass sie ihre Gefühle im Zaum halten konnte. *Das ist vorbei*, sagte sie sich. Seit jenem peinlichen Moment waren Monate vergangen, und jetzt war sie überzeugt, dass sie jegliche Situation mit kühler Zurückhaltung meistern konnte.

Sie fand Robert de Vermandois auf den Beinen stehend, nur einige Schritte von seinem Lager entfernt, sich mit den Händen an einer Wand abstützend. Seine Knie zitterten ob der Anstrengung, aber sein stolzes Lächeln zeigte, dass er sich deswegen anscheinend nicht sorgte.

»Ehrwürdige Mutter«, begrüßte er sie hochzufrieden, »ich wollte Euch unbedingt so empfangen, wie es sich geziemt.«

Nachdem sie einen kurzen Blick auf die Narbe über seiner rechten Schläfe geworfen hatte, fragte sich Eudeline, ob der Ritter sie bloß ehrerbietig grüßen oder ob er sich ihr in seiner ganzen Größe zeigen wollte. »Ich freue mich, Euch bei Kräften zu sehen.«

»Ich dagegen freue mich, *Euch* zu sehen. Es ist lange her, dass Ihr mich besucht habt, und ich gestehe, ich habe Euch vermisst.«

»Das Klosterleben ist anstrengender, als es scheint.« Eudeline wich dem Blick seiner grünen Augen aus. Sie wusste natürlich, dass Robert beharrlich nach ihr gefragt hatte, doch bis jetzt hatte sie sich geweigert, ihn zu sehen.

»Habt Ihr Euch wieder gefasst?«

Diese Frage traf sie überraschend. »Eigentlich müsste ich das Euch fragen«, erwiderte sie und musterte ihn forschend. »Was meint Ihr damit?«

»Das letzte Mal, als Ihr hier wart, wirktet Ihr erschüttert«, antwortete Robert. »Ich habe die Infirmaria öfter gefragt, was Euch quält, aber sie hat mir nie geantwortet.«

Eine leichte Röte überzog Eudelines Wangen. »Das ist vorbei«, sagte sie mehr zu sich selbst. Dann erinnerte sie sich an den Grund, der sie hierhergeführt hatte. »Man hat mir berichtet, dass Ihr Euer Gedächtnis wiedererlangt habt.«

Roberts Lächeln wurde brüchig. »Leider nicht ganz. Doch jetzt weiß ich endlich, wer ich bin, obwohl meine Erinnerungen noch wie unter einer dichten Nebelschicht verborgen liegen.«

»Selbst die an meinen geliebten Bruder?«

»Maynard de Rocheblanche.« Robert sprach den Namen so langsam aus, als wolle er dadurch den Mann, zu dem er gehörte, vor seinem Angesicht heraufbeschwören. »Als ich heute Morgen aufgestanden bin, hatte ich sein Bild in meinem Kopf und wusste genau, dass er mein Freund ist. Das habe ich umgehend der Infirmaria erzählt, weil ich wusste, dass Ihr dringend auf Nachrichten von ihm wartet. Dennoch erinnere ich mich leider nur an eine Begebenheit ... Wir saßen einander gegenüber, in einem Zelt, und unterhielten uns ...«

»Worüber habt Ihr gesprochen?«

»Das weiß ich leider nicht.« Robert stieß sich vorsichtig von der Wand ab, um dann zu seinem Lager zurückzukehren und sich dort niederzulassen. »Ich erinnere mich nur, dass wir eine Partie Schach spielten.«

»Wer hat sie gewonnen?«, fragte Eudeline in der Hoffnung, so seine Erinnerung anzuregen.

Robert sah sie kurz an, als würde er die Antwort in ihrem Gesicht suchen. »Ich weiß es nicht mehr. Aber Maynard hatte eine Beinwunde«, antwortete er schließlich.

Eudeline dachte an die letzte Begegnung mit ihrem Bruder zurück. Er hatte gehinkt. Vielleicht wegen der Verletzung, von der Robert sprach. »Es muss sich also um eine recht frische Erinnerung handeln«, schloss sie daraus.

»Es ist leider auch die einzige. Ich sehe die Position der Figuren auf dem Schachbrett, als hätte ich sie in diesem Augenblick vor mir ... Ich bedrohte seinen Turm mit meinem Springer. Dann sagte er etwas zu mir ...« Robert sah zu Boden und presste die Hände an die Schläfen.

Eudeline wartete darauf, dass er den Satz beendete, aber als sie merkte, dass er sich in den Nebeln seines Gedächtnisverlustes zu verlieren drohte, ging sie zu ihm und fasste ihn am Arm. »Glaubt Ihr, wenn Ihr wieder spieltet, würde Euch das helfen, diese Erinnerung zurückzuholen?«

Er legte seine Hand auf ihre. »Ich weiß es nicht, aber einen Versuch ist es wert … In meinem Reisesack findet Ihr Figuren und ein Schachbrett.« Dann sah er verwundert auf. »Unglaublich! Bis vor einem Moment wusste ich nicht einmal, dass ich einen Reisesack besitze.«

»Seht Ihr? Ihr macht Fortschritte.« Eudeline entzog sich freundlich seiner Berührung. Ihr schien es, als wäre ihr innerer Schutzschild zerbrochen. Dennoch empfand sie kein Wiederaufleben der Erschütterung wegen des erlittenen Leids. Keine Angst. Sie wurde ausschließlich von einer angenehmen Vertrautheit erfüllt, die sie, wie sie plötzlich begriff, nicht aufgeben wollte.

Eilig durchsuchte sie Roberts Habseligkeiten und Kleider, die die Infirmaria hatte waschen lassen und ordentlich am Fuß des Lagers gestapelt hatte. Einen Reisesack fand sie jedoch nicht.

»Seid Ihr Euch dessen sicher, was Ihr mir erzählt habt?«, fragte sie.

»In meinem Zustand kann ich rein gar nichts mit Sicherheit sagen«, erwiderte er. »Und doch, ich hätte schwören können …«

»Verzweifelt nicht«, beruhigte ihn Eudeline. »Hier im Kloster verfügen wir über ein Schachbrett.«

Robert fragte beinahe amüsiert: »Ihr kennt dieses Spiel?«

»Ja«, antwortete Eudeline, von einer leichten Erregung erfasst, »und ich gedenke, Euch herauszufordern.«

Vor der Ruhepause am späten Vormittag, nach der sie sich alle im Refektorium versammeln würden, würde Aleydis nicht zum Handeln kommen. Voller Ungeduld wartete sie auf diese Zeitspanne, über die sie frei verfügen durften, in der ständigen Angst, Schwester Claire würde sich plötzlich vor ihr aufbauen und verkünden, sie habe ihren Diebstahl entdeckt.

Nachdem sie den Pflichten des ersten Teils des Tages nachgekommen waren, zogen sich die Nonnen gewöhnlich in den Kreuzgang des Klosters zurück, um dort, wenn die Jahreszeit es erlaubte, die Mittagssonne zu genießen und miteinander zu schwatzen. Aleydis hatte diese kurzen Augenblicke der Fröhlichkeit schätzen gelernt; es amüsierte sie, wenn sie die anderen über Mitschwestern lästern hörte, die während der Laudes einschliefen oder bis nach dem Komplet aufblieben, um dann heimlich einen Becher Wein zu trinken. So hatte sie bemerkt, dass die Frauen im Kloster kleine Eifersüchteleien und Sehnsüchte hegten wie jedes gewöhnliche Bauernmädchen auch. Diese Entdeckung hatte ihr die Eingewöhnung in das Leben in der Gemeinschaft mehr erleichtert als der geregelte Tagesablauf und die spirituellen Übungen. Schnell war es ihr gelungen, ein Vertrauensverhältnis mit ihren jüngeren Schwestern aufzubauen; sie hatte sich sogar den Spitznamen »das Komtesschen« erworben, wegen ihres ein wenig großspurigen Gehabes und – wie sie annahm – weil sie tatsächlich zu den Hübschesten gehörte.

Keine Schwester ahnte jedoch, dass sie hier war, um zu spionieren. Das Wissen darum schmerzte sie und erinnerte sie stets daran, dass sie in Wahrheit kein Teil der Familie von Sainte-Balsamie war. Das wusste nur Gott. Beziehungsweise nur Gott und der Kardinal. Und selbst wenn sie sich stets bemüht hatte, der Äbtissin im Guten aufzufallen, würde das nichts daran ändern, dass alles bloß eine Täuschung war. Diese Gedanken beschäftigten sie, während sie den Kreuzgang hinter sich ließ und den Gang zu Schwester Eudelines Räumen entlanglief. Doch dann gewann Furcht die Oberhand.

Als sie die Tür erreicht hatte, blickte sie hinter sich, um sich zu vergewissern, dass niemand sie gesehen hatte, dann holte sie den Schlüssel hervor, den sie unter dem Ärmel verborgen hatte. Sie überwand ein letztes Zaudern, steckte ihn ins Schlüsselloch und schloss auf.

Aleydis schlüpfte hastig hinein und zog die Tür hinter sich zu.

Die Räume waren karger ausgestattet, als sie sich dies vorgestellt hatte. Keine kostbaren Teppiche an den Wänden oder auf dem Boden, kein Gemälde oder goldener Kerzenleuchter, der auf ein hochmütiges Wesen schließen ließ. Nur zwei bescheiden eingerichtete Zimmer: eines mit Bücherregalen und zwei Schreibtischen, das andere ein Schlafzimmer. Schwester Eudelines Lebensstil stand entschieden im Gegensatz zu dem offen zur Schau gestellten Luxus der Äbtissinnen bedeutender Klöster, die sich gewöhnlich wie edle Damen herausputzten, Besucher hohen Ranges empfingen und sich Haustiere hielten.

Doch die Kargheit der Räume war bestimmt nicht nur das Resultat einer inneren Haltung oder einer strengen Befolgung der Benediktsregel. Aleydis vermutete hinter dieser Strenge einen tieferen, persönlicheren Grund. Doch die Angst, die Äbtissin könne jeden Augenblick in der Tür erscheinen, verbot ihr, weitere Schlüsse zu ziehen.

Sie ging an den mit Büchern vollgestellten Regalen vorbei, weil sie schon wusste, wo sie suchen wollte. Die Äbtissin musste den Hauptteil ihrer Aufgaben am Schreibtisch erledigen, deshalb konnte man wohl mit Recht annehmen, dass sich dort auch die wichtigsten Dokumente befanden. Aleydis sah sich beide Schreibtische an. Auf dem kleineren, der in einer Ecke des Raumes stand, lagen unordentlich angehäuft nur wenige Dokumente. Dies war vermutlich Schwester Claires Platz.

Der zweite war wesentlich ausladender und nahm die Mitte des Zimmers ein. Auf ihn fiel Licht durch das doppelbogige Fenster an der Wand gegenüber der Tür, das einen Blick auf eine Reihe Bäume und einige Häuser des Ostteils von Reims bot. Er war fast vollständig mit Papierstapeln bedeckt, jeder mindestens eine Spanne hoch. Aleydis durchsuchte sie, peinlich darauf bedacht, alles wieder so zurückzulegen, wie sie es vorgefunden hatte. Sie sichtete Urkunden, die die Ländereien des Klosters betrafen, Briefe von Gutsherren und Vollmachten für die Abgesandten, die in Vertretung der Äbtissin den Besitz des Klosters Sainte-Balsamie überwachten.

Nichts jedoch über Maynard de Rocheblanche oder den geheimnisvollen Gegenstand, den der Kardinal Lapis exilii nannte.

Als der Raum in Schatten fiel, ging Aleydis' Blick nach draußen, wo eine dichte Wolkendecke den Himmel zu verdunkeln begann.

Die Zeit verging allzu schnell, während sie keine Fortschritte machte. Sie musste sich beeilen! Eine weitere Gelegenheit würde sie nicht bekommen, in diese Räume einzudringen. Sie beabsichtigte, den Schlüssel noch am selben Nachmittag zurückzutauschen, bevor Schwester Claire etwas bemerkte.

Wenn sie nichts Nützliches fand, standen die Dinge sehr schlecht für sie. Diesmal würde sie nicht mit einer einfachen Bestrafung davonkommen. In den vergangenen Wochen war der Kardinal immer ungeduldiger und wütender geworden, er würde keinen weiteren Fehlschlag hinnehmen. Bestimmt würde er Marcus befehlen, sie mit dem Stock zu schlagen. Bis jetzt hatte Aleydis die Peitschenhiebe ertragen und die Striemen und Narben unter ihren Gewändern verborgen. Doch mit gebrochenen Knochen ging dies nicht.

Sie versuchte, ihre nagende Verzweiflung zu unterdrücken, und flehte zu Gott, sie möge wenigstens einen Hinweis finden. Es konnte doch nicht sein, dass Eudeline nichts über ihren Bruder wusste oder aufbewahrte. Doch möglicherweise nicht unter den alltäglichen Papieren und offen, wo Schwester Claire es hätte bemerken können.

Aleydis überlegte einen Moment lang, die Bücher in den Regalen zu durchsuchen, doch dann fiel ihr Blick auf ein kleines Holzkästchen am Rand des Schreibtischs. Zunächst war es ihr nicht aufgefallen, weil es hinter einem Stapel Gänsefedern und Tintenfläschchen stand. Sie beugte sich vor und öffnete es erwartungsvoll. Es enthielt drei Pergamentrollen. Sie nahm eine heraus.

Noch bevor sie den ersten Satz zu Ende gelesen hatte, schlug sie rasch die Hand über den Mund, um ihren Jubelschrei zu unterdrücken.

Sie hatte gefunden, wonach sie gesucht hatte.

Das Läuten zur sechsten Stunde erinnerte sie daran, dass die Schwestern sich bald zum Mittagessen im Refektorium versammelten. Sie musste sich beeilen, wenn ihre Abwesenheit unbemerkt bleiben sollte. Aber ganz gewiss konnte sie die Briefe nicht einfach stehlen. Schwester Eudeline würde es bemerken und Nachforschungen anstellen … Sie musste sich umgehend etwas einfallen lassen.

Plötzlich wusste Aleydis, dass sie hier alles vorfand, was sie benötigte.

Sie setzte sich an den Schreibtisch, nahm ein Blatt Hadernpapier und tauchte die Feder ins Tintenfass.

Dann begann sie, den Inhalt der Briefe hastig abzuschreiben.

34

Abtei Santa Maria di Pomposa
22. März

In jener Nacht kam Gualtiero nicht mehr dazu, die Skizzen zu beenden. Er war über dem Arbeitstisch eingenickt, während er dem Gesang zur Matutin gelauscht hatte, der von der Abtei zu ihm herüberwehte, um dann von den Laudes hochzuschrecken, als der Morgen über der in graue Dunstschwaden gehüllten Landschaft herandämmerte. Irgendwann in der Zwischenzeit war Sigismondo in den Wagen zurückgekehrt und hatte sich neben Sapia gelegt. Nun atmete er unruhig und murmelte im Schlaf unverständliche Worte.

Gualtiero unterdrückte ein Gähnen, zündete die Talgkerze wieder an und zeichnete dort weiter, wo er aufgehört hatte. Die Skizzen für den oberen Teil der Apsis waren bereits fertiggestellt. Er musste sich nur noch dem unteren Teil widmen, den er in mehrere gleich große Abschnitte für die einzelnen Bilder einteilte. Er bemühte sich, möglichst dem zu folgen, was er dem Abt beschrieben hatte, obwohl ihm mit fortschreitender Arbeit immer neue Ideen für Veränderungen kamen. Von seiner Phantasie beflügelt wurde sein Strich allmählich schneller und entschiedener.

Als er Griffel und Kohlestift weglegte, stand die Sonne schon hoch am Himmel. Er war so erschöpft, dass er nicht einmal mehr zu sagen vermochte, ob ihm das Ergebnis nun gefiel oder nicht. Daher wandte er sich an seinen Vater, in der Hoffnung, mit seiner Frage die Wogen nach dem gestrigen Streit wieder glätten zu können.

»Darf ich dich um dein Urteil bitten?«

Sigismondo – der ihn schon seit einiger Zeit beobachtet hatte – erhob sich vom Lager und warf einen Blick auf die Zeichnungen. Man konnte seinem Gesicht nicht ansehen, ob er lächelte oder es verächtlich verzog. »Zu viele Details«, sagte er kurz angebunden.

Aus Furcht, gleich wieder einen neuen Streit heraufzubeschwören, fragte Gualtiero nicht weiter nach. Diese knappe Antwort war trotz allem eindeutig genug: Hätte sein Vater wirklich etwas zu kritisieren gefunden, hätte er ihm dies sofort unter die Nase gerieben. Außerdem blieb auch keine Zeit mehr, mögliche Verbesserungen anzubringen. Die Vereinbarung mit dem Abt war unmissverständlich gewesen, er musste die Skizzen heute vorlegen. Daher beschloss er, die Angelegenheit nicht länger hinauszuzögern.

Er wusch sich das Gesicht in einer Wasserschüssel, rollte die Zeichnungen zusammen, klemmte sie unter den Arm und wollte aufbrechen.

»Was fällt dir ein?« Sigismondos Stimme war drohend. »Willst du jetzt auch noch allein zu den Verhandlungen gehen, um dich als Meister aufzuspielen?«

Gualtiero fuhr herum und bemerkte nun erst, dass auch seine Mutter inzwischen wach war. Er beruhigte sie mit einer Geste und wandte sich dann an den Vater. »Ich dachte, du hättest kein Interesse mehr an der Sache.«

Sigismondo zeigte auf die Skizzen. »Ganz gleich, wer sie angefertigt hat – diese Zeichnungen stammen immer noch aus meiner Werkstatt«, sagte er grimmig. »Außerdem habe ich keine Lust, abseits zu stehen, während man über Arbeiten an Fresken spricht, die ich ausführen soll.«

»Du hast recht«, lenkte Gualtiero ein und senkte ehrerbietig den Kopf. »Ich hatte nicht die Absicht, dich zu übergehen, falls du das damit andeuten wolltest.«

Von dieser friedlichen Reaktion sichtlich überrascht, musste Sigismondo die Beleidigung hinunterschlucken, die ihm wohl schon auf der Zunge gelegen hatte. »Na dann, gehen wir«, sagte er verdrossen.

Ehe er sein Urteil zu den Skizzen abgab, studierte Abt Andrea sie lange.

Sie befanden sich vor der Fassade des Klosters Pomposa, genau wie am Vortag. Gualtiero stand mit verschränkten Armen vor ihm und wartete ungeduldig auf eine Antwort. Er hatte zum ersten Mal einem Auftraggeber einen Vorschlag unterbreitet, und plötzlich befürchtete er, seine Zeichnungen könnten nicht die ganze Schönheit wiedergeben, die er dem Abt in der Kirche beschrieben hatte. Vielleicht hatte Andrea sie auch nicht richtig verstanden, oder er würde sie nun als lächerlich abtun. Gualtiero musste sich zusammenreißen, um nicht mit den Füßen zu wippen, und spähte verstohlen zu Sigismondo hinüber, der zu seiner Überraschung sehr zufrieden wirkte.

Als der Abt von den Skizzen aufsah, wirkte sein Gesicht ernst und angespannt. »Das habe ich nicht erwartet«, sagte er.

»Wenn ich Euch enttäuscht habe –«, stammelte Gualtiero und setzte zu einer Entschuldigung an.

Der Abt brachte ihn mit erhobenem Zeigefinger zum Schweigen. »Ich habe nicht erwartet«, wiederholte er, »dass einfache Skizzen eine solche Ausdruckskraft entfalten könnten.«

»Euer Gnaden«, sagte Sigismondo triumphierend, »ich habe nicht bezweifelt, dass sie Euch gefallen würden.«

Was für ein großartiger Heuchler!, dachte Gualtiero. Dann sah er mit stolzgeschwellter Brust zum Abt. »Wenn ich mich nicht täusche«, vergewisserte er sich, »bedeutet das, Ihr nehmt sie an?«

»Wenn es nach mir ginge, würde ich Euch noch heute mit der Verschönerung der Apsis beginnen lassen«, erklärte der Abt. »Doch wie gesagt, zuerst muss ich diese Idee dem Kapitel unterbreiten. Und das werde ich mit Eurer Hilfe tun, mein Sohn.«

»Wenn Euch meine Zeichnungen so überzeugt haben«, erwiderte Gualtiero, »dann müsst Ihr sie doch nur Euren Mitbrüdern zeigen, ohne dass ich etwas dazu zu sagen brauche.«

Abt Andrea lächelte ein wenig und schüttelte den Kopf. »Die Skizzen werde ich erst später zeigen. Ich möchte, dass Ihr die Mönche von Pomposa genauso gewinnt wie mich.«

35

Wie üblich eröffnete Abt Andrea die Kapitelsitzung zum Frühlingsbeginn mit einer Abrechnung der jährlichen Einnahmen der Insula Pomposiae. *Eigentlich kein sehr kluger Schachzug*, dachte er. Ein etwas geschickterer Verwalter hätte diesen Aspekt vielleicht erst zum Schluss angesprochen und vorher versucht, bereits die Zustimmung zur Ausschmückung der Apsis zu erhalten. Doch Andrea beabsichtigte weder, anderen seinen Willen aufzudrücken, noch wollte er irgendjemanden hintergehen. Er wünschte sich vor allem, dass seine Mitbrüder seine Beweggründe *verstanden*.

Daher wartete er geduldig ab, bis sie auf den Stühlen entlang der Wände Platz genommen hatten, und als er sah, dass alle Blicke auf ihn gerichtet waren, forderte er sie auf, ein »Paternoster« anzustimmen, um die Versammlung in Gottes Gnade zu beginnen. Erst da bemerkte er auf einem der hintersten Plätze Pater Facio, der ihn herausfordernd ansah. Andrea bemühte sich, ihn nicht zu beachten.

Er beendete das Gebet, trat in die Mitte des Raumes und zählte mit dem Hauptbuch in der Hand die Einnahmen des letzten Jahres auf: hundert Scheffel Getreide, dreihundert an Hirse, Gemüse und anderen landwirtschaftlichen Erzeugnissen, dreihundert Leintücher, achtzig Amphoren Wein. Schließlich erinnerte er noch an die Einkünfte durch Holz und Wild aus den Wäldern der Insula und Pachtzinsen aus den spärlichen Ländereien zwischen der Emilia und den Alpen.

»Insgesamt ergibt sich eine Summe von tausendfünfhundertvierundvierzig Goldflorin.«

Unter den Mönchen machte sich Missfallen breit, und Andrea konnte es ihnen nicht verdenken. Der Ertrag war erbärmlich, wenn man berücksichtigte, dass zwei Drittel der Einkünfte für den Zehnten an die Apostolische Kammer gingen und die Hälfte der verbleibenden Mittel bereits ausgegeben war. Er war sich auch bewusst, dass sich nicht alle von ihm genannten Güter in klingende Münze verwandeln würden. Mit dem Getreide konnte man gerade einmal die Bediensteten und das Vieh ernähren, während ein Teil des Weins, des Leinens und des Holzes zum Verbrauch im Kloster bestimmt war.

Weit davon entfernt, die Wahrheit zu verschleiern, fand er klare Worte: »Ich glaube, es ist offensichtlich, geliebte Mitbrüder, dass die Abtei ohne Geld bald dem Untergang geweiht wäre. Andererseits ist es sinnlos, weitere Einsparungen zu fordern. Wir führen bereits jetzt ein so karges Leben, dass wir auf nichts Weiteres verzichten können. Daher sehe ich keine andere Lösung, als erneut um den Erlass des Zehnten zu bitten.« Es wäre nun das vierte Jahr in Folge, aber ihm blieb keine Wahl. »Ich werde diesbezüglich an den Abt von San Silvestro di Nonantola schreiben und ihn ersuchen, unseren Fall in Avignon zu vertreten, wie er es schon früher getan hat.«

Im Saal erhob sich lautes Gemurmel, und viele Blicke wanderten zu Facio, der bislang schweigend zugehört hatte.

»Glaubt nicht, dass ich gern zu solchen Mitteln greife, aber ich sehe mich dazu gezwungen«, sagte Andrea laut, woraufhin wieder Ruhe einkehrte. »Pomposa wurde unabhängig von der Kontrolle der Päpste gegründet. Doch obwohl ich die Unterwerfung unter Avignon nicht gutheiße, muss ich dennoch für seine Einkünfte Sorge tragen. Um den Erlass des Zehnten zu bitten ist natürlich eine Schande für uns, allerdings können wir kaum etwas gegen die Strenge der Winter oder die Schäden durch die Überschwemmungen des Padus unternehmen. Außer zum Herrn zu beten.«

Andrea bemerkte einige zustimmende Mienen, aber mit diesem kläglichen Erfolg wollte er sich nicht begnügen. Er hatte seine Mitbrüder schließlich nicht nur zusammengerufen, um die finanzielle Lage zu besprechen. *Mea culpa*, schoss ihm durch den Kopf. *Mea maxima culpa.* Da fand er endlich den Mut, offen zu sprechen. »Allerdings«, fuhr er nun lauter fort, »ist Beten nicht genug!« Und sein Herz bewog ihn, sich vor allen auf die Knie fallen zu lassen.

Die Mönche des Kapitels sprangen bestürzt auf, doch Andrea

verharrte so. Er ließ seinen stolzen Geist von der Demütigung und Schmach erniedrigen, bis er sich befreit von allem fühlte, was ihn in dem Irrglauben gewiegt hatte, über allen anderen zu stehen. *Ich bin nur ein Mensch*, dachte er. *Ein Mensch vor anderen Menschen.*

Er spürte die Blicke der Mitbrüder auf sich lasten, wartete aber geduldig ab, dass Stille einkehrte und alle sich wieder setzten. Schließlich sprach er weiter. »War der Hochmut Luzifers der Grund für die Leiden dieser Welt, so war es doch der Stolz Adams, der uns die Gnade Gottes entzog.« Er trocknete sich die Tränen, die ihm über die Wangen geströmt waren. Tausend Gedanken stürmten ihm durch den Kopf. Doch nur wenige Worte genügten, um sie laut auszusprechen.

»Nun gut, meine Brüder«, verkündete er, »ich bin hier, um mich vor Euch zu demütigen, weil ich die Sünde des Hochmuts begangen habe. Ja, des Hochmuts! Ich habe geglaubt, ich stünde über Euch wegen des Titels, den ich trage, und habe in der Folge viele Fehler gemacht. Fehler, die sich auch auf mein spirituelles Leben und vor allem auf Eures ausgewirkt haben. *Miserere mei!*«, rief er. »Ich bitte Euch vieltausendmal um Vergebung, vieltausendmal um Verzeihung für meinen Wahn! Ich verlange allerdings kein Mitleid von Euch, ohne etwas für meine Schuld entgegenzusetzen. Ich bin auch hier, um Euch zu sagen, dass der Herr nach all den Jahren mir wieder gestattet hat, das Licht zu sehen …«

»Tatsächlich?«, zischte eine hasserfüllte Stimme durch den Saal. »Kann Eure Zerknirschung uns etwa dabei helfen, die wirtschaftlichen Schwierigkeiten zu überwinden?«

Andrea hob den Blick und sah, wie Facio di Malaspina sich unter den Mönchen erhob. Er lächelte ihn voller Mitgefühl an und machte sich bewusst, dass auch er sein Bruder im Geiste war, so wie jeder andere hier im Saal. »Wenn ich mich in einer derartigen Lage befinde, dann, weil ich einen wunderbaren Traum hatte«, gestand er, ohne auf die Frage einzugehen. »Einen Traum, der allerdings leider von Ehrgeiz verzerrt wurde. Und doch hat ihn mir ursprünglich Gott eingegeben, das versichere ich Euch, und erst heute habe ich erkannt, dass er nicht nur für mich allein bestimmt war, sondern für Euch alle. Wenn wir ihn verwirklichen könnten, würde Pomposa wieder in früherem Glanz erstrahlen und zu einem leuchtenden Vorbild für die gesamte Menschheit werden.«

Facio grinste. »Ein hübsches Versprechen, um unsere Zustimmung für irgendwelche eitlen Forderungen zu erlangen, vermute ich.«

Andrea schüttelte den Kopf. »Keine Forderungen, nur eine Frage. Ich bitte Euch alle«, er sah in die Runde, »Euch vorzustellen, was wohl aus Pomposa werden könnte, wenn es wieder den *Decor*, den *Splendor* und die *Pulchritudo* erlangen würde, an denen den Vorvätern unseres Ordens wie auch Papst Benedikt XII. so viel gelegen war. Und wenn Ihr Euch selbst diese Frage beantwortet, werdet Ihr verstehen, dass in dieser Sache nichts eitel ist. Ich spreche davon, Erbauung durch die Mittel der Schönheit zu erreichen. Dieselbe Schönheit, von der wir laut Gott jeden Tag künden sollen, um eine bessere Welt zu schaffen.«

»Ich vermute, Ihr spielt auf die Fresken an, die Ihr in Auftrag geben wollt.« Facio di Malaspina sah ihn herausfordernd an.

Andrea betrachtete ihn, und er verspürte keinen Groll dabei. »Ja!«, rief er, während er sich nun unter dem immer lauter werdenden Raunen der Mönche erhob. »Das wäre der erste Schritt zu einer tief greifenden Erneuerung. Ein Schritt, der uns dank der heiligen Bilder zu einer großen Reform führen würde. Nicht um meine oder Eure Eitelkeit zu befriedigen, sondern um die Liebe zur Kunst zu fördern, durch die sich der Benediktinerorden seit jeher ausgezeichnet hat.« Er breitete die Arme aus. »Und merkt wohl, geliebte Mitbrüder, nicht ich will entscheiden. *Ihr* sollt es! Von heute an werde ich noch oft Euren Rat einholen, damit er mich mit größerer Klarheit leite, ohne dem Hochmut zu verfallen, für alle entscheiden zu wollen.«

Andrea rang nach Luft. Seit Jahren schon hatte er keine Ansprache mehr mit einer solchen Inbrunst gehalten, hatte er nicht mehr ganz sich selbst in seine Worte gelegt. Doch gleichzeitig fürchtete er, wirr und zu wenig eindringlich gesprochen zu haben. *Vielleicht*, überlegte er, *sollte ich noch etwas ergänzen.*

Doch dann wurde er von einem solch stürmischen Applaus überrascht, dass er gar nichts mehr denken konnte. Die Mönche hatten sich erneut von ihren Stühlen erhoben und klatschten eifrig in die Hände wie fröhliche Kinder. Andrea betrachtete sie wie benommen, als ob nicht seine Worte sie begeistert hätten, sondern das Feuer des Heiligen Geistes. Er schloss die Augen und ließ sich von der Freude erfüllen, bis der Lärm allmählich verebbte.

Aus der Stille erhob sich eine bösartige Stimme.

»Seid Ihr wirklich alle so verblödet?«, fuhr Facio zornesrot auf. »Lasst Euch doch nicht täuschen wie Bauerntölpel auf dem Markt! Oder wollt Ihr vielleicht mit mehr Schulden unsere schwierige Lage noch verschlimmern?«

»Falls das Kapitel beschließen sollte, dass das Fresko in Auftrag gegeben werden soll«, entgegnete Andrea kämpferisch, »dann werde ich dafür sorgen, dass der Lohn der Handwerker aus meinen persönlichen Einkünften beglichen wird. Die Gelder von Pomposa sollen dafür nicht angetastet werden.« Mit diesen Worten ging er zur Tür und öffnete sie. »Und nun überlasse ich das Wort dem jungen Künstler, der in mir eine wunderbare Vision hat erstehen lassen. Eine Vision, die, so hoffe ich, auch Euch überzeugen kann.«

Als Gualtiero durch das Portal des Kapitelsaals schritt, spürte er, wie ihn das Raunen der Mönche umfing. Es kam ihm vor, als ob plötzlich eine Haube aus Blei auf ihm lastete und er schlagartig zehnmal mehr wöge als sonst. Jeder Schritt hin zur Mitte des Saals kostete ihn enorme Kraft. Dann bemerkte er, dass Abt Andrea ihm eine Hand hinstreckte. Schnell eilte er zu ihm, küsste den Ring und verneigte sich tief vor der Versammlung.

Vor lauter Angst ließ er die Skizzenrollen, die er sich unter den Arm geklemmt hatte, zu Boden fallen. Rot vor Verlegenheit hob er sie schnell auf, bevor sie noch in alle Ecken davonkullern konnten. Darauf hörte er ein paar Mönche spöttisch lachen.

Schließlich schaute er kurz zu Sigismondo hinüber, der ihn durch die ein wenig offen stehende Tür beobachtete, und räusperte sich. »Werte Väter, habt Geduld mit mir, ich bin es nicht gewohnt, vor einem Publikum von ehrwürdigen Fratres zu sprechen«, begann er. Als um ihn herum Stille einkehrte, fuhr er ermutigt fort. »Ich bin gewohnt, mich durch Bilder auszudrücken. Daher werde ich zu Euch auch durch meine Bilder sprechen.«

Eine Hand klopfte ihm beruhigend auf die Schulter. Es war der Abt, der ihm nun das Feld überließ und sich zwischen seine Mitbrüder setzte.

Jetzt, dachte Gualtiero, *jetzt bin ich wirklich allein.* Er sah auf die Mönche, die ihn so intensiv musterten, dass er sich wie ein Eindringling vorkam. Schließlich wanderte sein Blick zu den Fresken, die den Saal schmückten, und mit einem Schlag fiel das Gefühl der Bedrückung von ihm ab. Da wusste er, dass er in seiner Welt war, unter Bildern, die er besser als jeder der anderen Anwesenden verstand, und er fühlte sich endlich frei, sich nach seinem Willen zu äußern.

»In meinen Augen sind die Wände Eurer Abtei wie die Seiten eines Buches, auf die man alles schreiben kann, was man will«, begann er. »Und die erste Seite, die die Aufmerksamkeit des Besuchers fesseln soll, sobald er die Schwelle des Gotteshauses überschreitet, ist die Apsis. Sie soll uns gleich so sehr in ihren Bann ziehen, dass wir die Welt da draußen vergessen, daher wäre es meine Absicht, das Paradies so zu zeigen, wie ich es mir vorstelle, damit daraus viel mehr als nur ein schlichtes Abbild wird. Nämlich ein Symbol der Gottesverehrung.«

Gualtiero musterte die versammelten Mönche einen Moment lang und meinte, bei ihnen wachsende Neugier zu spüren, die ihn anspornte fortzufahren. Er entrollte die erste Skizze und hielt sie hoch. »Das meinte ich«, sagte er, während sich staunende Ausrufe erhoben. »Wie Ihr ehrwürdigen Väter sehen könnt, stellt dieses Bild Christus Pantokrator dar, umgeben von einem Hofstaat von Seligen, zwischen die ich die Heiligen setzen würde, die in Pomposa am meisten verehrt werden. Durch diesen Kunstgriff würde man ein Kalendarium *in figura* erhalten, das das liturgische Jahr vom Gedenktag des heiligen Sebastian am 20. Januar hin zu dem des heiligen Apollinaris am 20. Juli abdecken würde. Nach meinem Dafürhalten würde es durch die Gestalt der Jungfrau Maria neben Christus vervollständigt. Ich stelle sie mir in reinweißen, königlichen Gewändern vor, als *Domina angelicata*. Darüber hinaus soll in der Luft über dem Hofstaat, den ich hier gezeichnet habe, eine doppelte Reihe Engel schweben, die den Herrn anbeten.«

Er hielt die entsprechende Skizze hoch, damit alle betrachten konnten, was er gerade in Worten beschrieben hatte. In der andächtigen Stille der Mönche entrollte er die zweite Skizze, die noch mehr Staunen hervorrief. »Außerdem«, sagte er, »würde ich das Gewölbe der Apsis mit einer waagrechten Binde versehen, um sie von dem Teil der Wand darunter abzugrenzen. Wie Ihr auf der Zeichnung erkennen könnt, würden in diesem Streifen die Brustbilder der Propheten zu sehen sein.« Um überzeugender zu wirken, entschloss er sich, angeregt von den Fresken des Kapitelsaals, nun zu improvisieren. »Die Propheten könnten zum Beispiel zwölf an der Zahl sein, so wie hier an diesen Wänden.« Um ganz sicher zu sein, sich nicht zu irren, zählte er sie der Reihe nach auf, während er auf jeden deutete: »Joel, Habakuk, Jeremias, Jesaja, David, Moses, Zephanja, Amos, Hosea, Daniel, Zacharias und Jonas.«

Die Mönche nickten, beeindruckt von seiner profunden Kenntnis der biblischen Gestalten.

Nun sicher, sie für sich eingenommen zu haben, zeigte Gualtiero voller Stolz die dritte Skizze. »Hier geht es um die Wand unter dem Bogen der Apsis, also die hinter dem Altar«, erklärte er. »Wie Ihr sehen könnt, würde ich sie in vier Bereiche unterteilen, wie Nischen gestaltet, in denen die Evangelisten ihren Platz finden würden, jeder über den Schreibtisch gebeugt und im Begriff, sein Evangelium niederzuschreiben. Und neben ihnen die geflügelten *Tetramorphe*, wie sie in der Vision von Hesekiel beschrieben wurden: der Mensch, der Löwe, der Stier und der Adler.«

Nach diesen Worten verbeugte er sich erneut. »Das ist alles, ehrwürdige Väter«, sagte er und rollte die Skizzen wieder ein. »Ganz gleich, wie Eure Entscheidung ausfällt, lasst mich noch anfügen, dass ich es als große Ehre empfand, hier vor Euch sprechen zu dürfen, wenn auch bestimmt nicht allzu kunstfertig.«

Abt Andrea erhob sich und breitete die Arme aus, um seine Mitbrüder zu ermuntern, nun ihre Meinung kundzutun.

Er musste nur in ihre Augen blicken, um ihre Antwort zu kennen.

Von einer Nische, aus der man den Kapitelsaal überblicken konnte, hatte Maynard die Rede des Abtes aufmerksam mitgehört und dann mit aufrichtigem Staunen den Auftritt des jungen Malers verfolgt. Sein Hauptaugenmerk hatte jedoch den lauschenden Mönchen gegolten. Unter ihnen verbarg sich Facio di Malaspina, und sehr bald würde er Gelegenheit haben, ihn zu befragen.

Er musterte die Mönche einen nach dem anderen, bis er bemerkte, dass einer von ihnen ihn gleichermaßen beobachtete. Bleich und mit zu schmalen Schlitzen zusammengekniffenen Augen saß er zwischen den Mitbrüdern, die langen Arme hatte er wie die Beine einer Heuschrecke vor die Brust gelegt. Maynard hatte gehört, wie dieser Mann den Abt mehrfach herausgefordert hatte, ohne ihn allerdings aus der Fassung bringen zu können.

Und nun starrte der Mönch genau in seine Richtung.

Er wirkte wachsam, beinahe besorgt.

Und während Maynard zu ihm hinübersah, überkam ihn auf einmal ein schrecklicher Verdacht. *Er ist mein Feind*, hatte Abt Andrea gesagt. Wenn dies nun auch sein Feind wäre?

Er konnte diesen Verdacht allerdings nicht weiterverfolgen, da er auf einmal in den Augen des anderen ein misstrauisches Funkeln aufblitzen sah. Was immer es zu bedeuten hatte, der Mann stand plötzlich auf, drängte sich zur allgemeinen Enttäuschung schweigend durch die Menge und eilte dann auf den Ausgang zu.

Noch ehe die verkrüppelte Gestalt das Portal erreicht hatte, war sich Maynard sicher, dass der Mann erkannt hatte, wer er in Wirklichkeit war.

36

Facio di Malaspina war wütend und erschüttert zugleich. Wütend, weil er die Sitzung vor dem Ende hatte verlassen müssen, sodass er dort wie der Verlierer dastand. Erschüttert, weil er nicht wusste, um wen es sich bei dem Mann handelte, der ihn aus einer Nische heraus beobachtet hatte.

Erkannt hatte er ihn durchaus. Es war der französische Mönch, der am Tag zuvor nach Pomposa gekommen war. Er hatte gesehen, wie er am Tisch des Abtes speiste, aber Facio bezweifelte, dass dieser Mann wirklich ein Mönch war. Sein stolzes Auftreten und die breiten Schultern passten eher zu einem Krieger, wie auch der prächtige Rappe, den er in der Obhut des Stallburschen der Abtei gelassen hatte. Außerdem hieß es, er trüge Waffen.

Was ihn jedoch am meisten beunruhigte, war die Geheimhaltung, die diesen Mann umgab. Zur Abtei gelangte sonst nie ein Bote oder Pilger, ohne dass man erfuhr, wer er war und woher er kam. Doch über diesen Mann war noch nichts bekannt geworden, nicht einmal sein Name. Und obwohl er eigentlich keinen anderen Grund zur Besorgnis hatte, fand Facio nur eine Erklärung für so viel Geheimniskrämerei.

Nach all den Jahren, die er sich nun schon versteckt hielt, erkannte er auf den ersten Blick, wenn er es mit einem Verfolger zu tun hatte. In der Vergangenheit hatten viele Jagd auf ihn gemacht, doch fast immer war ihm die Flucht gelungen. Nun jedoch war er der Gefahren müde. Außerdem kam ihm dieser Mann anders vor: Dieser falsche Mönch wirkte nicht wie ein gedungener Mörder oder irgendein gewöhnlicher Scherge.

Mit gesenktem Kopf eilte Facio durch den Kreuzgang und blickte dabei mehrfach über seine Schulter, um zu sehen, ob er verfolgt wurde. Jeder andere Mönch hätte den Abt um Erklärungen gebeten, doch er selbst hatte diese Möglichkeit nicht. Abt Andrea war ihm feindlich gesonnen und schien außerdem mit diesem Mann gemeinsame Sache zu machen. Daher musste Facio sich an jemand anderen wenden: den einzigen Menschen, dem er felsenfeste Treue geschworen hatte.

Er musste hinauf in den Taubenschlag. Eine Botschaft senden.

Mit einem Mal schrak er zusammen. Beinahe wäre er in seiner Hast in jemanden hineingelaufen. »Was tut –«, zischte er und sah sich zu seiner Überraschung einer jungen Frau gegenüber. Sie war blond und noch sehr jung, er wusste zunächst nicht, um wen es sich handeln könnte. Aber dann erinnerte er sich an die Gerüchte, die er von seinen Mitbrüdern gehört hatte. Man erzählte sich, der Franzose wäre zusammen mit einem seltsamen Mädchen nach Pomposa gekommen, das zwei verschiedenfarbige Augen hatte.

Einen Moment lang musterte er sie gründlich, was sie erschrocken zurückweichen ließ. Sein erster Impuls war, sie bei den Haaren zu packen und zu befragen, doch er mäßigte sich. Im Augenblick war es am wichtigsten, diese Botschaft loszuschicken. Daher stieß er sie beiseite und eilte weiter auf den baufälligen kleinen Turm am Ende des Kreuzganges zu.

Er trat ein und mühte sich die steile Holztreppe nach oben, bis er keuchend das obere Stockwerk erreichte. Hier herrschte dämmriges Zwielicht, und aus Dutzenden von Käfigen drang das Gurren der Vögel. Der stechende Geruch nach Taubenkot erfüllte den Raum.

Facio trat an ein altes Regal heran, auf dem er alles Nötige zum Schreiben fand. Er verfasste eine kurze Botschaft, öffnete einen Käfig und band das Röllchen an den Fuß einer Taube. Das Tier fest in der Hand, ging er zu einem der Fenster an der Westseite, öffnete es und ließ den Vogel fliegen. Das Flügelschlagen klang in seinen Ohren wie das Amen eines Gebets.

Das Wichtigste war getan. Nun musste er sich nur noch ein gutes Versteck suchen und geduldig abwarten. Doch als er sich gerade zum Ausgang wenden wollte, fühlte er, wie ihn jemand an der Kehle packte.

»Seid gegrüßt, Pater«, sagte Maynard und verstärkte den Griff seiner Finger um den faltigen Hals des Mönchs. »Ich überbringe Euch beste Empfehlungen des Abtes von Mont-Fleur.«

37

»Ich habe Facio di Malaspina noch nie so schnell von einer Zusammenkunft verschwinden sehen«, sagte Abt Andrea, als er Gualtiero aus dem Kapitelsaal führte. »Eure Rede muss ihm die Sprache verschlagen haben. So wie allen übrigen Anwesenden.«

»Ihr macht mich verlegen«, entgegnete Gualtiero, der in Anwesenheit seines Vaters ungern so gelobt wurde. Noch immer aufgeregt hielt er an einem Bogen des Kreuzgangs inne. Am Ende seines Vortrags hatten ihm die Mönche begeistert Beifall geklatscht und auch manchen Segensspruch geäußert. Er wusste nun, dass er eine Gabe besaß, die er nie bei sich vermutet hätte: Überzeugungskraft. Doch wenn ihm der Erfolg auch schmeichelte, so fürchtete er andererseits, dass er nicht wegen seiner künstlerischen Fähigkeiten gewürdigt worden war, sondern wegen seiner eloquenten Rede. Das hinterließ einen leicht bitteren Nachgeschmack, zusammen mit einem unbestimmten Gefühl von Unehrenhaftigkeit.

Und es gab einen weiteren Grund, weshalb er nicht in Jubel ausbrach. Hinter der zufriedenen Miene von Abt Andrea konnte er tiefe Erschöpfung erkennen, als ob der Pater seinen Sieg teuer erkauft hätte. Gualtiero war empfindsam genug, um zu ahnen, dass sich hinter dem Plan, die Fresken neu zu gestalten, weit höhere Ambitionen verbargen.

Als er hörte, dass der Abt ihn weiter mit Komplimenten überschüttete, beschränkte sich Gualtiero daher auf ein zurückhaltendes Lächeln.

»Meine Mitbrüder müssen noch eine einstimmige Entscheidung treffen«, sagte Abt Andrea, »aber ich kann Euch versichern, dass sie entzückt waren.« Dann wurde er ernst und wandte sich an Sigismondo: »Euer Sohn verspricht weit mehr als nur ein einfacher Handwerker zu werden.«

Sigismondo blähte stolz die Brust, als ob ihm selbst diese Verdienste gebührten. »Der Apfel fällt nicht weit vom Stamm«, sagte er und lachte dröhnend. »Und dennoch … wann werden wir die Antwort der Mönche erhalten?«

»Ihr müsst Euch noch ein wenig gedulden.« Abt Andrea sah hinauf zum Kirchturm des Klosters, wo gerade die Glocken läuteten. »Der Abendgottesdienst beginnt gleich. Ich verabschiede mich, aber ich verspreche, Euch die Entscheidung des Kapitels so bald wie möglich mitzuteilen.«

Als Gualtiero sich zum Abschied verneigte, bemerkte er aus dem Augenwinkel eine Bewegung. Das französische Mädchen eilte mit gerafftem Rock durch den Kreuzgang. Sie war auf dem Weg zu dem Turm mit dem Taubenschlag, der von der bereits durch einen Dunstschleier getrübten Abendsonne nur spärlich erleuchtet wurde.

Kurz war er versucht, ihr zu folgen, doch dann forderte sein Vater ihn mit grimmiger Stimme auf, ihn zum Wagen zu begleiten.

»Der Kelch und die Lanzenspitze«, wiederholte Maynard drohend. »Ich weiß, dass Ihr sie habt.«

»Ihr wisst gar nichts …« Der verkrüppelte Mönch versuchte, sich aus dem engen Griff um seinen Hals zu winden. »Was bringt Euch auf den Gedanken, dass ausgerechnet ich –«

»Als Ihr den Namen Mont-Fleur vernommen habt, seid Ihr zusammengeschreckt, als wäre ich der Leibhaftige.« Maynard drängte den Mönch gegen eine Wand, in eine Lücke zwischen den verschmutzten Vogelkäfigen. »Das hat mir genügt, um zu begreifen, dass Ihr der Mann seid, den ich schon seit Langem suche. Facio di Malaspina.«

»Verflucht sollt Ihr sein …«, keuchte Facio und rang nach Luft.

Maynard lockerte seinen Griff ein wenig, damit der andere Atem schöpfen konnte. »Erzählt mir von dem Kelch und der Lanzenspitze«, befahl er.

Während Facio nach Luft rang, blickte er Maynard wütend an. »Ihr wisst ja nicht, wovon Ihr redet …«

»Ich weiß genug.«

»Vielleicht genug, um einen Mann zu erkennen. Aber sicher nicht die Wahrheit.«

Weit davon entfernt, Facio di Malaspina zuzustimmen, beschränkte sich Maynard darauf, ihn durchdringend anzustarren.

»Nur ein Uneingeweihter«, erklärte Facio verächtlich, »würde diese Heiligtümer so nennen wie Ihr gerade.« Er musterte Maynard, als wollte er seine Gedanken lesen, dann fuhr er einschmeichelnd fort: »Wenn Ihr mir helft, Abt zu werden, werde ich Euch alles enthüllen. Das verspreche ich Euch.«

Maynard wandte den Blick ab. Abgrundtiefe Verachtung stieg in ihm auf. Nichts wollte er drängender, als das Geheimnis von Mont-Fleur zu lüften, dennoch war er nicht bereit, den ehrwürdigen Abt Andrea zu hintergehen.

»Redet schon«, sagte er und zog seine Hand endgültig zurück.

Facio taumelte von der Wand weg und rieb sich den Hals. »Weswegen sollte ich das tun?«

»Wenn Euch Euer Leben lieb ist …« Maynard ließ den Satz unvollendet.

»Würdet Ihr wirklich einen Diener Gottes umbringen?«, fragte Facio herausfordernd, und als darauf eine kurze Pause folgte, lachte er höhnisch auf. »Mein Tod könnte Euch nur zum Nachteil gereichen, bedenkt das wohl. Ich allein weiß, wer diese Reliquien hütet.«

»Dann habt Ihr sie also im Auftrag von jemand anderem gestohlen«, folgerte Maynard.

»Jemand, der nicht zögern wird, mir zu Hilfe zu kommen«, bestätigte Facio, während sein Blick kurz zum Fenster glitt.

»Wollt Ihr mir etwa Angst einjagen?« Maynard musterte Facio genauso unerbittlich wie sonst seine Feinde in der Schlacht. Er war dieses Katz-und-Maus-Spiel leid, obwohl er erkannte, dass rohe Gewalt hier nichts ausrichten würde. Daher versuchte er es mit einer List. »Abt Andrea hat mir freie Hand gelassen, mit Euch zu verfahren, wie mir beliebt. Das hat er mir frohen Herzens, ja beinahe erleichtert zugesagt.« Zur Unterstreichung seiner Worte zog er den Dolch aus dem Schwertgurt. »Wollt Ihr nun immer noch den Geheimniskrämer spielen?«

Facio wich zurück, das Gesicht verzerrt. »Ich bin der Meister der Vollkommenheit, gekommen, um deine Zweifel zu lösen«, rezitierte er mit brüchiger Stimme, »deine Zweifel und die eines jeden, der gewillt ist zu lesen …«

Maynard runzelte die Stirn. »Treibt Ihr etwa einen Scherz mit mir?«

Facio schüttelte den Kopf. »Sagt mir nicht, dass dieses Zitat Euch nicht berührt.«

»Und wenn?«

»Nun, es stammt aus dem ›Codex Millenarius‹«, sagte Facio so bedeutungsvoll, als enthüllte er ein nicht zu lösendes Geheimnis. »Aus jenem Buch, das vor zweihundert Jahren von dem Gelehrten Geoffrey von Monmouth für das Evangelium Jesu gehalten wurde.«

Maynard dachte über diese Worte nach, unschlüssig, ob er ihnen trauen konnte.

Facio nutzte sein Innehalten, um sich etwas zurückzuziehen. Dann begann er, Maynard zu umkreisen, wobei er seine langen gekrümmten Heuschreckenarme bewegungslos herunterhängen ließ. »Ich hatte recht«, sagte er sarkastisch, »Abt Andrea hat Euch im Unklaren gelassen. Und wer könnte es ihm verdenken? Nur die Eingeweihten wissen um den ›Codex Millenarius‹, und sehr wenige können sich rühmen, ihn gelesen zu haben. Auf seinen Seiten werden der Kelch und die Lanzenspitze erwähnt. Ja, gerade die Gegenstände, die Ihr sucht … Genau wie der Lapis exilii.«

Maynard erstarrte. »Ihr habt ihn gesehen, nicht wahr?«, fragte er leise. »Man hat mir gesagt, dass Ihr in der Krypta von Mont-Fleur gewesen seid.«

»Der mystische Stein«, flüsterte Facio und nickte voller Stolz. »Der Stein, der den Phönix entzündet, damit dieser aus der eigenen Asche neu erstehen kann.«

»Ihr sprecht in Rätseln.«

»Vielleicht für Euch, aber nicht für den Wissenden …«

»Vielleicht versucht Ihr ja auch nur, mich mit Euren Lügen zu verwirren.« Maynard trat einen Schritt vor und setzte Facio den Dolch auf die Brust. »Gesteht! In wessen Auftrag habt Ihr die Reliquien von Mont-Fleur geraubt?«

Facio di Malaspina wich vorsichtig in Richtung Ausgang zurück. »Wenn ich Euch dies enthüllte, würde es Euch nicht weiterbringen, das versichere ich Euch.«

Maynard setzte ihm nach, entschlossen, eine Antwort zu erhalten. »Nennt mir den Namen!«, drängte er und drohte zuzustoßen.

»Glaubt mir, ihn zu kennen wäre Euch nicht von Nutzen.«

»Das seid Ihr auch nicht!«

Facio starrte gebannt auf die Dolchspitze, die immer näher kam. Sein totenbleiches Gesicht schimmerte schweißnass. Jedes Gefühl schien aus seinen schwarzen Augen verschwunden zu sein. »Ich konnte sie nicht mehr übergeben, versteht Ihr?«, sagte er schließlich rau. »Die Reliquien, meine ich … Sie wurden mir durch Folter entrissen.«

»Von wem?«

In dem Moment fiel ein Schatten durch die Tür herein. Maynard hatte Isabeau noch gar nicht recht erkannt, da hatte Facio, der näher bei der Tür stand, sie schon an den Haaren gepackt und zu sich herangezogen.

»Bleibt zurück!«, schrie Facio. »Oder ich breche ihr den Hals.«

Maynard sah, wie Facio das Mädchen wie einen Schutzschild an sich presste. Und die Angst in den Augen von Isabeau. »Wenn Ihr es wagt, ihr auch nur ein –«

»Ich bringe sie um, das schwöre ich!«, drohte Facio. Er wich langsam zum Ausgang zurück, Isabeau weiterhin eng an sich gedrückt. »Zurück!«, rief er ein letztes Mal. Dann eilte er mit ihr aus dem Raum, trat die Tür mit einem lauten Knall zu und verrammelte sie mit einem Balken.

»Du dreckiger Bastard!«, zischte Maynard und begann sich gegen die Tür zu werfen, um sie mit der Schulter aufzustemmen. Bei jedem Aufprall blitzte das Gesicht Eudelines vor seinem inneren Auge auf. Das Antlitz der jungen Eudeline, wehrlos den Attacken des Vaters ausgeliefert. Jener Eudeline, die er nicht vor diesem Unheil hatte bewahren können.

»Wagt es nicht, ihr etwas anzutun!«, schrie er aus Leibeskräften, während die Welt sich vor ihm wie ein schwarzer Abgrund auftat. »Wagt es nicht!«

Doch nur das Knarren der Holzbretter antwortete ihm.

38

Reims, Valetudinarium des Klosters Sainte-Balsamie
22. März

Eudeline verfolgte den Zug des weißen Bauern auf dem Schachbrett, dann sah sie den Mann an, der ihn geführt hatte. Robert de Vermandois hätte man gewiss nicht als gut aussehend bezeichnen können. Sein Teint war dunkel, die Kieferknochen kantig. Die großen, kräftigen Hände, in die er sein Kinn nun stützte, waren eher gewohnt, Waffen zu schwingen, als sich in Zärtlichkeiten zu ergehen. Und dennoch bewegten sie sich mit einer unzweifelhaften Eleganz, so wie auch ein gewisser Charme in der Art lag, wie er sie ansah: kriegerisch, beinahe überheblich. Doch Eudeline stellte fest, dass sie diese Haltung den allzu gezierten Gesten einiger Edelleute vorzog, die sie in ihrer Jugend kennengelernt hatte.

Sie saßen im Valetudinarium von Sainte-Balsamie an einem Tisch, an dem gewöhnlich Medizinbücher studiert wurden. Jetzt dagegen nahm ihn ein altes Schachbrett aus Ebenholz und Elfenbein ein, eines der wenigen Besitztümer, die Eudeline aus ihrem früheren Leben aufbewahrt hatte. Ihr Großvater mütterlicherseits hatte es von einer Pilgerreise ins Heilige Land mitgebracht. Eudeline verlor sich einen Augenblick in der Bewunderung der am Rand eingelegten Arabesken, bis sie ihre Aufmerksamkeit wieder Robert de Vermandois zuwandte.

Sie hatte ihn zu diesem Spiel nicht nur herausgefordert, um ihm dabei zu helfen, sein Gedächtnis wiederzuerlangen. Dies war nur ein Vorwand gewesen. Sie wollte sich mit diesem Fremden messen, der vermochte, sie in Verlegenheit zu bringen, ja sie anzuziehen. Und obwohl Robert davon keine Kenntnis hatte, schien er ebenfalls an ihr interessiert zu sein. Eudeline hatte das seinen ständigen Bitten, ihn zu besuchen, und dem Klang seiner Stimme entnommen. Fest entschlossen, Distanz zu wahren, führte sie das Spiel fort, ohne ihre Gefühle zu verraten.

Robert, der mit Weiß spielte, hatte von Anfang an eine defensive Strategie verfolgt und eine Reihe von Bauern, verstärkt durch Türme und Springer, in Stellung gebracht. Dennoch hatte Eudeline sich als so geschickt erwiesen, dass sie ihm bereits einige wichtige Spielfiguren geschlagen und seinem König einige Male Schach geboten hatte.

Im Gegensatz zu den meisten Männern, die nur widerstrebend die Überlegenheit einer Frau anerkannten, beglückwünschte Robert sie nach jedem Zug mit einem anerkennenden Kopfnicken. Eudeline sah sich dadurch wesentlich subtileren Angriffen ausgesetzt als ihre Figuren auf dem Schachbrett. Sie vermutete, dass Robert de Vermandois ihre Verlegenheit allmählich bemerkte. Doch vollkommen sicher war sie sich dessen erst, als er galant lächelnd in einem kombinierten Zug mit zwei Bauern ihren Läufer schlug.

»Ihr kämpft wie eine Löwin«, beglückwünschte er sie dennoch. »Ihr wagt wesentlich mehr, als ich mir von einer Nonne erwartet hätte.«

»Lasst Euch nicht irreführen«, erwiderte Eudeline. »Spiele sind nichts als Täuschung. Der heilige Bonaventura warnt uns vor ihrer Macht, die gesellschaftliche und religiöse Ordnung zu verwirren.«

Robert schüttelte den Kopf. »Und wenn sie genau aus diesem Grund Euer wahres Wesen offenbarten?« Er drehte den eroberten Läufer zwischen den Fingern und musterte sie eindringlich. »Der Wagemut, mit dem Ihr gegen meine Reihen anrennt, ist Teil Eures Wesens, Herrin. Das ist keine Täuschung. Das seid Ihr, rein und aufrichtig, ohne jede Maske.«

Eudeline erstarrte. Auf einmal begriff sie, wie gefährlich tief die Verbundenheit zwischen ihr und diesem Mann werden konnte, und sie musste an den Minnesang von der schönen Rosalinde denken, die während einer Schachpartie verführt und dann von einem Ritter betrogen wurde. »Anzunehmen, man könne die Wahrheit durch ein Spiel aufdecken«, sagte sie beinahe grob, »wäre genauso, als würde man den Fehltritt von Adam und Eva begehen. Ihr Vergnügen war es, das sie dazu brachte, sich gegen Gott des Hochmuts zu versündigen.«

Robert war nicht aufmerksam genug, um ihre Verärgerung zu bemerken. »Vielleicht spielte Eva ja ausgezeichnet Schach«, sagte er leichtfertig. »Wenigstens so gut wie Ihr.«

Eudeline sprang so heftig auf, dass sie einige der Spielfiguren umwarf. »Was wagt Ihr damit anzudeuten?«

Robert sah sie wie vom Donner gerührt an. »Nichts, was Euch beleidigen könnte, Herrin.« Er stand ebenfalls auf, sich dabei auf dem Rand des Tisches abstützend.

Die Empörung hatte Eudeline so sehr erhitzt, dass sie sich am liebsten den Schleier und die Kinnbinde heruntergerissen hätte. Wie konnte dieser Mann sich ihr gegenüber eine solche Vertraulichkeit herausnehmen? Mühsam beherrscht sagte sie: »Wir haben uns schon zu lange aufgehalten«, und verabschiedete sich mit einer knappen Geste. »Eure Erinnerung scheint keine Fortschritte zu machen.«

Robert hielt sie am Handgelenk zurück. »Warum fürchtet Ihr Euch vor mir?«

Sie wollte sich zunächst wehren, doch dann unterließ sie es. Fühlte den Griff dieser großen, rauen Hand und wie sich deren Wärme auf ihrer Haut ausbreitete. »Ich fürchte mich nicht vor Euch«, antwortete sie und wusste, sie konnte sich nicht länger hinter vorgeschobenen Worten verstecken. »Begreift Ihr nicht? Genau das setzt mir so zu … *Ich fürchte mich nicht vor Euch!*«

Robert öffnete den Mund, doch es kam kein Wort heraus. Er sah sie verwirrt an, dann senkte er den Blick, ließ ihn ausdruckslos, ja fast verloren auf dem Schachbrett umherirren, bis er dort etwas zu erkennen schien. Als folgte er den Bildern in seinem Kopf und sähe auf einmal alles wieder deutlich vor sich.

»Das Ende der Partie … die Reise …«, murmelte er.

»Was meint Ihr damit?«, fragte Eudeline drängend.

»Jetzt erinnere ich mich … Ich erinnere mich!« Robert ergriff einige Figuren. »Wir warteten ab, bis Euer Bruder sich von seiner Verletzung erholt hatte, dann brachen wir im Gefolge des Königs auf. Ja, ich weiß es wieder … Maynard wollte sich auf den Weg nach Reims machen, aber vorher … Vorher geschah etwas Seltsames.«

»Der Hinterhalt?«

»Nein, nein ... Ich sehe einen Wagen. Einen Wagen, der eine wesentlich tödlichere Gefahr in sich barg. Wir befanden uns noch im Gefolge des Königs, als sich ein Mann aus diesem Wagen beugte und Maynard musterte ...«

Eudeline hatte ihre vorherigen scharfen Worte vergessen und bat Robert, wieder am Tisch Platz zu nehmen. Ungeduldig wartete sie darauf, dass er sich genauer erklärte. Nachdem sie länger geschwiegen hatte, als es ihre aufgewühlte Verfassung zuließ, fragte sie: »Wer war dieser Mann?«

Robert de Vermandois zog die Augenbrauen hoch, dann sagte er langsam: »Seine Hoheit, Karel von Luxemburg.«

Aleydis brannte innerlich vor Unruhe. Der Moment, in dem Schwester Claire den Schlüssel um ihren Hals benutzen würde, rückte immer näher, aber sie hatte noch keine Gelegenheit gehabt, ihn gegen den echten auszutauschen. Jetzt, da sie die Abschriften von Maynards Briefen hatte, durfte sie sich keinen Fehler erlauben. Wenn ihr Eindringen in die Zimmer der Äbtissin ein Geheimnis bleiben sollte, musste sie den entwendeten Schlüssel der Kapellanin unbedingt wieder um den Hals hängen, oder es wäre das Ende für sie ...

Sie versuchte, gelassen zu bleiben, und wartete die abendliche Ruhepause ab, um eine Gelegenheit zu finden, sich Schwester Claire zu nähern. Sie wusste schon, wie sie es anstellen würde. Unter dem Vorwand, sich noch einmal für ihr Missgeschick am Morgen entschuldigen zu wollen, würde sie sich irgendwohin mit der Schwester zurückziehen und so eine Möglichkeit finden, den Schlüssel auszutauschen. Doch als sich der Zeitpunkt näherte, zu dem sie hätte handeln können, wurde sie zur Infirmaria gerufen.

Aleydis fragte sich, was die Schwester wohl von ihr wollte, und eilte zum Valetudinarium, in der Hoffnung, dass sich ihr Vorhaben dadurch nicht verzögerte.

Die Siechenmeisterin wartete draußen im Freien auf sie, um ihr Anweisungen zu geben. »Ihr sollt den Kräutergarten vom Unkraut befreien«, sagte sie zu ihr.

»Jetzt?«, fragte Aleydis, von dem Befehl überrascht.

»Wollt Ihr etwa handeln, wie und wann es Euch beliebt?« Die Infirmaria stützte die Hände in die Hüften.

»Ich bitte um Verzeihung, Mutter … Wenn ich dies etwas später tun könnte …«

Die Siechenmeisterin schüttelte den Kopf. »Gehorsam!«, rief sie nur aus, drehte Aleydis den Rücken zu und eilte davon.

Aleydis ließ den Blick über den Garten schweifen und wäre beinahe in Ohnmacht gesunken. Er war komplett von Unkraut überwuchert. Diese Aufgabe würde sie bis zum Abend beschäftigen. Fieberhaft überlegte sie, wie sie sich aus dieser misslichen Lage befreien könnte, doch dann entschied sie, dass ihr keine Wahl blieb. Es gab nur eine Lösung: Sie musste sich beeilen.

Hastig kniete sie sich zwischen die Furchen und riss in aller Eile alle Unkrauttriebe aus, die mit Beginn der warmen Jahreszeit zwischen den Anpflanzungen der Heilkräuter wucherten.

Von Zeit zu Zeit kam die Infirmaria heraus, um ihre Arbeit zu kontrollieren. Und da sie nicht wusste, welche Gründe Aleydis antrieben, sich solche Mühe zu geben, lobte sie sie für ihren Eifer.

Während sie immer größere Unruhe erfasste, arbeitete Aleydis weiter mit gesenktem Kopf, ohne auf die Kratzer an ihren Fingern zu achten, bis sie ihre Aufgabe endlich beendet hatte. Mit schmerzendem Rücken stand sie auf und begab sich dann eilig zum Kreuzgang.

Als sie die Schwestern sah, die noch miteinander schwatzend beisammensaßen, seufzte sie erleichtert auf. Sie vergewisserte sich, dass sie den Schlüssel immer noch versteckt unter ihrem Ärmel trug, und machte sich, verschwitzt, wie sie war, und mit von Erde verkrusteten Händen auf die Suche nach der Kapellanin.

Genau in diesem Moment steckte Schwester Claire den Schlüssel ins Schloss, um in die privaten Räume der Äbtissin zu gelangen.

Eudeline verließ gedankenvoll das Valetudinarium. Nicht genug, dass es dieses geheimnisvolle Rätsel um den Lapis exilii gab und sie nicht wusste, worin Maynards Mission bestand – nun kam zudem ein

Name ins Spiel, der sie nur noch mehr verstörte: Karel von Luxemburg. Robert hatte ihn »Hoheit« genannt und nicht »Majestät«, da er vor seinem Gedächtnisverlust nicht mehr erfahren hatte, dass jener seit einigen Tagen der Welt unter dem Namen Karl I. von Böhmen bekannt war. Auch genannt der »Pfaffenkönig«.

Die eigentliche Schwierigkeit bestand nun darin, herauszufinden, was der König von Maynard wollte. Robert de Vermandois erinnerte sich an nichts diesbezüglich, außer dass Karel eine kaum verhohlene Abneigung gegen ihren Bruder zu hegen schien. Eudeline hatte darauf verzichtet, ihm gegenüber den Lapis exilii zu erwähnen oder etwas über Maynards Mission verlauten zu lassen.

Nun hatte sie Robert verlassen, damit er sich ausruhen konnte, und sich auf den Weg in ihre privaten Räume begeben. Sie wollte allein über die Angelegenheit nachdenken und versuchen, eine, wenn auch bloß angenommene, Verbindung zwischen den wenigen Hinweisen zu ziehen, die ihr zur Verfügung standen. Sie musste dabei auch die Möglichkeit einer Verschwörung berücksichtigen, von der ihr Maynard kurz vor seiner Abreise erzählt hatte. Einer Verschwörung, die sich ausgerechnet gegen den edlen Vater Karels gerichtet hatte.

Sie hatte inzwischen ihr Ziel erreicht und sah Schwester Claire vor der Tür stehen, sichtlich aufgelöst.

»Was ist geschehen?«, fragte Eudeline.

»Der Schlüssel …«, stotterte die Kapellanin. »Er öffnet die Tür nicht … Vielleicht ist der Riegel …«

Verärgert über dieses Gestammel, fragte Eudeline scharf: »Kann ich erfahren, was Ihr damit meint?«

»Ich wollte vor Euch dort sein, um mit meiner Arbeit weiterzukommen …« Schwester Claire schaute zu Boden. »Aber das Schloss muss klemmen … Ich kann es nicht …«

Eudeline musterte Claire kühl, bevor sie ihren eigenen Schlüssel aus einer Tasche ihrer Tracht holte, ihn ins Schlüsselloch steckte und mit einer knappen Bewegung den Riegel aufschnappen ließ.

»Genau, wie ich dachte«, sagte sie kurz. »Hier klemmt kein Schloss.«

Schwester Claire errötete. »Vielleicht ... vielleicht war es nur ein wenig Rost ...«

»Oder vielleicht«, wiederholte Eudeline sie nachäffend, »benötige ich eine andere Kapellanin.« Kopfschüttelnd verdrehte sie die Augen zum Himmel und schritt durch die Tür.

39

Abtei Santa Maria di Pomposa
22. März

Im Wagen vor den Toren der Abtei von Pomposa berichteten Gualtiero und Sigismondo von dem Gespräch mit dem Kapitel der Mönche. Sapia lauschte der Erzählung ihres Sohnes voller Stolz, doch Sigismondo mahnte, nicht zu voreilig in Begeisterung auszubrechen.

»Es ist noch zu früh, sich zu freuen.« Er verschränkte die Arme vor der Brust.

»Der Abt muss uns noch die Antwort der Mönche mitteilen«, erklärte Gualtiero.

»Dann lasst uns zum Herrn beten.« Sapia erhob sich, um alles Notwendige für das Abendessen zusammenzutragen. Aus einem Leinenbeutel nahm sie einige Stangen Wilden Lauch und überprüfte ihre letzten Essensvorräte, bis sie sich schließlich dafür entschied, eine Polenta aus Hirse zu kochen. Sie füllte einen Tontopf mit Wasser und machte sich bereit, nach draußen zu gehen und ihn aufs Feuer zu stellen.

In diesem Moment hörten sie einen Schrei.

»Was war das?« Sigismondo sprang auf.

»Die Stimme einer Frau«, rief Gualtiero beunruhigt.

Vater und Sohn verließen eilig den Wagen, sodass sie gerade noch erkennen konnten, wie ein graues Pferd in vollem Galopp in den abendlichen Nebel preschte. Darauf saß ein Mönch, dessen Gesicht unter einer Kapuze verborgen war – vor ihm hing ein Mädchen mit dem Kopf nach unten über dem Sattel. Strampelnd versuchte sie sich zu befreien, doch der Reiter hielt sie unerbittlich mit der linken Hand fest, während seine rechte die Zügel umklammerte. Dabei schien er jedoch so große Schwierigkeiten zu haben, dass er das Tempo verlangsamen musste, um im Sattel zu bleiben.

In dem Moment erkannte Gualtiero das Mädchen, und sein Herz schien einen Schlag lang auszusetzen. *Das geht mich nichts an*, versuchte er sich einzureden und widerstand dem Drang, ihr zu Hilfe zu eilen. Er wusste ja nicht, was dort vorging, und konnte nicht ausschließen, dass der Mönch in guter Absicht handelte. Doch sein Instinkt sagte ihm, dass das Gegenteil der Fall war, und er schämte sich, tatenlos dazustehen. Als er sah, dass der Mönch das Pferd zum Stehen brachte, hielt er sich noch immer zurück, weil er sich vor der Bestrafung fürchtete, wenn er gegen einen Mann der Kirche vorging. Doch dann sah er wieder in das Gesicht des Mädchens, in ihre seltsamen Augen, und in einem Anfall von Mut rannte er auf das Ross zu, um dessen Zügel zu packen. Das Tier stieg jedoch hoch und warf ihn zu Boden. Gualtiero rollte zur Seite, damit er nicht von den Hufen getroffen wurde, während Sigismondo ihm besorgt zu Hilfe eilte.

Nachdem er das Pferd wieder unter Kontrolle gebracht hatte, fluchte der Mönch laut und gab ihm die Sporen. Doch bevor er lospreschen konnte, war Gualtiero schon wieder aufgestanden und klammerte sich an eines seiner Beine.

»Was habt Ihr mit dem Mädchen vor?«, rief er und drohte den Mönch aus dem Sattel zu reißen.

»Scher dich weg, Bauerntölpel«, zischte der Mann, der damit zu kämpfen hatte, das sich verzweifelt wehrende Mädchen festzuhalten. Doch da er sich kaum noch in den Steigbügeln halten konnte, musste er seine Gefangene schließlich loslassen. Mit einem wütenden Aufschrei ließ er die Zügel schnalzen.

Sigismondo und Gualtiero wurden zu Boden geworfen, als das Pferd wiehernd vorpreschte und seinen Weg Richtung Bäume fortsetzte.

»Bist du verrückt geworden, Sohn?« Sigismondo erhob sich ächzend vor Schmerzen. »Wenn ich nicht eingeschritten wäre, wärst du jetzt tot.«

Gualtiero ging nicht darauf ein, sondern eilte dem Mädchen zu Hilfe, das reglos am Boden lag.

»Geht es Euch gut?«

Sie wirkte benommen, war aber bei Bewusstsein. Gualtiero strich ihr die Haare aus dem Gesicht und bettete ihren Kopf behutsam auf seinen Knien, um nachzusehen, ob sie sich verletzt hatte.

»Ich bin hinauf in den Taubenschlag gestiegen, weil ich mich dort umsehen wollte …«, sagte sie leise und sah sich verwirrt um. »Der Mönch war dort hineingegangen … und dann … dann hat Maynard …«

»Du hättest dich nicht einmischen dürfen, Gualtiero!«, ließ sich Sigismondo vorwurfsvoll vernehmen. »Was ist dir nur eingefallen? Weißt du nicht, in welche Schwierigkeiten du uns damit vielleicht gebracht hast?«

Gualtiero musste seinem Vater recht geben. Er hatte instinktiv gehandelt, ohne über die Folgen nachzudenken. Aber als er mitansehen musste, wie das Mädchen gegen ihren Willen fortgeschafft wurde, hatte er sich nicht zurückhalten können. Und obwohl er nicht alles begriff, hatte er das Gefühl, er hätte es nicht nur für sie getan, sondern auch für sich selbst.

Er hob das Mädchen auf seine Arme und wandte sich zu Sigismondo. »Hilfst du mir, sie zum Abt zu bringen?«

Als es dunkel wurde, hatte sich der Dunst in solch dichten Nebel verwandelt, dass er mit Blicken kaum mehr durchdrungen werden konnte. Maynard lenkte seinen Rappen zwischen den Baumstämmen hindurch, die sich ihm wie Gespenster in den Weg stellten; die Fackel in seiner Hand beleuchtete den Pfad vor ihm nur unzulänglich. Plötzlich tauchte aus dem Nebel eine Gestalt zu Pferd neben ihm auf, die die Flamme seiner Fackel zum Flackern brachte. Er erkannte den Abt nur am Klang seiner Stimme.

»Facio hat die Insula Pomposiae nicht verlassen, dessen bin ich mir sicher. Wir haben die Wachen entlang der *Via dei romei* befragt und alle Stellen überprüft, an denen er sich hätte über den Padus übersetzen lassen können.«

»Dennoch«, wandte Maynard ein, »Ihr habt mir gesagt, dass die Insula auch einen Hafen zur Meerseite hin hat.«

»Ja, den *Portus abbatis* am Leuchtturm. Doch kein Mönch könnte sich dort ohne meine Erlaubnis einschiffen. Glaubt mir, Facio versteckt sich immer noch in diesen Wäldern.«

»Und selbst wenn«, sagte Maynard seufzend, »bei diesem Nebel würde nicht einmal der Teufel ihn aufstöbern.«

»Hättet Ihr ihn doch nur nicht entkommen lassen …« In der Stimme des Abts schwang ein Vorwurf mit. »Habe ich Euch nicht gebeten, auf mein Eingreifen zu warten, bevor Ihr mit ihm sprecht?«

Maynard zuckte die Schultern. »Ich musste schnell handeln. Dieser Schurke hat mich in der Nische bemerkt und daraufhin wohl Verdacht geschöpft. Ihn zu verfolgen schien mir das einzig Sinnvolle zu sein.« Er starrte weiterhin suchend auf die graue Wand vor ihnen und wartete darauf, dass sich dort irgendetwas bewegte. »Als ich sah, wie er den Kapitelsaal verließ, tat ich dies ebenfalls. Ich bin in die Sakristei hinuntergestiegen, habe das Kirchenschiff des Klosters durchquert und bin um die äußeren Gebäude herumgegangen, um ihn zu überraschen. Ich hatte ihn schon, glaubt mir! Wäre Isabeau nicht in diesem Moment gekommen …« Bei der Erinnerung wurde seine Stimme weich. »Zum Glück ist sie in Sicherheit.«

»Dankt Gualtiero de' Bruni dafür«, sagte der Abt. »Er ist ihr zu Hilfe geeilt und hat sie unverletzt ins Kloster zurückgebracht.«

»Ein zweifellos mutiger junger Mann.« Maynard nickte. »Außerdem sehr aufmerksam, da er uns auch noch mitteilen konnte, in welche Richtung Facio geflohen ist.«

»Facio hat sich schändlich verhalten. Dass er sogar ein Mädchen als Geisel genommen hat … Oh Herr!«

Maynard setzte zu einer Erwiderung an, als er sich plötzlich an eine wichtige Einzelheit erinnerte. »Bevor ich eingriff, hat er vielleicht eine Botschaft gesandt.«

»Eine Botschaft?«, fragte der Abt besorgt.

»Könnt Ihr Euch vorstellen, für wen sie bestimmt war?«

»Facio di Malaspina hat mächtige Freunde in Ferrara, im Adelshaus der d'Este, obwohl er sie meines Wissens bisher noch nie um Hilfe gebeten hat … Anscheinend habt Ihr ihn in Angst und Schrecken versetzt.«

»Das Gegenteil trifft es wohl eher«, sagte Maynard leise. »Er hat mich in Aufruhr versetzt.«

»Was meint Ihr damit?«

»Dinge, von denen er gesprochen hat – und über die ich nichts weiß.«

Hinter den sicheren Mauern des Klosters hatte Isabeau lange auf Maynards Rückkehr gewartet, bis sie schließlich ihrer Erschöpfung nachgegeben hatte und in Schlaf gesunken war. Trotz der Gefahren, die sie an diesem Tag hatte durchleben müssen, schlummerte sie ruhig, der Gedanke an den jungen Mann, der sie gerettet hatte, schenkte ihr Frieden. Gualtiero. Jetzt kannte sie seinen Namen, er geisterte zusammen mit all den anderen Eindrücken durch ihren Kopf.

Facio betrachtete das schlafende Mädchen und erwog, sie ein zweites Mal zu entführen, so sehr war er davon überzeugt, dass sie ihm nützliche Informationen enthüllen konnte. Allerdings durfte er nicht riskieren, dass ihre Schreie die Bogenschützen aufschreckten. Außerdem musste er befürchten, dass dieser Franzose jeden Moment zurückkehrte. Lieber beschränkte er sich darauf, das Zimmer auf Hinweise zu durchsuchen. Er musste mehr über seinen neuen Feind in Erfahrung bringen.

Nachdem er vergebens die einzige Truhe im Raum untersucht hatte, nahm er sich den Reisesack vor, der an der Wand hing. Er fand nichts Erwähnenswertes bis auf einen schweren goldenen Ring, in dem eine Pergamentrolle steckte.

Im Schein der Kerze betrachtete er das Siegel … und hätte beinahe einen Schreckensschrei ausgestoßen.

Der silberne Löwe! Er erschauerte.

Er hatte ihn seit Jahren nicht mehr gesehen, dennoch wurde er sofort von Furcht ergriffen. Allein die Frage, was dieses Wappen in Pomposa zu suchen hatte, erweckte in ihm den Wunsch, so weit wie möglich von hier zu fliehen. *Er wird mich nicht bekommen*, dachte er. *Besser ist der Tod. Besser ist alles andere.*

Rasch verbarg er den Ring in einer Tasche seiner Kutte und zog sich vorsichtig zur Tür zurück, um das Mädchen nicht zu wecken.

Er würde seine Träume, wieder Abt zu werden, begraben müssen. Seinen Ehrgeiz ablegen und eine sichere Zuflucht bei einem mächtigen Verbündeten finden. Denn bald, nur zu bald würden schreckliche Dinge geschehen.

Er kannte den Mann, der dieses Siegel sein Eigen nannte. Die Erinnerung an ihn hatte sich in seinen Kopf ebenso schmerzhaft eingebrannt wie in seine Glieder, die jeden einzelnen Tag davon kündeten.

Es war inzwischen vierzehn Jahre her, dass dieser Mann ihn vor den Mauern Ferraras gefoltert hatte. Und noch jetzt zitterte Facio di Malaspina, als er seinen Namen flüsterte.

40

Reims, Kloster Sainte-Balsamie
22. März

Schwester Claire machte sich nach dem Komplet auf die Suche nach Aleydis, kaum dass sich die Mitschwestern ins Dormitorium zurückgezogen hatten. Sie traf das Mädchen im Kräutergarten an, wo es sich die vom Unkrautjäten zerkratzten Hände mit Brunnenwasser kühlte. Als die Novizin sie aus der Dunkelheit auftauchen sah, schreckte sie auf.

Claire beschränkte sich darauf, ihr den Schlüssel zu zeigen, den sie um den Hals trug. »Glaubtet Ihr etwa, ich hätte es nicht bemerkt?«, fragte sie knapp. »Und dass ich nicht auf Euch kommen würde?«

Nachdem ihr Plan, den Schlüssel unbemerkt zurückzugeben, fehlgeschlagen war, hatte Aleydis den ganzen Tag auf diese Begegnung gewartet und darüber nachgedacht, wie sie auf eine solche Frage antworten sollte. Sie reagierte gelassener, als sie es sich vorgestellt hätte, schüttelte nur scheinbar verständnislos den Kopf.

Doch Schwester Claire drängte es zu sehr danach, Genugtuung zu erhalten, als dass sie sich auf diese Weise abfertigen ließ. »Warum habt Ihr das getan? Wollt Ihr etwa meinen Platz einnehmen?«, rief sie aufgebracht und fing an zu schluchzen.

Aleydis tat sie ehrlich leid. Die Arme war nur ein nichts ahnendes Opfer ihrer Machenschaften; sie hatte es nicht verdient, so betrogen zu werden. Sie machte einen Schritt auf sie zu, in der Hoffnung, alles ließe sich mit einer Entschuldigung und ein paar freundlichen Worten lösen.

Doch die Kapellanin stieß sie mit einer barschen Geste zurück. »Ich weiß sehr gut, dass die Äbtissin Euch mag!«, zischte sie mit tränenüberströmtem Gesicht. »Aber vertraut nicht darauf, denn Ihr seid ein Nichts! *Ihr* …«, sie sah Aleydis geringschätzig an, »mit Eurer

Eitelkeit, Euch für die Schönste zu halten … Das Komtesschen! Glaubt Ihr etwa, dass die anderen nicht hinter Eurem Rücken über Euch lachen?«

Aleydis starrte sie ungläubig an, verletzt von so viel Verachtung. Doch sie musste ihre Gefühle unterdrücken und sich zwingen, einen Ausweg aus ihrer Lage zu finden, bevor jemand sie bemerkte. »Erregt Euch bitte nicht, Mutter …«, flüsterte sie drängend. »Ich versichere Euch, dass –«

»Schweigt!«, rief die Kapellanin. »Euretwegen bin ich heute zum wiederholten Mal gedemütigt worden …« Sie lachte wütend auf. »Oh, aber es wird das letzte Mal gewesen sein! Ich schleppe Euch vor die Äbtissin, und dort müsst Ihr die Wahrheit eingestehen!«

Aleydis fasste sie bei der Hand. »Bitte tut das nicht …«, flehte sie.

Als einzige Erwiderung versetzte Schwester Claire ihr eine schallende Ohrfeige.

Aleydis reagierte, ohne zu überlegen. Um einem weiteren Schlag zuvorzukommen, stieß sie die Kapellanin mit aller Kraft von sich. Sie sah die Schwester taumeln, dann prallte diese gegen das Mäuerchen hinter sich und ging rücklings zu Boden. In der Dunkelheit hörte Aleydis das hässliche Geräusch von brechenden Knochen.

Sie unterdrückte einen Angstschrei und kniete sich hastig neben die Schwester, um ihr zu Hilfe zu eilen, aber noch bevor sie sich mit der klebrigen Flüssigkeit befleckte, die aus deren Nacken floss, erkannte sie reuevoll, dass Schwester Claire niemandem mehr ihr Geheimnis enthüllen konnte. Außer dem Tod.

DRITTER TEIL

DER WEISSE ADLER

41

Abtei Santa Maria di Pomposa
26. März

Gualtiero und Sigismondo standen auf einem hinter dem Altar errichteten Gerüst und hieben mit Hammerschlägen auf die Fresken der Apsis ein. Noch im Morgengrauen hatte der ehrwürdige Abt an ihren Wagen geklopft, um ihnen zu berichten, dass die Mönche ihre Zustimmung erteilt hatten. Von da an hatten Vater und Sohn nicht einen Augenblick geruht.

Als Erstes mussten sie die Wand aufrauen, um eine geeignete Oberfläche zu erhalten, auf der sie dann den Putz für das neue Fresko aufbringen konnten. Gualtiero litt darunter, sich so brutal an bestehender Schönheit zu vergehen, doch er wusste, dass es notwendig war. Deswegen hämmerte er nun ohne Unterlass. Er wollte so schnell wie möglich zum nächsten Arbeitsschritt übergehen, in dem er und sein Vater eine grobe Mörtelschicht auftragen würden, um darauf dann die Vorskizze für das Bild zu zeichnen. Diese würden sie in Sinopia-Roterde ausführen, und nachdem der Abt seine Zustimmung gegeben hätte, würden sie schließlich darüber eine dünne Schicht Verputz auftragen, den Untergrund für das spätere Fresko.

Nach einem Morgen harter Arbeit fühlte sich Gualtieros Rücken an wie zerschlagen, und sein rechter Arm schmerzte. Dennoch machte er keine Anstalten, innezuhalten, genauso wenig wie sein Vater, der unbarmherzig auf das Antlitz des Pantokrators einhieb.

Mehr denn je kam nun die Entschiedenheit in seinem Charakter zum Vorschein, unterstrichen noch durch die finstere Miene und den weiß bestäubten schwarzen Bart. In Momenten wie diesen bewunderte Gualtiero ihn am meisten. In dem stummen Eifer, wenn er in ihm seine Leidenschaft wiedererkannte.

Sigismondo war ein Mann mit vielen guten Eigenschaften. Er war fleißig und konnte hart arbeiten, außerdem verfügte er über große Erfahrung, die er in verschiedenen Städten und Werkstätten erlangt hatte. Seine unerschütterliche Verehrung für das, was er in seiner Jugend einst erlernt hatte, erlaubte ihm allerdings nicht, auch einmal über die Tradition hinauszublicken. Und genau das konnte Gualtiero an ihm nicht ertragen. Er selbst betrachtete die Malkunst als eine Sprache, die sich weiterentwickeln und nicht in unveränderlichen Regeln gefangen sein sollte.

Sein Erfolg vor dem Mönchskapitel gab ihm recht. Er konnte es immer noch nicht fassen, dass bald die Früchte seiner Vorstellungskraft die Apsis von Pomposa zieren würden. Wenn er nur die Befehle des Vaters befolgt hätte, wäre es niemals dazu gekommen. Bei diesem Gedanken verspürte er leichte Bitterkeit. Diese Erkenntnis würde er mit dem stolzen Sigismondo niemals teilen können.

Seine Gedanken wanderten zu Abt Andrea. Der Pater hatte die Zustimmung des Kapitels so gleichgültig und hastig überbracht, dass in Gualtiero der Verdacht aufkeimte, er wäre immer noch in Sorge wegen der beunruhigenden Ereignisse der letzten Tage. Gualtiero hatte rein zufällig davon erfahren, als er das französische Mädchen ins Kloster zurückgebracht hatte. Da hatte er mitbekommen, dass der Mönch, aus dessen Fängen er sie gerettet hatte, aus der Abtei geflohen sei.

Plötzlich wurde ihm bewusst, dass er keine Hammerschläge mehr vom Vater hörte, und er erkannte, dass sie inzwischen die ganze Wand bis hinunter zu ihren Knöcheln bearbeitet hatten. Um ihre Arbeit zu beenden, mussten sie das Gerüst verschieben und weiter unten fortfahren.

Sigismondo wischte sich mit einem zufriedenen Lächeln über die Stirn. »Heute Abend sind wir fertig.«

»Dann können wir morgen ja schon den Mörtel auftragen«, sagte Gualtiero.

Sein Vater nickte, setzte sich auf den Boden des Gerüsts und nahm einen Zug aus seinem Trinkbeutel. »Was hältst du von einer Pause?«, schlug er Gualtiero vor, der sich neben ihn gesetzt hatte und nun die Beine baumeln ließ. »Ich sterbe vor Hunger.«

»Ich auch.«

Sigismondos Gelächter wurde von einem Hustenanfall unterbrochen, hervorgerufen von dem überall herumfliegenden Staub. »Dann geh schon, sag deiner Mutter, sie soll uns etwas Nahrhaftes zubereiten.« Er schlug seinem Sohn auf die Schulter.

Nachdem Gualtiero die freundschaftliche Geste erwidert hatte, sprang er vom Gerüst und lief zum Ausgang.

Alles in allem, glaubte er, war dies ein guter Tag.

Als er aus dem Portal kam, sah sich Gualtiero zu seiner Überraschung einer Abordnung bewaffneter Ritter gegenüber, die vor der Abtei warteten. Sein Blick fiel auf ein Banner mit dem Bild eines weißen Adlers auf hellblauem Hintergrund. In denselben Farben waren auch die Uniformen und Satteldecken des Trupps gehalten. Ein Reiter stach jedoch hervor, er war vollständig in Gelb gekleidet bis auf das rote Skapulier mit der spitz zulaufenden Kapuze.

Gualtiero, der nicht wusste, wer diese Männer waren, lief möglichst unauffällig zum Wagen. Sapia stand schon davor und beobachtete die Neuankömmlinge ebenfalls. Sie wirkte verängstigt, ja fast verstört. So hatte Gualtiero sie noch nie gesehen, nicht einmal in den schlimmsten Momenten, fast mutete es ihn an, eine Fremde vor sich zu haben. Ehe er sie um eine Erklärung bitten konnte, bemerkte er, dass sich etwas tat.

Vier Mönche traten aus einem der Gebäude neben dem Kreuzgang, an ihrer Spitze Abt Andrea, stolz und beinahe feindselig, als würde er sie in die Schlacht führen. Er blieb vor der Abordnung stehen und verschränkte grußlos die Arme vor der Brust.

»Nicht einmal eine Verbeugung, Pater?«, sprach ihn der in Gelb gekleidete Mann an.

»Eure Pferde verschmutzen meinen Hof«, gab der Abt zurück, »und da verlangt Ihr von mir noch eine Verbeugung?«

Der gelbe Reiter lachte höhnisch auf. »Wenn Ihr wüsstet, wen Ihr vor Euch habt, wärt Ihr nicht so unverschämt.«

»Mir genügt es, die Herren in Eurer Begleitung zu kennen.« Andrea zeigte verächtlich auf die Männer neben dem Reiter. »Maffeo da Brescia, Kapitän-General der Armee von Ferrara, Gabriotto da Canossa und Niccolò de' Roberti. Sie sind Abgesandte des Marchese Obizzo III. d'Este, der sich allzu leichtfertig Beschützer dieser Gegend nennt.«

»Wir sind nicht nur im Namen Seiner Gnaden hier«, verkündete der Mann in Gelb, »sondern auch im Auftrag Seiner Exzellenz des Bischofs von Ferrara.«

»Der Bischof ...«, wiederholte der Abt keinesfalls eingeschüchtert. »Seid Ihr also sein Handlanger?«

»Sein *Vizdom*.« Der Reiter zeigte das juwelenbesetzte Kreuz vor, das an seinem Hals hing. »Superanzio Orsini ist mein Name, damit Ihr Euch bei unserer nächsten Begegnung daran erinnern könnt.«

»Ganz gleich, wer Ihr seid, der Bischof hat hier keine Verfügungsgewalt. Und jene, die in seinen Diensten stehen, schon gar nicht.«

»Ihr wagt es, mich zu belehren, was ich zu tun gestattet bin und was nicht?« Superanzios Tonfall schwankte zwischen Spott und Drohung. »Wie ich gerade andeutete, habe ich mich aus Pomposa in einer Angelegenheit hierherbemüht, die sowohl den Bischof wie den Marchese betrifft.« Er musterte den Abt herablassend. »Anscheinend hat sich einer Eurer Mönche an Seine Gnaden gewandt und einige Unregelmäßigkeiten in der Führung dieses Klosters angezeigt.«

»Von welchem Mönch sprecht Ihr?«, fragte Abt Andrea, während er die Mönche hinter sich mit einer Handbewegung zum Schweigen brachte.

»Pater Facio di Malaspina.«

»Pater Facio ist geflohen. Seit vier Tagen ist er verschwunden.«

»Genau von diesem Tag stammt seine Nachricht«, erwiderte Superanzio. »Eine Botschaft, die von einer Brieftaube überbracht wurde, in der er die Verschwendung von Geld für die Verwirklichung eines Freskos anklagt.«

»Verschwendung von Geld?« Der Abt runzelte die Stirn. »Soll ich vielleicht Reichtümer anhäufen wie ein Wucherer? Das wäre eine Sünde vergleichbar mit der der Habgier.«

»In Zeiten der Not ist Verschwendung eine genauso schwere Sünde. Vor allem, wenn man bei der Apostolischen Kammer noch

Schulden hat. Das habt Ihr doch, nicht wahr? Ich bin über Eure Lage auf dem Laufenden.«

Das Gesicht des Abts verfärbte sich rot. »Und selbst wenn dies so wäre, was ginge das den Bischof von Ferrara an?«

»Seine Exzellenz kann nur seine Missbilligung über Euer Verhalten äußern.« Superanzio lächelte maliziös. »Aber in seiner Eigenschaft als Vikar des Papstes hat Marchese Obizzo III. d'Este jedes Recht, die Schuld einzutreiben. Und da er nun von der Situation Kenntnis erhalten hat, hat er beschlossen, ebendieses Geld einzufordern, das Ihr so unbesonnen für ein Fresko vergeuden wollt.«

»Das ist doch lächerlich! Die Summe, von der Ihr sprecht, ist so gering, dass sie nicht einmal ein Zehntel des Fehlbetrags deckt –«

»Dennoch«, unterbrach ihn Superanzio, »werdet Ihr damit beginnen.«

Der Abt ballte die Fäuste, unfähig, sich länger zurückzuhalten. »Das ist ein Verbrechen!«, rief er. »Ich werde an den Präsul von Bologna schreiben … an Seine Heiligkeit persönlich …«

»Schreibt, an wen Ihr wollt, Pater. Meine Aufgabe war es nur, Euch davon in Kenntnis zu setzen.« Mit diesen Worten blickte der Gesandte des Bischofs auf die Soldaten hinter sich. »Im Augenblick sollte Euch etwas anderes Sorge bereiten. Der Brief von Pater Facio deutete noch eine weitere Nachlässigkeit Eurerseits an. Anscheinend bietet Ihr Feinden der Stadt Ferrara Zuflucht.«

Der Abt sah ihn unverwandt an. »Habt Ihr mehr Vertrauen in die Verleumdungen eines flüchtigen Mönches als in meine Person?«

»Ich vertraue niemandem, glaubt mir. Ich bin nur gekommen, um einige Tatsachen zu klären, genau wie die Männer des Marchese d'Este. Da Facios Schreiben allerdings keinen Namen enthält, bitte ich Euch um Erlaubnis für eine Durchsuchung des …« Superanzio Orsini beendete seinen Satz nicht, da sein Blick gerade auf den Wagen gefallen war, der unweit der Abtei stand. Er wurde blass, und sein Mund blieb vor Überraschung offen stehen.

Gualtiero, der das Geschehen bislang reglos verfolgt hatte, spürte auf einmal die Augen dieses Mannes auf sich, und da er glaubte, er hätte auf irgendeine Weise dessen Aufmerksamkeit erregt, machte er schnell eine Geste der Entschuldigung. Doch dann wurde ihm klar, dass der Vizdom gar nicht ihn ansah, sondern seine Mutter.

Und was noch seltsamer war, seine Mutter erwiderte den Blick. Als Gualtiero sah, dass sie zwar besorgt wirkte, aber anscheinend genau wusste, was hier vor sich ging, ergriff er ihre Hand. »Mutter ...«, rief er. »Was geschieht hier?«

Bevor sie ihm antworten konnte, erscholl die Stimme Superanzios.

»Was macht *sie* hier?«, brüllte er ohne Rücksicht auf allen Anstand. »Kapitän da Brescia«, er zeigte auf Sapia, »ergreift diese Frau!«

Wie ein Peitschenknall setzten seine Worte die Männer in Bewegung. Der Kapitän-General bellte einen kurzen Befehl, und schon galoppierten drei Ritter auf den Wagen zu.

Was auch immer hier vor sich ging, es geschah zu schnell, als dass Gualtiero es begreifen konnte. Doch als die drei Soldaten vor ihm die Pferde zügelten und absaßen, stellte er sich schützend vor seine Mutter.

»Erklär mir, was hier geschieht!«, flehte er sie an.

Statt zu antworten, betrachtete ihn Sapia nur mit einem stummen Blick liebevoller Verzweiflung. Dann sah sie zu den Soldaten, und ihre Miene versteinerte. Gualtiero wurde zur Seite gestoßen, und während einer der Männer ihn festhielt, musste er mitansehen, wie seine Mutter fortgeführt wurde.

Sapia wehrte sich nicht. Ohne einen Schrei oder eine Klage ließ sie sich am Arm packen und zum Vizdom bringen.

»Ihr!«, rief Superanzio, als sie vor ihm stand. »Ich glaubte, Ihr wärt tot, doch stattdessen ...« Er musterte Sapia eindringlich. »Ist das möglich, seid Ihr es wirklich?«

Sapia zeigte keine Regung. Aufrecht, die Hände vor dem Schoß verschränkt, wartete sie auf den Urteilsspruch. Gualtiero, der das Geschehen bestürzt verfolgt hatte, fragte sich, wie seine Mutter so gelassen bleiben konnte. Ihr ganzes Benehmen war so anders als sonst, ja sogar die Art, wie sie den Kopf hielt, hatte sich verändert, wirkte stolz, beinahe, als wäre sie von Adel. Doch Gualtiero fragte sich nicht nach dem Grund. Er hatte unermessliche Angst, dass man sie wegschaffen würde.

»Ja!«, sagte Superanzio schließlich. »Ihr seid es wirklich, ich täusche mich nicht.« Er wandte sich an Maffeo da Brescia und ballte eine Faust in der Luft. »Kapitän, nehmt sie in Gewahrsam und setzt sie auf ein Pferd. Das ist zweifelsohne die falsche Schlange, auf die Facios Schreiben anspielte.«

Bei diesen Worten versuchte Gualtiero, sich aus dem Griff des Soldaten zu befreien, der ihn festhielt, und rief zum Abt hinüber: »Sie hat nichts verbrochen! Ich bitte Euch, ehrwürdiger Vater, setzt Euch für sie ein!«

Aber noch ehe Abt Andrea etwas sagen konnte, schrie Superanzio Orsini schmerzvoll auf, stürzte aus dem Sattel und landete mit dem Gesicht in den Ausscheidungen seines Pferdes. Zur allgemeinen Überraschung war auf einmal Sigismondo über ihm und schwang den Hammer, mit dem er zuvor noch die Wand der Apsis abgeschlagen hatte.

»Wagt es nicht, sie anzufassen!«, knurrte er. »Verdammt, das ist meine Frau! Wagt es nicht … Wagt es bloß nicht!«

Gualtiero versuchte vergebens, sich loszureißen, während Sigismondo nun von den Soldaten fortgerissen und verprügelt wurde. »Ehrwürdiger Abt!«, rief er noch einmal, »ich beschwöre Euch!« Dann traf ihn ein Fausthieb in die Seite, und er landete mit dem Gesicht im Gras, wo er noch einen Fußtritt in den Nacken erhielt.

Ehe er das Bewusstsein verlor, sah er noch, wie Superanzio Orsini versuchte, sich so gut es ging zu säubern, und kochend vor Zorn wieder aufsaß.

Da zeigte der Gesandte des Bischofs auf seinen Vater. »Kapitän!«, befahl er. »Verhaftet auch den da!«

42

Als Gualtiero die Augen öffnete, lag er nicht mehr auf dem Boden, obwohl er noch die Grashalme zu spüren meinte, die ihn ins Gesicht stachen. Er ruhte auf einem Lager in einer dunklen Zelle. Vor ihm stand eine Gestalt, deren Gesicht sich unter einer Kapuze verbarg. Gualtiero stützte sich auf die Ellenbogen und wartete darauf, dass seine Benommenheit nachließ, als ihn die Erinnerung an die vergangenen Ereignisse überflutete.

»Mutter …«, sagte er mit bebender Stimme. »Vater …«

»Bewegt Euch nicht, mein Sohn«, ermahnte ihn der Mönch und legte ihm eine Hand auf die Brust. »Ihr habt einen üblen Schlag auf den Kopf erhalten.«

Gualtiero erkannte die Stimme von Abt Andrea. »Sagt mir bitte«, er setzte sich mühsam auf, »was ist mit ihnen geschehen?«

Der Abt senkte den Kopf. »Sie wurden verhaftet.«

Gualtiero meinte, in einem schwarzen Abgrund zu versinken. Er hoffte so sehr, dass alles bloß ein Alptraum gewesen sei, doch die traurigen Augen des Abtes brachten ihn in die Wirklichkeit zurück.

»Jetzt … bin ich ganz allein.« Gualtiero senkte den Blick. Er wusste weder, was er jetzt tun sollte, noch, wen er um Hilfe bitten könnte. Bis jetzt hatte er noch nie für sich selbst sorgen müssen. Nun blieb ihm jedoch keine Wahl. Bei der Erinnerung an seine Mutter in der Gewalt der Schergen brach er in Tränen aus. *Warum?*, fragte er sich. *Warum nur sind sie verhaftet worden?*

Als er diese Frage gerade dem Abt stellen wollte, drängte sich ihm eine andere, noch schwerwiegendere auf, und er wurde wütend. »Weshalb seid Ihr nicht eingeschritten?«, fuhr er den Abt an. »Ich hatte Euch angefleht … Doch Ihr habt nicht einen Finger gerührt!«

»Ich konnte nichts tun …« Der Abt hob bedauernd die Hände.

Gualtiero fuhr hoch und packte ihn an der Kutte. »Habt Ihr nicht gesagt, Pomposa stünde nicht unter der Befehlsgewalt des Bischofs?«

»Das sage ich immer noch.« Der Abt entwand sich seinem Griff. »Doch das gilt nicht für den Marchese d'Este.«

»Zum Henker mit dieser Haarspalterei!« Gualtiero fühlte sich betrogen. Obwohl er den Abt erst seit wenigen Tagen kannte, hatte er sich doch eingebildet, es bestünde eine Bindung zwischen ihnen, die über ein schlichtes Dienstverhältnis hinausging. Schließlich war es Andrea gewesen, der ihm Vertrauen geschenkt und ihn zu der Annahme gebracht hatte, etwas Besonderes zu sein. Nur um ihm dann im Moment der größten Not die kalte Schulter zu zeigen wie einem Fremden. »Meine Eltern sind unschuldig!« Er starrte den Mönch wütend an. »Und Ihr … Ihr … habt zugelassen, dass sie einem schrecklichen Schicksal entgegengehen.«

»Ich war dazu gezwungen. Der Vizdom hat in Eurer Mutter einen Feind Ferraras erkannt.«

»Das kann nicht sein.«

»Ich kann Eure Mutter nicht beschützen. Die Anschuldigung wiegt sehr schwer. Es tut mir leid, mein Sohn. Es tut mir wirklich sehr leid.«

Gualtiero traute seinen Ohren nicht. Abt Andreas Bedauern wirkte aufrichtig, doch seine Worte ergaben keinen Sinn. »Wohin werden sie gebracht?«

»Nach Ferrara. Der Marchese Obizzo wird über ihr Schicksal vor dem Rat der Weisen entscheiden.« Der Abt seufzte, dann legte er Gualtiero eine Hand auf den Kopf. »Ihr müsst Euch damit abfinden. Der Vizdom war zu entschlossen, als dass er sich geirrt haben könnte.«

»Wollt Ihr vielleicht unterstellen, dass ich meine Mutter nicht kenne?« In Gualtiero flammte neuer Zorn auf. »Natürlich war das ein Irrtum. Superanzio muss sie mit einer Frau verwechselt haben, die ihr ähnlich sieht.« Als er die Worte aussprach, begriff er, dass er sich selbst dessen gar nicht so sicher war. Als Sapia gefangen genommen worden war, hatte sie sich so anders verhalten, dass er geglaubt hatte, eine Fremde vor sich zu haben. Dieser Gedanke verstärkte sein Gefühl der Verlorenheit noch, er kam sich fast des eigenen Lebens beraubt vor.

»Und mein Vater?«, fragte er nach kurzem Schweigen. »Warum auch er?«

»Weil er den Vizdom angegriffen und Widerstand geleistet hat«, erklärte der Abt verbittert. »Superanzio Orsini hat ihm die erlittene Demütigung nicht vergeben.«

Gualtiero musterte ihn. »Selbst für ihn konntet Ihr nichts tun –«

Abt Andrea schnitt ihm mit einer Handbewegung das Wort ab. »Wenn Ihr es unbedingt wissen wollt, es war schon schwierig genug, *Euch* zu retten«, sagte er streng. »Als Ihr das Bewusstsein verloren habt, wollten die Soldaten Euch zusammen mit Eurem Vater festnehmen. Ich habe meine ganze Autorität einsetzen müssen, um Kapitän Maffeo da Brescia davon zu überzeugen, Euch freizulassen.«

Als er das hörte, kam Gualtiero sich undankbar vor. Allerdings nur vorübergehend, die Sorge um die Eltern wog schwerer. »Und was soll ich jetzt tun?«

Der Blick des Abts wurde sanfter. »Ihr werdet hierbleiben, im Kloster. Ich werde Euch Gastfreundschaft gewähren, solange wir nicht wissen, wie alles ausgegangen ist. Inzwischen werde ich an den Bischof von Ferrara schreiben und um Milde für Eure Mutter und Euren Vater ersuchen. Im Grunde habt Ihr recht, auch ich bin verantwortlich.«

»Ich habe nicht vor, Eure Güte auszunutzen, ehrwürdiger Vater …«, sagte Gualtiero leise. »Ich wüsste nicht, wie ich Euch Eure Fürsorge vergelten könnte.«

»Wir werden einen Weg finden«, sagte der Abt lächelnd. »Und jetzt ruht Euch aus und betet zum Herrn.«

43

Nachdem Maynard die Umgebung der Abtei tagelang durchstreift hatte, beschloss er, seine Strategie zu ändern. Die Via dei romei, die die Insula Pomposiae durchzog, war zu stark befahren, als dass er darauf hoffen konnte, Facio dort wiederzufinden. Sie verband Venedig mit Ravenna und führte entlang so vieler Ortschaften, Gasthäuser und Klöster, dass gar nicht daran zu denken war, alle zu überprüfen. Außerdem gab es noch die Wasserwege. Entgegen der Ansicht von Abt Andrea glaubte Maynard durchaus, dass die Ufer des Padus genügend Möglichkeiten boten, um unbemerkt überzusetzen. Selbst wenn man die umliegenden Sümpfe außer Acht ließ, war die Flussmündung ein riesiges Labyrinth, in dem sich leicht alle Spuren verwischen ließen.

Doch Maynard hatte genügend Hinweise, um die nächsten Schritte des Flüchtigen vorauszuahnen. Er hielt Facio di Malaspina für zu schlau, um das Wagnis einzugehen, irgendwo auf dem Weg überrascht zu werden. Er würde vielmehr bei hochrangigen Freunden unterkriechen, die ihm Schutz und Unterkunft böten. Und dass er sich an solche Leute wenden konnte, hatte er selbst gesagt: *jemand, der nicht zögern wird, mir zu Hilfe zu kommen.* Also mächtige Persönlichkeiten, die Abt Andrea schnell im Herrschergeschlecht der d'Este in Ferrara ausgemacht hatte.

Maynard rechnete damit, diese Stadt in einem Tag zu erreichen. Er war früh am Morgen von der Abtei aufgebrochen und hatte seinen Rappen über die Wege und Hügel entlang des Padus vorwärtsgetrieben, der sich nach Westen schlängelte. Auch jetzt, während die Sonne schon hoch am Himmel stand und auf die Felder und Wälder der Umgebung schien, folgte er ihm in dieser Richtung.

Er wusste noch nicht, wie er in die Nähe des Marchese d'Este gelangen konnte, ohne Verdacht zu erregen. Einen von dessen Schützlingen zu bedrohen und heil davonzukommen schien nicht besonders aussichtsreich, doch noch war es verfrüht, sich deswegen Sorgen zu machen. Sobald er Ferrara erst erreicht hatte, würde er diese listige Schlange schon aus ihrem Versteck scheuchen und sich die gestohlenen Reliquien aushändigen lassen.

Im Augenblick beschäftigten ihn jedoch andere Überlegungen. Maynard bezweifelte, dass Facio di Malaspina ihm die ganze Wahrheit über den Lapis exilii und den geheimnisvollen »Codex Millenarius« erzählt hatte. Aber falls doch, fragte er sich, ob dieses Buch das letzte Rätsel der Pergamentrolle aufklären konnte, die ihn nach Mont-Fleur geführt hatte.

Das Rätsel von dem Engel, der den Mühlstein ins Meer warf.

Diese Prophezeiung war für ihn zu einer Besessenheit geworden. Immer wenn er sie sich wieder in Erinnerung rief, kam ihm der Traum von den drei Reitern in den Sinn. Ein Traum, den er auf einem Schlachtfeld des Todes träumte, kurz bevor er in die Suche nach dem Lapis exilii verwickelt worden war. Das konnte kein Zufall sein.

Diese Überzeugung war in Mont-Fleur noch gestärkt worden, nachdem er Abt Manessiers Worte über die ersten drei Reiter der Apokalypse gehört hatte. Ihre grellen Farben kündeten von Misswirtschaft, Krieg und Hungersnot. Maynard war derartigem Unheil schon mehrfach begegnet, doch er fürchtete, dass sich die verheerende Gewalt, wenn er den Lapis exilii fände, erst vollständig entfesseln könnte.

Er wischte sich den Schweiß von der Stirn, plötzlich war ihm heiß geworden. Die Mittagssonne machte sich wegen der schwülen Feuchtigkeit, die vom Boden aufstieg, unangenehm bemerkbar. Er beschloss, auf den Kirchturm zuzuhalten, den er zwischen den Feldern entdeckt hatte, in der Hoffnung, dort einen Brunnen zu finden, an dem er sich erfrischen konnte.

Als er näher kam, tauchte am Fluss eine Ansammlung kleiner Häuser auf, in deren Mitte die Kirche lag. Er ritt darauf zu und hielt dann bei einem jungen Priester an, der gerade einen Garten aufhackte.

»Ehrwürdiger Vater«, sagte er, »ich bitte um etwas Wasser, um meinen Durst zu stillen.«

Als der Geistliche aufsah, blickte Maynard in ein Gesicht mit grobschlächtigen Zügen, eher das eines Bauern als eines Priesters.

»Woher kommt Ihr, Fremder?«, wurde er gefragt.

»Aus Pomposa«, antwortete Maynard und saß ab. »Ich bin auf dem Weg nach Ferrara. Könnt Ihr mir sagen, ob ich noch lange brauchen werde?«

»Das hängt von Eurem Reittier ab.« Der Priester, der die Hacke abgelegt hatte, wischte sich die schmutzigen Hände an seiner Kutte ab und zeigte dann auf einen Wassereimer neben sich. »Ihr seid jetzt in Caput Gauri, noch nicht einmal auf halbem …« Er brach ab und starrte mit gerunzelter Stirn auf die Waffen an Maynards Gurt.

Maynard wartete darauf, dass der Priester weitersprach, und forderte ihn schließlich mit einem Kopfnicken auf, fortzufahren.

Der Geistliche zögerte. »Nun, seht Ihr …«, gestand er dann, »erst vor Kurzem hat hier in der Kirche eine Schar Reiter Rast gemacht.«

»Ja und?«, fragte Maynard.

»Sie ritten in die entgegengesetzte Richtung, also von Ferrara nach Pomposa. Deswegen war ich so überrascht.«

Auch wenn Maynard den genauen Grund für das plötzliche Misstrauen des Mannes nicht kannte, meinte er zu ahnen, dass Angst dahintersteckte. Er stieg ab und nahm sich mit der Schöpfkelle ein wenig Wasser.

»Wärt Ihr so freundlich, mir zu sagen, wer diese Männer waren?«

»Von der Sorte, der man keine Fragen stellt«, wich der Priester aus.

»Und doch behauptet Ihr zu wissen, woher sie kamen.«

»Ich habe nur die Farben ihrer Uniformen erkannt …«

»Welche Farben?«

»Weiß und Blau. Das waren Soldaten derer d'Este.«

Maynard nahm einen Schluck Wasser, während er den Priester im Blick behielt. »Und an den Farben habt Ihr auch erraten, in welche Richtung sie unterwegs waren?«

»Einer von ihnen muss wohl etwas gesagt haben …«

»Und warum seid Ihr dann so verängstigt?«

Der Priester schluckte und zwinkerte nervös. Sein Gesicht war schweißüberströmt. »Sie haben gesagt, sie wollten nach Pomposa …«, erklärte er schließlich widerstrebend, »um jemanden zu verhaften.«

Maynard reichte dem Priester die Schöpfkelle und hob dann den Eimer, um sein Pferd zu tränken. »Selbst wenn ich dieser Besagte wäre, hättet Ihr nichts zu befürchten.« Dann verabschiedete er sich und schwang sich wieder in den Sattel.

Ehe er fortritt, fragte er sich, ob Facio di Malaspina hinter dieser Entsendung von Soldaten steckte. Die Wahrscheinlichkeit, dass sie nach ihm suchten, war hoch. Zu hoch, um sie nicht zu beachten.

Maynard musste an Isabeau denken. Er hatte sie in der Abtei zurückgelassen, weil er sie dort in Sicherheit glaubte. Er wagte nicht, sich auszudenken, was ihr zustoßen würde, falls die Männer des Marchese herausfänden, dass sie in Begleitung desjenigen Mannes nach Pomposa gekommen war, den sie suchten.

Die Verfolgung von Facio musste warten.

Entschlossen wendete er sein Pferd und gab ihm die Zügel, um es nach Osten zu treiben, den Weg zurück, den er gekommen war.

In der Abenddämmerung erreichte er die Abtei von Pomposa. Nachdem er sein Pferd einem Stallknecht übergeben hatte, eilte er rasch zu der Unterkunft, in der er das Mädchen zurückgelassen hatte. Doch ehe er zu ihr gelangen konnte, wurde er vom Bruder Pförtner unterrichtet, dass der Abt ihn dringend erwartete.

»Ich möchte mich zuerst davon überzeugen, dass es meiner Schwester gut geht«, sagte Maynard.

»Ihr habt keinen Grund, Euch ihretwegen zu sorgen«, beruhigte ihn der Mönch. »Ihr werdet sie danach sehen.«

Abt Andrea hatte sich in den von Bögen und Säulen geschmückten *Palatium* zurückgezogen, der dem Kloster gegenüberlag. Bislang hatte Maynard keine Gelegenheit gehabt, ihn dort aufzusuchen. Flüchtig betrachtete er den von Fackeln erleuchteten äußeren Bogengang, über dem sich im Stockwerk darüber ein weiterer von Bogenfenstern durchbrochener Außengang erstreckte. Er fragte sich, was der Abt wohl von ihm wollte, dachte sich aber, dass es wohl mit dem Besuch der Soldaten des Marchese zusammenhinge.

Augenblicklich genügte es ihm, zu wissen, dass keine Gefahr für ihn bestand – sonst wäre er noch im selben Moment verhaftet worden, in dem er das Kloster erreicht hatte.

Als er vor dem großen metallbeschlagenen Portal stand, betätigte er den Türklopfer. Beim dritten Schlag ließ ihn ein Diener herein und geleitete ihn zu einer Tür am Ende der Eingangshalle, hinter der Maynard einen dunklen, mit Wandteppichen geschmückten Raum vorfand. Das einzige Licht kam von einem Kerzenstumpen auf einem Tisch.

In einer Ecke des Raums stand Abt Andrea, er sah ihn nur als Schatten, der sich über eine offene Truhe beugte. Der Abt sah kurz auf, nickte zur Begrüßung und fuhr dann mit seiner Suche fort, bis er einen dicken Lederbeutel hervorholte, aus dem metallisches Klirren zu vernehmen war. Er ging damit zu einem Tisch, auf dem einige mit Siegeln versehene Briefe lagen.

»Bereitet Ihr Euch auf eine Flucht vor?«, fragte Maynard lächelnd.

»Ich habe Euch nicht hergebeten, damit Ihr Euren Spaß mit mir treibt«, ermahnte ihn der Abt. »Wo seid Ihr heute den ganzen Tag gewesen?«

Maynard meinte, einen schweren Vorwurf in Abt Andreas Stimme wahrzunehmen, und als das Licht der Kerze auf dessen Gesicht fiel, bemerkte er die tiefen Falten auf der Stirn. »Auf der Suche nach Facio di Malaspina, wie schon in den vergangenen Tagen«, antwortete er ausweichend.

»Facio!« Der Abt schlug mit dem Beutel auf den Tisch. »Euretwegen hat dieser schändliche Mensch beschlossen, die ganze Abtei ins Verderben zu stürzen.«

»Erklärt Euch bitte näher.«

»Er hat eine Botschaft ausgesandt, genau wie Ihr vermutet habt. Und deretwegen ist Pomposa in die Aufmerksamkeit der Herren von Ferrara gerückt.« Mit wachsender Wut umklammerte Andrea den Lederbeutel. »Um die Gemüter zu besänftigen, werde ich mehr Geld zahlen müssen, als ich eigentlich habe.«

Maynard sah ihn bestürzt an. »Ich dachte nicht, dass es sich um Vermögensangelegenheiten handelt …«

»Das ist nur ein vorgeschobener Grund. Unter dem Vorwand,

Geld einzutreiben, sind die Soldaten des Marchese Obizzo III. d'Este hierhergekommen, um nach Verdächtigen zu suchen.«

»So etwas habe ich gehört.«

Der Abt nickte. »Offensichtlich hatte Facio di Malaspina vor, Euch anzuzeigen, aber da er Euren Namen nicht kannte …« Er hielt auf einmal inne, löschte rasch die Flamme des Kerzenstumpens und wandte sich dem Ausgang zu. »Wir sollten besser im Freien darüber reden, wo unsere Worte sich im Wind verlieren.«

Maynard blieb verblüfft stehen, von dunklen Vorahnungen bestürmt. Nach einem kurzen Zögern folgte er Andrea.

Der Abt schloss den Raum ab und schritt dann durch den Ausgang des Gebäudes, wo sie eine sternenklare Nacht erwartete. Er bedeutete Maynard, eine Fackel von der Wand zu nehmen, dann gingen sie gemeinsam in Richtung Kloster. »Facio muss seine Botschaft so allgemein gehalten haben, dass es zu einem schweren Missverständnis kam«, erklärte er. »Die ganze Angelegenheit ist kompliziert. Um es kurz zu machen, statt Eurer sind andere verhaftet worden.«

Maynard sah den Abt erschüttert an. »Wer?«

»Die Eltern von Gualtiero de' Bruni, dem jungen Maler.«

»Aber weshalb?«

Statt einer Antwort sah der Abt zum Himmel hinauf. Im Fackelschein konnte Maynard tiefe Verzweiflung auf seinem Gesicht erkennen. »Ihr wollt wissen, weshalb?«, stieß Andrea schließlich hervor. »Nach meiner Kenntnis gibt es keinen Grund, weshalb die Herrschaften von Ferrara so einfache Leute fürchten sollten. Und doch behauptet der Vizdom des Bischofs das Gegenteil. Er sah in der Frau des Malers eine Bedrohung.«

»Eine Bedrohung …« Maynard wusste nicht mehr, was er denken sollte. Er hatte diese unglückseligen Menschen kaum gesehen und wusste nicht einmal ihre Namen. Doch er ertrug es nicht, dass andere seinetwegen leiden mussten. Außerdem kannte er den jungen Gualtiero. Er hatte seine leidenschaftlichen Ausführungen vor dem Mönchskapitel verfolgt, und sie hatten ihn so sehr beeindruckt, dass er es kaum erwarten konnte, das Fresko zu bewundern, das der junge Mann anfertigen sollte.

»Und der Junge?«, fragte er deshalb.

»Er ist hier«, sagte Andrea, »im Gästehaus.«

»Was geschieht mit ihm?«

Der Abt schenkte Maynard ein schwaches Lächeln. »Ich habe schon Pläne für ihn.«

Maynard versuchte zu erraten, worauf er anspielte, doch die geheimnisvolle Miene des Abts gab ihm keinen Hinweis. »Sagt, weiß er um dieses Missverständnis?«

»Er denkt sicher nicht, dass er Opfer einer Intrige wurde, deren Auslöser Ihr wart, wenn Ihr das damit meint.«

»Trotzdem hoffe ich, ihm helfen zu können …«

»Ich kümmere mich gerade darum.« Andrea nahm den Weg zum Kloster wieder auf. »Ich werde dem Bischof von Ferrara schreiben und dem Marchese Obizzo III. d'Este.«

Maynard kam eine Idee. »Lasst mich Eure Briefe überbringen.«

Der Abt musterte ihn misstrauisch. »Und warum?«

»Ich halte es für wahrscheinlich, dass Facio di Malaspina sich zum Marchese d'Este geflüchtet hat.«

»Das schließe ich nicht aus, obwohl ich es auch nicht mit Sicherheit bestätigen kann … Und wenn dem so wäre?«

Mit Entschlossenheit erklärte Maynard: »Unter dem Vorwand, die Briefe zu übergeben, könnte ich mich den Herren von d'Este nähern und dort weiter nachforschen.«

»Jetzt begreife ich.« Abt Andrea schien über den Vorschlag nachzudenken. »Tatsächlich wäre es nicht nur für Euch von Vorteil, wenn Facio gefunden würde. Solange er frei herumläuft, wird dieser schändliche Mensch weiter Zwietracht säen und mein Werk in ein schlechtes Licht rücken. Allerdings solltet Ihr besser noch einen oder zwei Tage warten, ehe Ihr nach Ferrara aufbrecht.«

»Wisst Ihr etwas, was gegen ein rasches Abreisen spricht?«

»Soweit mir bekannt ist, wird sich der Bischof nicht vor Karfreitag in der Stadt aufhalten. Wenn Ihr Euch vorher sehen lasst, könntet Ihr den Verdacht des Vizdoms erregen.«

Maynard nickte. »Dann werde ich mich wohl gedulden müssen.«

Während sich die beiden Männer durch die Nacht entfernten, sah Gualtiero, der sich hinter einem Baum versteckt hatte, ihnen nach, darauf bedacht, dass sie ihn nicht doch noch bemerkten. Erst als sie völlig von der Dunkelheit verschluckt waren, kam er hervor und eilte zu dem Wagen seiner Familie, der immer noch am Rande des Hofes stand. Leise trat er ein und hoffte kurz, natürlich vergeblich, Sapia und Sigismondo dort tief schlafend vorzufinden. Doch ihn erwarteten nur vertraute Gerüche und eine tiefe Stille, die sein Herz mit Eiseskälte erfüllte.

Um seine Unruhe zu vertreiben, zündete er die Laterne an und trat an die Staffelei, auf der immer noch das Porträt seiner Mutter stand. Er betrachtete es lange im Licht der Flamme und wurde von einer nie gekannten Unruhe verzehrt.

Ein Missverständnis, hatte der Abt zu dem Franzosen gesagt. *Eine Intrige.*

Obwohl er nicht genau wusste, was hinter diesen Worten steckte, ahnte er, dass seine Eltern für jemand anderen gebüßt hatten. Doch so einfach verhielt sich das Ganze nicht, das wusste er. Superanzio Orsini hatte sich nicht irgendjemanden herausgegriffen, er hatte ganz bewusst seine Mutter gewählt. Nicht aus einer Laune heraus und auch nicht, um einen Sündenbock zu haben.

Er hatte es getan, weil er in ihr den Feind erkannt hatte.

Gualtiero starrte das Bild an, als wollte er es befragen. Er war nicht mehr sicher, die Frau zu kennen, die darauf abgebildet war.

Wer bist du?, dachte er. *Wer bist du wirklich?*

Ehe die Flamme erlosch, nahm er das Bild von der Staffelei, wickelte es sorgfältig in ein Tuch und trug es mit sich fort.

44

Reims, Kloster Sainte-Balsamie
27. März

Schwester Claire war seit fünf Tagen verschwunden.

Eudeline hatte schon drei Mal das gesamte Kloster von oben bis unten absuchen lassen, ohne jedoch herauszufinden, wo sie geblieben war. Ihre Spur hatte sich seit dem 23. März verloren, als sie nicht mit den anderen Schwestern zur Matutin erschienen war. Noch seltsamer kam ihr allerdings vor, dass sich sämtliche persönlichen Gegenstände noch in ihrer Zelle befanden, auch der Umhang, den sie gebraucht hätte, um nach draußen zu gehen. Allein sie fehlte.

Sie hatte sich in nichts aufgelöst. So hatte Eudeline das Geschehene den beiden *Advocati* des Bischofs geschildert, die ins Kloster Sainte-Balsamie gekommen waren, um die Angelegenheit aufzuklären. Nachdem sich die Männer alles notiert hatten, hatten sie einander nur stumm angesehen und mit den Schultern gezuckt, als wollten sie ihr zu verstehen geben, dass in solchen Fällen kaum etwas auszurichten war. Dies war bestimmt nicht die erste Frau, die in Reims verschwand. Man hörte ständig davon, dass Ehefrauen vor ihren gewalttätigen Männern flohen, Töchter heimlich mit Fremden fortzogen, Huren an den Grenzen der Stadt verloren gingen … Und jetzt war eben eine Nonne aus einem Kloster geflohen.

»Sie ist nicht geflohen«, hatte Eudeline eingewandt, obwohl sie es mehr aus Stolz als aus Überzeugung gesagt hatte. Sie konnte einfach nicht glauben, dass Schwester Claire freiwillig aus dem Kloster gegangen war. Sie war so sanftmütig und gehorsam, hatte sich einem Leben wahrer Hingabe gänzlich verschrieben.

Die beiden Advocati hatten sie zweifelnd angehört, ja beinahe belustigt, bis einer von beiden erklärte: »Vielleicht hat sie sich ja verliebt.«

»Etwa in einen dummen Mann wie Euch?«, hätte Eudeline am liebsten erwidert, die kurz davor stand, ihrer Wut nachzugeben. Stattdessen hatte sie die beiden höflich verabschiedet und sie gebeten, auch dem Bischof freundliche Grüße zu überbringen und ihm zu danken, dass er zwei seiner aufmerksamsten Diener gesandt hatte.

Dann hatte sie sich zum Nachdenken in die Stille des Klosterhofes zurückgezogen, während der Tag sich über ihr wie ein göttliches Auge auftat.

Die Sorge um Schwester Claire überlagerte sogar ihre Angst um ihren Bruder und ihre Gefühle für Robert de Vermandois. Es musste etwas geschehen sein, das Claire erschreckt oder so erschüttert hatte, dass sie sich gezwungen sah, das Kloster zu verlassen. Doch der Anlass dafür würde sich nur schwer herausfinden lassen. Die junge Kapellanin war schon immer sehr empfindsam und leicht zu ängstigen gewesen und konnte aus jeder Nichtigkeit eine Tragödie machen … Bei diesen Überlegungen kam Eudeline zwangsläufig ihre letzte Begegnung in den Sinn.

Sie hatte Schwester Claire mit ihren strengen Vorwürfen zum Weinen gebracht.

Was für eine Dummheit, dachte sie. Und es war bestimmt nicht das erste Mal gewesen. Sie hatte Claire häufig getadelt, besonders zu Zeiten, wenn die Arbeit sich auf ihren Schreibtischen stapelte. Andererseits, wenn sie ganz ehrlich zu sich war, musste sie zugeben, dass sie dies in letzter Zeit härter getan hatte und manchmal ohne einen wirklichen Anlass.

Dieses Eingeständnis kostete sie einige Mühe, wirkte aber auch befreiend: Sie hatte sich verändert. Anstatt sich um Ruhe und Ausgeglichenheit in ihrer Seele zu bemühen, verhielt sie sich wie eine verbitterte alte Jungfer, die ihre eigenen Enttäuschungen auf ihre Mitmenschen abladen wollte. Ein törichtes Weib eben.

Vor langer Zeit hatte sie sich geschworen, für immer allen Gefühlen zu entsagen und zu einer so beherrschten Person zu werden, dass ihr die Wirren der Welt nichts anhaben konnten. Und möge Gott ihr verzeihen, diesen Schwur hatte sie in dem Moment vergessen, als sie Robert de Vermandois begegnet war. Mit seiner rauen Galanterie hatte dieser Mann eine Bresche in ihr Herz geschlagen und sie die Frau in ihr wiederentdecken lassen, die sich unter dem Nonnenschleier verbarg. Eine sehr zerbrechliche Frau.

Sie löste den Blick von der allmählich erstrahlenden Sonne und fragte sich, von plötzlichen Schuldgefühlen gequält, wie sehr sie Schwester Claire wohl verletzt haben mochte. Sie hatte sie so oft gedemütigt.

Was ist nur aus mir geworden?

Eudeline hatte sich nie für einen schlechten Menschen gehalten. Sie war ein Opfer: die Überlebende einer Tragödie, die sie immer noch jeden Tag quälte. Und weil dies stets mit so viel Schmerz verbunden war, sah sie die einzige Rettung darin, sich gegen jedes weitere Leid abzuschotten, doch leider war sie sich dabei nicht bewusst gewesen, dass sie mit diesem Verhalten anderen Schmerz zufügen könnte. Bis zu diesem Moment.

Die Glocken, die zu den Laudes läuteten, überraschten sie, und sie fühlte sich jetzt nicht gewappnet, den Blicken der Mitschwestern entgegenzutreten. Sie benötigte noch etwas Zeit für sich. Auf der Suche nach einem abgeschiedenen Platz ging sie ans Ende des Klostergartens, um dort in der Stille weiter ihr Gewissen zu erforschen. Doch kaum hatte sie das Mäuerchen erreicht, das die Öffnung eines alten Brunnens umgab, sah sie etwas im Gras aufblitzen.

Eudeline beugte sich hinab, tastete zwischen ein Gewirr von Kletterpflanzen und hob einen glatten, schlanken Gegenstand auf, der am oberen Ende eine fein ziselierte Mauerkrone trug.

Ein Turm aus Elfenbein.

Sie fragte sich, wie eine Schachfigur hier an den Brunnen gekommen war, der schon lange nicht mehr genutzt wurde. Ganz offenbar lag sie dort schon einige Zeit, da die Pflanzen sie bereits überwuchert hatten. Wem mochte sie gehören? Keine der Schwestern in Sainte-Balsamie außer ihr besaß ein Schachspiel.

Sie kniete sich hin, um nachzusehen, ob in der Nähe noch andere Figuren lagen. *Ich muss wirklich von Sinnen sein*, dachte sie währenddessen. *Eine meiner Nonnen wird vermisst, und ich krieche hier im Unkraut auf allen vieren herum und suche nach Schachfiguren, die es gar nicht gibt.*

Einen Augenblick lang wurde sie wieder zu dem unbekümmerten kleinen Mädchen, das im Garten ihres Anwesens auf Schatzsuche ging. Doch da sie nichts mehr fand, kam sie sich dumm vor und stand rasch auf, ehe sie noch jemand so überraschte. Sie strich die Grashalme von ihrem Kleid und wollte sich schon wieder ihrem eigenen Kummer zuwenden, als ihre Aufmerksamkeit auf den Brunnen gelenkt wurde. Dort hatte sie noch nicht nachgesehen. Sie betrachtete die etwa fünf Ellen hohe Einfassung aus grauen Steinen, und von einer düsteren Vorahnung überfallen stützte sie die Hände auf dem Rand ab und beugte sich vor.

Der Brunnen war nicht sehr tief und seit Jahren ausgetrocknet, dennoch reichte das spärliche Licht der Morgensonne nicht aus, um ihn bis auf den Grund auszuleuchten. Als sie hineinschaute, konnte Eudeline dort nur eine dunkle Masse erkennen. Sie starrte weiter darauf, in Erwartung, dass die Sonne sich noch höher am Himmel erheben würde. Und während sie sich vorzustellen versuchte, wie viele Dinge im Laufe der Jahre dort hineingefallen sein mochten, wich die Dunkelheit allmählich, bis sie ein Mosaik aus Licht und Schatten vor sich sah. Nun musste sie sich nicht mehr allzu sehr anstrengen, um den Grund auszumachen und die Umrissen von etwas Großem, das dort in der Mitte lag.

Wie seltsam, dachte sie und sah genauer hin. Je heller die Sonne schien, desto genauere Formen nahm die Silhouette unter ihren Augen an, bis sie schließlich wie ein Mensch aussah.

Noch ehe Eudeline begreifen konnte, was das bedeutete, stieg aus der Tiefe ein schwacher Verwesungsgeruch auf und ließ sie schaudern.

Dann schrie sie entsetzt auf.

Als der Bedienstete aus dem Brunnen nach oben geklettert war, bestätigte er ihren Verdacht mit einem traurigen Kopfnicken. Es handelte sich wirklich um Schwester Claire.

Eudeline befahl, dass man sie mit einem Seil aus dem Brunnen heraufzog und sie in einen abgeschiedenen Raum des Klosters brachte, weit entfernt von den Blicken der Mitschwestern. Kerzengerade stand sie am Brunnen und beobachtete das Geschehen, ohne eine Regung zu zeigen, doch innerlich fühlte sie sich, als würden sie zwei Dolche durchbohren. Einer davon war die Trauer um ihre Mitschwester, der zweite allerdings ihr brennendes Verlangen, mehr zu erfahren. Sie war so bestürzt, dass sie nicht wusste, wie sie ihren Schutzbefohlenen diesen Unglücksfall mitteilen sollte. Ihr kamen nur leere Worte in den Sinn, vollkommen ungeeignet, die Trauer über den Verlust ihrer Schwester auszudrücken.

Die Leiche Claires wurde hochgezogen und auf eine Trage gelegt. Sie war zusammengekrümmt und schlammbeschmutzt. Eudeline verabschiedete sich stumm von ihr und wollte schon gehen, doch der Bedienstete, der die Tote geborgen hatte, sprach sie an und reichte ihr einen Reisesack, den er unter der Leiche gefunden hatte. Vielleicht, so vermutete der Mann, hatte er der Kapellanin gehört.

Eudeline nahm den Reisesack an sich, wandte sich wortlos ab und eilte in Richtung ihrer privaten Räume. Bevor sie alles für das Begräbnis anordnen würde, wollte sie die Untersuchung der Infirmaria abwarten. Eigentlich benötigte sie kein medizinisches Gutachten, um die Todesursache einer Nonne festzustellen, die in einen Brunnen gefallen war, dennoch spürte sie, dass sie es Schwester Claire wie auch sich selbst schuldig war. Sie wollte zweifelsfrei feststellen lassen, dass der Tod ein Unglücksfall war, denn andernfalls hätte es sich um Selbstmord handeln müssen – was ewige Verdammnis für Schwester Claire bedeutet hätte.

Zurück in ihren Räumen, warf sie den Reisesack auf den Schreibtisch, als fürchtete sie sich, dessen Inhalt zu erforschen. Sie hatte sofort erkannt, dass er keiner Frau gehörte. Dazu war er zu groß, und mit seiner militärischen Form glich er eher einem der Säcke fürs Reisegepäck, die Ritter am Sattel ihres Pferdes trugen.

Was also hatte er mit Schwester Claire zu tun?

Sie konnte sich nicht länger zurückhalten und öffnete ihn. Als sie erkannte, was er enthielt, weiteten sich ihre Augen vor Überraschung.

Ein Schachbrett mit den entsprechenden Figuren.

Sie holte eine Figur nach der anderen heraus und stellte sie ordentlich nebeneinander auf den Schreibtisch. Dann griff sie in die Tasche ihrer Nonnentracht und legte den fehlenden Turm dazu.

Daraufhin wühlte sie weiter in dem Reisesack, bis sie ganz unten einen Siegelring gefunden hatte. Er trug ein Adelswappen. Sie brauchte es gar nicht erst zu studieren, um zu wissen, wem er gehörte.

Sehr genau erinnerte sie sich an die Worte, die Robert de Vermandois, damals noch ohne Gedächtnis, vor ein paar Tagen zu ihr gesagt hatte.

»In meinem Reisesack findet Ihr Figuren und ein Schachbrett.«

Doch der Reisesack war nicht unter Roberts Sachen gewesen. Nun hatte Eudeline ihn gefunden.

Jetzt musste sie nur noch erfahren, wie er dort unten in den Brunnen gekommen war – neben die Leiche einer Nonne.

45

»Sie wurde getötet«, sagte die Infirmaria.

Eudeline sah sie bestürzt an, dann blickte sie wieder zu der Leiche, die auf dem Tisch im Valetudinarium lag. Man hatte sie entkleidet, sorgfältig gewaschen und in einer schicklichen Haltung aufgebahrt. Dennoch erschien sie Eudeline noch schrecklicher als vorhin, als man sie aus dem Brunnen geborgen hatte. Die Haut hatte einen grünlichen Farbton angenommen und wies an Magen wie Kehle geschwollene, beinahe aufgeblähte Stellen auf. Schlimmer noch waren die Partien, an denen sich die fortgeschrittene Verwesung bemerkbar machte, darunter das Gesicht.

Eudeline besiegte ihren Ekel und beugte sich über die sterblichen Überreste von Schwester Claire, doch der Gestank ließ sie sofort wieder zurückweichen. »Zu Asche«, sagte sie leise. »Wenn wir doch nur sogleich zu Asche werden könnten, bliebe uns diese entsetzliche Demütigung erspart …« Sie schluckte, um ihre Tränen zu unterdrücken, und wandte sich der Infirmaria zu.

»Man hat sie getötet, sagt Ihr … Wie könnt Ihr Euch da so sicher sein?«

»Ich habe die Leiche untersucht«, antwortete die Siechenmeisterin knapp.

»Aber ich sehe keine Anzeichen dafür, dass Ihr sie … geöffnet habt.«

»Das war nicht notwendig.« Immer noch ausdruckslos stellte sich die Infirmaria neben die Leiche, drückte die Zeigefinger gegen deren Schläfen, hob den Kopf an und drehte ihn ein wenig. Zwischen den rabenschwarzen Haaren, die die Kapellanin immer ganz kurz geschnitten getragen hatte, sah man eine Wunde im unteren Schädelbereich. »Der Tod ist aufgrund eines Traumas im Nacken aufgetreten«, erklärte sie. »Der Knochen ist gebrochen, vielleicht weil er gegen eine Kante geprallt ist.«

»Es könnte auch ein Unfall gewesen sein.« Eudeline zwang sich, gefasst zu klingen. »Vielleicht ist Schwester Claire ausgerutscht und hat sich am Rand des Brunnens –«

»In dem Fall hätte ich am Brunnenrand Blutspuren gefunden. Es hat nicht geregnet in den letzten Tagen«, wandte die Siechenmeisterin ein. »Zudem glaube ich nicht, dass eine solche Verletzung auf einen Sturz in die Tiefe zurückzuführen ist.«

»Worauf stützt Ihr diese Schlussfolgerung?«

»Ich habe den Diener befragt, der sie auf Euren Befehl hin aus dem Brunnen gezogen hat. Er hat mir berichtet, dass der Grund des Brunnens morastig war, mit Schlamm und nassen Blättern bedeckt. Wäre Schwester Claire beim Sturz noch am Leben gewesen, bin ich sicher, sie wäre nicht gestorben.«

»Dennoch ist es nicht auszuschließen, dass dort unten ein Stein lag, auf dem sie mit dem Kopf aufgeschlagen ist, und der Diener hat ihn in der Dunkelheit nicht gesehen …«

»Das halte ich für ausgeschlossen. Und selbst wenn es so wäre, wie Ihr meint, hätte sie dadurch kein solches Trauma erlitten.«

»Und warum nicht?«

»Weil Schwester Claire nicht mit dem Rücken im Brunnen aufgekommen ist, sondern auf der linken Seite: in der Lage, wie Ihr sie gefunden habt.« Sanft legte die Siechenmeisterin den Kopf der Verstorbenen zurück, dann wies sie auf den Bereich der Hüfte und des Rückens. »Das bestätigen mir die Quetschungen an diesen Stellen. Mit bloßem Auge kann man das nicht erkennen, doch als ich Schwester Claire dort abtastete, habe ich darunter Knochenbrüche entdeckt. Die zweifellos durch den Aufprall auf dem Boden entstanden sind.«

»Und … was hat zu ihrer tödlichen Verletzung geführt?«

»Diese Frage kann ich nicht beantworten«, sagte die Siechenmeisterin. »Doch was auch immer die Ursache gewesen ist, muss vor dem Sturz stattgefunden haben. Und da eine tote Nonne sich nicht selbst in einen Brunnen stürzen kann …«

Eudeline lief es eiskalt den Rücken hinunter. »Muss es jemand anderes getan haben«, beendete sie den Satz leise.

Die Infirmaria nickte. »Wer, wenn nicht der, der für ihren Tod verantwortlich ist?«

Zu ihrer eigenen Überraschung fühlte Eudeline eine seltsame Euphorie in sich aufsteigen. Die Möglichkeit, dass sich im Kloster ein Mörder verborgen hielt, beunruhigte sie zwar, aber nicht so, dass sie nun vor Angst gelähmt war. Vielmehr wollte sie wissen, wer das war und warum er es getan hatte. Andererseits kannte sie ihre Mitschwestern genau genug, um mit ziemlicher Sicherheit ausschließen zu können, dass eine von ihnen zu einer solchen Abscheulichkeit fähig wäre. Sie musste für ihre Überlegungen ganz woanders ansetzen.

Robert de Vermandois befand sich in den Stallungen des Klosters Sainte-Balsamie und striegelte sein Ross. Mit der Kraft in seinen Beinen war auch sein verlorener Lebensmut zurückgekehrt, und frische Tatkraft erfüllte ihn. Selbst sein Gedächtnis machte Fortschritte, obwohl bis jetzt keine Erinnerung aufgetaucht war, die von irgendwelcher Bedeutung für die Äbtissin gewesen wäre.

Robert hatte die Erlaubnis erhalten, das Valetudinarium zu verlassen, im Gegenzug musste er versprechen, sich nur an den Orten aufzuhalten, die von den Nonnen nicht so oft aufgesucht wurden, also beim Gästehaus und in den Tiergehegen. Und jetzt stand er dort im vollen Sonnenlicht vor seinem Schimmel, der glücklich darüber, seinen Herrn wiederzusehen, die Mähne schüttelte.

Bevor sie ihn ansprach, blieb Eudeline ein wenig abseits stehen, um ihn zu beobachten. Sie war freudig überrascht, ihn guter Dinge und bei der Arbeit zu sehen. Obwohl er den Rang eines Barons einnahm, hatte Robert das Benehmen eines einfachen Mannes. Er trug ein Tuch um den Kopf gewickelt, um seine Narbe an der Schläfe zu verdecken, und mit den Hosen und dem ärmellosen Wams aus Barchent wirkte er wie ein gewöhnlicher Handwerker. Doch bei genauerem Hinsehen fielen seine stolze Haltung und die Sanftheit auf, mit der er sein Pferd behandelte.

Schließlich riss sich Eudeline von diesem Anblick los, richtete ihre Gedanken wieder auf das jüngste traurige Ereignis und ging zögernd auf Robert zu.

»Ich habe Euer Schachbrett gefunden«, sagte sie.

Robert wandte sich ihr lächelnd zu, doch als er die Trauer in ihrem Gesicht bemerkte, wurde er sofort ernst.

»Es lag in einem Brunnen, zusammen mit dem Reisesack«, fuhr sie fort und senkte den Blick. »Unter dem leblosen Körper meiner Kapellanin.«

Robert de Vermandois erstarrte, den Striegel in der Hand. »Ehrwürdige Mutter … ich verstehe nicht …«

»Ich habe die Nachricht noch nicht verkündet«, Eudeline sah ihn an, »aber höchstwahrscheinlich hat sich in diesen Mauern ein Verbrechen ereignet.«

»In einem Kloster der Benediktinerinnen … Seid Ihr Euch dessen sicher?«

»Ich bin mir leider bei nichts mehr sicher.«

Robert trat näher zu ihr und legte ihr einen Arm um die Schulter, um sie zu trösten. Eudeline lehnte sich unwillkürlich an diese kräftige Brust und fühlte sich beschützt, in Sicherheit vor der ganzen Welt, bis sie merkte, was vorging, und sich ihm ruckartig entzog.

»Setzt Euch«, riet er ihr und deutete auf einen Schemel, der am Rand des Stalls stand. »Ihr seht blass aus.«

Gern folgte Eudeline seinem Vorschlag. Sie war erschöpft, zu viele Gefühle stürmten auf sie ein, als dass sie ihre übliche Maske der Zurückhaltung aufrechterhalten konnte. Andererseits, war sie nicht gerade deswegen zu ihm gekommen? Nur bei Robert hatte sie das Gefühl, dass sie sich so schwach wie irgendeine gewöhnliche Frau zeigen durfte. Eudeline dachte an die arme Schwester Claire, und plötzlich überwältigte sie die Verzweiflung, die sie bisher verdrängt hatte, mit solcher Wucht, dass sie hemmungslos zu schluchzen begann.

Robert wagte nicht, sie noch einmal zu berühren. »Ich bin hier«, sagte er nur und stellte sich schützend neben sie. »Ich bin für Euch da.« Geduldig wartete er ab, bis Eudeline die Fassung wiedererlangt hatte, und erst dann fragte er sie: »Würdet Ihr mir alles erklären?«

Und beinahe dankbar erzählte sie ihm, was geschehen war.

46

Reims, private Gemächer in der Abtei Saint-Remi
27. März

Aleydis wartete darauf, dass der Kardinal seine Lektüre beendete. Nach fünf Tagen, in denen sie ihre Sorge und Reue ständig hatte verbergen müssen, konnte sie nun endlich aufhören, anderen etwas vorzuspielen. Still saß sie ihm gegenüber, ihr Gesicht und ihre Augen waren von schlaflosen Nächten gerötet, außerdem litt sie ständig unter Übelkeit. Noch nie war ihr Lügen so schwergefallen. Sie hatte die wachsende Aufregung um das Verschwinden von Schwester Claire miterlebt, hatte sich zusammen mit den anderen Schwestern auf die Suche nach ihr gemacht und sich nach außen hin wie alle anderen besorgt gezeigt. Im Geheimen hatte sie jedoch jeden einzelnen Augenblick über gehofft, dass niemand auf die Idee käme, den alten Brunnen zu überprüfen. Er war ihr als der geeignetste Ort erschienen, um die Leiche zu verstecken. Wenn sie Glück hatte, würde es Jahre dauern, bis jemand merken würde, was dort auf dem Grund lag.

Ohne sich groß um ihr aufgewühltes Gemüt zu kümmern, hatte der Kardinal sich gleich den Papieren gewidmet, und erst als er diese aufmerksam gelesen hatte, schaute er hoch und musterte sie streng. »Bist du sicher, dass du alles genau kopiert hast?«

»Ja, Euer Gnaden«, erwiderte Aleydis.

»Und du hast keine weiteren Briefe gefunden?«

»Nur die, die Ihr gelesen habt. Es sind die einzigen, die Maynard an seine Schwester gerichtet hat.«

»Ich beglückwünsche dich«, sagte der Kardinal. »Dennoch genügen die Nachrichten, die du mir gebracht hast, nicht, um Maynard de Rocheblanche zu finden.«

Aleydis fürchtete, neuerlich bestraft zu werden. Doch noch

schlimmer quälte sie die Angst, dass er von ihr verlangte, weiter nachzuforschen. Seit Schwester Claires Verschwinden lebte man im Kloster in ständiger Anspannung. Es würde ihr nicht mehr gelingen, sich ungestört zu bewegen oder noch einmal in die Räume der Äbtissin einzudringen.

»Die Sache muss nun von anderen gelöst werden, und dazu sind drastischere Mittel nötig«, fuhr der Kardinal zu ihrer Überraschung fort. »Offensichtlich weiß Äbtissin Eudeline die Geheimnisse ihres Bruders sehr gut zu hüten. Zu gut für dich.«

»Aber ich bin die Einzige, die in der Lage ist –«

Der Kardinal schüttelte den Kopf. »Wichtige Angelegenheiten erfordern meine Anwesenheit an einem anderen Ort und zwingen mich, schnell eine Lösung zu finden.« Während er die kopierten Briefe Maynards ein letztes Mal durchging, deutete er ab und zu auf einige Worte. »In diesen Zeilen verbergen sich zweifellos Anspielungen auf den Lapis exilii. Rocheblanche erwähnt sogar einen Ort, der im Rätsel beschrieben wird. *Im Rätsel* … begreifst du? Vielleicht weiß Eudeline nicht, wo ihr Bruder sich aufhält, aber die Briefe in ihrem Besitz beweisen endlich, dass auch sie von dem Pergament Kenntnis hat, das ich suche.«

Aleydis sah ihn verständnislos an. In den vergangenen Monaten hatte er ihr nur das Notwendigste gesagt, gerade genug, damit sie ihre Aufgabe erfüllen konnte. Sie hatte keine Ahnung, wovon der Kardinal sprach.

Der war jedoch zu vertieft in seine Überlegungen, um ihr Aufmerksamkeit zu schenken. »Es gibt keinen Grund mehr, zu zögern«, sagte er schließlich. »Ich werde die Äbtissin von Sainte-Balsamie entführen lassen, damit ich sie selbst befragen kann.«

Aleydis zuckte zusammen. »Aber wie …«, entfuhr es ihr. »Wann …«

»Heute Nacht«, erklärte der Kardinal. »Ich werde Marcus befehlen, ins Kloster einzudringen und sie fortzuschaffen, während alle Nonnen in tiefem Schlaf liegen.«

Beinahe hätte sich Aleydis vor ihm auf die Knie geworfen und ihn angefleht, sein Vorhaben nicht in die Tat umzusetzen. Doch sie hielt sich gerade noch zurück, weil sie sich entschieden hatte, dass sie eine solche Schändlichkeit nicht zulassen würde. Nicht nach dem, was mit Schwester Claire geschehen war. Eudeline war gut zu ihr gewesen, sie sollte nicht unter den Übergriffen des Kardinals leiden.

»Was ist los mit dir? Du wirkst so bestürzt«, riss sie der Kardinal aus ihren durcheinanderwirbelnden Gedanken.

»Nein, Euer Gnaden«, sagte Aleydis schnell. »Ich bin nur müde …«

»Dann solltest du dich jetzt ausruhen.« Der Kardinal legte die Hände zusammen und verschränkte die beringten Finger ineinander. »Denn du wirst Marcus nach Mitternacht ins Kloster einlassen.«

Gequält von heftiger Übelkeit rannte Aleydis hinaus und versuchte, den Brechreiz zu unterdrücken, bis sie sich vor dem Portal schließlich nicht mehr länger beherrschen konnte. Doch die Erleichterung währte nicht lange. Als sie aufsah, bemerkte sie Marcus, der nur wenige Schritte entfernt stand. Er hielt die Zügel seines Pferdes in der Hand und hatte alles mitangesehen.

»Du bist blass wie eine Leiche«, sagte er zu ihr, unverschämt wie immer.

»Das geht Euch nichts an«, erwiderte Aleydis und wischte sich den Mund mit einem Ärmel ab.

»Das wird es aber, wenn dein Zustand sich als Hindernis für den Auftrag von heute Nacht erweist.«

Aleydis sah ihn überrascht an. »Dann wisst Ihr es also schon?«

Er lachte höhnisch. »Seine Eminenz plant das schon seit Wochen. Er musste mir nur ein Zeichen geben, damit ich Bescheid wusste.«

»Ich weiß aber nicht, ob ich das wirklich kann …«

»Deine Aufgabe ist einfach, allerdings auch sehr wichtig.« Marcus setzte einen Fuß in den Steigbügel und streckte ihr die Hand hin. »Jetzt komm, steig auf. Ich erkläre dir alles unterwegs.«

47

Abtei Santa Maria di Pomposa
27. März

Es war erst einen Tag her, dass Gualtiero hatte mitansehen müssen, wie seine Eltern verhaftet worden waren, und nun saß er mit dem Rücken zur Abtei im Gras. Er starrte auf den leeren Wagen am Straßenrand, als hätte er ein gestrandetes Wrack vor sich, Überreste einer Zeit, die nie mehr wiederkommen sollte. Abt Andrea hatte sich sehr um ihn bemüht, aber er konnte ihm noch nichts darüber sagen, welchem Schicksal Sigismondo und Sapia entgegengingen.

Das Warten war zermürbend und wurde noch erschwert durch das, was er letzte Nacht gehört hatte. Er hätte den ehrwürdigen Abt gern um Erklärungen gebeten, doch er wollte ihn nicht misstrauisch machen oder gar gegen sich aufzubringen.

Plötzlich bemerkte er, dass ihm jemand eine Blume hinhielt.

Er sah auf und erkannte das französische Mädchen.

»*Pour vous*«, sagte sie.

Verwirrt nahm er die Blume an und dankte ihr.

Das Mädchen musterte ihn. »Ich habe erfahren, was geschehen ist«, erklärte sie und rollte dabei sanft das R. »Es tut mir leid.«

Gualtiero drehte die Blume zwischen den Fingern und brachte nicht einmal einen einfachen Satz heraus. Der Kummer drückte zu sehr auf seine Seele, als dass er jetzt selbst eine einfache Unterhaltung hätte führen können. Obwohl ihm ihre Gesellschaft guttat. Er sah das Mädchen mit den seltsamen Augen an und fragte sich, ob sie die Geheimnisse des Mannes kannte, mit dem sie hierher nach Pomposa gekommen war. Eigentlich wäre doch nichts Schlimmes dabei, sie danach zu fragen. Doch bevor er etwas sagen konnte, beugte sie sich vor und gab ihm einen Kuss auf die Wange.

»Ich heiße Isabeau«, sagte sie lächelnd.

Gualtiero legte die Hand an die Stelle, wo sie ihn geküsst hatte. Einen Augenblick lang fühlte er sich frei von allen Sorgen; es war, als vereinte ihn ein unsichtbares Band auf eine ganz besondere Weise mit dieser Unbekannten. Dann hörte er Schritte hinter sich auf dem Gras.

Ein Mönch näherte sich ihnen.

Als er den Abt erkannte, sprang Gualtiero auf und stellte mit Bedauern fest, dass Isabeau sich abwandte und zu den Bäumen lief, die den Hof umsäumten.

»Dieses Mädchen ist scheuer als ein Reh«, sagte Abt Andrea, als er bei ihm war.

Gualtiero nickte, doch ihn beschäftigten sofort wichtigere Angelegenheiten. »Habt Ihr Nachricht von meinen Eltern?«

»Leider noch nicht. Ich suche Euch aus anderen Gründen auf. Ich möchte Eure Meinung in einer Angelegenheit einholen, die mir sehr wichtig ist.« Der Abt legte Gualtiero die Hand auf die Schulter und forderte ihn auf, ihn zum Palatium zu begleiten, das dem Kloster gegenüberlag.

Gualtiero wäre lieber allein mit seinem Schmerz geblieben, aber dem Abt zu Gefallen gehorchte er. Doch bevor er weitere Erklärungen bekam, musste er warten, bis sie den Schatten des Bogengangs erreicht hatten.

Erst dort wandte Abt Andrea sich wieder an ihn. »Sagt, habt Ihr je ein Skriptorium betreten?«

»Noch nie.«

»Dann macht Euch bereit«, erwiderte der Abt mit einem geheimnisvollen Lächeln, »denn Ihr werdet etwas sehen, was nur wenige bisher erblicken durften.«

Der zweite Stock des Gebäudes war in zwei Räume unterteilt: Der erste beherbergte die Bücher, der zweite die Mönche, die sie niederschrieben. Abt Andrea führte Gualtiero an einem Dutzend Schreibpulten vorbei und machte ihn darauf aufmerksam, dass nur etwa die Hälfte davon mit Kopisten besetzt war. Gualtiero fiel die große Sorgfalt auf, mit der sie die Kodizes verfassten, aber ebenso die

Utensilien, die sie dabei benutzten. Federn unterschiedlicher Form, Tintenfässer, Radiermesser und andere Gegenstände erweckten in ihm ein Gefühl von Vertrautheit und Fremdheit zugleich. Der Abt ließ ihm Zeit, sich alles anzusehen, dann forderte er ihn auf, ihm durch die Tür in den zweiten Raum zu folgen.

Die einzige Lichtquelle war ein zweibogiges Fenster, das nicht ausreichte, um die Schatten aus dem Raum zu vertreiben, ebenso wenig wie den herumwirbelnden Staub. Gualtiero sah, wie Abt Andrea vor einer Reihe von Bücherschränken stehen blieb und einen öffnete, um ihm die Bände darin zu zeigen.

»Wir können uns zwar nicht mit den Abteien von Bobbio oder Montecassino messen, aber dennoch ist die Bibliothek von Pomposa reich genug, um den Vergleich mit vielen angesehenen Sammlungen aufzunehmen.«

»Sie muss sehr alt sein«, sagte Gualtiero und sah sich um.

»Das stimmt«, erwiderte der Abt. »Sie wurde vor dreihundert Jahren von Abt Hieronymus eingerichtet. Dreihundert Jahre! Könnt Ihr Euch vorstellen, wie viel Leidenschaft und Eifer vonnöten waren, um einen solchen Schatz zusammenzutragen?« Er schwieg einen Augenblick, als wollte er Gualtiero dazu bringen, über seine Äußerung nachzudenken, dann fuhr er begeistert fort: »Diese Bücherschränke bewahren die wichtigsten Texte der Christenheit, angefangen bei den bedeutenden Kirchengelehrten: Augustinus, Ambrosius, Hieronymus, Gregorius Magnus, Thomas von Aquin … Ihr seht hier einen Schatz vor Euch, der auf Bibelkommentaren aufgebaut ist, auf den Lehren von der Dreieinigkeit des heiligen Hilarius und Didymus aus Alexandria, auf den Regeln von Fulgentius, Paschasius Radbertus und sogar Nicetas von Remesiana. Aber beachtet wohl, mein Sohn, wir reden hier nicht nur von *Scientia Ecclesia*, der Kirchenlehre.« Fast so, als wolle er Gualtiero ein Geheimnis anvertrauen, senkte der Abt seine Stimme. »Hier kann man sich auch mit der ›Geschichte Alexanders des Großen‹ von Quintus Curtius Rufus vertraut machen, ›Ab urbe condita‹ von Titus Livius lesen und die weisen Lehren von Seneca, Paulus Orosius und Eutropius studieren.«

»Lasst mich meiner Verwunderung Ausdruck verleihen«, sagte

Gualtiero ehrfurchtsvoll. Obwohl ihm zahlreiche Namen, die der Abt genannt hatte, unbekannt waren, drängte es ihn nun doch viel mehr, zu erfahren, weshalb er hier war. »Warum«, fuhr er deshalb fort, »habt Ihr Euch die Mühe gemacht, mich hierherzubringen?«

»Das hatte ich schon von unserer ersten Begegnung an vor«, erwiderte Abt Andrea. »Um genau zu sein, seitdem Ihr von der Verbindung zwischen den Heiligenbildern und dem liturgischen Kalender spracht. Ihr wart so eindrucksvoll in Eurer Schilderung, dass ich an einige Stellen in ›De ecclesiasticis officiis‹ von Amalarius von Metz erinnert wurde.«

»Wenn Ihr damit andeuten wollt, ich könnte in diesem Buch gelesen haben ...«

»Nein, mein Sohn«, beruhigte ihn der Abt. »Ich will damit andeuten, dass Ihr zu klug seid, um Euer Leben nur der Malerei zu weihen. Dort würden Eure Talente verschwendet.«

Als er seine ehrgeizigen Pläne und das, was er als das vornehmste Handwerk der Welt betrachtete, so gering geschätzt sah, erwachte Gualtieros Stolz. »Bei allem Respekt für Eure Bücher, ehrwürdiger Vater«, erwiderte er aufbrausend, »die Kunst der Bilder erfordert mehr Studium, als Ihr Euch vorstellen könnt.«

»Das bezweifele ich nicht«, stimmte der Abt ihm zu. »Bedenkt jedoch, welche Bilder Ihr schaffen könntet, wenn Ihr sie an die Lehren des heiligen Augustinus oder von Beda dem Ehrwürdigen anlehnen könntet. Ihr könntet Eure Fresken mit so feinsinnigen symbolischen Andeutungen bereichern, dass sie Euch über jeden anderen Künstler erheben würden.«

»Ich verstehe, was Ihr meint.« Gualtiero nickte, doch nach kurzem Nachdenken verfinsterte sich sein Gesicht wieder. »Aber Ihr vergesst, dass diese Fresken nicht mehr gemalt werden können. Nie mehr.«

»Dass Eure Eltern verhaftet wurden und ich meine Goldflorin abgeben muss, stellt gewiss ein Hindernis dar. Doch Ihr müsst deshalb nicht notwendigerweise Eure Talente vernachlässigen.«

Gualtiero begriff, dass der Abt ihn mit diesen Worten nicht nur trösten wollte. »Was meint Ihr genau damit?«

Abt Andrea lehnte sich an einen Bücherschrank. »Gestern habt Ihr mir gesagt, dass Ihr mir meine Gastfreundschaft nicht vergelten könnt. Nun, Ihr irrt Euch. Ich habe Eure Skizzen und Euren Genius so sehr schätzen gelernt, dass ich Euch für geeignet halte, in diesem Skriptorium zu arbeiten.«

»Aber ehrwürdiger Vater …« Gualtiero wich vor Überraschung einen Schritt zurück.

»Ich biete Euch ein Geschenk an, begreift Ihr?«, beharrte der Abt. »Inzwischen sind mir nur noch wenige Mitbrüder geblieben, die Handschriften verfassen können. Ihr habt das Skriptorium gesehen. Es ist beinahe leer! Und Ihr … Ihr …« Er brach ab.

»Ich verfüge nicht über das nötige Wissen, um Kodizes niederzuschreiben.« Gualtiero wusste nicht, ob er sich geschmeichelt fühlen oder erschrocken sein sollte. »Ich beherrsche kein Latein … Außerdem bin ich kein Mönch.«

»Ihr müsst die Gelübde nicht ablegen«, sagte Abt Andrea hastig. »Und ich habe bestimmt nicht vor, Euch als Schreiber zu beschäftigen.«

»Dann, verzeiht mir, ehrwürdiger Vater, verstehe ich Euch nicht.«

Einen Augenblick lang glaubte Gualtiero, er hätte Zweifel in Abt Andrea gesät. Doch dann sah er, wie er ein dickes Buch aus einem Fach nahm und ihn unergründlich anlächelte.

»Bücher bestehen nicht nur aus Worten.« Der Abt öffnete den schweren Band und zeigte ihm die wunderbaren Illustrationen an den Rändern der Texte. »Und wenn meine Erinnerung mich nicht trügt, ist es mindestens vierzig Jahre her, dass die Abtei von Pomposa den letzten Miniaturenmaler in ihren Mauern beherbergt hat.«

48

Reims, Kloster Sainte-Balsamie
27. März

Aleydis kauerte hinter dem verriegelten Portal des Klosters und wartete auf das vereinbarte Signal von Marcus. Sie hatte sich hierhergeschlichen, nachdem die alte Schwester Pförtnerin sich ins Dormitorium zurückgezogen hatte. Nun harrte sie allein und unentschlossen in der Dunkelheit aus. Einerseits sehnte sie Marcus' Kommen ungeduldig herbei. Andererseits betete sie, dass dieser Moment niemals einträfe. Früher hätte sie eine solche Aufgabe ohne zu zögern erledigt. Aber nun hatte sie sich verändert. Die Schuldgefühle wegen des Todes von Schwester Claire lasteten bereits schwer auf ihr, jetzt noch Verrat an der Äbtissin begehen, das mochte sie nicht über sich bringen.

Sie hatte die ehrwürdige Mutter gesehen, wie sie nach der Vesper mit tränenüberströmtem Gesicht auf die Kanzel gestiegen war, um den Mitschwestern mitzuteilen, dass man die Leiche der Kapellanin gefunden hatte. Inmitten all der Trauer hatte Aleydis begriffen, dass ihr Spiel sich nicht mehr lange durchhalten ließ, deshalb hatte sie versucht, mit Eudeline zu sprechen, um ihr alles zu gestehen. Doch die Äbtissin war nicht in der Verfassung gewesen, ihr die nötige Aufmerksamkeit zu schenken.

Von da an war Aleydis nur noch von dem Gedanken an Marcus beherrscht gewesen. Bereits vor Mitternacht war sie zur Pforte geschlichen, und nun wartete sie dort wie verabredet auf sein Zeichen.

Bei all den widersprüchlichen Gefühlen riet ihre Vernunft ihr, dem Kardinal zu gehorchen. Trotz allem hatte dieser Mann sie schließlich aus dem Elend herausgeholt. Außerdem, was war eine Äbtissin in Reims schon gegen einen Kardinal in Avignon? Wahrscheinlich verfolgte Seine Exzellenz einen vernünftigen, wenn auch nicht unbedingt frommen Zweck, der sich einem ungebildeten Mädchen aus dem gemeinen Volk eben nicht erschloss.

Und doch spürte Aleydis, dass sie sich auf der Seite des Unrechts befand. Die ehrwürdige Mutter war gut, wenn auch streng. Sie hatte sie aufgenommen und beschützt und ihr Achtbarkeit und Anstand beigebracht. Dank ihres Vorbilds hatte Aleydis begriffen, dass eine Frau mehr als nur ein Gegenstand der Lust oder ein Gefäß zur Fortpflanzung sein konnte und dass ein frommes Leben im Kloster mehr zu bieten vermochte als ein Dasein, in dem man sich den Gelüsten eines Mannes unterordnen musste. »Ich will nicht, dass man ihr ein Leid antut«, sagte sie leise und hoffte, sie könnte diesem Wahnsinn noch Einhalt gebieten.

Doch da schreckte ein Geräusch sie auf.

»Bist du da?«, raunte Marcus auf der anderen Seite der Tür.

Aleydis antwortete nicht.

»Bist du da?«, wiederholte Marcus, drängender jetzt.

Aleydis betrachtete den Riegel und dachte, wie leicht es doch wäre, die Hand auszustrecken und zu öffnen. Aber sie rührte sich nicht, bis die alte Aleydis aus einem dunklen Winkel ihrer Seele auftauchte und sie ein törichtes Mädchen schimpfte. »Es ist zu spät für einen anderen Weg«, flüsterte sie ihr zu. »Zu spät, um sich auf die Seite der Engel zu schlagen.«

Drängendes Klopfen an der Tür erinnerte sie daran, dass sie sich entscheiden musste.

»Verfluchtes Miststück!«, zischte Marcus. »Ich weiß, dass du da bist.«

Aleydis wich von der Tür zurück, als fürchtete sie, Marcus könnte sie bemerken. Sie stellte sich vor, wie er im Dunkeln vor dem Schlüsselloch kniete und sie mit zusammengepressten Kiefern beobachtete. Aber dann hörte sie, wie ein Gegenstand aus Metall über das Holz der Tür schabte, und erschauerte.

Die Angst entschied an ihrer Stelle.

Als sie das Portal öffnete, sah sie in das unerbittliche Grinsen von Marcus.

49

Trotz ihrer Erschöpfung konnte Eudeline keinen Schlaf finden. Unzählige Gedanken quälten sie, und so kam sie nicht zur Ruhe. Wie durch ein Prisma gebündelt durchlebte sie immer wieder die Momente vor dem Brunnen, an der Leiche von Schwester Claire und oben auf der Kanzel.

All diese Qualen entsprangen ihren Zweifeln. Sie wollte nicht ausschließen, dass der Tod der Kapellanin ein Unfall gewesen war. *Vielleicht hat sie sich jedoch umgebracht*, dachte sie, *und ich bin schuld.*

Sie wälzte sich auf ihrem Lager. Die Leinenhaube, die ihre Haare zusammenhielt, schien ihren Kopf auf unnatürliche Weise zusammenzupressen, sodass ihr schwindelig davon wurde. Doch anstatt sich dagegen zu wehren, überließ sich Eudeline diesem Gefühl und dämmerte langsam weg.

Kurz sah sie Schwester Claire wieder vor sich, wie sie am Brunnen stand …

Als sich plötzlich eine Hand auf ihren Mund presste, wurde sie mit einer solchen Gewalt aus dem Schlaf gerissen, dass sie meinte, sie würde in einen Alptraum zurückgeworfen. Doch rasch war sie hellwach, aber nur, um ein Grauen zu erfahren, das sie niemals mehr hatte erleben wollen.

Im Dunkeln stand ein Mann über sie gebeugt.

Sie wollte aufstehen, doch er drückte sie gewaltsam nieder. Während ein Schrei in ihrer Kehle erstickte, wanderten die Finger des Eindringlings zwischen den Falten ihres Nachtgewands schamlos nach oben, um dann auf ihrer Brust liegen zu bleiben.

»Jetzt kommt Ihr mit mir.«

Nein!, schrie sie innerlich auf. Sie wehrte sich nach Leibeskräften, bäumte sich auf und zerkratzte das Gesicht vor sich. Ihre Nägel bohrten sich in die rauen Wangen, als wollte sie ihm eine schreckliche Maske herabreißen, eine fürchterliche Erinnerung aus ihrer Vergangenheit.

Ungehalten packte sie der Mann und schleuderte sie brutal vom Bett auf den Boden.

Eudeline stieß sich den Kopf an, doch sie achtete nicht auf den Schmerz. Schnell rappelte sie sich auf alle viere, wollte schreien, doch Panik verschloss ihr die Kehle.

Wie konnte so etwas geschehen, ausgerechnet *hier*? Wütend verfluchte sie sich, dass sie als Frau geboren war, ein schwaches Weib, das es nicht mit dem aufnehmen konnte, der sie tief in ihrem Innern verletzte.

Vor Angst wie gelähmt sah sie zur halb geöffneten Tür ihres Gemachs, und für einen kurzen Moment entdeckte sie den Schein einer Laterne und zwei schreckgeweitete Augen. *Diese Augen*, dachte sie und versuchte, den Gedanken in einen stummen Schrei nach Hilfe zu verwandeln.

Dann packte sie die Hand des Eindringlings im Nacken und riss ihr die Leinenhaube herunter.

Als ihre Haare offen über ihre Schulter fielen, sank Dunkelheit über sie.

Die kühle Nachtluft brachte sie wieder zu Bewusstsein.

Während ihre Benommenheit schwand, erkannte sie die Abtei Saint-Remi, dann überwältigte sie die Erinnerung an das, was eben mit ihr geschehen war. Gequält stöhnte sie auf, nur um zu spüren, dass sie einen Knebel im Mund hatte. Und dass sie, an Händen und Füßen gefesselt, auf einem Pferd lag.

»Still!«, sagte der Mann, der sie vor sich auf dem Pferderücken hielt, und bedeckte ihr Gesicht mit seinem Umhang.

Erst viel später konnte sie wieder etwas sehen, als der Reiter an einer Ansammlung von Hütten und alten Gebäuden anhielt. Nachdem er sich rasch versichert hatte, dass ihn auch niemand beobachtete, warf er sie sich über die Schulter und brachte sie in einen alten Wachturm.

Als sich die Dunkelheit um sie nach und nach lichtete, konnte

Eudeline die Wände eines schmalen Ganges ausmachen und an dessen Ende das lodernde Licht einer Fackel. Bis dorthin trug sie der Entführer, dann legte er sie auf dem Boden ab.

Wenige Schritte vor ihr stand jemand. Er hielt die Fackel so, dass sein Gesicht im Schatten blieb. Ein großer, leicht buckliger Mann im langen Gewand eines Geistlichen.

»Seid Ihr Eudeline de Rocheblanche?«

Noch immer unfähig zu sprechen, nickte sie stumm.

»Ihr seid hier wegen Eures Bruders.«

Eudeline war so überrascht, dass sie gar nicht bemerkte, wie ihr der Knebel abgenommen wurde.

»Ein Bruder mit vielen Geheimnissen«, fuhr der Mann mit der Fackel fort.

Sie versuchte, ihre Angst und Bestürzung zu überwinden. »Wer seid Ihr, dass Ihr es wagt, eine Mutter Oberin mitten in der Nacht so zu behandeln?«

»Es ist besser für Euch, wenn Ihr das nicht wisst. Ihr solltet mir lieber von dem Rätsel erzählen, das Eurem Bruder in die Hände gefallen ist.«

»Nur eines solltet Ihr über meinen tapferen Bruder wissen«, entgegnete Eudeline und bemühte sich, selbstsicher zu wirken, »nämlich dass er nicht zögern wird, mir zu Hilfe zu eilen, um Euch für Euer ungeheuerliches Vergehen zu bestrafen.«

»Das Pergament gehört ihm nicht«, fuhr der Mann fort, ohne auf ihre Drohung zu achten. »Rocheblanche hat kein Recht, seinen Blick auf dessen Geheimnisse zu richten. Das könnte ihm die Anklage wegen Häresie einbringen, versteht Ihr? Sagt mir einfach, wo er sich aufhält, und alles ist vergessen.«

Eudeline wand sich auf dem kalten Boden, die Fesseln schnitten ihr in die Haut. Nun wusste sie, was man von ihr wollte. Das Rätsel des Lapis exilii, des Schatzes, der auf dem Mons floris bewahrt wurde. Doch hier ging es um mehr als eine Anklage wegen Ketzerei. Es ging darum, Maynards Leben zu verteidigen.

»Ihr behauptet also, mein Bruder hätte kein Recht dazu«, gab sie verächtlich zurück. »Und Ihr, welches Recht habt Ihr an meiner

Person? Wärt Ihr ein ehrbarer Mann, würden wir diese Unterhaltung an einem anderen Ort und nicht auf diese Weise führen.«

Er antwortete mit einem höhnischen Lachen. »Ihr solltet mir besser offenbaren, was Ihr wisst, wenn Euch an Eurer Unversehrtheit liegt.«

Mit einiger Mühe gelang es Eudeline, sich auf die Knie zu stützen. Die Haare fielen ihr ins Gesicht, ihre Hände waren schmutzig, aber nun konnte sie die Gestalt vor sich genauer betrachten. »Ich könnte Euch nur sehr wenig erzählen«, stolz reckte sie das Kinn vor, »doch glaubt mir, ich werde lieber den Tod erleiden, als mein eigenes Blut zu verraten.«

»Denkt Ihr vielleicht, Ihr befändet Euch noch in Eurem Kloster, ehrwürdige Mitschwester?«, verhöhnte sie der Mann. »Hier seid nicht Ihr es, die die Regeln bestimmt, und Euer ehrenhaftes Verhalten hilft Euch wenig. Vielleicht versteckt Ihr Euch ja schon zu lange unter dem Schleier, um das zu erkennen.« Mit einer knappen Handbewegung gab er dem Mann hinter ihr einen Befehl.

Eudeline wurde emporgerissen und mit Gewalt herumgedreht. Im Fackelschein konnte sie endlich das Gesicht ihres Entführers sehen. »Ihr!«, rief sie erschrocken aus, als sie den Mann erkannte, der Aleydis jede Woche vom Kloster abgeholt hatte, um sie zu ihrem Beichtvater zu bringen. Dann hatte sie sich also nicht getäuscht. Denn das Gesicht ebendieses Mädchens hatte sie hinter der Tür ihrer Kammer zu erkennen geglaubt, ehe man sie fortgeschafft hatte.

»Ja, ich!« Der Soldat riss ihr mit einem einzigen Ruck das Nachtgewand vom Leib.

»Nein!«, schrie Eudeline, als sie nackt vor Marcus' lüsternem Blick stand. »Nein!«

»Dann erzählt mir vom Lapis exilii!«, befahl der Mann mit der Fackel, seine Stimme überlagerte dröhnend ihren Schrei. »Ich weiß, dass Ihr von dieser Reliquie Kenntnis habt. Ich weiß es!«

Eudeline versuchte, sich von Marcus zu befreien, der sie genüsslich dem Licht der Fackel aussetzte. Sie spürte, dass sie kurz davor stand, in eine fast kindliche Angst zu verfallen. Doch gerade als sie in ihrer Verzweiflung versinken und ihren Widerstand aufgeben wollte, nahm sie noch etwas anderes in sich wahr. Inmitten der Angst und der Erinnerung an die ihr angetane Gewalt war da eine kleine Flamme, die ganz unten auf dem Grund ihrer Seele brannte. Eudeline ballte die Fäuste, als könnte sie sie so mit Händen greifen und ihre Wärme spüren. Es war eine Flamme der Wut, ein wilder Hass auf den schändlichen Menschen, der ihr einst Gewalt angetan hatte. Eine Flamme, die all die Jahre still geglommen und nur darauf gelauert hatte, dass sie sich irgendwann rächen konnte.

»Ich werde Euch nichts sagen!«, schrie Eudeline aus Leibeskräften. »Nichts!«

Der Mann vor ihr wirkte kaum überrascht. Ganz im Gegenteil, nun schien er eher neugierig geworden zu sein. Eudeline nahm es so deutlich wahr, als würde ein Teil von ihr das Geschehen von außen beobachten. Und der andere Teil ihrer selbst … Die nackte Frau, die sich da in den Armen von Marcus wand, war nicht mehr die edle Eudeline de Rocheblanche und schon gar nicht die ehrwürdige Äbtissin von Sainte-Balsamie. Wut hatte die Oberhand über die Angst gewonnen, über die Vernunft und alles andere, pure Instinkte bestimmten ihr Handeln.

»Meint Ihr vielleicht, das würde mich beeindrucken?« Der finstere Mann im Spiel der Schatten der Fackel lachte auf. »Glaubt mir, sehr lange werdet Ihr nicht mehr so rebellisch sein.« Er näherte sich ihr. »Und dann, ehrwürdige Äbtissin, werdet Ihr mich nur zu gern zufriedenstellen.«

Eudeline sah aus dem Schatten das Gesicht eines alten Mannes auftauchen, dessen Augen im Licht der Flamme gierig glänzten, die Lippen lüstern verzerrt. Sie konnte ihn nur kurz betrachten, da wurde sie bereits durch den engen Gang des Turms fortgeschleift. Dorthin, wo die Dunkelheit von metallenen Schlössern und Ketten widerhallte.

Im Schutz der Nacht entfernten sich zwei in ihre Umhänge gehüllte Gestalten vom alten Turm.

»Warum habt Ihr sie nicht der Folter unterzogen?«, fragte Marcus. »Sie hätte geredet.«

»Das bezweifle ich«, sagte der Kardinal, der sich beim Gehen auf seinen Stock stützte. »Im Augenblick ist sie zu verwirrt und aufgebracht. Zudem ist sie eine Edelfrau, die das Befehlen gewohnt ist. Sie hätte sich nicht so leicht gebeugt.«

Der Soldat fuhr sich über die zerkratzten Wangen. »Meint Ihr? Wenn Ihr sie nur mir überlassen hättet ...« Er lachte dreckig.

»So eine Frau ist sie nicht, glaubt mir. Ihr hättet sie nur weiter verstört und damit in ein umso tieferes Schweigen getrieben.«

»Doch wenn wir sie nun dort eingeschlossen zurücklassen ...«

»Nackt, ohne Wasser und Essen«, stellte der Kardinal klar. »*Intra arctos muros:* die Methode, die von der Inquisition angewandt wird, um Ketzer geständig zu machen. Morgen wird sie sicher bereit sein zu reden, Ihr werdet sehen ... Und sobald wir die Wahrheit erfahren haben, können wir endlich abreisen.«

»Die wichtige Angelegenheit in Metz ...«

»Karel von Böhmen«, sagte der Kardinal. »Im Gegenzug für meine Unterstützung ist er bereit, mir die Lanzenspitze zu überlassen.«

Marcus nickte. »Doch diese Frau ... Sie hat mich erkannt, wie Ihr wisst. Wenn sie freikommt ...«

»Zweifelsohne eine faszinierende Frau, da muss ich Euch recht geben.« Der Kardinal lächelte boshaft. »Doch ihr Schicksal ist bereits besiegelt.«

50

Abtei Santa Maria di Pomposa
28. März

Maynard führte seinen Rappen am Zügel aus den Stallungen des Klosters ins Freie. Er trug immer noch die schwarze Mönchskutte, doch er hatte sich den Bart gestutzt und die Haare geschnitten, um am Hof der Herren von Ferrara kein Aufsehen zu erregen. Als er Abt Andrea sah, blieb er stehen.

»Man hat mich unterrichtet, dass Ihr aufbrecht.« Der Abt ging ihm entgegen.

»In zwei Tagen ist Karfreitag«, erwiderte Maynard. »Wenn es stimmt, dass der Bischof dann in Ferrara weilt, bleibt mir gerade noch genug Zeit, die Stadt zu erreichen und mir dort ein Quartier zu besorgen.«

»Bittet um Unterkunft im Haus der Barmherzigkeit in der Nähe der Kirche San Leonardo«, riet der Abt. »Es befindet sich im gleichnamigen Borgo hinter dem Löwenturm. Und nicht weit entfernt von den Orten, die Ihr aufsuchen wollt.«

»Ich werde es mir merken.«

»Hier sind die Briefe, die Ihr überbringen sollt.« Der Abt reichte ihm zwei versiegelte Pergamentrollen. »Der erste ist für Seine Exzellenz den Bischof, der zweite für den Marchese Obizzo III. bestimmt. In beiden bitte ich um Aufklärung bezüglich der Gefangennahme der Eltern von Gualtiero de' Bruni, außerdem um ein mildes Urteil.« Er wartete, bis Maynard die Briefe in seinem Reisesack am Sattel verstaut hatte, dann fügte er hinzu: »Noch etwas …«, brach jedoch ab.

»Nur zu«, ermutigte ihn Maynard, der sich über das Zögern des Abtes wunderte.

Abt Andrea seufzte bitter auf. »Ich möchte die Gelegenheit nutzen und Euch bitten, die erste Rate der Schuld zu überbringen, die ich nun begleichen muss.«

»Euer Vertrauen ehrt mich.«

»Wenn ich einem Mitbruder eine solche Aufgabe übertrüge, würde ich ihn nur der Gefahr von Räubern aussetzen. Und die Bogenschützen der Abtei sind allesamt Söldner, denen ich nicht einmal eine Handvoll Münzen anvertrauen würde ... geschweige denn zweihundert Goldflorin.«

»Ich werde Euch gern behilflich sein«, sagte Maynard. »Wem soll ich sie übergeben?«

Der Abt löste den schweren Beutel von seinem Gürtel und reichte ihn Maynard. »Dem Marchese Obizzo III. persönlich, in seiner Eigenschaft als Vikar des Heiligen Vaters.«

»So sei es.« Maynard befestigte den Beutel an seinem Waffengurt, gleich neben dem Dolch. »Ich hätte ebenfalls eine Bitte.« Er nahm ein langes, in Stoff gewickeltes Bündel vom Sattel und reichte es dem Abt. »Meine Schwerter sind zu groß, um unbemerkt zu bleiben. Mir liegt sehr viel an diesem Bohrschwert, und ich möchte nicht, dass die Wachen der Stadt es mir abnehmen.«

Abt Andrea hob eine Ecke des Tuches hoch und enthüllte den Knauf der kürzeren Waffe, auf dem das Wappen des Hauses Rocheblanche prangte. »Ich werde es bis zu Eurer Rückkehr in der Krypta des Klosters verwahren.«

Maynard bedankte sich mit einem Lächeln, dann wurde er wieder ernst. »Ihr müsstet Euch auch um Isabeau kümmern.«

Der Abt sah ihn fragend an.

»Ich traue niemandem außer Euch«, erklärte Maynard. »Ich gehe einem ungewissen Schicksal voller bedrohlicher Ränke entgegen, die sich mir in ihrer Gänze noch nicht erschlossen haben, das wisst Ihr nur zu gut. Und ich wüsste sie lieber hier in Sicherheit, unter den Fittichen eines guten Menschen, wie Ihr es seid, als sie unnötig in Gefahr zu bringen.«

Der Abt wendete das schwere Bündel in seinen Händen hin und her.

Maynard wusste, dass es ihn Überwindung kosten musste, eine

junge Frau in seinem Kloster zu verbergen. »So soll es sein«, sagte er jedoch schließlich.

»Glaubt nicht, dass ich Eure Großzügigkeit über Gebühr ausnutzen möchte«, sagte Maynard dankbar, während er einen Fuß in den Steigbügel setzte. »Ich werde so bald wie möglich zurückkehren, um sie zu holen, das schwöre ich. Und ich werde Euch dafür entlohnen.«

»Findet Facio di Malaspina«, entgegnete der Abt. »Das wäre mir mehr als genug Lohn.«

Maynard schwang sich in den Sattel, aber ehe er seinem Pferd die Sporen geben konnte, bemerkte er jemanden, der auf ihn zugerannt kam.

Der junge Maler.

»Wartet, Herr!«, rief Gualtiero, während er sich ihm keuchend näherte. Er kam vor dem Pferd zu stehen und sank auf die Knie, um wieder zu Atem zu kommen. »Ich flehe Euch an, erlaubt mir, Euch zu begleiten.«

Maynard betrachtete ihn erstaunt, dann sah er zu Abt Andrea.

»Mein Sohn«, der Abt schien ebenfalls verwirrt, »was redet Ihr denn da?«

»Ich weiß Euer Angebot zu schätzen, ehrwürdiger Vater«, verkündete Gualtiero mit hochrotem Kopf. »Aber ich kann mich nicht ruhig ins Skriptorium von Pomposa setzen, ohne mehr über das Schicksal meiner Eltern herausgefunden zu haben.«

Der Abt legte ihm sanft, aber bestimmt eine Hand auf die Schulter. »Darum werden sich schon andere kümmern.«

»Ich weiß.« Gualtiero entzog sich seinem Griff und wandte sich wieder an Maynard. »Kürzlich in der Nacht habe ich Euch belauscht. Ich bin nicht stolz darauf, aber als ich Euch über meine Eltern reden hörte, konnte ich nicht anders. Ich habe Euch über Briefe und eine Reise nach Ferrara sprechen hören …«

»Ich reite nicht nur nach Ferrara, um Briefe zu übergeben«, erwiderte Maynard kühl, in der Hoffnung, Gualtiero von seinem Vorhaben abzubringen.

Doch der wirkte wild entschlossen. »Ihr habt von noch etwas gesprochen. Von einem Missverständnis … einer Intrige … Was immer es ist, ich werde Euch nicht zur Last fallen. Mein einziges Ziel ist, herauszufinden, wo meine Eltern gefangen gehalten werden und weshalb.«

»Wollt Ihr Euch denn der Gefahr aussetzen, ebenfalls verhaftet zu werden?«, fragte Abt Andrea.

»Das nehme ich gern in Kauf.« Gualtiero ballte kämpferisch die Fäuste.

»Mein Sohn –«, begann der Abt erneut, allmählich klang er verärgert.

»Spart Euch Eure Worte, Vater, sie sind vergebens.« Nachdem Maynard Gualtiero lange betrachtet hatte, war ihm klar, dass ihn nichts auf der Welt von seinem Vorhaben abbringen konnte. Maynard erinnerte sich an die Leidenschaft, mit der der junge Mann vor dem Kapitel gesprochen hatte, und als er nun dessen grimmig entschlossenes Gesicht musterte, wunderte er sich nicht über den Mut, den er darin entdeckte. Ein instinktiver Mut, der nichts mit seinem eigenen Wesen, dem eines Kriegers, gemein hatte. Doch er konnte nicht anders, irgendwie war ihm der Junge sympathisch. »Er hat seine Entscheidung schon getroffen«, erklärte er und wandte sich lächelnd an Gualtiero. »Ein Reisegefährte könnte ganz nützlich sein, aber falls Ihr mir zur Last fallt –«

»Das wird nicht geschehen, Herr«, sagte Gualtiero schnell.

Abt Andrea atmete vernehmlich aus und verdrehte die Augen zum Himmel. »Wie es aussieht, bleibt mir nur, Euch dem Herrn anzuempfehlen und Euch zu raten, den Wasserweg zu wählen. Schifft Euch beim Leuchtturm ein und fahrt den Padus flussaufwärts. Innerhalb eines Tages werdet Ihr Euer Ziel erreichen.«

51

Maynard und Gualtiero befolgten den Ratschlag des Abtes, und als sie den Portus abbatis an einer der Pomündungen erreichten, warteten sie dort auf ein Schiff, das sie ins Binnenland bringen würde. An diesem verlassenen, von Gestrüpp überwucherten Strand suchten sie hinter einer Hütte, an der Netze zum Trocknen hingen, Schutz vor dem Wind. Unweit von ihnen brannte im Leuchtturm noch das Feuer der vorigen Nacht, als wollte es Reisenden, die sich im Sturm verirrt hatten, frischen Mut einflößen.

Einen halben Tag lang blickten sie vergebens auf die Wellen, bis endlich ein flacher Lastkahn eintraf, dessen Ziel flussaufwärts lag. Mit Segeln wie auch mit Rudern ausgestattet, verfügte er über genügend Laderaum, um neben einer beachtlichen Ladung an Salz auch Vieh und Passagiere an Bord nehmen zu können. Noch beim Vertäuen des Schiffes erklärte der Steuermann, er sei auf dem Weg nach Pavia und wolle auch in Ferrara anlegen.

Obwohl Maynard es hasste, auf dem Wasser zu reisen, erkannte er erst an Bord, wie unbedacht es vor einigen Tagen von ihm gewesen war, die ganze Strecke mit dem Pferd zurücklegen zu wollen. Nachdem er seinen Rappen am hinteren Mast festgebunden hatte, gesellte er sich zu Gualtiero an die Reling und betrachtete wie dieser die sich ständig wandelnde Landschaft von Ufern voller Röhricht und verkrüppelter Bäume über Sümpfe bis hin zu ausgedehnten Feldern, die vom Pflug urbar gemacht worden waren.

Die Hügel am Padus erhoben sich majestätisch und versperrten mit ihren grünen Rücken immer wieder einmal die Sicht. Dann senkte Gualtiero den Kopf und starrte missmutig in das trübe Wasser. Maynard respektierte sein Schweigen, bis er zwischen einigen Büschen eine Gruppe Vögel mit ungewöhnlich langen Beinen entdeckte. Mit einer stummen Geste wies er ihn auf sie hin.

Gualtiero nickte und deutete mit weit ausgebreiteten Armen auf die Landschaft, die sie umgab. »Unter anderen Umständen«, sagte er, »würde ich gerade ununterbrochen meinen Zeichenblock füllen. Doch im Moment bin ich mit meinen Gedanken ganz woanders.«

»Ein Zeichenblock?«, fragte Maynard nach, um ihn aus seiner Trauer zu holen.

»Darin halte ich meine Skizzen fest. Ich habe ihn immer dabei.«

»Wollt Ihr ihn mir zeigen?«

»Es ist nichts Besonderes.« Gualtiero wirkte verlegen.

»Zu spät. Jetzt habt Ihr mich neugierig gemacht«, beharrte Maynard augenzwinkernd.

»Nun denn ...« Gualtiero öffnete seinen Reisesack und holte ein Holztäfelchen heraus, an dem ein kleiner Papierstapel befestigt war. Er zögerte kurz, doch dann übergab er es an seinen Reisegefährten.

Maynard blätterte die Seiten durch und war tief berührt. Sie enthielten wirklich nur Skizzen, aber sie waren mit einer solchen Meisterschaft ausgeführt, dass er den Blick nicht von ihnen lösen konnte. Landschaften, Tiere, Bauern bei der Arbeit, Gesichter im Strahlenkranz, Engel mit ausgebreiteten Flügeln und Körperstudien: Jedes Bild war äußerst sorgfältig ausgeführt, mittels eines Kohlestiftes und in seltenen Fällen Tinte, die mit dem Pinsel laviert worden war. Je länger er das Buch betrachtete, umso größer wurde seine Bewunderung. Wenn das hier bloß ein kleiner Ausschnitt der Bilderwelt des Gualtiero de' Bruni war, musste man sich fragen, welche Visionen sich noch in seinem überschäumenden Geist verbargen.

Seine Achtung steigerte sich noch, als er an einem Seitenrand ein Porträt von Abt Andrea entdeckte, auch dieses ganz wirklichkeitsgetreu, obwohl es nur mit wenigen Strichen ausgeführt war. Die gerunzelte Stirn und die hochgezogenen Augenbrauen zeigten ihn in der für ihn charakteristischen Denkerpose, die Maynard nur zu gut kennengelernt hatte. Beim Weiterblättern stieß er auf ein weiteres bekanntes Gesicht.

»Isabeau ...«, flüsterte er belustigt.

Gualtiero schrak zusammen und vermied jeden Kommentar.

Maynard gab vor, seine Verlegenheit nicht zu bemerken, und sah weiter die Skizzen durch, bis er auf einmal schallend auflachte. »Und das hier soll wohl ich sein?« Er zeigte auf das Bild eines Wanderers mit Kapuze und struppigem Bart. Nachdem Gualtiero bestätigend genickt hatte, betrachtete er sein Porträt näher und bemerkte, dass eigentlich wenig Grund zur Heiterkeit bestand. Getreuer als ein Spiegelbild hatte Gualtiero nicht nur sein Äußeres vortrefflich eingefangen, sondern auch seine innere Verfassung, sodass er einen düsteren Mann vor sich sah, von den Härten des Lebens gezeichnet, dessen Feuer einem gequälten Ausdruck wehmütiger Hoffnung gewichen war.

Das also ist aus mir geworden?

»Ich habe gar nicht gemerkt, dass Ihr mich beobachtet habt«, sagte er zu Gualtiero, während er seine Verbitterung zu verbergen suchte.

»Das war auch nicht nötig. Ich kann mir alles, was ich sehe, einprägen und auch dann zu Papier bringen, wenn ich es nicht mehr vor Augen habe.«

»Ein Künstler, der Bildern nachjagt.« Maynard versuchte sich vorzustellen, wie viel Empfindsamkeit wohl in einer Seele vorhanden sein musste, die sich mit derlei beschäftigen konnte. Mit einem Mal konnte er die Landschaft um sich herum gar nicht mehr genießen. »Vielleicht wärt Ihr besser dem Rat von Abt Andrea gefolgt.«

»Ich kann für mich selbst sorgen«, protestierte Gualtiero.

»Das bezweifle ich.« Maynard warf einigen Schiffern, die den Beutel an seinem Gurt nicht aus den Augen ließen, einen finsteren Blick zu, woraufhin sie sich eingeschüchtert abwandten. »Euch fehlt es an Erfahrung«, erklärte er. »Die Erfahrung von jemandem, der seinem Nächsten auch einmal misstrauen kann.« Als Gualtiero daraufhin schwieg, überkam ihn wieder eine Woge der Zuneigung. »Wisst Ihr wenigstens, wo Ihr suchen müsst?«

»Sobald ich in Ferrara bin, werde ich mich auf der Straße umhören«, erwiderte Gualtiero.

»Und fremden Menschen sogleich offenbaren, dass Ihr auf der Suche nach dem Sitz der Kerker seid?«, fragte Maynard. »Wir sollten uns besser gemeinsam durchschlagen. Der Ort, den Ihr sucht, liegt bestimmt an der Piazza, zu der auch ich unterwegs bin.«

Gualtiero blickte ihn hoffnungsfroh an. »Meint Ihr damit, dass ich Euch weiter folgen darf?«

Maynard zwinkerte ihm zu. »Nur wenn Ihr mir nicht zur Last fallt.« Und als wollte er damit einen Vertrag zwischen ihnen besiegeln, gab er ihm den Zeichenblock zurück.

Gualtiero dankte ihm mit einer Verbeugung. Er verstaute den Block wieder in dem Reisesack, dabei lugte ein größeres Bild heraus, das er ebenfalls darin aufbewahrte.

»Und was ist das?«, fragte Maynard. »Das ist doch keine Skizze.«

»Keineswegs«, sagte Gualtiero und zeigte ihm ein Frauenporträt. »Das ist meine Mutter.« Er stützte sich wieder mit den Ellenbogen auf die Reling, um sich gedankenversunken in den inzwischen braunen Wellen des Flusses zu verlieren.

52

Alter Wachturm vor den Toren von Reims
28. März

Eudeline hatte jedes Zeitgefühl verloren. Nackt und in eine Ecke der stickigen Zelle gekauert hörte sie seit Stunden nichts anderes als das Trippeln der Ratten in der Dunkelheit. Der Gedanke, inmitten dieser unreinen Kreaturen einzuschlafen, hielt sie wacher als die Angst vor weiterem Leid. Trotz des vom Boden aufsteigenden Fäulnisgeruches versuchte sie, bei klarem Verstand zu bleiben, sich in einen Zustand angespannter, künstlicher Wachsamkeit zu versetzen.

Sie ahnte nicht, wer sie gefangen hielt. Obwohl sie den Soldaten kannte, der sie entführt hatte, wusste sie doch nichts über den Mann mit der Fackel. Er war alt, aber noch voller Kraft, und sie hielt ihn für einen Mann der Kirche. Das hatte sie aus seinen Worten gefolgert, aber auch aus dem stechenden Weihrauchgeruch, den seine Gewänder ausströmten. Vor allem aber weil er mit einer Anklage wegen Häresie gedroht hatte. Ein weltlicher Feind hätte sich eine andere Drohung ausgedacht. Nur ein Prälat konnte den Kirchenbann mit Tod, Ruin und Schande gleichsetzen.

Ein Inquisitor?, fragte sie sich, doch sofort verwarf sie den Gedanken wieder. Infolge des Konzils von Vienne war man energisch gegen die Ausschreitungen der Inquisition vorgegangen. Außerdem würde man sie dann nicht in irgendeinem verfallenden Gebäude gefangen halten, sondern in den Kerkern des Bischofs.

Sehr wahrscheinlich handelte es sich um einen der Männer, die Maynard suchten. »Gedungene Mörder«, hatte er gesagt, nachdem er ihr von dem Rätsel um den Lapis exilii erzählt hatte. Das Mysterium, dem er sich mit Haut und Haaren verschrieben und dessentwegen er Sainte-Balsamie schon so rasch wieder verlassen hatte, ohne ihr mehr zu enthüllen. *Geliebter Bruder*, dachte Eudeline traurig, *wenn du mich nur nicht über so vieles im Dunkeln gelassen hättest …*

Und doch wusste sie etwas, fiel ihr schlagartig ein. Karel von Luxemburg, der Pfaffenkönig: die einzige Information, die aus den unzusammenhängenden Erinnerungen von Robert de Vermandois ans Tageslicht gekommen war.

Handelte der Mann mit der Fackel vielleicht im Auftrag des Königs? Karel von Böhmen war für seine undurchsichtigen Absichten bekannt. Er hatte Verbindungen in die höchsten kirchlichen Kreise und war von einem religiösen Eifer beseelt, der sich in einer übersteigerten Leidenschaft für Reliquien ausdrückte. Wenn er von dem Lapis exilii Kenntnis hätte, würde er diesen gewiss in seinen Besitz bringen wollen …

Nein, dachte Eudeline. Solche Überlegungen lenkten sie bloß ab. Anstatt hier irgendwelchen Phantasien nachzujagen, sollte sie sich besser auf die gesicherten Tatsachen stützen. Doch leider hatte sie so gar keine Anhaltspunkte … Außer dass Aleydis an ihrer Entführung beteiligt war.

Da fiel es ihr wie Schuppen von den Augen.

Der unbekannte Wohltäter, die Mitgift für das Noviziat des Mädchens, ihre wöchentlichen Besuche beim Beichtvater … Über allem hatte eine Art Geheimnis gelegen. Anfangs war Eudeline noch neugierig gewesen, dann hatte sie die Fragen unter der Bürde ihrer Aufgaben vorerst beiseitegeschoben, bis sie sie schließlich ganz vergessen hatte. Aber nun raubte ihr ein Verdacht den Atem wie eine Schlinge, die ihr die Kehle zuschnürte. Sie war so naiv gewesen! Aleydis war ins Kloster geschickt worden, um sie und Maynard auszuspionieren.

Im Licht dieser neuen Erkenntnis dachte sie noch einmal darüber nach, wie leicht Marcus in ihre Privatgemächer vorgedrungen war. Er kam so heimlich, als ob …

Plötzlich erinnerte sie sich an Schwester Claire, wie sie sich darüber beklagte, dass sie mit ihrem Schlüssel die Tür zum Domus particularis nicht aufschließen konnte. Ausgerechnet am Tag vor ihrem Verschwinden. Ob da wohl ein Zusammenhang bestand? Eudeline schlug die Hände vors Gesicht, ihr graute bei dieser Vorstellung. »Aleydis … Aleydis …«, schluchzte sie. »Was hast du getan?«

Das Geräusch von Schritten ließ sie erstarren.

Sie presste sich gegen die Wand, jäh wurde ihr wieder bewusst, dass sie nackt und wehrlos war. Sie hatte nicht vergessen, mit welch lüsterner Gier Marcus sie dem Licht der Fackel ausgesetzt hatte. Und allein bei dem Gedanken, weitere Schändlichkeiten erleiden zu müssen, wünschte sie sich einen Dolch herbei, mit dem sie ihrem Leben ein Ende setzen konnte. Gott würde das verstehen. In seinem unendlichen Mitleid würde er ihr vielleicht sogar vergeben.

Der Riegel glitt zurück, und eine graue Gestalt zeichnete sich in der Tür ab.

»Bald wird mein Herr hier sein«, sagte Marcus kalt. »Aber wir haben noch etwas Zeit …«

Eudeline sah das Funkeln in seinen Augen, als er auf sie zukam. »Bleibt mir vom Leib!«

»Ihr seid schön für eine Äbtissin«, Marcus packte sie an den Handgelenken, »*zu* schön …«

Während ihre Furcht sich steigerte, spürte Eudeline auf einmal, wie Marcus' Griff erschlaffte und sein Atem erstarb. Dann sank sein Körper zu Boden, und hinter ihm tauchte eine dunkle Gestalt auf.

Erstarrt sah Eudeline eine Waffe aufblitzen, ehe diese zwischen den Falten eines scharlachroten Umhangs verschwand. Dann sprühte der Funken von einem Feuerstein, und eine Flamme loderte auf. Im Schein der Fackel erschien ein dunkelhäutiges Gesicht mit zwei schwarz umrandeten Augen.

Ehe Eudeline sich noch fragen konnte, wer der Mann war, half ihr schon eine schmalgliedrige Hand auf die Beine. Ein Erlebnis aus dem vorigen Herbst kam ihr in den Sinn, als sie in den Straßen von Reims beinahe von einem Ochsenkarren überfahren worden wäre.

Der Samariter …, dachte sie verwirrt.

»Kommt«, sagte er, während er sie schon aus ihrem Gefängnis führte.

Sie wich zurück, versuchte ihre Blöße zu bedecken.

Der Mann nickte zum Zeichen, dass er begriffen hatte, löste seinen scharlachroten Umhang und hüllte sie darin ein. »Kommt«, drängte er. »Euer Kloster ist noch weit.«

Gleich als er den alten Turm betrat, ahnte der Kardinal, dass etwas geschehen sein musste. Die vollkommene Stille und die tiefschwarze Dunkelheit waren fast mit Händen zu greifen. Kein Lichtstreif einer Laterne noch irgendein Laut begrüßte ihn.

Vorsichtig bewegte er sich weiter und zog den Dolch unter seinem Gewand hervor. Marcus hatte sein Pferd am Eingang angebunden, er konnte also nicht weit sein. Warum also sorgte er sich? Dieser Mann war ebenso zuverlässig wie tödlich, er hatte bestimmt schon angefangen, die Äbtissin einzuschüchtern, damit sie endlich bereit sein würde zu reden.

Und doch konnte er keine Spur von ihm entdecken.

Sorgfältig darauf bedacht, kein Geräusch zu verursachen, näherte er sich mit vorgestreckter Klinge Eudelines Kerker, bereit, jederzeit zuzustechen.

Aber als er den Eingang der Kerkerzelle erreichte, der eigentlich hätte fest verriegelt sein sollen, musste er nichts mehr sehen. Der Blutgeruch und die Stille waren mehr als sprechend.

Zorn bemächtigte sich seiner mit eisiger Macht. Schweigend ließ er sich davon überwältigen. Er war es nicht gewohnt, seinen Gefühlen Ausdruck zu verleihen, auch dann nicht, wenn er allein war. Er hielt seine Wut in seinem Inneren zurück, ließ die Luft stoßweise entweichen und fluchte unterdrückt.

Eine Leiche lag dort auf dem Boden, nur wenige Schritte von ihm entfernt. Zu groß, als dass es sich um Eudeline de Rocheblanche handeln konnte.

Der Kardinal sah sich um, obwohl er wusste, wie sinnlos das war. Da er es für unmöglich hielt, dass eine Frau allein und unbewaffnet Marcus hatte überwältigen können, beschloss er, dass er diesen Ort besser verließ.

53

Ankunft in Ferrara, Ponte Barbacane
29. März

Maynard und Gualtiero erreichten ihr Ziel mit einem halben Tag Verspätung, da der Padus plötzlich so sehr anschwoll, dass der Lastkahn nachts in einem Flusshafen namens Fiscalia festmachen musste. Am nächsten Morgen, als das Wasser sich beruhigt hatte, setzten sie ihre Fahrt ungestört fort, bis mit Palisaden geschützte Ufer vor ihnen auftauchten, hinter denen sich die Mauern einer größeren Stadt erhoben. Nachdem der Anker auf der gegenüberliegenden Seite ausgeworfen worden war, konnten die Waren entladen werden und die Passagiere von Bord gehen.

Die beiden Reisegefährten durchquerten ein Viertel, das sich um eine dem heiligen Georg geweihte Kirche drängte, und erreichten eine bewegliche Holzbrücke, die sich statt auf Pfeiler auf Boote stützte. Vorsichtig liefen sie über die schwankenden Bohlen, bis sie sich erneut auf festem Boden befanden und vor einem Tor standen, das sich in Ferraras Befestigungsanlagen öffnete.

Nachdem sie es durchquert hatten, ging Maynard voran durch eine Vielzahl kleinerer verschlungener Viertel, deren Straßen mit Kirchen, vornehmen Gebäuden und schlichten Häusern aus Holz gesäumt waren. Er hatte Gualtiero geraten, sich einige markante Punkte einzuprägen, damit er sich später nicht verirrte, und führte nun seinen Rappen an den Zügeln über eine breite Straße, die parallel zur Stadtmauer verlief. Dann wandte er sich nach Norden und bog in eine weitere gerade Straße ein, vermutlich den alten *Cardo* der Stadt. Sie folgten einem Graben entlang einem Viertel, das einen Adelspalast umgab, und allmählich wurden die Häuser, die sie passierten, immer würdevoller: Sie waren aus Stein oder Ziegeln gebaut, zwischen ihnen zogen sich Nutz- und andere Gärten sowie Kanäle.

Auf der Straße wimmelte es von Menschen, sodass sie unbemerkt voranschreiten konnten.

Irgendwann stellte Maynard fest, dass sie nicht mehr über festgestampfte Erde, sondern über Straßenpflaster schritten, und schließlich standen sie vor einer prächtigen Kathedrale. Er betrachtete bewundernd die Fassade aus weißem Marmor mit den vielen Bögen, Loggien und Skulpturen und dem hohen Portal, dann blickte er zu der zweiten großen Tür auf der Südseite, die auf die Piazza ging. Rund um die Kathedrale erhoben sich mächtige, wenn auch nicht genauso hohe und majestätische Gebäude. Anhand der Wappen, die er zwischen ihren Zinnenkränzen entdecken konnte, glaubte Maynard den Palazzo della Ragione, Sitz der Richter und Notare, auszumachen und den Palazzo della Signoria, das Gebäude der Stadtherrschaft.

Er winkte Gualtiero, ihm zu folgen, und bahnte sich einen Weg durch die immer dichter werdende Menge, deren Ziel vor allem die Marktstände am Rande des Platzes waren. Den Rappen weiter am Zügel führend, schritt er mit gesenktem Kopf voran und beobachtete dabei aufmerksam die zu beiden Seiten der Straße aufgestellten Wachen. Es hätte ihn nicht überrascht, wenn er irgendwo auch den verkrüppelten Facio di Malaspina entdeckt hätte. Bei diesem Gedanken schritt er schneller aus.

»Kommt«, sagte er. »Gehen wir weiter.«

Doch Gualtiero hielt ihn zurück. »Hattet Ihr nicht gesagt, wenn wir einmal den Ort gefunden hätten, wo Recht gesprochen wird –«

»Nicht jetzt.« Maynard zog ihn mit sich fort. »Bevor wir etwas unternehmen, sollten wir erst eine Unterkunft finden und uns über unsere weiteren Schritte beraten.«

Sie gingen weiter nach Norden, wobei sie sich an einem Wachturm orientierten, der an der Spitze mit zwei bekrönten Löwenstatuen geschmückt war. Zu seinen Füßen öffnete sich die Stadtmauer in einem Tor, das auf ein weiteres Viertel hinausging.

»Wenn ich die Wegbeschreibung von Abt Andrea richtig erinnere«, sagte Maynard, »muss das der Ort sein, den er erwähnte. Suchen wir nun das Hospiz, von dem er gesprochen hat …« Er bemerkte, dass Gualtiero gebannt nach oben starrte, zu den vier Gehängten, die dort vom Turm herabhingen, und glaubte zu ahnen, was dieser düstere Anblick in dem jungen Mann auslöste. »Es lohnt nicht, dass Ihr über etwas nachgrübelt, was Euch nicht betrifft«, ermahnte er ihn deshalb sanft.

Nachdem sie das Tor hinter sich gelassen hatten, fanden sie sich in einem Viertel wieder, das im Norden von stehenden Gewässern und an den anderen Seiten von Kirchen gesäumt wurde. Sehr bald entdeckten sie, dass die größte von ihnen dem heiligen Leonhard geweiht war und der Beschreibung von Abt Andrea entsprach. Auf der Straße vor dem Kirchenportal spielten ärmlich gekleidete Jungen zwischen Wagenspuren und Schlammpfützen Fangen oder rauften miteinander.

Maynard machte sein Pferd an einem Mauerring fest, bat Gualtiero, darüber zu wachen, und klopfte an das Tor. Ihm öffnete ein ungewöhnlich gekleideter Mönch. Er sah nicht aus wie ein Mann der Kirche, sondern wirkte eher wie ein Kriegermönch, seine ansonsten schwarze Tracht schmückte nur ein T-förmiges hellblaues Kreuz auf einem Herzen.

»Dies ist ein Haus des Antoniter-Ordens«, sagte der Mönch und hieß sie freundlich willkommen. »Warum klopft Ihr an unsere Tür?«

Maynard erkannte einen französischen Akzent, ohne jedoch die Gegend herauszuhören, aus der der Mann stammte. »Ich suche Unterkunft für mich und meinen Reisegefährten«, sagte er.

»Ihr müsst Euch aber bescheiden.«

»Wir sind nicht anspruchsvoll.«

Der Mönch zuckte mit den Schultern. »Unser Haus der Barmherzigkeit«, er zeigte auf eine Ansammlung von sehr alten Häusern gegenüber der Kirche, »bietet gewöhnlich Waisen Aufnahme. Doch seit einigen Tagen beherbergt es auch Krieger, die von weit her kommen.«

Maynard fielen die Pferde vor dem Gebäude auf. Etwa ein Dutzend, in vollem Zaumzeug und mit bunten Schabracken. »Wir benötigen nur einen Raum, in dem wir ruhen können«, sagte er, während er überlegte, was ein Franzose so weit südlich der Alpen machte. »Verzeiht meine Frage, Vater ... Woher kommt Ihr?«

»Aus Vienne«, erwiderte der Mönch mit stolzem Lächeln, »wie die meisten meiner Mitbrüder. Unser Orden wurde ungefähr vor einem Jahrhundert hier in der Stadt aufgenommen und wird seitdem wegen seiner Hingabe an den heiligen Antonius und der Erfolge bei der Heilung vom Antoniusfeuer sehr geschätzt.«

»Vienne ...«, wiederholte Maynard nachdenklich.

»Ja, aus Vienne«, der Mönch nickte nachdrücklich, »deshalb haben die Krieger, von denen ich eben sprach, auch unser Haus gewählt. Anscheinend stammen viele von ihnen ebenfalls von dort.«

Maynard betrachtete die Schabracken auf den Pferden genauer und erkannte auf einigen von ihnen ein Adelswappen, das er schon lange nicht mehr gesehen hatte. Bevor er sich erinnerte, zu welchem Haus es gehörte, fiel ihm eine Gruppe Männer in Uniform auf, die in diesem Augenblick aus dem Gebäude kamen. Ihre Gesichter waren von struppigen Bärten verdeckt, und die Obergewänder trugen das Zeichen der Kreuzfahrer. Der größte von ihnen, ein älterer, kräftiger Mann mit silbernen Haaren, schaute zu ihm hinüber, stutzte kurz und stieß dann einen Fluch aus.

Maynard ging es ähnlich. »Das gibt es doch nicht!«, rief er, und vertraute Erinnerungen wärmten plötzlich sein Herz.

Der Mann kam mit langen Schritten auf ihn zu, und als er vor ihm stand, packte er ihn am Kragen. »Der Teufel soll mich holen«, rief er, »wenn das nicht Maynard de Rocheblanche ist!«

54

Zu Gualtieros Überraschung lachte Maynard laut auf und umarmte den Fremden kameradschaftlich.

»Was tut Ihr hier?«, fragte er.

»Und was *Ihr* vor allem?«, erwiderte der Mann mit dem silbernen Haarschopf. »Ich komme aus einer Mission von der Levante.«

Bevor er sich in das Gespräch vertiefte, wandte Maynard sich an Gualtiero, der ihn verwirrt ansah. »Das ist Bastien des Baux oder ›del Balzo‹ in der hiesigen Zunge, der jüngere Bruder des Grafen von Montescaglioso«, erklärte er freudig. »Er war mein Waffenmeister.« Maynard wandte sich wieder an seinen alten Bekannten. »Ich glaubte Euch noch in Paris.«

»Das habe ich verlassen, um das Kreuz zu nehmen«, antwortete Bastien. »Ich bin in Smyrna gewesen, um dort das Blut der Türken zu vergießen.«

Maynard bemerkte das sonnengebräunte Gesicht Bastiens und eine neue Narbe, die seine Wange durchzog. »Ich hatte von einem Kreuzzug gehört, den der Papst ausgerufen hat, aber ich wusste nicht, dass er tatsächlich losgezogen ist.«

»Frankreich ist zu sehr damit beschäftigt, gegen die Engländer zu kämpfen, als dass sich die Nachricht dort hätte verbreiten können, obwohl das Unternehmen von einem seiner edlen Söhne, Humbert de la Tour-du-Pin, dem Dauphin de Viennois, angeführt wurde.«

»Dem Ehemann Eurer Nichte, wenn meine Erinnerung mich nicht trügt.«

Bastiens Gesicht verfinsterte sich kurz. »Ich bin die Vorhut seiner Rückkehr«, offenbarte er schließlich. »Ich soll erkunden, ob die Schutzbriefe des Papstes eingetroffen sind, mit denen er ungehindert die Gebiete zwischen Venedig, Genua und Mailand durchqueren kann. Seit inzwischen drei Wochen behauptet der Marchese d'Este nun schon, dass er nichts diesbezüglich erhalten habe.«

»Ihr kennt Obizzo III.?« Ein möglicher Plan nahm in Maynard Gestalt an.

»Nur flüchtig«, antwortete Bastien zu seiner Enttäuschung. »Meine Gefährten und ich haben es bloß mit seinem Heer von Beamten zu tun bekommen.« Er musterte Maynard forschend. »Doch erzählt mir von Euch! Nach so vielen Jahren musste ich nur sehen, wie Ihr geht, um Euch wiederzuerkennen. Ihr haltet immer noch die rechte Hand an der Gürtelschnalle, sodass sie jederzeit den Dolchgriff erreichen kann.«

»So wie Ihr es mich gelehrt habt.« Maynard breitete lächelnd die Arme aus.

Bastien wurde ernst. »Antwortet mir, Rocheblanche, was tut Ihr hier, fern der Heimat, als Mönch verkleidet?«

Obwohl Maynard sich eigentlich bedeckt halten wollte, schuldete er seinem alten Waffenmeister eine Antwort. Dank Bastien des Baux hatte er nicht nur seine Schwertkunst verfeinert, sondern auch Tapferkeit und Edelmut weiter verinnerlicht, Werte, die ihn seine Mutter schon in zartem Alter gelehrt hatte. »Ich bin auf der Suche nach einem Mann.«

»Und was hat das mit dem Marchese d'Este zu tun?«

»Davon habe ich nichts gesagt«, sagte Maynard schnell und musste seine Überraschung verbergen.

»Denkt Ihr etwa, Ihr könnt mich hinters Licht führen?« Bastien schlug ihm grinsend gegen die Brust. »Ich kenne doch noch Eure Art, die Augenbrauen hochzuziehen, bevor Ihr eine Finte schlagt. Und glaubt mir, mir hat ein Blick genügt, um zu erkennen, dass Ihr an dem Marchese interessiert seid.«

Maynard sah erst misstrauisch zu Bastiens Kameraden hinüber, die auf der anderen Straßenseite stehen geblieben waren, dann zu dem Antoniterkanoniker, der noch vor dem Kirchenportal wartete, um sich zu vergewissern, dass niemand lauschte. »Ich bin überzeugt«, sagte er schließlich leise, »dass der Mann, von dem ich Euch gerade erzählt habe, sich beim Marchese d'Este verbirgt.«

»Dann wird es schwierig«, sagte Bastien. »Ohne einen guten Vorwand werdet Ihr Euch nicht bei Hof einführen können.«

»Ich muss eine Botschaft zustellen. Das müsste doch genügen, um den Marchese zu sehen …«

Bastien schüttelte den Kopf. »Man wird Euch an die Hofkanzlei verweisen, so wie mich. Macht Euch keine falschen Hoffnungen. Der Marchese d'Este gibt sich nur mit hochrangigen Edelleuten ab.«

Maynard wurde nachdenklich, wollte sich aber keinesfalls geschlagen geben. Sollte ein einfacher Brief nicht ausreichen, konnte vielleicht die Rückgabe eines Teils der Schulden, die die Abtei von Pomposa bei ihm hatte, ein ausreichender Vorwand sein, um in die Adelsräume des Palastes zu gelangen und dort nach Facio di Malaspina zu suchen.

»Eine Möglichkeit gäbe es jedoch …«, riss Bastien ihn aus seinen Überlegungen.

»Die wäre?«, fragte Maynard, konnte aber den nun folgenden Worten seines Waffenmeisters keine Aufmerksamkeit mehr schenken. Etwas stimmte hier nicht, er spürte es genau. Er sah sich um, stellte fest, dass sein Rappe noch angebunden vor der Kirche stand und der Kanonikus den Eingang nicht verlassen hatte. Alles schien vollkommen ruhig zu sein, aber …

Verdammter Dummkopf!, fluchte er innerlich und blickte suchend die Straße hinunter, die zur Piazza führte.

Gualtiero war verschwunden.

Er hatte es einfach nicht mehr ausgehalten, dort bei der Kirche zu warten, während Maynard sich mit seinem Waffenmeister in so schnellem Französisch unterhielt, dass er kein Wort verstand. Gualtiero ging anderes durch den Kopf. Der edle Herr Ritter hatte gut reden und konnte ihm leicht raten, er solle umsichtig und taktisch klug vorgehen. Stattdessen sollte sich Maynard lieber selbst einmal fragen, wie er gehandelt hätte, wenn seine Eltern vom Vizdom des Bischofs verhaftet worden wären! Gualtiero tadelte ihn nicht etwa dafür. Im Gegenteil, er hielt ihn für bedacht und mutig. Doch im Augenblick wollte er nur noch eins: keine kostbare Zeit verlieren. Die Vorstellung, dass seine Eltern eingesperrt in einer dunklen Zelle saßen, ließ ihm keine Ruhe, und er fühlte sich schuldig, weil er ihnen noch nicht hatte helfen können.

Deshalb hatte er die Gelegenheit genutzt, dass Maynard abgelenkt war, sich aus dem Borgo San Leonardo entfernt und war den Weg zur Piazza zurückgegangen. Angesichts der Größe und Bedeutung der sie umgebenden Gebäude war er überzeugt, dass sich dort auch die Verwaltung der Kerker befinden musste.

Kaum war er wieder innerhalb der Stadtmauern angelangt, bemerkte er jedoch, dass sich die Lage verändert hatte. Die Menschenmenge war angewachsen, sodass er kaum noch vorankam. Gualtiero schob sich vorsichtig vorwärts. Eingehüllt von einem immer intensiveren Lärmen, versuchte er eine Stelle zu erreichen, von der aus er einen Blick auf die Gebäude der Piazza hätte. Doch je verzweifelter er versuchte, sich seinen Weg zu bahnen, desto größer schien die Menge zu werden.

Als wäre er in einen hochwasserführenden Fluss gefallen, wurde er von der Menge zum östlichen Teil der Piazza geschwemmt, wo sich bereits unzählige Menschen versammelt hatten, um Gesänge und Gebete anzustimmen.

Gualtiero begriff nicht, was um ihn herum vorging, bis er aus einer Seitenstraße eine Prozession kommen sah. In weiße Säcke gekleidete Menschen, die sich mit Geißeln, Ginsterruten und Stöcken schlugen, schritten hinter einem Kreuz mit einem blutüberströmten Christus her, gefolgt von zwei Mönchen, die Weihrauchfässer schwenkten. Bei ihrem Anblick wogte in der Menge eine fiebrige Begeisterung auf, die Leute schrien und lärmten wie besessen, einige begannen sogar, sich zu schlagen, ganz wie die weißen Geißler der Prozession.

Da er fürchtete, in diese gemeinschaftliche Hysterie hineingezogen zu werden, wollte Gualtiero die Menge verlassen; fast mit Gewalt versuchte er sich gegen die aufkommende Panik und das Geschiebe zur Wehr zu setzen. Doch als er sich bemühte, sich gegen den Strom vorwärtszukämpfen, wurde er so brutal nach vorn gestoßen, dass er der Länge nach gegen einen Mann mit zerrissenem Gewand und blutüberströmtem Rücken stieß.

Der Aufprall nahm ihm die Orientierung; er strauchelte, fiel zu Boden und wurde unter der Menge begraben. Und über ihm schloss sich ein Meer von Schritten, so dunkel wie die Nacht.

55

Reims, Kloster Sainte-Balsamie
29. März

Es war nun ein Tag vergangen, seit Eudeline heil und unversehrt, in den Umhang ihres geheimnisvollen Retters gehüllt, ins Kloster zurückgekehrt war. Sie musste immer wieder daran denken, wie die Berührung des scharlachroten, orientalisch anmutenden Brokatstoffs ihr ein Gefühl von Schutz vermittelt und sein Duft sie an warme, ferne Gegenden erinnert hatte. Es war kaum zu glauben, dass die Erinnerung daran das Entsetzen über ihre Entführung und Gefangenschaft so sehr überlagerte, dass diese ihren Schrecken verloren. Und genauso erstaunlich war, mit welcher Leichtigkeit sie wieder zu den Gewohnheiten des klösterlichen Lebens zurückgekehrt war, wenngleich es doch von so zahlreichen Rätseln überschattet wurde.

In der vergangenen Nacht hatte ihr Samariter sie schweigend bis zum Klosterportal gebracht und war dann in der Dunkelheit verschwunden wie ein Geist. Eudeline kannte weder seinen Namen noch den Grund, warum er für sie getötet und sich in solche Gefahr begeben hatte.

Doch weitaus schwerwiegendere Fragen harrten noch einer Antwort, und die würde sie in den Krypten von Sainte-Balsamie finden. Voller Ungeduld war Eudeline nun mit einer Laterne in der Hand auf dem Weg nach unten und erreichte schließlich eine mit einem Gitter verschlossene Nische, die sie mit einer Kette und einem Schloss hatte sichern lassen.

Das war ihre erste Anordnung nach ihrer Rückkehr ins Kloster gewesen.

Sie hatte Aleydis einsperren lassen.

Das Mädchen kauerte in einer Ecke, unter ihren Augen zeichneten sich dunkle Ringe ab. Die Spuren ihrer Tränen und Verzweiflung waren einem leidenden Ausdruck der Erschöpfung gewichen.

Bei ihrem Anblick empfand Eudeline nicht das geringste Bedauern. In den letzten beiden Tagen hatte sie mehr über sie erfahren als in den fünf Monaten ihres Noviziats. Um nichts in der Welt würde sie sich von Mitleid erweichen lassen.

»Ich weiß, wie Ihr Euch fühlt«, sagte sie mit kalter Genugtuung. »Ich habe kürzlich das Gleiche durchgemacht.«

Aleydis hob den Kopf und starrte sie an. Als wäre sie das Opfer. Eudeline hätte sie am liebsten geohrfeigt.

»Gebt nicht vor, Ihr wüsstet von nichts«, sagte sie warnend. »Ich habe Euch vergangene Nacht vor meinem Zimmer stehen sehen.« Sie hob die Laterne und beleuchtete Aleydis' Gesicht. »Habt Ihr diesen Mann hereingelassen?«

»Ehrwürdige Mutter, ich wollte nicht –«

»Wagt es nicht, mich zu belügen!«, schnitt Eudeline ihr wütend das Wort ab. »Ich habe ihn wohl erkannt, diesen widerlichen Schergen! Ich weiß, wer er ist, und demzufolge weiß ich auch, dass Ihr in die Angelegenheit verwickelt seid.«

Aleydis zog sich aus dem Schein der Laterne zurück und flüsterte etwas, als spräche sie mit einer Gefährtin, die sich dort in der Dunkelheit verbarg. Schließlich ließ sie ergeben den Kopf sinken. »Ich wollte nicht, dass sie Euch etwas antun …« Flehend legte sie die Hände zusammen. »Seht, ich …« Sie brach in Schluchzen aus.

Vollkommen unbeeindruckt von ihren Tränen wandte Eudeline sich ab. »Ihr habt mich verraten, Aleydis, und jetzt werdet Ihr mir alles sagen. Alles!« Sie wartete ab, bis der Klang ihrer Worte in der Dunkelheit verhallt war, dann kniete sie sich vor das Mädchen hin. »Doch zunächst müsst Ihr mir ein noch schwereres Verbrechen gestehen.«

»Ich habe keinen Grund, Euch etwas zu verschweigen«, erwiderte Aleydis und trocknete sich die tränenüberströmten Wangen.

»Der Schlüssel«, sagte Eudeline.

»Welcher Schlüssel?«

»Der zu meinem Domus particularis«, erklärte Eudeline, obwohl sie wusste, dass dies nicht notwendig war. »Es gibt nur zwei. Und heute habe ich einen versteckt unter Euren Sachen gefunden. Ihr habt ihn Schwester Claire entwendet, nicht wahr?«

Aleydis schüttelte den Kopf. Fast als wollte sie die Realität fliehen.

Für Eudeline war dies ein mehr als ausreichendes Geständnis. Sie erinnerte sich, wie die Kapellanin zusammengekrümmt am Grund des Brunnens gelegen hatte, und wurde von Wut und Trauer überflutet. »Ich hätte nie gedacht, dass ich einmal eine so bösartige Person in meinem Kloster beherbergen würde!«, zischte sie. »Ich hätte nie gedacht, dass ich je eine solche Ruchlosigkeit würde bestrafen müssen!«

»Ich habe das nicht gewollt!«, verteidigte sich Aleydis und brach wieder in Tränen aus. »Es war ein Unglück … ein Unfall …«

»Ihr seid eine Lügnerin!«

Aleydis sprang auf und klammerte sich an die Gitterstäbe. »Ich habe doch nicht gewollt, dass Schwester Claire stirbt!«, schrie sie so heftig, dass Eudeline zusammenzuckte. »Ich würde alles tun, um es ungeschehen zu machen … Aber das kann ich nicht, bei der Heiligen Jungfrau! Ich kann es nicht!«

»Wie könnt Ihr verlangen, dass ich Euch glauben soll?«, fragte Eudeline. »Verflucht seid Ihr und Eure Ränke! Ich bin nicht gekommen, um mich von Mitleid erweichen zu lassen oder mich gnädig zu zeigen. Ich will nur den Grund für all dies erfahren, und Ihr solltet lieber ehrlich zu mir sein …«, sie musterte Aleydis drohend, »… sonst, das schwöre ich Euch, werde ich Euch dem Henker des Bischofs übergeben.«

»Nicht die Folter!«, flehte Aleydis, während ihr Gesicht in Tränen zerfloss wie Wachs, das zu schmelzen drohte. »Er war es …«, gestand sie schließlich. »Er! Er hat mich dazu gezwungen, begreift Ihr? Er wollte wissen …«

Eudeline umgriff Aleydis' Hand, die sich noch immer an die Eisenstäbe klammerte. »Euer Gönner, nehme ich an.« Beim Gedanken an den Mann mit der Fackel musste sie ein Zittern unterdrücken. *Nur Mut*, dachte sie, *sei stark.* »Enthüllt mir, wer er ist, oder ich halte mein Versprechen.«

»Das werde ich.« Nun weinte Aleydis nicht mehr, ihre Stimme klang ruhiger und hatte den weinerlichen Ton verloren. »Doch zuerst möchte ich, dass Ihr etwas begreift.«

»Was für eine Anmaßung.« Eudelines Lachen war wie ein Peitschenhieb. »Von mir werdet Ihr nichts als Verachtung erfahren.«

Mit einer überraschenden Bewegung ergriff Aleydis die Hand Eudelines, die sich um ihre gelegt hatte, und zwang sie so, ihr zuzuhören. »Anfangs wart Ihr mir egal«, gestand sie reuevoll. »In meinen Augen wart Ihr eines von diesen feinen Fräuleins, die mit allen Bequemlichkeiten aufgewachsen sind, ebenso wie Eure Mitschwestern. Als wir uns kennenlernten, kam ich von der Straße, aus einem so erbärmlichen Leben, dass Ihr es Euch nicht einmal vorstellen könnt, und ich hätte alles dafür getan, Eure Stelle einzunehmen. Alles! Aber dann … dann hat sich etwas verändert. *Ich* habe mich verändert. Ich weiß nicht, ob es durch die Strenge des klösterlichen Lebens oder durch Euer Vorbild geschah, aber tatsächlich bin ich nicht mehr derselbe Mensch wie vorher. Ich habe gelernt, Euch zu schätzen, das ging so weit, dass ich werden wollte wie Ihr … Glaubt mir doch bitte! Meine Reue ist echt, und wenn Ihr mir Gelegenheit gebt, sie zu beweisen –«

Eudeline befreite sich grob aus dem Griff. »Ihr sagt, Ihr hättet Euch geändert, und dennoch habt Ihr gehandelt wie ein bösartiger Mensch.«

»Ich habe Euch doch gesagt, er hat mich dazu gezwungen!«

»Ihr hättet Euch weigern können …« *Und zu mir kommen*, wollte Eudeline noch sagen, doch sie verstummte. Aleydis hatte ihr den Rücken zugekehrt und sich ihrer Kleider entledigt, sodass sie vollkommen nackt dastand.

Eudeline betrachtete sie notgedrungen, und als ihr Blick über Aleydis' Rücken wanderte, begriff sie. Aberdutzende Wunden bedeckten die Haut, unterschiedlich tief und in Farbschattierungen von leuchtendem Rot bis ins Schwärzliche. Diese Striemen erzählten von wochenlangem, vielleicht sogar monatelangem stumm ertragenen Leid … Sie wich zurück bei dem Gedanken an den bestialischen Wahnsinn desjenigen, der dem Mädchen das angetan hatte.

Aleydis brach das Schweigen, während sie weiter regungslos und bleich wie eine geschändete Statue stand. »Und nun«, sagte sie, »werdet Ihr seinen Namen erfahren.«

Kurze Zeit später saß Eudeline im Gästehaus von Sainte-Balsamie Robert de Vermandois gegenüber. Die Begegnung mit Aleydis hatte ihr nach all den aufwühlenden Erlebnissen die letzten Kräfte geraubt. Doch bevor sie sich Ruhe gönnen konnte, musste sie noch eine wichtige Aufgabe erledigen.

Sie stand im Begriff, Robert de Vermandois um einen äußerst geheimen und gefährlichen Gefallen zu bitten. Die einzigartige Vertrautheit, die zwischen ihnen entstanden war, ließ sie hoffen, dass er in der Lage sein würde, ihre Besorgnisse wenigstens zum Teil zu verstehen.

»Und Ihr kommt erst jetzt zu mir, um mir davon zu erzählen?«, rief Robert. »Ihr wurdet einen Tag lang gefangen gehalten, und niemand hat mich darüber unterrichtet?«

»Es wusste doch niemand«, erklärte sie und versuchte, einen besänftigenden Ton anzuschlagen. »Außerdem ist nun ja alles vorüber.«

»Welcher schändliche Bastard hat Euch dies angetan?« Robert ließ sich keineswegs beruhigen. »Sagt es mir, und ich sorge dafür, dass ihn die Würmer fressen!«

»Ich erbitte einen anderen Dienst von Euch. Und solltet Ihr einwilligen, werdet Ihr diskret und umsichtig vorgehen müssen.«

»Erklärt es mir.«

Eudeline überlegte noch, ob es nicht klüger wäre, die Angelegenheit fallen zu lassen. Auf einmal kam es ihr ungehörig vor, ihren Einfluss auf einen Mann auszunutzen, der sich von ihr angezogen fühlte. Doch dann wurde ihr klar, dass es zu spät war, um es sich anders zu überlegen.

»Ihr sollt Nachforschungen über den Mann anstellen, der mich entführen ließ«, offenbarte sie Robert also und wählte ihre Worte mit Bedacht. »Es handelt sich dabei um einen Kardinal, der seit einigen Monaten in der Abtei Saint-Remi wohnt. Ich möchte wissen, wohin er sich begibt, will die Namen der Personen erfahren, mit denen er Umgang hat, und …«

Robert betrachtete sie mit schlecht verhohlenem Erstaunen. Eine derartige Anfrage hatte er offenbar nicht erwartet, obwohl er sich nach monatelanger Untätigkeit geradezu nach einer Aufgabe sehnte, wie Eudeline wusste.

»Wenn ich beschließe, diesen Kardinal auszuforschen«, sagte er, »werde ich erfahren müssen, welcher Art sein Interesse an Euch ist.«

»Ich fürchte, dies muss ein Geheimnis bleiben.« Obwohl Eudeline bemerkte, dass ihre Verschlossenheit ihn ärgerte, hatte sie entschieden, über den Lapis exilii und Maynards Geheimnisse strengstes Stillschweigen zu bewahren. »Das ist keine launenhafte Ziererei«, erklärte sie. »Wenn ich das Schweigen breche, das ich geschworen habe, könnte es Menschen, die mir am Herzen liegen, das Leben kosten.«

Robert bedeutete ihr, dass er sie verstand. Sein Erstaunen war verschwunden, und sein Verstand schien bereits fieberhaft an Mutmaßungen zu arbeiten. »Aufs Geratewohl zu ermitteln wird nicht leicht für mich sein«, stellte er fest. »Zu welchem Zweck soll ich Informationen über diesen Mann beschaffen?«

Eudeline hätte ihm das lieber zu einem späteren Zeitpunkt enthüllt, doch sie spürte, dass sie Robert Vertrauen schenken musste, wenn sie sich seine Gunst sichern wollte. »Um herauszufinden, wie und wann man es ihm mit gleicher Münze heimzahlen kann.«

Robert starrte sie an. »Also habt Ihr vor … ihn zu entführen?«

Angesichts seiner Reaktion wollte Eudeline schon auf das Unternehmen verzichten. *Entschuldige dich bei ihm und bitte ihn, die Sache zu vergessen*, dachte sie und bereute schon, ihrem Instinkt nachgegeben zu haben. Doch dann erinnerte sie sich daran, was sie durch die Hand des Kardinals hatte erleiden müssen, schob jedes Zögern beiseite und nickte entschlossen. »Jetzt versteht Ihr sicher, warum ich mich an Euch und nicht an die Advocati des Bischofs gewandt habe?«

Er nickte.

»Nun denn, werdet Ihr es tun?«

Robert antwortete nicht sofort. Die Angelegenheit schien ihn zu reizen, obwohl er sie in diesem kurzen Moment des Schweigens nicht nur aufmerksam, sondern auch ein wenig misstrauisch musterte. *Ich bin kein Dummkopf*, sagten seine grünen Augen. *Euer Diener, das schon, aber nur bis zu einem bestimmten Punkt.* Andererseits wusste Eudeline auch, dass sie ihn um etwas bat, das über die einfachen Pflichten der Ritterlichkeit hinausging, und damit an eine verschwörerische Vertrautheit appellierte, die auf unterschwelligen Botschaften und unausgesprochenen Worten gründete. Eine Vertrautheit, die, je nachdem, wie er sich entschied, wachsen oder schwinden würde.

Robert beugte sich plötzlich vor und nahm ihre Hand. »Der Wagemut«, flüsterte er. »Erinnert Ihr Euch?« Er tat so, als würde er Figuren auf einem Schachbrett ziehen. »Ich habe schon einmal zu Euch gesagt, dass ich ihn in Euch erkenne, womit ich mir Euren Groll zugezogen habe. Und hier ist sie wieder, die Löwin, die mit einem Springer einem Kardinal Schach bieten will.« Er lächelte, als wollte er sie herausfordern. »Ihr verlangt viel von mir, das kann ich nicht leugnen. Dass Ihr gerade mich darum gebeten habt, ehrt mich.«

»Also … werdet Ihr es tun?«

»Für Euch schon.«

Eudeline lächelte ihn ebenfalls an. Sie glaubte die leidenschaftliche Kraft, die er ausstrahlte, förmlich greifen zu können. »Noch etwas«, sagte sie schließlich und kam auf ihre Pläne zurück. »Ich möchte, dass Ihr Euch noch auf die Spur eines anderen Mannes setzt. Er muss aus dem Morgenland stammen, und ich kenne weder seinen Namen noch seine Herkunft, aber ich nehme an, dass er hier in der Stadt lebt. Ich kann Euch nur sagen, dass er sich elegant, mit farbenprächtigen Gewändern kleidet. Er hat mich befreit.«

»Eine ungewöhnliche Bitte«, sagte Vermandois verblüfft. »Wie soll ich ihn finden?«

Eudeline war sich dieser Schwierigkeit wohl bewusst. »Ich glaube kaum, dass es in Reims sehr viele Sarazenen gibt«, erwiderte sie dennoch. »Und wenn Ihr an den richtigen Orten nachfragt …«

Robert zuckte mit den Schultern. »Ein Versuch schadet nicht, aber gebt Euch keinen allzu großen Hoffnungen hin.«

»Ich vertraue ganz auf Euch.«

»Was Euren Kardinal betrifft«, fuhr er fort und stand auf, »so steht noch eines aus – Ihr müsst mir seinen Namen nennen.«

»Seine Eminenz Bertrand du Pouget«, antwortete Eudeline und ging auf ihrem imaginären Schachbrett zum Angriff über. »Kardinal von San Marcello.«

56

Ferrara, Schenke im Borgo San Leonardo
29. März

Maynard hörte Bastien des Baux einen Augenblick lang nicht zu und sah verstohlen durch ein Fenster auf das Stück Straße vor der Kirche San Leonardo. Inzwischen war die Abenddämmerung hereingebrochen, und Gualtiero war noch immer verschwunden. Es drängte Maynard immer heftiger, nach ihm zu suchen, ja er hätte dies gleich nach dessen Verschwinden tun sollen, anstatt sich mit seinem alten Waffenmeister zu unterhalten. Doch zunächst hatte sich seine Verärgerung über das eigenmächtige Verhalten des jungen Mannes gegen seine Vernunft durchgesetzt.

»Misstraut den Genuesern«, dröhnte Bastien und lenkte Maynards Aufmerksamkeit damit wieder auf sich. Er schnitt den Fladen aus Kichererbsenmehl auf, den man ihnen am Tisch serviert hatte. »Misstraut den Venezianern.«

Maynards Blick wanderte durch das Innere der Schenke, das passende Umfeld für die grimmige Miene des alten Kriegers. Gierige Gesichter, die sich über Schüsseln beugten, lärmende Würfelspieler; Bastien des Baux schienen sie allemal lieber als die Antoniter im Haus der Barmherzigkeit, das er nur als Unterkunft gewählt hatte, weil es der einzige Ort in Ferrara war, wo man Französisch sprach.

»Genueser und Venezianer, sagt Ihr?«, wiederholte Maynard. »Ich glaubte, Ihr wärt nach Smyrna gezogen, um Türken zu töten.«

»So war es auch. *Exercitus christianorum contra turchos*«, rief Bastien aus. »An Bord der ›Santa Crux‹ von Humbert de Viennois haben wir die Stadt Zara hinter uns gelassen, die rauen Klippen der Halbinsel *Morea* und die Insel Negroponte umschifft, um schließlich ins finstere Mytilene auf Lesbos zu gelangen.« Sein Gesicht leuchtete vor Stolz auf. »Ihr hättet dabei sein sollen, mein Freund! Über zweitausend Fußsoldaten und eine Hundertschaft Reiter auf dem Strand, die gegen die türkischen Horden unter Baron Maometto kämpften. Wir sind nur aufgrund unserer zahlenmäßigen Überlegenheit siegreich aus der Schlacht hervorgegangen, aber sie hat viele von uns das Leben gekostet.«

Maynard kam nicht umhin, wenigstens einen Funken Neid zu fühlen. »Helden, die einem ehrenhaften Tod entgegengingen.« Er nahm sich ein Stück Fladen vom Teller.

Bastien schüttelte den Kopf. »Im Tod liegt keine Ehre. Und es war kein triumphaler Sieg, da Viennois über hundert Gefangene wie feige Räuber hinrichten ließ.«

»Ich habe schon schändlicheren Taten beigewohnt, glaubt mir.«

»Sagt Ihr das im Ernst?«

Maynard seufzte betrübt. »Ich musste mitansehen, wie Philipp VI. von Valois Calais den Engländern überlassen hat, nur um sein eigenes Leben zu retten.«

Bastien konnte seine Erschütterung nicht verbergen. »Und ich, wie Humbert de Viennois wenige Monate nach der Schlacht bei Mytilene die Ungläubigen um eine Waffenruhe anflehte.« Er senkte den Kopf. »Wir kehren keineswegs mit Ruhm bedeckt in unser Vaterland zurück.«

»Und ich habe Euch schon beinahe beneidet …«, offenbarte Maynard. »Mein Traum war es schon seit jeher, mein Leben in ruhmreichen Heldentaten zu wagen.«

Bastien des Baux führte seinen Becher Wein zum Mund. »Gott missfällt der Krieg, im Gegensatz zu dem, was Gratianus und Laurentius Hispanus schreiben.« Er verzog skeptisch das Gesicht. »Und damit wir uns recht verstehen, ich habe Euch nicht gelehrt, Ehre und Treue zu achten, damit Ihr ein Ritter werdet, sondern damit Ihr ein *Mensch* werdet. Wählt Eure Kämpfe selbst.«

»Und das sagt gerade Ihr, der Ihr einem Ruchlosen gefolgt seid?«

Bastien kämpfte sichtlich gegen seine Wut an. »Doch nur, um meine Nichte Marie zu beschützen!«, rief er und zog damit die Blicke einiger Gäste auf sich. »Marie des Baux, Ehefrau von Humbert de Viennois, hatte sich auf Befehl ihres törichten Mannes auf der gleichen Galeere eingeschifft!« Er stützte die Ellenbogen auf den Tisch und senkte den Blick. »Dennoch hat Gott meinen Einsatz vergeblich werden lassen. Marie ist auf Rhodos an einer rätselhaften Krankheit gestorben, da befanden wir uns schon auf dem Rückweg.«

Maynard bereute nun, seinen alten Waffenmeister so oberflächlich beurteilt zu haben. Zu seiner Pariser Zeit hatte er oft gehört, mit wie viel Zuneigung Bastien über seine Nichte gesprochen hatte, und da er selbst wusste, wie sehr man litt, wenn man ohnmächtig dem Unglück seiner Lieben zusehen musste, konnte er sich gut in die Seelenpein des stolzen Mannes hineinversetzen. Respektvoll wandte er den Blick ab und wartete, bis Bastien seinen Kummer überwunden hatte. Als er sah, wie sein alter Waffenmeister sich die Tränen abwischte, hielt er es für angebracht, das Thema zu wechseln.

»Ihr habt mir eine Möglichkeit angedeutet, Obizzo III. zu treffen.«

Sichtlich dankbar für Maynards Feingefühl nickte Bastien. »Es wird nicht mehr lange dauern, bis Humbert de Viennois in Venedig anlegt. Er wird Mastino della Scala in Verona einen Besuch abstatten und vielleicht dem Herrn von Padua, aber anschließend wird er hierher in die Emilia kommen. Ich weiß ganz sicher, dass er die Gastfreundschaft des Marchese d'Este nutzen möchte, und dann wird er bestimmt verlangen, dass sich sein Gefolge zu ihm in dessen Palast gesellt.«

»Damit fändet Ihr also Einlass bei Hofe.«

»Und Ihr ebenfalls, wenn Ihr bei mir bleiben wollt.«

Maynard überlegte, welche Vorteile es brächte, wenn er im Gefolge von Humbert de Viennois Zutritt zum Palast erhielt. Er würde nachforschen und Fragen stellen können, ohne Misstrauen zu erregen, er durfte nur nicht zulassen, dass Facio di Malaspina ihn entdeckte. »Auf die Gefahr hin, dass ich Euch mit hineinziehe?«, sagte er dennoch mit Rücksicht auf den alten Waffenmeister. »Ich danke Euch, aber ich will Eure Großzügigkeit nicht so weit ausnutzen. Ich kenne eine andere Möglichkeit, meine Ziele zu verfolgen, ohne dabei einen alten Freund in Gefahr zu bringen.« Unwillkürlich fühlte er sich an Gualtiero erinnert und spähte wieder nach draußen.

»Beunruhigt Euch etwas?«, fragte Bastien und deutete auf das Fenster.

»Der junge Mann …«, erwiderte Maynard sorgenvoll. »Er ist schon zu lange fort.« Hastig stand er auf. »Ich muss ihn suchen.«

»Wie Ihr wollt, Rocheblanche«, brummte Bastien. »Wenn Ihr Eure Meinung ändert, wisst Ihr ja, wo Ihr mich finden könnt.«

Gualtiero kam am Straßenrand zu sich, seine Kleidung war mit Schlamm beschmutzt, Arme und Beine von Blutergüssen übersät. Die hysterische Menge war genauso im Nichts verschwunden wie die weißen Flagellanten. Langsam stand er auf, streckte seinen schmerzenden Rücken und die zerschlagenen Glieder. Er konnte sich nicht mehr erinnern, was geschehen war, nachdem er inmitten der Menge zu Boden gegangen war. Über diesen Moment herrschte in seinem Gedächtnis völlige Finsternis.

Das diffuse Licht der Abenddämmerung verlieh der Piazza eine flirrende, geradezu überirdische Schönheit, die durch die nun herrschende absolute Ruhe noch betont wurde. Während Gualtiero allmählich die Herrschaft über sich zurückerlangte, fand er bei diesem Anblick, dieser Ausgewogenheit der Proportionen und der unglaublichen tiefen Stille für einige Momente Trost. Doch dann erinnerte er sich plötzlich, warum er gekommen war.

Los, dachte er, *es gilt, keine Zeit zu verlieren.* Der Ort, an dem man seine Eltern eingesperrt hatte, konnte nicht sehr weit von hier sein. Raschen Schrittes lief er an der Kathedrale vorbei und betrachtete aufmerksam die gegenüberliegenden Gebäude. Über dem nächstgelegenen Portal prangte das Stadtwappen, und es wurde von zwei mit Piken bewaffneten Fußsoldaten bewacht.

Gualtiero verneigte sich zur Begrüßung. »Darf ich Euch eine Frage stellen, Ihr Herren, ich suche die Kommandantur der Kerker.«

»Habt Ihr keine Unterkunft für die Nacht?«, spottete einer der beiden und lachte spöttisch.

Gualtiero legte bittend die Hände zusammen. »Ich möchte Nachricht haben über zwei Leute, einen Mann und seine Ehefrau –«

»Verschwinde, du Tölpel!«, unterbrach ihn der andere Soldat

und versetzte ihm mit dem Stab seiner Pike einen Stoß gegen die Brust.

Gualtiero fiel rücklings auf das Straßenpflaster, das höhnische Lachen der Soldaten hallte in seinen Ohren. *Steh auf!*, befahl er sich, entschlossen, nicht aufzugeben.

Bevor er sein Vorhaben umsetzen konnte, bemerkte er, dass noch jemand hinzugekommen war. Er sah, wie die Soldaten zurückwichen und höflich grüßten, dann spürte er die flüchtige Berührung eines langen Gewandes. Als er aufschaute, sah er einen Mann in einer Mönchskutte, der ihm die Hand entgegenstreckte.

»Kommt mit«, sagte Maynard und half ihm aufzustehen. »Ich werde Euch bei der Suche nach den Kerkern helfen. Und dabei, dass Ihr Euch nicht vor Tagesanbruch umbringen lasst.«

57

Der Hauptmann der Kerker war ein hagerer, misstrauisch wirkender Mann, der mit seiner Hakennase und dem schwarzen Gewand einem Raben glich. Zunächst schien er kaum gewillt, den beiden Fremden zu helfen, und brachte eine Reihe von Ausreden vor, wie die späte Stunde und andere Aufgaben, die er erfüllen müsse. Ihm zufolge gab es viele Gefängnisse in Ferrara, die noch dazu in verschiedenen Vierteln lagen, sodass seine Arbeit in Zeiten wie diesen unglaublich beschwerlich war.

Erst nachdem Maynard ihm einige Silberbolognino zugesteckt hatte, besann er sich auf seine Pflichten und erklärte, dass man zum Auffinden eines Gefangenen das Register benötige, in dem täglich die Namen der »neuen Gäste« eingetragen würden. Je nach Schwere des Verbrechens wurden diese dann in den unterschiedlichen Vierteln eingesperrt, vorausgesetzt, es handelte sich nicht um Rebellen gegen die Stadt, denn diese wurden gleich am Fenster des Gerichtspalastes aufgeknüpft.

Der Hauptmann schlug mit der Hand auf einen dicken Band mit Pergamenten, der auf dem Tisch vor ihm lag, und wartete darauf, dass man ihm sagte, nach wem er suchen solle.

»Sigismondo de' Bruni und seine Frau Sapia«, sagte Gualtiero ungeduldig. »Sie müssen in den vergangenen Tagen nach Ferrara gebracht worden sein.«

Der Hauptmann öffnete sein Register auf der letzten beschriebenen Seite und begann naserümpfend, im Licht einer Kerze die Spalten mit den Namen durchzugehen. »Ich sehe hier den Namen des Mannes, *Sigismondus pictor*, verzeichnet am 26. März«, sagte er dann nach gründlicher Suche. »Aber nicht den seiner Frau.«

»Unmöglich«, rief Gualtiero. »Sie wurden gemeinsam verhaftet.«

»Vielleicht ist es ja nicht ordentlich vermerkt worden.« Der Hauptmann zuckte die Achseln. »Manchmal passiert es in der Eile, dass beim Einschließen von mehreren Verbrechern nur ein Eintrag erfolgt.«

»Meine Eltern sind keine Verbrecher«, protestierte Gualtiero, doch ein Blick Maynards brachte ihn zum Verstummen.

Der Hauptmann sah ihn nur mit ausdrucksloser Miene an. »Laut dem Register«, fuhr er in einem Ton fort, der nichts Gutes verhieß, »wurde der Maler in einer Zelle des *Burgus superior* in der Nähe von Castel Tedaldo untergebracht.«

»Könntet Ihr uns dorthin führen?«, fragte Maynard.

»Zu dieser Uhrzeit, mitten in der Nacht?«, entgegnete der Hauptmann empört.

»Oh, natürlich.« Maynard reichte ihm eine weitere Münze. »Mitten in der Nacht ist Eure Zeit selbstverständlich noch kostbarer.«

Der Burgus superior erstreckte sich südwestlich der Kathedrale entlang der Stadtmauer, die am Ufer des Padus errichtet worden war, und beherbergte die ältesten *Kontraden* von Ferrara. Mit einer Laterne in der Hand eilte der Hauptmann durch die von den alten Mauern eingeschlossenen Gässchen, vorbei an zinnenbewehrten Kirchtürmen und verriegelten Läden, bis er zu einem Platz kam, auf dem sich eine Kirche erhob.

Als Gualtiero sich umschaute, erkannte er, dass am Ende des Platzes eine Burg stand. Vielleicht waren seine Eltern ja dort in den Verliesen ...

»Hier entlang«, rief der Hauptmann und eilte nun an einem *Scursurium* entlang, aus dem ekelerregender Gestank aufstieg. Er verschwand kurz unter einem steinernen Bogen, um dann gleich darauf in dem trüben Licht aufzutauchen, das aus dem Fenster eines Gebäudes am Rand der Festungsanlage auf die Straße fiel.

»Sind wir hier am rechten Ort?«, erkundigte sich Maynard und kam damit einer Frage Gualtieros zuvor.

Als Antwort stellte der Mann nur die Laterne vor dem Eingang ab und betätigte den Türklopfer. »Tretet ein«, forderte er sie auf, nachdem eine Wache ihm geöffnet hatte.

Die zwei folgten ihm in einen von einer Fackel erleuchteten

Raum, in dem die Wache sich wieder auf einen Schemel gesetzt hatte. Der Hauptmann kümmerte sich gar nicht um den Mann, ging zu einer Ecke des Raumes und öffnete dort eine Luke im Boden. »Nur einer von Euch kann mit«, sagte er entschieden, während er sich mit der Laterne in der Hand bereits auf den Weg nach unten machte.

Gualtiero wechselte einen Blick mit Maynard und eilte dem Hauptmann dann hinterher, während er versuchte, seine Sorge zu verdrängen. Seine Eltern waren hier im Dunkel feuchter Gemäuer eingesperrt. Aber das war jetzt nicht wichtig. Er hatte sie gefunden, und dafür dankte er dem Herrn. Er wartete, bis der Hauptmann unten angekommen war, dann folgte er ihm.

Sobald er einen Fuß auf die Stiege gesetzt hatte, schlug ihm stickige, warme Luft entgegen. Der stechende Geruch von Verrottendem und Schweiß vermittelte einen ziemlich genauen Eindruck, in welch verheerender körperlicher und moralischer Verfassung diejenigen sein mussten, die hier unten eingekerkert waren.

Gualtiero versuchte, sich von dem Gestank nicht beirren zu lassen, und stieg die Treppe nach unten, die in einem bedrückend engen Gang mündete, der sich weit über die Länge des Gebäudes hinaus erstrecken musste. Wenige Schritte von ihm entfernt sah er, wie der Hauptmann die Laterne an einer verriegelten Zellentür hochhielt. »Sigismondo de' Bruni«, hörte er ihn rufen. Schnell eilte er zu ihm und starrte durch das Gitter des Gucklochs, hinter dem undurchdringliche Schwärze herrschte. Zunächst hörte er nichts, dann ertönte ein dumpfer Schlag, und ein Gesicht erschien vor ihm.

»Das bin ich«, rief der Gefangene.

Gualtiero sah in dessen geweiteten Augen eine Unterwürfigkeit, die so gar nicht dem aufbrausenden Charakter seines Vaters entsprach, sodass er schon zweifelte, ob er ihn auch wirklich vor sich hatte. *Doch die Stimme …*, dachte er. Er musterte die Züge des Mannes genauer, dann war jeder Zweifel beseitigt.

»Vater!«

»Mein Sohn!«, stieß Sigismondo aus. »Dank sei dem heiligen Franziskus und der Jungfrau Maria! Geht es dir gut?«

»Ja, Vater, mir geht es gut.« Gualtiero konnte seine Tränen nun nicht mehr zurückhalten. »Aber du und –«

»Hast du etwas zu essen für mich?«

Gualtiero sah ihn verblüfft an. Er hatte tausend Fragen, die er seinem Vater stellen wollte, und ein unendliches Bedürfnis, ihn in seine Arme zu schließen, und Sigismondo fragte nach Essen? Doch als er in dessen flehende Augen sah, hielt er seine harten Worte zurück. Er wühlte in seinem Reisesack und reichte seinem Vater den Rest des Brotes, das er sich als Wegzehrung eingepackt hatte.

Sigismondo streckte eine Hand durch das Gitter und verschwand danach kurz außer Sichtweite. »Hier drinnen lassen sie einen vor Hunger verrecken …«, drang es aus der Dunkelheit des Verlieses.

Gualtiero wartete, bis sein Vater das erbärmliche Mahl beendet hatte, dann konnte er sich nicht länger zurückhalten. »Wo ist Mutter?«

»Deine Mutter …«, seufzte Sigismondo und erschien wieder am Guckloch. »Ich weiß es nicht …«

»Wie meinst du das?« Gualtiero umklammerte die Gitterstäbe.

»Bleibt weg von ihm!« Der Hauptmann packte ihn am Arm. »Was fällt Euch ein?«

Gualtiero unterdrückte eine wütende Entgegnung. »Verzeihung«, sagte er stattdessen, da er fürchtete, sonst weggejagt zu werden. Als der Hauptmann ihn wieder losgelassen hatte, wandte er sich ernst an seinen Vater. »Du musst doch etwas wissen! Was ist aus ihr geworden?«

»Ich weiß es nicht!«, wiederholte Sigismondo und schlug mit der Faust gegen die Tür. »Sie haben sie fortgebracht … sobald wir die Stadtmauer durchquert hatten.«

»Auf wessen Geheiß?«

»Superanzio Orsini.«

»Der Stellvertreter des Bischofs …« Gualtiero senkte nachdenklich den Blick. Woher rührte das hasserfüllte Interesse, das der Vizdom für Sapia an den Tag legte?

Als er wieder zu seinem Vater schauen wollte, stand auf einmal der Hauptmann der Kerker zwischen ihm und dem Guckloch. Aufgebracht drängte er zum Aufbruch, legte zur Bekräftigung sogar die Hand an den Griff des Schwertes, das er am Waffengurt trug.

»Die Unterredung ist beendet«, verkündete er knapp und zerrte ihn unsanft fort.

»Wartet …« Gualtiero versuchte sich dem Griff zu entziehen, während er sich fragte, was zu diesem plötzlichen Stimmungsumschwung geführt haben konnte. »Was wird nun aus meinem Vater?«

»Fort von hier, habe ich gesagt!«, sagte der Hauptmann ungehalten. Jetzt hielt er die Waffe ziemlich eindeutig gepackt.

In ohnmächtiger Wut musste Gualtiero mit ihm kommen, während ihn die verzweifelte Stimme seines Vaters aus der Dunkelheit des Kerkers verfolgte.

»Gualtiero!«, schrie Sigismondo. »Bring mir mehr Brot!«

Für ihren Weg zurück ins San-Marco-Viertel wählten Gualtiero und Maynard eine Straße, die direkt auf die Piazza führte. Schweigend schritten sie ein Gutteil des Wegs nebeneinanderher, bis Maynard sich, betroffen von der verzweifelten Miene des jungen Mannes, schließlich danach erkundigte, was unten in den Kerkern vorgefallen war. Gualtiero erzählte ihm alles und vergoss bittere Tränen wegen der erbärmlichen Lage seines Vaters und vor allem wegen des ungewissen Schicksals seiner Mutter.

»Seid Ihr sicher, dass der Hauptmann der Kerker sein Verhalten genau dann geändert hat, als er den Namen des Vizdoms des Bischofs hörte?«, fragte Maynard.

»Ja«, antwortete Gualtiero. »Sobald wir über Orsini gesprochen haben, wurde er fürchterlich wütend.«

Maynard dachte über die Worte nach, und seine Miene verfinsterte sich immer mehr. »Gleich morgen werdet Ihr nach Pomposa zurückkehren«, sagte er schließlich ernst.

»Auf gar keinen Fall!«, protestierte Gualtiero.

»Überlegt doch, junger Freund«, beharrte Maynard. »Im Augenblick könnt Ihr hier nichts für Eure Eltern tun. Und wie wollt Ihr in einer Stadt ohne Geld oder ein Auskommen leben? Die Bolognino, um den Hauptmann zu bestechen, kamen von mir, und ich habe sie gern gegeben, aber wenn Ihr nicht auf eigene Mittel zurückgreifen könnt –«

Gualtiero blieb mitten auf der Straße stehen und blickte Maynard wütend an. »Ihr seid ja ganz groß im Erteilen von Ratschlägen! Nur zu dumm, dass ich vor ein paar Tagen Eure Unterredung mit dem Abt belauscht habe. Erinnert Ihr Euch? Die Soldaten des Marchese sind auf der Suche nach *Euch* nach Pomposa gekommen. Es ist Eure Schuld, wenn meine Eltern nun verhaftet sind … Und Ihr wollt mir tatsächlich Vorschriften machen?«

»Ihr habt recht, und es tut mir leid«, gestand Maynard nach kurzem Schweigen. »Dennoch muss ich Euch warnen. Dieses Komplott ist weitaus gefährlicher, als Ihr Euch vorstellen könnt. Und wenn Ihr nicht aufpasst, werdet Ihr selbst noch darin verstrickt.«

»Das bin ich doch bereits! Und mir bleibt nichts anderes übrig, als mich der Gefahr auszusetzen, bis ich sie gefunden habe!«

So viel Mut rührte Maynard. Sanft ergriff er die Hände des jungen Mannes. »Lasst mich an Eurer Stelle nach Eurer Mutter suchen. Ich habe vor, noch länger in der Stadt zu bleiben.« Er nahm den Weg wieder auf. »Sobald ich Zugang bei Hofe erhalten habe, werde ich versuchen, Auskünfte über Orsini und Eure Mutter einzuholen.«

Ein Hoffnungsschimmer huschte über Gualtieros Gesicht. »Meint Ihr das ernst?«

»Das ist das Mindeste, was ich tun kann, um Euch für das Unglück zu entschädigen, das ich über Euch gebracht habe.«

Schweigend gingen sie weiter, jeder in die eigenen Gedanken versunken. Nachdem sie die Piazza überquert hatten und nun Richtung Borgo San Leonardo eilten, schien Gualtiero sich wieder etwas zu beruhigen. Doch eine Sorge quälte ihn offenbar weiter, bis sie das Haus der Barmherzigkeit fast erreicht hatten.

»Und mein Vater?«, fragte er schließlich.

»Ich werde dafür Sorge tragen, dass ihm jeden Tag Essen gebracht wird«, versicherte Maynard. »Und sobald ich etwas über sein Schicksal erfahre, werde ich es Euch wissen lassen.«

58

Am Morgen des Karfreitags ahnte Maynard bereits, dass es ein schwieriger Tag werden würde.

Nachdem sie den Rest der Nacht im Haus der Barmherzigkeit verbracht hatten, musste er Gualtiero, der beim Erwachen seine Meinung wieder geändert hatte, erneut zum Aufbruch überreden.

»Ich schwöre Euch bei meiner Ehre«, versprach er ihm eindringlich, »ich werde alles tun, um Eure Mutter zu finden.«

Gott war sein Zeuge, er meinte es aufrichtig. Das Schicksal Gualtieros lag ihm genauso am Herzen wie das von Isabeau. Nach all den Jahren unter Kriegern begann der Umgang mit diesen jungen Leuten eine Lücke zu schließen, die sich im Schatten von Zorn und Groll in seinem Herzen aufgetan hatte.

Während sie denselben Weg zurückgingen, den sie am Vortag genommen hatten, musste Maynard mehrmals anhalten, um Gualtiero klarzumachen, wie gefährlich es für ihn wäre, unüberlegt zu handeln. »Hört auf mich, hier braucht es Geduld und Umsicht«, sagte er und führte Gualtiero mit wachsender Sorge zur Ponte Barbacane, der Schiffsbrücke über den Padus.

Gualtiero wehrte sich bis zum Schluss, obgleich er Maynard recht geben musste. Die Missgeschicke des Vortags schienen ihm in vieler Hinsicht die Augen geöffnet zu haben. Und nachdem er sein Versprechen erneuert hatte, konnte Maynard den jungen Mann endlich davon überzeugen, zur Abtei zurückzukehren und dort auf Nachrichten zu warten.

Als Maynard sich mit eigenen Augen davon überzeugt hatte, dass Gualtiero das andere Ufer des Padus erreicht hatte, machte er sich auf den Weg zur Piazza, um den ersten Teil seines Plans umzusetzen.

»Livore eius sanati sumus.«

Die Passionsliturgie hallte feierlich durch die voll besetzte Kathedrale. Von oben auf der Kanzel hielt der Bischof in seiner violetten Kasel die Karfreitagspredigt, das Volk drängte sich in den Bänken, entlang der Wände und im Eingangsbereich.

Maynard betrat die Kirche zusammen mit vielen Gläubigen durch das Südportal, das Reliefs der Monatsfiguren zierten, und schob sich dann durch das Seitenschiff, ohne auf die Erhabenheit der Architektur zu achten. Während er inständig hoffte, dass Seine Exzellenz lange genug in Ferrara weilen würde, um ihm eine Audienz zu gewähren, konzentrierte er sich auf das Objekt seines unmittelbaren Interesses: die Familie des Marchese d'Este, die in der ersten Reihe repräsentierte.

Er erkannte Obizzo III. in dem großen, kräftigen Mann in einer blauen *Giornea* mit Puffärmeln. Die langen Haare und der schwarze Bart erinnerten an einen Hund, der scheinbar traurig dreinschaute, jedoch beim geringsten Anzeichen zuschnappte. Neben ihm saßen drei noch bartlose Jungen – bestimmt seine Söhne – und eine Reihe hinter ihm eine rothaarige Dame mit einem kleinen Kind auf dem Arm.

Maynard hatte nicht vor, den Marchese während der Messe anzusprechen, er wollte sich nur ein Bild von dem Mann machen, mit dem er verhandeln sollte. Außerdem suchte er in dessen Gefolge nach einem bekannten Gesicht. Aber diese Mühe war vergebens, von Facio di Malaspina war nichts zu sehen.

Am Ende des Gottesdienstes eilte Maynard durch die Menge nach draußen, um vor dem Marchese in dessen Palast einzutreffen. Er trug die Briefe von Abt Andrea und auch die zweihundert Goldflorin bei sich, mit denen er einen Teil der Schuld bei der Apostolischen Kammer begleichen sollte.

Schnell hatte er die kurze Strecke zum Palast der d'Este zurückgelegt und erklärte den Wachen am Eingang, dass er mit Seiner Herrschaft zu sprechen wünschte. Er nannte nicht seinen eigenen Namen, sondern stellte sich als »Bruder Mainardo« vor und sagte, dass er von weit her käme, um wichtige Dokumente zu überbringen. Tatsächlich wurde er in einen Saal im zweiten Stock geführt und aufgefordert, dort zu warten.

Das war ja gar nicht so schwer, wie Bastien gemeint hatte, dachte er zufrieden. Nun musste er nur noch geduldig ausharren, bis Obizzo III. in seinen Palast zurückkehrte.

Doch dann wurde zu seiner großen Überraschung bereits sein Name aufgerufen, und er wurde in einen Raum geführt, in dem fünf Schreiber über Stapel von Dokumenten gebeugt saßen.

»Was ist das für ein übler Scherz?«, protestierte er. »Ich habe ausdrücklich darum gebeten, zum Marchese persönlich vorgelassen zu werden.«

Einer der Schreiber musterte ihn verärgert. »Etwas mehr Respekt bitte ich mir aus! Ihr befindet Euch hier in der *Cancelleria domini marchionis*, der ehrwürdigen Kanzlei des Marchese.« Er richtete seinen Gänsekiel auf Maynard. »Wenn Ihr Briefe, Geld oder anderes zu übergeben habt, muss man Seine Gnaden nicht damit behelligen.«

»Wo ich herkomme, ist es nicht üblich, sich an einfache Secretarii zu wenden.«

»Wir sind Notare«, stellte der Mann klar, »und für die Verwaltungsangelegenheiten des Hofes zuständig. Aber falls Ihr nur hier seid, um uns mit Verachtung zu behandeln …« Er nahm ein Glöckchen vom Tisch und läutete.

Maynard vernahm Schritte hinter sich und sah, wie sich zwei Soldaten am Ausgang aufbauten.

»Nun?«, fragte der Schreiber mit einem triumphierenden Lächeln.

Maynard widerstand der Versuchung, dem Mann entsprechend zu antworten. Das Letzte, das er sich im Moment wünschte, war, Aufsehen zu erregen und so vielleicht Facio von seiner Anwesenheit in Kenntnis zu setzen, ehe er ihn selbst aufgespürt hatte. Mit einer schroffen Entschuldigung händigte er daher die Goldflorin des Abtes von Pomposa aus, ließ sich eine Quittung ausstellen, und dann übergab er auch den Brief, in dem um Erklärungen zum Verbleib von Gualtieros Eltern gebeten wurde.

»Bitte behandelt die Angelegenheit mit der größten Eile. Sollte ich keine Antwort erhalten, werde ich mich so hartnäckig an den Marchese Obizzo wenden, bis ich ihn persönlich gesprochen habe.«

»Wir werden ihn davon in Kenntnis setzen«, entgegnete der Schreiber und verabschiedete ihn mit einem spöttischen Lächeln.

Maynard verließ den Palast und konnte es immer noch nicht fassen, wie sehr er gerade von einem einfachen Beamten gedemütigt worden war. Wenn das die Charakterzüge waren, die die Werte von Loyalität und Ritterlichkeit ablösten, dann verhieß dies nur wenig Hoffnung für die künftigen Geschicke der Christenheit. Andererseits wäre er nicht so wütend geworden, wenn er irgendeine Möglichkeit gesehen hätte, wie er dem Marchese doch noch persönlich gegenübertreten konnte. Doch er befürchtete das Schlimmste.

Ich war hochmütig und naiv, beschimpfte er sich. Und als er daran dachte, mit welcher Bestimmtheit er Gualtiero zu handeln versprochen hatte, errötete er vor Scham. Er musste unbedingt einen neuen Plan entwickeln. Einen Plan, wie er Gualtiero helfen konnte – und wie er in diesen Mauern heimlich nach demjenigen suchen konnte, der das Geheimnis von Mont-Fleur verletzt hatte.

Vor dem Löwenturm erinnerte er sich daran, dass er einen weiteren Auftrag für Abt Andrea zu erledigen hatte. Der Brief an den Bischof. Den konnte er auch gleich jetzt überbringen.

Er kehrte zur Kathedrale zurück, die nun verlassen dalag. Der einzige noch Anwesende war ein Diener, der um den Altar herum fegte und von dem er erfuhr, dass sich der Bischof mit seinem Gefolge in einen Palast in der Kontrade San Romano neben der Piazza zurückgezogen hatte.

Immer noch empört darüber, wie man ihn in der Kanzlei des Marchese behandelt hatte, eilte Maynard durch die Straßen und hielt Ausschau nach Fahnen und Bannern, die ihm die Anwesenheit des Bischofs anzeigen würden, bis er schließlich in der Nähe der Pfarrei von San Romano an einen kleinen Palast gelangte, vor dem das bischöfliche Wappen prangte.

59

Im Gegensatz zum Marchese d'Este gewährte Bischof Guido di Baisio Maynard tatsächlich eine persönliche Audienz und empfing ihn ohne große Verzögerung in seinen Privatgemächern. Er saß in einem mit etlichen Kissen gepolsterten Stuhl und war in schwarze Gewänder gehüllt, unter denen sich sein abgemagerter, vom Alter gezeichneter Körper abzeichnete. Doch machte der Bischof nicht den Eindruck eines Mannes, den das Alter milde gestimmt hatte. Bei jedem Atemzug stieß er ein durchdringendes, fast wütendes Pfeifen aus und ließ erkennen, dass er sich hartnäckig ans Leben klammerte wie so viele im fortgeschrittenen Alter.

»Ich überbringe einen Brief des Abtes von Pomposa«, sagte Maynard, nachdem er ihm die gebührende Ehre erwiesen hatte.

»Pomposa …«, wiederholte Bischof Guido mit einem wehmütigen Lächeln. »Ein Hort des Friedens.«

»Nicht mehr seit den letzten Ereignissen, die sich zu einem ernsthaften Zwischenfall ausweiten könnten.«

»Von welchen Ereignissen sprecht Ihr?«

»Von der Verhaftung einer Frau«, erwiderte Maynard. »Einer Frau aus dem Volk, die vielleicht von Eurem Vizdom mit jemandem verwechselt wurde. Zusammen mit ihr wurde auch ihr Gemahl gefangen genommen. Es handelt sich um harmlose Menschen.«

Der Bischof nickte zum Zeichen, dass er verstanden hatte, obwohl er erkennen ließ, dass er an etwas anderem interessiert war. »Und der Abt? Inwiefern ist er darin verwickelt?«

»Mitleid treibt ihn an. Das Schicksal dieser Familie liegt ihm am Herzen.«

»Das bestätigt nur den Ruf des ehrwürdigen Andrea von Pomposa.« Der Bischof nickte erneut. »Verhaftungen obliegen allerdings den weltlichen Behörden.«

Maynard sah darin einen Versuch, die Angelegenheit zu beenden.

»Ich habe die Kanzlei des Marchese bereits aufgesucht«, erklärte er daher und fügte noch an: »Andererseits kam der Befehl von einem Mann Eures Vertrauens.«

»Meint Ihr das ernst?«

»Der Abt selbst kann es bezeugen.«

Der Bischof suchte auf seinem Stuhl nach einer bequemeren Position. Obwohl er sich zunächst überrascht gezeigt hatte, zeichnete sich nun leise Sorge auf seinem Gesicht ab, als suchte er am Horizont nach dunklen Wolken. »Ihr müsst mir Zeit geben«, sagte er schließlich heiser. »Da ich meinen Sitz in Bologna habe, bin ich gezwungen, über einige … sekundäre Aspekte hinwegzublicken, um es mal so auszudrücken. Ich wünsche allerdings, dass Ihr dies versteht und es auch Abt Andrea erklären könnt.« Schließlich streckte er die Hand aus. »Gebt mir den Brief, ich werde mein Möglichstes tun.«

Mit diesem Versprechen entließ er Maynard.

Als er allein war, las Bischof Guido den Brief und grübelte lange nach, bis er schließlich entschied, Superanzio Orsini zu sich zu rufen. Er musste nicht lange auf ihn warten.

»Ihr befehlt, Exzellenz?«, fragte der Vizdom, als er mit einer unterwürfigen Verbeugung vorstellig wurde.

Guido beugte sich in seinem Stuhl vor und musterte ihn eindringlich. »Mir ist gerade eine Darstellung der Ereignisse hinterbracht worden, die von Eurer Schilderung abweicht.«

Der Vizdom verzog das Gesicht. »In welcher Hinsicht?«

»Bezüglich Eures Besuches in Pomposa.«

»Der Abt ist gegenüber der Apostolischen Kammer vertragsbrüchig geworden«, rechtfertigte Superanzio sein Handeln. »In meiner Eigenschaft als Euer Stellvertreter habe ich es nur für angemessen gehalten, zusammen mit –«

Bischof Guido brachte ihn mit einer Handbewegung zum Schweigen. »Ich weiß, dass Ihr Euch in meiner Abwesenheit gern an der Seite des Marchese d'Este zeigt«, sagte er gelangweilt. »Ich meinte die *andere* Angelegenheit.«

»Ach, *diese* Angelegenheit. Ihr sprecht von der Verhaftung.«

»Ganz recht. Seid Ihr Euch sicher, dass es sich um die richtige Frau handelt?«

Ehe Superanzio antwortete, warf er einen fragenden Blick auf den Brief, den der Bischof vor sich im Schoß hielt. »Mehr als das«, bestätigte er, ohne zu zögern. »Sie hat es selbst zugegeben, Exzellenz.«

Guido entwich ein Seufzer, der all den Sorgen freien Lauf ließ, die er bis jetzt unterdrückt hatte. »Heute ist ein Mann aus Pomposa eingetroffen, der Fragen stellt. Vielleicht hat das ja nichts zu bedeuten, aber in mir ist der Verdacht gekeimt, dass dem Abt die Identität dieser Frau möglicherweise bekannt ist.«

»Das schließe ich aus«, beruhigte ihn der Vizdom. »Die von ihr begangenen Verbrechen datieren aus einer Zeit vor der Ernennung des ehrwürdigen Andrea. Und auch vor Eurer, wenn ich mich recht entsinne.«

Guido nickte. »Damals war ich noch Bischof von Rimini. Ich wurde erst zwei Jahre später nach Ferrara berufen.«

»Ich dagegen stand seinerzeit bereits in den Diensten der Diözese von Ferrara«, sagte Superanzio Orsini, um seinen Worten mehr Gewicht zu verleihen. »Ich erinnere mich gut an diese falsche Schlange, genau wie an die Geschehnisse, in die sie verwickelt war. Die am besten im Dunkeln verbleiben sollten.«

Bischof Guido verschränkte die Hände vor dem Bauch. »Wollt Ihr damit sagen, ich sollte den Abt diesbezüglich nicht in Kenntnis setzen?«

Mit gespielt verschwörerischer Miene legte sich der Vizdom die Hand vor den Mund. »Eure Exzellenz«, flüsterte er, »Ihr benötigt sicher keinen Rat von mir.«

60

Bastien des Baux saß auf den Stufen der Kirche San Leonardo und schnitzte mit einem Messer mit Elfenbeingriff ein kleines Pferd aus Holz. Maynard fiel die krumme Klinge auf, in die feine, wie kleine Schlangen gewundene Buchstaben eingraviert waren. Eine Erinnerung an Smyrna, nahm er an, während er vergeblich versuchte, sich von seinem Kummer abzulenken. Er hatte seinem alten Waffenmeister von seinen Rückschlägen berichtet, mehr um sich alles von der Seele zu reden, als um seinen Rat zu suchen. Nun beobachtete er ihn schweigend und lauschte auf das Geräusch der Späne, die von der kleinen Figur wegflogen.

»Also ist es genau so gekommen, wie vorauszusehen war«, sagte Bastien lakonisch.

Maynard nickte bitter. »In meinem Leben wurde ich schon oft von Rittern aus dem Sattel geworfen und von Bogenschützen verwundet ... aber noch nie hat mich ein Notar zum Schweigen gebracht.«

»Nun, beim Bischof ist es Euch ja nicht wesentlich besser ergangen.«

»Zumindest hat Seine Exzellenz mich persönlich empfangen. Er wollte, dass ich ihm den Brief übergebe.«

»Ein höfliches Mittel, Euch schnell wieder loszuwerden.« Bastien legte das Messer auf die Knie und begutachtete in der Nachmittagssonne sein Werk. »Die Augen ...«, murmelte er.

»Was?«, fragte Maynard.

»Ich muss sie noch ein wenig vertiefen.« Bastien hielt ihm das kleine Pferd hin, dann versenkte er sich wieder in seine Schnitzarbeit und schien die Gegenwart Maynards darüber fast zu vergessen. Als er wieder zu reden ansetzte, blickte er weiter konzentriert auf seine Klinge. »Nehmt Ihr mein Angebot jetzt an?«

Maynard wiegte den Kopf. »Ich habe mich noch nicht entschieden.«

»Noch ist Zeit.«

»Ehrlich gesagt hoffe ich, den Mann zu finden, bevor Humbert de Viennois eintrifft.«

Bastien blickte hoch, der entschlossene Ton seines alten Gefährten hatte ihn aufmerken lassen. »Also habt Ihr einen Plan …«

»Keinen Plan.« Maynard dachte grimmig an den schändlichen Facio di Malaspina und hoffte inständig, ihn in seine Gewalt zu bekommen. Noch war er nicht sicher, ob er sich wirklich an den Hof des Marchese geflüchtet hatte, aber im Augenblick hatte er keine bessere Idee. »Ich werde von fern beobachten, bis ich die richtige Spur gefunden habe.«

Bastien des Baux blies die letzten Späne von seiner Holzfigur und betrachtete sie zufrieden. »Oder bis Ihr Euch am Boden wiederfindet«, sagte er ausdruckslos, »ein Schwert zwei Spannen tief in Eure Seite gerammt.«

61

Reims, Kloster Sainte-Balsamie
23. April

»Der Araber«, sagte Robert de Vermandois knapp und gab zu verstehen, dass er kaum noch etwas hinzuzufügen hatte. »So wird er genannt, da keiner seinen wahren Name kennt oder etwas über seine Herkunft weiß.«

Eudeline sah ihn gebannt an. Nach fast einem Monat ohne Neuigkeiten hatte sie schon die Hoffnung aufgegeben, dass Robert irgendwelche Informationen über ihren geheimnisvollen Retter erkunden würde. An diesem Morgen allerdings hatte er sie unter dem Vorwand, mit ihr eine Partie Schach spielen zu wollen, zu sich ins Gästehaus gebeten, nachdem er die Nacht in den Gassen von Reims verbracht hatte.

»Wie ist es Euch gelungen, ihn zu finden?«, fragte sie bewundernd.

»Ich habe ihn nicht gefunden«, erwiderte Robert, während er mit einem Turm zog, »und ich bin mir auch nicht sicher, ob es wirklich der Sarazene ist, den Ihr sucht. Ein Mann jedoch, so wie Ihr ihn beschrieben habt, bleibt in dieser Gegend nicht unbemerkt.«

Eudeline erschrak. »Das bedeutet, dass …«

»… er sich irgendwo in der Umgebung verbirgt.« Robert sah beinahe erstaunt über ihre Reaktion vom Schachbrett auf. »Das war doch von Anfang an offensichtlich. In der Nacht Eurer Flucht hat er Euch ins Kloster zurückgebracht, also weiß er, wo Ihr lebt. Er kennt Euch, vielleicht überwacht er Euch schon seit Längerem.«

Eudeline wurde klar, wie naiv sie gewesen war. Die aufregenden Ereignisse der letzten Wochen hatten ihr den Blick für das Offensichtlichste versperrt. »Wisst Ihr noch mehr über diesen … Araber?«

Robert nickte. »Er ist ein Einzelgänger. Er scheint öfter auf den Markt zu gehen, vor allem sucht er die Gewürzhändler auf. Eine

Stadtwache behauptet, er sei vor einigen Nächten hier vor dem Kloster auf ihn gestoßen und habe ihn fortgeschickt.«

Immer nachdenklicher erwiderte Eudeline den Angriff des Turms mit einem einfachen Zug eines Bauern. Ein Funkeln, das kurz in den Augen ihres Gegners aufblitzte, ließ sie vermuten, dass sie einen Fehler begangen hatte.

»Immer noch keine Spur habe ich dagegen von Eurem Kardinal aus Avignon«, fuhr Robert fort und lenkte sie damit weiter vom Spiel ab. »In der Abtei Saint-Remi ist keiner außer den Dienstboten bereit, über ihn zu reden. Er hat dort mehrere Monate lang zurückgezogen gelebt, bis er von einem Tag auf den anderen verschwunden ist.«

»Nach meiner Flucht, nehme ich an.«

»Offen gesprochen war ich erleichtert, als ich dies erfahren habe.« Durch einen Zug des Pferdes brachte Robert sie dazu, mit der Königin zu ziehen und so eine Lücke in der Verteidigungslinie des Königs zu öffnen. »Ich habe mich über Bertrand du Pouget erkundigt, und was ich herausgefunden habe, hat mir nicht gefallen. Anscheinend hat er sich vor vielen Jahren mit Karel von Luxemburg und dessen Vater verbündet.«

Eudeline erinnerte sich an den unbestimmten Bericht Roberts über die Begegnung ihres Bruders mit dem edlen Karel nach der Niederlage von Crécy. »Eure Erinnerung …« Sie versuchte, die Reichweite der Intrige zu ermessen, in die sie verwickelt war.

»Ja, es besteht eine Verbindung zu Eurem Bruder.« Mit einem plötzlichen Ausfall des Läufers setzte Robert sie schachmatt und sah sie dann vorwurfsvoll an. »Eine Verbindung, die Ihr mir verschwiegen habt, die ich aber nun dennoch kenne.«

Eudeline sprang auf. »Ich habe versprochen, dieses Geheimnis zu wahren«, verteidigte sie sich.

Ehe sie zurückweichen konnte, war Robert bei ihr. »Nicht Eure Geheimnisse beunruhigen mich.« Er packte sie am Handgelenk, sodass sie ihm in die Augen sehen musste. »Eure Unversehrtheit liegt mir am Herzen, oder denkt Ihr etwa, ich hätte mich dieser Angelegenheit aus purer Ritterlichkeit angenommen?« Seine Stimme war tief und leise geworden. »Ich habe es für *Euch* getan, Eudeline!

Wegen der Art, wie Ihr mich anseht, und wegen dieses Zögerns, mit dem Ihr die Worte mir gegenüber abwägt! Glaubt Ihr, ich wäre so dumm, dass Ihr auch das vor mir verbergen könnt?«

Sie versuchte verzweifelt, diesen grünen Augen zu entkommen, die immer näher kamen, doch dann konnte sie sich nicht mehr wehren. In diesem Moment war sie nicht mehr die Äbtissin von Sainte-Balsamie im Nonnengewand oder das Mädchen, das von der Grausamkeit des Vaters besessen war. Sie war ganz nur Eudeline de Rocheblanche. Eine Frau.

»Was ich getan habe«, raunte Robert und ließ sie durch seine Hände spüren, wie er erbebte, »tat ich, um etwas mit Euch zu teilen. Auch wenn es bloß wenig war, zu wenig, um damit zufrieden zu sein.«

Und dann beugte er sich über sie und küsste sie.

Niemals hätte sich Eudeline vorstellen können, allein durch eine schlichte Berührung eines Mannes derartige Gefühle zu erleben. Diese Hingabe traf sie unvorbereitet. Und diese Wärme, von der sie sich umfangen fühlte – nach all den Jahren der Askese hatte nicht einmal das Gebet es geschafft, ihre Seele so im Tiefsten anzurühren.

Im nächsten Moment entwand sie sich instinktiv der Umarmung. Jemand stand in der Tür und beobachtete sie.

Die Infirmaria.

»Ehrwürdige Mutter …«, sagte sie verlegen. »Es gibt Neuigkeiten aus der Krypta.«

Mit hochrotem Kopf trat Eudeline einen weiteren Schritt von Robert zurück und versuchte, sich zu fassen. »Nun, was ist es?«, fragte sie beinahe schrill.

»Die Gefangene … Ich habe soeben entdeckt, dass sie uns etwas Wichtiges verschwiegen hat.«

62

Metz, in der Nähe der Porte des Allemands
23. April

»Seine Eminenz, Monsignore Bertrand du Pouget.«

Angekündigt von einem Soldaten am Eingang, betrat der Kardinal einen Raum, der sich unterhalb der Stadtmauern verbarg; vom Turm darüber hatte man einen guten Überblick über das Herzogtum Oberlothringen. Zunächst hatte er sich geweigert, Karel I. von Böhmen ausgerechnet in Metz zu treffen, einer Grenzfestung, die den Franzosen und den mächtigen Prälaten feindlich gegenüberstand.

Der plötzliche Tod von Marcus war für ihn eine harte Lektion gewesen. Er hatte nicht nur seinen besten Mann verloren, sondern einmal mehr erkennen müssen, dass man Feinde nicht unterschätzen und Verbündeten nicht allzu sehr vertrauen sollte. Das hatte er schon einmal in der Emilia und in der Romagna bitter erfahren müssen, nur um es dann während seiner untätigen Zeit in Avignon zu verdrängen. Während er dort ein Leben im Überfluss führte und verweichlichte, hatte er vergessen, was es bedeutete, sich verwundbar zu fühlen, und dass es noch eine andere Angst gab als die vor dem Alter. Als diese Furcht plötzlich wieder in ihm aufflackerte, hatte er Reims eilig verlassen, auch wenn er dadurch seine Pläne für Eudeline de Rocheblanche nicht zu Ende führen konnte. Doch es war mehr als wahrscheinlich, dass die Äbtissin, nachdem sie ihm einmal entkommen war, ihn nun verfolgte. Und da er sein Spiel für den Augenblick noch verdeckt führen musste, hatte er sich entschlossen, sein Schicksal herauszufordern und die Einladung nach Metz anzunehmen. Ein geheimes Treffen mit dem neuen König von Böhmen konnte sich als die Gelegenheit erweisen, um die eigenen Spuren zu verwischen und zudem den zweiten Teil seines Plans umzusetzen.

So schritt er nun durch den schmucklosen Raum, dessen Wände in den Fels gehauen waren; darüber erhob sich eine Gewölbedecke aus Steinblöcken. Ein einziger Mann erwartete ihn, Karel von Böhmen, der sich vor dem Rauch der Fackeln in eine Ecke zurückgezogen hatte.

Während der Kardinal näher trat, versuchte er den ungestümen jungen Mann wiederzuerkennen, dem er vor vierzehn Jahren vor den Stadtmauern von Ferrara begegnet war. Es erschütterte ihn, wie sehr Karel sich seitdem verändert hatte. Das eingefallene Gesicht und der unstet umherirrende Blick verrieten einen von einer Vielzahl von Obsessionen beherrschten Charakter, in dem nichts von dem Feuer Jang de Blannens weiterzuleben schien. Der Kardinal war sich bewusst, wie sehr er dazu beigetragen hatte, dass Karel sich jetzt in diesem Zustand befand. Er hatte zwar immer darauf geachtet, die räumliche Distanz zu wahren, jedoch all die Jahre permanenten Einfluss auf ihn ausgeübt, indem er ihn von seinen Spionen überwachen ließ. Er hatte ihn sogar dazu gebracht, den eigenen Vater zu verraten. Der Mann, den er gerade musterte, war sein Geschöpf.

»Hier in diesem dunklen Winkel«, begann er und grüßte Karel ehrerbietig, »erkenne ich Euch kaum wieder, Majestät.«

Karel lachte bitter auf. »Wie Ihr mich gelehrt habt, muss man die Blindheit anderer zu seinem Vorteil nutzen.«

Die Anspielung auf seinen Vater war überdeutlich. Nachdem der Kardinal damals erfahren hatte, dass Jang de Blannen vorhatte, das Geheimnis des Lapis exilii zu enthüllen, hatte er Karel dazu bewogen, dem Vater einen Trank zu verabreichen, der ihn während des letzten Angriffs bei Crécy mit Blindheit geschlagen hatte. Was sich sehr zum Vorteil für Karel erwiesen hatte, weil er seinem Vater als König nachfolgte, aber gewiss nicht für den Kardinal, dem es bislang nicht gelungen war, die Pergamentrolle mit dem Rätsel in seinen Besitz zu bringen.

Er gab sich empört. »Ihr klingt, als würdet Ihr Euch an einen möglichen Feind wenden. Vergesst Ihr etwa, dass Ihr dieses Treffen gefordert habt?«

Karel musterte ihn hochmütig, doch dann gewann seine Schlauheit die Oberhand über den Stolz. »Das gebe ich zu«, seufzte er, »ich benötige Euren Rat.«

Ohne um Erlaubnis zu bitten, setzte der Kardinal sich ihm gegenüber. »Das glaube ich auch, Majestät«, sagte er entgegenkommend und rief sich den Inhalt des Briefes in Erinnerung, den Karel ihm geschickt hatte. »Obwohl der Papst Eure Krönung bestätigt hat, sind Euch die Städte Aachen und Köln immer noch feindlich gesinnt, genau wie die Kurfürsten in Deutschland.«

»Sie schlagen sich lieber auf die Seite dieses Ketzers Ludwig von Bayern, obwohl der Heilige Vater ihn mit einem ewigen Bann belegt hat«, rief Karel entrüstet.

»Macht nicht andere für Eure Schwächen verantwortlich«, mahnte der Kardinal, der Karels Hang zur Frömmigkeit kannte. »Die Wahrheit ist doch, dass Ihr nicht einmal daran denken könnt, Euer Reich zu regieren, wenn Ihr nur die Unterstützung des Herzogs von Sachsen und des Erzbischofs von Mainz genießt. Sie sind Marionetten von Avignon und können Eure Macht nicht ausreichend untermauern.«

Karel von Böhmen musterte ihn vorwurfsvoll. »Was sollte ich denn anderes tun, als die Unterstützung der Kirche zu suchen?«

»Dieses Problem lässt sich leicht lösen. Aber zuerst …« Der Kardinal ließ den Blick ungeduldig durch den Raum wandern. »Habt Ihr mitgebracht, worum ich Euch in meinen Briefen gebeten habe?«

»Ja, ich habe es bei mir.« Karel zögerte. »Aber ich verstehe Euch nicht, Euer Eminenz. Ihr habt es doch selbst in meine Hände gegeben, und wenn Ihr fürchtet, dass es dort nicht sicher ist …«

»Ich weiß sehr gut, wie sehr Ihr an derartigen Objekten hängt, Majestät«, sagte der Kardinal beschwichtigend. »Ich kenne Eure Gläubigkeit und wie viel Euch alles Heilige bedeutet. Doch jetzt möchte ich es zurückerhalten.«

Karel zögerte wieder. Es dauerte einen Augenblick, bis er sich vorsichtig zu einem im Schatten liegenden Winkel hinunterbeugte und eine rechteckige Holzschatulle mit Intarsien aufnahm. Er stellte sie auf seinen Knien ab und strich bedauernd darüber, als müsste er sich von etwas trennen, was er unglaublich lieb gewonnen hatte. »Das ist sie.«

Beim Anblick der Schatulle streckte der Kardinal fordernd die Hände aus, um sie in Empfang zu nehmen. Karels Widerstreben fachte seine Gier nur noch mehr an, und er war erst zufrieden, als er sie im Schoß liegen hatte. Er ließ das kleine Schloss aufschnappen und öffnete dann die Schatulle, um die Lanzenspitze im Schein der Fackeln zu bewundern. Obwohl er sie seit jener lange zurückliegenden Nacht nicht mehr gesehen hatte, damals in den Wäldern von San Giorgio, war sie ihm doch in jeder Einzelheit in Erinnerung geblieben. Metallisch glänzend besaß sie die gleiche Schwärze wie der Kelch, als hätte ein geheimnisvoller alchemistischer Prozess – *nigredo* genannt – die Beschaffenheit ihres Materials verändert. Dennoch war der Kardinal felsenfest von der Echtheit des Gegenstandes überzeugt: Der »Codex Millenarius« besagte, dies sei die Waffe, mit der man die Seite Christi durchbohrt und ihm so den Tod des Fleisches zugefügt hatte.

Er nahm sich vor, die Lanzenspitze später noch einmal genauer zu betrachten, verbarg seine Begeisterung hinter einem undurchdringlichen Lächeln und schloss die Schatulle. »Sehr gut, Majestät«, sagte er. »Aber nun zu dem, was Euch bewegt. Vielleicht wisst Ihr das nicht, aber in der Schar Eurer Feinde tun sich Lücken auf. Mir ist zu Ohren gekommen, dass einige *Electores* aus dem Haus derer zu Wittelsbach bereit wären, mit Euch zu verhandeln, wenn Ihr sie auf gewisse Weise umwerben würdet …«

»Wittelsbach?«, wiederholte Karel verächtlich. »Ihr ratet mir wirklich, dass ich mich mit dem Haus dieses Bayern verbünden soll?«

Der Kardinal hob die Augenbrauen. »Das hieße, den Teufel bei den Hörnern zu packen.«

Der König war nicht in der Verfassung, um die Ironie dieser Bemerkung zu schätzen. »Ich beuge mich seit Jahren Euren Wünschen«, rief er. »Lasse zu, dass Eure Schergen mir folgen, unterstütze Eure Pläne … damit Ihr mir so etwas erzählt?«

»Ich bin nicht bis hierher gereist, um Eure Launen zu befriedigen«, antwortete der Kardinal im gleichen scharfen Ton, »sondern um Euch eine tragbare Lösung anzubieten. Es ist die einzig mögliche, Majestät, ob sie Euch nun gefällt oder nicht. Selbst auf die Gefahr hin, den Papst zu verärgern, müsst Ihr einen Konsens mit den mit dem Kirchenbann belegten Herrschern suchen.«

Karel bezwang seine Empörung nur mühsam. »Ich meine in Euch eine heimliche Freude zu entdecken.« Er sah den Kardinal lauernd an. »Versucht Ihr etwa, mich gegen den Papst zu benutzen, der Euch zur Schande verdammte?«

Der Kardinal beglückwünschte ihn innerlich für seine genaue Beobachtungsgabe, verbarg seine wahren Gefühle jedoch hinter einer undurchdringlichen Miene. »Clemens VI. wird sich im Falle eines *Schismas* halten können, aber für Euch kann ich das Gleiche nicht garantieren, wenn Ihr Euch weigert, Euch in den Augen des deutschen Adels als unabhängig zu erweisen.« Eindringlicher fuhr er fort: »Hier spricht gerade kein Purpurträger aus Avignon zu Euch, sondern Euer Mentor. Derjenige, der Euch einmal in Aussicht stellte, Ihr könntet Kaiser werden. Habt Ihr das vielleicht vergessen? Ich gewiss nicht! Nun gut, wenn Ihr immer noch danach strebt, Euch diesen Traum zu erfüllen, müsst Ihr beweisen, dass Ihr *allen* ein Herrscher sein wollt. Auch denen, die Euch jetzt bekämpfen.«

Der König von Böhmen dachte lange über diese Worte nach, während er immer wieder in die dunklen Winkel des Raumes spähte, fast als fürchtete er, seine geheimen Obsessionen würden dort Gestalt annehmen. »Obwohl Ihr von mir verlangt, dem Teufel meine Seele zu verkaufen, liegt mehr Sinn in Euren Worten, als es zunächst den Anschein hat«, gab er schließlich zu. »Aber wenn ich in diesem Sinne handelte, würde ich mich Gefahren aussetzen –«

»Nicht, wenn Ihr Euch nach Prag zurückzieht«, beruhigte ihn der Kardinal. »Sobald Ihr dort in Sicherheit seid, werde ich Euch eine Liste mit den Namen derer zukommen lassen, auf die Ihr Euren Einfluss ausüben sollt. Ihr werdet Boten aussenden, Versprechungen machen, geheime Bündnisse schließen …« Er stand auf und verneigte sich. »Bis der Augenblick gekommen ist, Majestät, Euch über alle einzusetzen.«

Während der Kardinal, die Schatulle fest unter dem Arm, dem

Ausgang entgegenschritt, konnte er sich vorstellen, welch finstere Gedanken nun durch den Kopf des verwirrten Karel geistern mochten. In einer Welt der Intrigen musste jeder seine Ränke schmieden. Daher widmete er sich unverzüglich wieder seinen eigenen Plänen. Nun da er den Kelch und die Lanzenspitze besaß, musste er unbedingt die dritte Reliquie in seine Gewalt bekommen. Die wichtigste.

Danach würde ihn nichts mehr aufhalten können, Papst zu werden.

63

Abtei Santa Maria di Pomposa
24. April 1347

Der von den Meißelhieben entstellte Christus Pantokrator erinnerte ihn an Hiob, dessen Leib durch den Willen Satans von Geschwüren überzogen worden war. Abt Andrea kam diese allein von seinem biblischen Wissen bestimmte Vorstellung in den Sinn, bar jeden Gefühls. Und genau dies quälte ihn nun. Sogar der letzte Bauerntölpel hätte sich, wenn er nur über einen Funken Glauben verfügte, beim Anblick der so übel geschändeten Apsis schmerzlich an die Brust schlagen müssen. Es war ein Frevel, beinahe eine Beleidigung! Dennoch sah Andrea nichts anderes als ein altes, durchlöchertes Fresko vor sich, das noch Jahrhunderte zu diesem Zustand verdammt sein würde.

Es war sinnlos, seine Seele auf der Suche nach Gottesfurcht zu erforschen, in der Hoffnung, dass ihn dann eine plötzliche Empörung oder wenigstens ein gewisser Schauder überkam, ein Zeichen, dass das göttliche Licht noch in ihm brannte. Genauso sinnlos war es, die Leidenschaft für ein inbrünstiges Begehen des Osterfests zu suchen. Wie schon in den vergangenen Jahren war das Blut des Lammes in Strömen auf eine dunkle, unfruchtbare Erde geflossen, in der nichts mehr keimte. Ebenso blieben nur diese brutalen Male des Meißels zurück, wie eine Mahnung, dass es vergeblich war, in den Ereignissen einen höheren Plan zu entdecken, der von der Gnade Gottes beseelt war.

Und dennoch konnte sich Andrea nicht damit abfinden, dass er so nah an einer Veränderung gewesen war, um dann wieder in abgrundtiefer Verzweiflung zu versinken. Einen Moment lang hatte er wirklich geglaubt, es sei ein Wink des Herrn gewesen, dass er Gualtiero de' Bruni, diesem jungen Mann mit seinem noch unausgereiften Genie, begegnet war, um ihm den Weg zu einer Reform des

Glaubens aufzuzeigen. Und eigentlich war er tief im Innern immer noch davon überzeugt, oder zumindest glaubte er das.

Nach seiner Rückkehr aus Ferrara hatte Gualtiero eingewilligt, sich dem Skriptorium der Abtei als Miniaturmaler anzuschließen, und seit ungefähr drei Wochen arbeitete er unermüdlich an den Handschriften, wobei er seine Zeichentechnik und den Umgang mit Farben ständig verfeinerte. Er machte so große Fortschritte, dass Andreas Mitbrüder ihre Schreibpulte im Skriptorium häufig verließen, um seine Initialen, die ganzseitigen *Illuminationen* und die phantastischen Fabelwesen, halb Mensch, halb Tier, an den Texträndern zu bestaunen. Keiner wagte zu sagen, ob diese Figuren schöpferischer Kraft oder Wahnsinn entsprangen, aber zweifelsohne waren sie faszinierend, sodass ihrem Erschaffer tiefe Bewunderung gewiss war.

Doch Andrea ließ sich nicht von vorschneller Begeisterung blenden. Er wusste sehr gut, dass Gualtiero diese Aufgabe nur übernommen hatte, weil er auf Nachricht von seinen Eltern wartete, und dass er Pomposa so bald wie möglich verlassen würde, um sein eigenes Leben wieder dort aufzunehmen, wo er glaubte, es verlassen zu haben. Andrea blieb nur wenig Zeit, um die Meinung des jungen Mannes zu ändern und ihn zu einem wesentlich würdigeren Schicksal zu führen als nur dem eines gewöhnlichen Handwerkers. Einem Schicksal, das er gleich in ihm erkannt hatte und in das er trotz der kürzlich erlittenen Rückschläge einen Teil seiner eigenen Hoffnungen setzte. Wenn der junge de' Bruni doch nur auf ihn hören wollte! Was für ein außergewöhnlicher Mönch könnte er werden.

Doch die Nachricht, die Andrea an jenem Morgen empfangen hatte, machte all seine Pläne zunichte. Sie kam von Maynard und war für Gualtiero bestimmt. Andrea hatte sich lange gefragt, ob es richtig war, sie dem jungen Mann zu übergeben und dessen Frieden zu stören, den er mühsam genug nach der Verhaftung seiner Eltern wiedererlangt hatte. Andererseits war er sich wohl bewusst, dass dieser Frieden brüchig war und dass sein Zögern, Gualtiero über die Ereignisse zu unterrichten, nur dem selbstsüchtigen Willen entsprang, ihn bei sich behalten zu wollen, fern aller Verwirrungen der Welt.

Er murmelte ein »Mea culpa«, betrat das Skriptorium und schritt geradewegs auf Gualtieros Schreibtisch zu.

Der junge Mann saß über einer Handschrift von »De fructibus carnis et spiritus« des Hugo von St. Victor und beendete gerade eine Abbildung von Adams Baum, dem Symbol für die Todsünden, die der Ahnherr der Menschheit beging. Gualtiero hatte seiner Phantasie freien Lauf gelassen und die traditionelle Darstellung verändert, indem er die sieben von den Sünden verdorbenen Früchte durch sieben monströse Köpfe ersetzt hatte, die von den Zweigen herabhingen.

Unschlüssig, ob er angesichts dieses Bildes Bewunderung oder Abscheu empfinden sollte, grüßte Andrea den jungen Mann und zeigte dann auf Adam, der auf der Erde lag, die Eingeweide mit den Wurzeln des Baumes verwuchert.

»Sagt, mein Sohn, kennt ihr den Samen, aus dem dieser üble Baum entstand?«, fragte er flüsternd, um die Kopisten nicht zu stören.

Gualtiero betrachtete sein Bild, dann schüttelte er den Kopf.

»Es ist Hochmut«, sagte Andrea.

Gualtiero musterte ihn zweifelnd. »Ich habe geglaubt, Adam hätte sich mit Schuld befleckt, weil er bei Eva gelegen hat.«

»Wie uns der heilige Ambrosius lehrt, war die fleischliche Wollust der erste Schritt zum Aufstand des Geistes«, erklärte Andrea, ohne zu bemerken, dass er die Stimme erhoben hatte. »Indem der Verstand sich unabhängig von den göttlichen Gesetzen erklärt hat, hat ebendieser die unheilvolle Sünde begangen, derentwegen wir alle zu einem armseligen Leben als Sterbliche verurteilt sind. Die Sünde des Hochmuts!«

Nun wandten sich seine Worte offenkundig an alle Anwesenden. Sie klangen wie ein Tadel, der jedoch hauptsächlich an sich selbst gerichtet war. »Töricht ist der, der sich für unempfindlich dem verführerischen Lockruf des Hochmuts gegenüber hält, da weder Wollust noch Gefräßigkeit es mit dieser Sünde aufnehmen können! Ihretwegen ist man bereit zu lügen, unehrenhaft zu handeln und den niedrigsten Instinkten nachzugeben, nur um sich in einem flüchtigen Vergnügen zu suhlen ... Und je weiter man in der Tugend fortschreitet, desto schwieriger wird es, ihren Schmeicheleien zu widerstehen.«

Das allgemeine Schweigen ließ ihn verstummen, und er empfand eine gewisse Verlegenheit. Diese Stille fühlte sich ganz anders an als die übliche arbeitsame *Taciturnitas* der Mönche. Mehr wie die Aufmerksamkeit einer zufälligen Zuhörerschaft, die gebannt von dem Eifer seiner Ansprache war.

Andrea sah sich um, bis sein Blick schließlich bei den neugierigen Augen Gualtieros innehielt.

»Kommt mit mir«, sagte er zu ihm. »Ich muss etwas Dringendes mit Euch besprechen.«

»Also hat er Wort gehalten!« Gualtiero beäugte hoffnungsvoll den Brief. »Maynard de Rocheblanche hat mir geschrieben.«

»Ja«, bestätigte Andrea, der ihn durch den Hof des Klosters begleitete. »Dennoch ist es noch zu früh, um sich zu freuen. Die wenigen Worte von Rocheblanche sind nur sehr vage.«

»Er möchte mich so schnell wie möglich treffen, um mit mir über meinen Vater und meine Mutter zu sprechen. Offensichtlich hat er etwas herausgefunden.«

»So scheint es. Das Treffen ist für morgen zur Vesperzeit angesetzt.«

Gualtiero las die letzte Zeile des Briefes noch einmal. »Vor dem Kloster der Serviten ...« Er sah Andrea fragend an. »Wisst Ihr zufällig, wo sich das befindet?«

»Ich werde es Euch erklären.« Andrea lächelte sanft, wurde jedoch schnell wieder von der Sorge um den jungen Mann erfasst. »Seid Ihr sicher, dass Ihr selbst dorthin wollt? Ich könnte einen vertrauenswürdigen Diener beauftragen, sich statt Eurer nach Ferrara zu begeben.«

Gualtiero sah ihn bestürzt, beinahe beleidigt an. »Aber ehrwürdiger Vater ... Das sind meine Eltern!«

Andrea suchte Zuflucht hinter einer hastigen Entschuldigung. »Dann erlaubt mir zumindest, dass ich Euch empfehle, gut auf Euch aufzupassen. Morgen wird der Jahrestag des heiligen Georg, des Märtyrers und Schutzpatrons von Ferrara, gefeiert. Die Stadt wird in Aufruhr sein.«

Doch in Gualtieros Augen blitzte schon das Ungestüm der Jugend auf.

Von dem hohen Ast einer Esche aus hatte Isabeau die Unterhaltung zwischen Abt Andrea und Gualtiero verfolgt.

Eigentlich war sie auf den Baum geklettert, um sich ein Vogelnest anzusehen. Das hatte sie schon Hunderte Male gemacht, um die akrobatischen Übungen des Vaters nachzuahmen, aber als sie den Abt und Gualtiero entlangkommen sah, hatte sie sich still verhalten und gelauscht.

Ihr gefiel der junge Maler. Obwohl er nicht so hochgewachsen und kräftig wie ein Ritter war, hatte sein unschuldiges, freundliches Wesen sie sofort angesprochen. Und nachdem Maynard sie verlassen zu haben schien, war sie froh, dass wenigstens er gleich nach Pomposa zurückgekehrt war. Nicht dass er wirklich ein Gefährte für sie sein konnte. Isabeau begnügte sich damit, ihn zu beobachten, heimlich seine Gewohnheiten und die kleinen Gesten des Alltags auszuspähen, und allmählich war aus ihren Gefühlen für ihn mehr als einfache Zuneigung geworden.

Obwohl der Abt ihn mehrfach dazu eingeladen hatte, weigerte sich Gualtiero, im Dormitorium zu übernachten, und wohnte stattdessen immer noch im Wagen seiner Familie. Dort verbrachte er die Nächte, in denen er keinen Schlaf fand. Nach Einbruch der Dunkelheit war sie schon öfter aus ihrem Quartier geschlichen, um ihn zu beobachten, wie er im flackernden Schein einer Kerze wie besessen Stunden über Stunden malte und zeichnete, bis er erschöpft zusammenbrach.

Isabeau hätte alles dafür gegeben, diese Bilder näher betrachten zu können, aber sie hätte niemals gewagt, in diese mit Verzweiflung erfüllte Intimität einzubrechen, die sie selbst nur allzu gut kannte. Als sie nun hörte, dass Gualtiero sehr bald aufbrechen wollte, fühlte sie sich wieder wie verlassen.

Wie sollte sie Wochen, vielleicht sogar Monate des Wartens auf Maynard verbringen ohne diesen jungen Maler, der ihr Trost spendete? Bei der Aussicht, allein in diesem grauen Kloster zurückzubleiben, wo sie nur der Klang der Glocken erfreute, fühlte sie sich einsam und verloren.

Nein, sagte sie sich. *Ich werde nicht zulassen, dass auch er noch geht.*

Und während sie sich wie eine träge Katze auf dem Ast zusammenrollte, begann sie, einen Plan auszuarbeiten.

64

Ferrara, Burgus superior
25. April

Am westlichen Stadtrand, wo sich die Mauern, die an den Padus grenzten, im Schutze des altehrwürdigen Castel Tedaldo zu einem Tor öffneten, drängte sich die Ferrareser Oberschicht auf einem mit Tüchern und Girlanden geschmückten Podest in der heißen Mittagssonne. Obizzo III. d'Este nahm den wichtigsten Platz ein, umgeben von seinen Nachkommen, Verwandten und hochrangigen Adligen, die aus den wohlhabendsten Städten der Emilia und der Romagna angereist waren. Zu ihnen gehörten Taddeo de' Pepoli und Lodovico Gonzaga, die Herren von Bologna und Mantua, die wie üblich gekommen waren, um den großartigen Pferderennen des Palios zuzusehen, die jedes Jahr zu Ehren des heiligen Georg veranstaltet wurden. Der Ehrengast jedoch, der nach einer ermüdenden Fahrt entlang der Küsten der Morea und Dalmatiens vor zwei Wochen im Hafen von Venedig angelegt hatte, hieß Humbert de Viennois. Die überraschende Ankunft des Dauphins hatte den Marchese d'Este veranlasst, die Festlichkeiten zu Ehren des Schutzpatrons noch prächtiger zu gestalten, damit der Anführer des Kreuzzugs, wenn er in seine Heimat zurückgekehrt war, davon am päpstlichen Sitz in Avignon berichten konnte.

Humbert hatte die Einladung ohne große Begeisterung angenommen, er litt noch immer unter den Anstrengungen der Reise und dem Tod seiner Ehefrau. Nun saß er mit abwesender Miene auf seinem Platz auf dem Podest, umgeben von seinen Gefolgsleuten. Unter ihnen befand sich auch Maynard, der sich dank der Hilfe des treuen Bastien des Baux in die Truppen des Dauphins eingeschlichen hatte.

Immer noch mit seiner schwarzen Kutte bekleidet, von deren Gürtel ein Dolch herabhing, konnte Maynard für einen der Kriegermönche gelten, die zusammen mit den französischen Soldaten aus Smyrna zurückgekehrt waren. Seitdem er vor zwei Tagen bei Hofe eingeführt worden war, genoss er eine gewisse Bewegungsfreiheit und hatte begonnen, in aller Heimlichkeit die Räume des Palastes zu erkunden.

Dass er die Hilfe seines Waffenmeisters hatte in Anspruch nehmen müssen, lag ihm schwer auf der Seele, aber nachdem er drei Wochen vergebens nach Facio di Malaspina Ausschau gehalten hatte, hatte er sich gezwungen gesehen, auf Bastiens Angebot zurückzukommen. Und wurde prompt belohnt. Als er in der vergangenen Nacht die verschlungenen Gänge des Palastes durchstreifte, hatte er beobachtet, wie ein verkrüppelter Mönch hastig aus den Räumen der Notare geschlichen war. Weiter verfolgen konnte er ihn allerdings nicht, da Facio sich in die unteren Räume begeben hatte, wo Gäste keinen Zutritt hatten. Dennoch konnte Maynard sich endlich sicher sein, dass er am rechten Ort war. Nun war es nur noch eine Frage der Zeit, bis er ihn erwischte.

Mit der Teilnahme an den Feierlichkeiten zu Ehren des heiligen Georg bekam er Zutritt zu einem weiteren Jagdgrund, wo er seine Beute vermutlich leichter aufstöbern konnte. Zwischen den Dutzenden Menschen auf dem Podest hatte auch eine Gruppe Geistlicher Platz gefunden, unter ihnen Bischof Guido di Baisio, die Kanoniker der Kathedrale Ferraras und von San Romano, die Augustinermönche von Santa Maria in Vado und die Mönche der Kirche im alten byzantinischen Castello dei Curtensi. Da er annahm, dass sich auch Facio unter ihnen verbergen mochte, nutzte Maynard die allgemeine Unruhe, um sich einen Überblick zu verschaffen.

Aller Augen waren nun auf das Stück Straße gerichtet, das den Ostteil der Stadt mit dem Tor beim Castel Tedaldo verband. Man erwartete jeden Moment die berittenen Knappen, die miteinander um die Eroberung eines goldenen Tuches wetteiferten. Das war der Höhepunkt der Feierlichkeiten zu Ehren des Schutzpatrons, der an einigen Orten der Stadt von Banketten, Reiterspielen und Raufereien zwischen den einfachen Leuten begleitet wurde.

Bei dem Gedanken, welche Unruhe in den Vierteln herrschte,

hoffte Maynard, dass der junge Gualtiero keine Schwierigkeiten haben würde, ihren vereinbarten Treffpunkt zu erreichen. Er bedauerte es, ihn gerade an diesem Tag, an dem die ganze Stadt auf den Beinen war, nach Ferrara gelockt zu haben, aber das, was er in der vergangenen Woche erfahren hatte, war zu schwerwiegend, als dass es einen längeren Aufschub duldete. Gualtiero würde eine harte Prüfung durchmachen müssen, die sein Leben für immer verändern sollte.

Plötzlich fiel Maynard eine verkrüppelte Gestalt auf, die sich dem Marchese d'Este näherte. Unauffällig drehte er sich um und musterte die Menschen, die den edlen Obizzo umgaben. Seine Söhne Aldovrandino, Niccolò und Ugo konnte er bereits erkennen, Bastarde, die Lippa Ariosti ihm geboren hatte, eine wunderschöne Frau, die neben dem Marchese saß. Er sah sie ein wenig zu lang an, sodass ihre Blicke einander begegneten und sie ihn herausfordernd anlächelte, was ihn veranlasste, schnell verlegen wegzusehen, doch die schattenhafte Gestalt, nach der er suchte, schien sich jetzt in Nichts aufgelöst zu haben.

Maynard fluchte unterdrückt. Er wusste, dass er sich nicht getäuscht hatte. Das war ganz gewiss Facio gewesen! Konnte er wirklich so schnell verschwunden sein? Maynard widerstand der Versuchung, sich der Familie des Marchese zu nähern, da er dem allgemeinen Verhaltenskodex gehorchen musste, außerdem hätte er sonst vielleicht seine Absichten verraten. Deshalb begnügte er sich damit, wachsam zu sein und immer wieder prüfende Blicke nach hinten in die Menschenmenge auf dem Podest zu werfen. Dabei schnappte er eine Bemerkung von Humbert de Viennois auf, die ihn in Sorge versetzte.

»Ein Reiter, der nicht von dieser Welt ist, aus dem Nichts aufgetaucht wie eine Erscheinung«, erzählte der Dauphin dem Mann neben sich. »Er zeigte sich vor zwei Jahren auf dem Schlachtfeld zwischen Smyrna und *Altoluogo*, inmitten von zweitausend Christen, die von einer sechsmal so starken türkischen Übermacht eingekesselt waren. Alle sahen, wie er plötzlich auf seinem Schimmel zum Angriff ritt. ›*Surgite*‹, rief er laut, ›*et viriliter ad pugnam mecum venite!*‹

Nachdem er die Gläubigen zum Sieg geführt hatte, verschwand dieser geheimnisvolle Herold wie durch einen Zauber, als wäre er ein Engel, den uns der Herr gesandt hatte.«

Bei diesen Worten musste Maynard an den ersten der drei Reiter denken, die er im Traum gesehen hatte. Vielleicht war er Jupiter, der mit seinem leuchtenden Schweif ein unsicheres Schicksal verkündete und die Ankunft von Mars und Saturn vorwegnahm. Vielleicht war er der Reiter des ersten Siegels, der apokalyptische Rächer, der sich laut dem heiligen Johannes angesichts des Jüngsten Gerichtes scheinbar dem Bösen stellen würde. Maynard schüttelte beunruhigt den Kopf.

Immer lauter werdendes Hufgetrappel ließ ihn wieder hochblicken, auf die Straße aus festgestampfter Erde, die das Viertel durchteilte. Ganz hinten in einer Biegung stürmte ein Zug Rennpferde in wildem Galopp heran, die von ihren Reitern mit schnalzenden Zügeln angetrieben wurden. Die Zuschauer sprangen auf, stießen Jubelschreie und Anfeuerungsrufe aus. Marchese Obizzo war einer der Wildesten, gemeinsam mit de' Pepoli und Gonzaga, die ihre jeweiligen Pferde antrieben, sie sollten den anderen den Staub hinter sich zu fressen geben.

Maynard dagegen musterte nun wieder die vielen Menschen auf dem Podest, bis er erneut eine verdächtige Gestalt erblickte, die zwischen den Zeltbahnen am Ausgang hindurchschlüpfte. Das konnte niemand anderes als Facio di Malaspina sein.

Dieser verdammte Fuchs, dachte er. Facio hatte den Moment größter Verwirrung abgewartet, um sich ungesehen davonzuschleichen.

Maynard nutzte denselben Vorteil und drängte sich durch die Menge, um ihn zu verfolgen.

Diesmal würde ihn nichts und niemand mehr aufhalten.

Vorsichtig, um unbemerkt zu bleiben, folgte Maynard Facio durch eine Gasse, die nördlich des Castel Tedaldo verlief, in einer Gegend an den Stadtmauern, die unter dem Namen Canton di San Marco bekannt war. Er beobachtete, wie der Mönch sich misstrauisch umsah, um dann in einen hinter einer Kirche gelegenen Garten zu schlüpfen. Hätte Maynard nicht unbedingt wissen wollen, wohin

Facio unterwegs war, hätte er ihn schon längst gestellt. Doch seine Neugier, zu erfahren, warum er endlich aus der Deckung gekommen war, mahnte ihn zur Geduld. Deshalb suchte er sich ein Versteck, aus dem er alles beobachten konnte.

Es dauerte nicht lange, bis ein zweiter Mann den Garten betrat. Er trug farbenprächtige Kleidung, hatte das grobe Gesicht eines Metzgers und grüßte den Mönch mit einer schnellen Handbewegung.

»Konntet Ihr keinen geeigneteren Moment wählen?«, sagte Facio leise.

»Solange der Bischof in Ferrara weilt«, gab der Unbekannte zurück, »kann ich mich hier nur heimlich bewegen.«

»Und mich so der Gefahr aussetzen, ohne dass der Marchese davon erfährt.«

Der Mann zuckte mit den Schultern. »Ihr wisst nur zu gut, dass Ihr in meiner Schuld steht.«

»Eine Schuld, die schon vor Jahren beglichen wurde.«

»Gewisse Schulden kann man niemals begleichen. Wäre ich nicht gewesen, wärt Ihr in den Kerkern des vorigen Bischofs elendiglich zugrunde gegangen. Erinnert Ihr Euch?«

Facio di Malaspina lachte verächtlich auf. »Wenn ich mich recht erinnere, war der Preis für meine Flucht sehr hoch. Ich musste Euch mein kostbarstes Geheimnis enthüllen.«

»Nun gut, und jetzt genügt mir das Wissen darum nicht mehr.«

»Das hat mit mir nichts zu tun.«

»Mehr, als Ihr glaubt, mein Freund.« Der Mann stieß Facio drohend gegen die Brust. »Gesteht, warum seid Ihr gerade jetzt aus Pomposa geflohen? Holen Euch etwa Eure alten Geheimnisse dort ein?«

Facio wich einen Schritt zurück. »Lasst mich in Frieden!«, stieß er aus. »Der Marchese beschützt mich.«

»Gewiss. Der Marchese …« Der Mann grinste. »Es heißt, er würde Euch in den Untergeschossen des Palastes bei den Ratten hausen lassen. Ich stelle mir vor, wie demütigend das für jemanden sein muss, der einstmals eine wichtige Stellung bekleidete. Eine Stellung, die er vielleicht wiedererlangen könnte …«

»Habt Ihr mich hierhergelockt, um Euch über mich lustig zu machen?«

»Keineswegs. Ich habe mich nur gefragt, ob Ihr an einem Tauschhandel interessiert wärt.«

Mit diesen Worten drangen die beiden weiter in den Garten vor, um von einigen Spaziergängern Abstand zu gewinnen. Maynard war gezwungen, sein Versteck aufzugeben und ihnen gebückt hinterherzueilen. Vieles in ihrer Unterhaltung war ihm ein Rätsel geblieben, und die Tatsache, dass er den anderen Mann nicht kannte, half ihm auch nicht gerade weiter. Dennoch ahnte er, wie bedeutend diese Unterhaltung war. Daher kroch er nun auf allen vieren an einem von Kletterpflanzen überwucherten Zaun entlang, bis er sich unter der dichten Krone einer Weide verbergen konnte, nah genug an den Männern, um sie belauschen zu können.

»Was genau meint Ihr damit?«, fragte Facio.

»Dass ich Euch die Abtei von Pomposa zurückgeben könnte«, antwortete der Mann.

»Das Amt des Abtes wird augenblicklich von jemand anderem ausgefüllt.«

»Der ehrwürdige Andrea befindet sich in einer angreifbaren Position, glaubt mir«, erwiderte der Mann. »Er kann die Apostolische Kammer nicht bezahlen, und vielleicht ist er sogar der Komplize einer Verbrecherin, die in der Nähe seines Klosters verhaftet wurde. Er wird den Hirtenstab nicht mehr lange halten können.«

Trotz der verlockenden Aussichten zeigte Facio sich skeptisch. »Selbst wenn dem so wäre, besäßet Ihr nicht die nötige Macht, um mir eine solche Stellung zu verschaffen.«

»Und deshalb«, erwiderte der Unbekannte, »werde ich gewisse Prälaten, die ich kenne, um Unterstützung bitten …«

Facio sah sich um, und Maynard befürchtete schon, er hätte ihn entdeckt. Stattdessen wandte er sich jedoch mit sichtlich gewachsenem Misstrauen wieder dem anderen zu. »Was verlangt Ihr dafür?«

»Das habe ich Euch bereits gesagt. Euren Schatz. Soweit ich weiß, wird er Lapis exilii genannt …«

Maynard konnte gerade noch einen Ruf des Erstaunens unterdrücken. Er war also nicht der Einzige in Ferrara, der um die Geheimnisse von Mont-Fleur wusste! In Gedanken ging er noch einmal die Unterhaltung durch, die er gerade belauscht hatte, und fügte die Steine des Mosaiks zusammen.

»Der Lapis exilii«, sagte Facio ausdruckslos, »befindet sich nicht in meinem Besitz.«

»Doch ich kann mir vorstellen, dass Ihr wisst, wo er ist«, beharrte der Unbekannte.

»Gebt mir eine Sicherheit für das, was Ihr mir versprochen habt, vielleicht offenbare ich es Euch dann.«

»Nicht jetzt. Aber vertraut mir, dass ich Eurem Wunsch nach Einbruch der Nacht nachkommen werde. Wenn Ihr dann immer noch interessiert seid, erwarte ich Euch in der Schenke in der Kontrade Gusmaria.«

Nach diesen Worten schieden die beiden voneinander und gingen in entgegengesetzte Richtungen davon.

Maynard wollte Facio bereits nachsetzen, dann überlegte er es sich jedoch anders. Sein Hauptziel war es nicht, diese listige Schlange zu fangen, sondern das Versteck der Reliquien zu entdecken, die Facio in Mont-Fleur gestohlen hatte, und zu ergründen, inwieweit er in den Tod von Jang de Blannen verstrickt war. Nun, es würde genügen, sich nach Sonnenuntergang an dem vereinbarten Ort einzufinden, um dies ohne jede Mühe zu erfahren.

Die Glocken zur Non erinnerten ihn daran, dass er noch eine andere wichtige Verpflichtung hatte. Am späten Nachmittag würde er Gualtiero de' Bruni treffen.

65

Das Kloster der Serviten – oder der Servi di Maria – erhob sich im gleichen Viertel wie das Castel Tedaldo, gleich neben einem Tor in der Stadtmauer, die an den Padus grenzte. Gualtiero war es gelungen, sich noch vor dem Glockenschlag zur Vesper dort einzufinden, und jetzt, da er das Gewühl der feiernden Ferrareser hinter sich gelassen hatte, schöpfte er Atem und wartete auf Maynard.

Auf dem Weg nach Ferrara waren seine Anspannung und Unruhe stetig gewachsen; vielleicht auch weil er die Stille des Klosters verlassen hatte, an die er inzwischen gewöhnt war. Die Arbeit im Skriptorium hatte ihm geholfen, die Qual zu ertragen, von seinen Eltern getrennt zu sein, und den Zorn zu bezähmen, weil ihnen unrecht getan wurde. Dass er sich nun schon einen Monat aus der Welt zurückgezogen hatte, machte es ihm schwer, sich wieder an die Menschenmengen zu gewöhnen: Das Gedränge und die lauten, durcheinanderschreienden Stimmen erregten in ihm fast Abscheu. Das hatte er bereits am Portus abbatis bemerkt, als er das Boot bestieg, das ihn nach Ferrara bringen sollte. Im Gegensatz zur vorigen Schiffspassage wimmelte es an Bord von Fahrgästen, die genau wie er in die Stadt strebten, weil sie an den Festlichkeiten zu Ehren des heiligen Georg teilnehmen wollten. Ihr grobes und aufdringliches Verhalten hatte ihn schließlich dazu getrieben, sich ans Heck in die Nähe des Ruders zurückzuziehen.

Und an Land war es nur noch schlimmer geworden. Während er sich durch die verschiedenen Viertel vorwärtskämpfte, in denen es von Menschen wimmelte, hatte er noch einmal die gleiche panische Angst durchlebt wie damals, als ihn bei der Prozession der weißen Flagellanten die Menge beinahe erdrückt hätte. Nur die Sorge um das Schicksal von Sigismondo und Sapia verlieh ihm die Kraft, sich seinen Weg durch die Massen zu bahnen.

Sobald er das mächtige Castel Tedaldo erreicht hatte, hatte er sich leicht orientieren können, bis er schließlich das Kloster der Serviten ausmachte. Doch die Sorge ließ ihn nicht los. Nicht nur, weil das Gesindel mit der Abenddämmerung immer zahlreicher und angriffslustiger wurde. Seit er das Boot nach Ferrara bestiegen hatte, kam es ihm vor, als würde er beobachtet. Er hatte geglaubt, an Bord eine zierliche Gestalt zu bemerken, die er dann wieder sah, während er durch die Straßen der Stadt lief.

Einbildung, hatte er sich gesagt und sich Mut gemacht.

Und nun saß er vor dem Eingang des Gebäudes und sah sich ständig um, bis die Glocken über seinem Kopf zur Vesper läuteten und einige Tauben von einem Dach aufflatterten.

Eine Hand, die sich auf seine Schulter legte, ließ ihn zusammenzucken.

»Da seid Ihr ja«, rief Gualtiero erleichtert aus und wandte sich dem schwarz gewandeten Mann zu, der neben ihm aufgetaucht war.

»Seid Ihr allein?«, fragte Maynard.

»Ja.«

»Dann folgt mir, es gilt, keine Zeit zu verlieren.«

Obwohl ihn Maynards Worte verstört hatten, gehorchte Gualtiero ohne Zögern und begab sich mit ihm vom Tor des Castel Tedaldo auf einem kurzen Stück Wegs nach Norden, während er dringend darauf wartete, von ihm Nachricht zu erhalten.

Maynard de Rocheblanche wirkte düster. Er lief mit langen Schritten voraus und vermied es, Entgegenkommenden in die Augen zu sehen.

»Eure Mutter«, sagte er schließlich, »ist nicht mehr in Ferrara.«

»Was?«, platzte Gualtiero heraus. »Seid Ihr sicher?«

Maynard nickte. »In den vergangenen Tagen konnte ich für Euch nachforschen. Anscheinend wurde sie im Castello dei Curtensi gefangen gehalten, bis …« Er senkte betrübt den Kopf.

»So redet doch!«, drängte Gualtiero.

»Man hat sie nach Avignon gebracht.«

Gualtiero packte Maynard am Arm, als wollte er sich überzeugen, dass es sich bei ihm nicht um ein Trugbild handelte. »Avignon?«, fragte er entsetzt.

»Das hat mir ein Aufseher der Kontrade San Pietro anvertraut. Gegen gute Bezahlung.«

»Ich begreife nicht ... Das kann nicht sein! Seid Ihr sicher, dass es sich um meine Mutter handelt?«

»Daran gibt es keinen Zweifel, mein Freund.«

Gualtiero presste eine Hand gegen die Brust, durchdrungen von Angst. Avignon, der Sitz der Päpste! Wie sollte er dort nur zu ihr gelangen? Doch ihn beschäftigte im Augenblick noch eine andere bestürzende Frage. *Warum nur?*

Maynard blieb stehen und riss ihn aus dem Strudel seiner Verwirrung. »Denkt später an Eure Mutter«, ermahnte er ihn knapp. »Ich habe Euch aus einem anderen Grund so eilig nach Ferrara gerufen.«

»Was meint Ihr damit?«

»Euer Vater.« Maynard sah ihn betrübt an. »Er wird noch heute nach den Festlichkeiten gehängt. Auf der Galgenwiese.«

EPILOG

MEMENTO MORI

66

Reims, Kloster Sainte-Balsamie
24. April

Eudeline fuhr sich noch einmal mit den Fingern über die Lippen, aber sie empfand keine Reue. Natürlich wusste sie, dass jeder Beichtvater diesen Kuss als Todsünde verurteilt hätte. Sie hatte ihm jedoch nicht widerstehen können, ja sie hatte ihn sogar erwidert in dem Wunsch, sein Ende so lange wie möglich hinauszuzögern. Nicht aus Lüsternheit oder weil sie sich den Begierden eines Liebhabers ergeben wollte, sondern um eine nie zuvor gekannte Zärtlichkeit zu empfinden.

»Die Lust, die ich erfahren habe, war so stark, dass ich sie nicht hassen konnte.« Nun verstand sie diese skandalösen Worte der Heloise an Abelard, obwohl sie selbst nicht so tief im Strudel der Leidenschaft versunken war wie diese beiden mutigen Liebenden. Und sie konnte nun auch die Worte Maynards nachvollziehen, der sich so empört über ihre Entscheidung gezeigt hatte, den Schleier nicht abzulegen. Trotzdem stand Eudeline zu ihrem Entschluss, weiter an den Gelübden festzuhalten. Ungeachtet ihrer Gefühle für Robert war sie überzeugt, dass das Kloster die einzig mögliche Wahl für sie darstellte. Sie konnte sich ein Leben außerhalb seiner Mauern einfach nicht vorstellen, in einer Welt, in der Unordnung und Verlorenheit herrschten. Im Kloster Sainte-Balsamie hatte sie ihren Lebensinhalt gefunden: sich selbst und ihre Mitschwestern vor den Bedrohungen von außen zu beschützen. Ganz gleich, in welcher Gestalt sie sich zeigten.

Doch all diese Gedanken schob sie vorerst beiseite und konzentrierte sich bei ihrem Weg hinab in die Krypta auf das, was ihr die Infirmaria am Vortag hinterbracht hatte. Aleydis' Geheimnis. Es hatte sie nach all diesen gefühls- und ereignisreichen Tagen nochmals schwer erschüttert.

Nachdem sie die mit einem Schloss versperrte Nische erreicht hatte, beleuchtete sie mit ihrer Kerze die Gestalt, die sich in der Dunkelheit hinter dem Gitter zusammengekauert hatte.

»Ich bin über Euren Zustand unterrichtet worden«, sagte sie ausdruckslos.

Aleydis blickte auf und sah Eudeline aus ihrem traurigen Winkel an. »Dann flehe ich Euch an, mir zu helfen ... die Übelkeit ... meine Unpässlichkeit ... Sie quälen mich unablässig ...«

»Ich werde Euch helfen.« Eudeline zog einen Schlüssel aus einer Tasche ihres Gewandes.

Als das Schloss zurückschnappte, fuhr Aleydis beinahe erschrocken auf. »Bin ich also frei?«

»Legt meine Absichten nicht falsch aus«, erwiderte Eudeline, während sie die Zellentür aufstieß. »Ich sorge nur dafür, dass Ihr besser untergebracht werdet, zumindest bis ...«

»... ich geheilt bin?«

Eudeline musterte sie erstaunt. »Hat Euch denn die Infirmaria nicht unterrichtet?«

»Nein, sie hat nichts gesagt«, antwortete Aleydis verwirrt. »Sie hat mich untersucht, und dann ist sie wieder gegangen. Und die ganze Zeit hat sie geschwiegen wie ein Grab ... Nun denn, dann spannt mich nicht auch Ihr noch länger auf die Folter. Ist es sehr schlimm?«

»Das könnte es werden«, entgegnete Eudeline lakonisch. Hin- und hergerissen zwischen Mitleid und Verachtung bedeutete sie Aleydis, ihr zu folgen. »Ihr seid schwanger.«

67

Ferrara, Galgenwiese
Bei Sonnenuntergang

Hinter der Kirche der Serviten öffnete sich das Tor in der Stadtmauer unter dem Schutz des Castel Tedaldo hin zur Schiffbrücke, die sich bis zum anderen Ufer des Padus erstreckte, wo der Borgo San Giacomo lag. Der Fluss strömte finster dahin, so düster und schwarz wie die Prozession zusammengesunkener Gestalten, die sich über die Bohlen schleppten. Vier Verurteilte, die von einer Schar Soldaten eskortiert wurden. Ihre Klagen, zu denen sich das Rauschen der Fluten gesellte, wurden von einer kleinen Menschenmenge aufgenommen, die sich am anderen Ufer am Rande der Galgenwiese eingefunden hatte.

Gualtiero drängte sich durch die Leute und reckte immer wieder den Kopf, um einen Blick auf die Gefangenen zu erhaschen, bis er nahe genug herangekommen war, um seinen Vater ausmachen zu können. Sein Herz setzte kurz aus, als er ihn sah. Schmutzig und von der Angst gezeichnet wurde Sigismondo, die Arme gefesselt, von den Peitschenhieben der Soldaten vorwärtsgetrieben.

Gualtiero konnte dem Drang nicht widerstehen, ihm entgegenzulaufen, aber er wurde von einer geschlossenen Reihe schwarz gekleideter Mönche aufgehalten, die wie Raben am Ende der Brücke auf das Eintreffen des Zuges warteten. *»Congregatio morti«*, murmelte einer von ihnen und gab damit zu verstehen, dass sie hier waren, um den Verurteilten Trost zu spenden.

»Mein Vater ist unschuldig!«, rief Gualtiero in der Hoffnung, den Mann zu rühren.

Dieser schenkte ihm einen mitleidigen Blick, was Gualtiero fast noch mehr verletzte als eine Beleidigung. Seine Empörung erlosch allerdings sofort, als die Männer eintrafen, auf die der Galgen harrte.

»Ein unumstößliches Urteil«, hatte Maynard berichtet, ehe er sich verabschiedet hatte. »Jedes Gnadengesuch wäre vergebens.«

Gualtiero, der diese unerbittliche Härte gegen seine Eltern nicht begreifen konnte, sah, wie die Prozession inzwischen festen Boden erreicht hatte. Die Mönche der Congregatio umringten die Gefangenen, segneten sie und besprengten sie mit Weihwasser, danach ließen sie sie zur Mitte des Platzes weiterziehen.

Diesen Moment nutzte Gualtiero für einen neuerlichen Versuch, zu seinem Vater vorzudringen, aber er wurde von einem Soldaten zurückgehalten.

Doch Sigismondo hatte ihn bereits entdeckt. »Mein Sohn!«, rief er schwach. »Oh, der Herr sei gelobt! Wenigstens du ... wenigstens du bist gerettet!«

Von diesem Anblick gerührt, gestattete der Soldat Gualtiero nun doch, näher zu kommen.

»Vater ...«, stammelte er, als er vor ihm stand. Er fand keine Worte, daher umarmte er Sigismondo bloß stumm, erstickte an seiner Brust einen Schrei der Verzweiflung.

Sigismondo zwang sich zu einem Lächeln. Tränen durchzogen sein schmutziges Gesicht. »Ich war so ungerecht zu dir ...«, sagte er mit der milden Stimme desjenigen, der sich inzwischen mit dem Schicksal abgefunden hatte.

Ehe er noch etwas sagen konnte, wurde er fortgeschleppt. Gualtiero musste hilflos zusehen, wie er das Podest mit den Galgen erklomm und sich unter eine der vier Schlingen stellte, die sich gegen den sternenlosen Himmel abzeichneten. Ein Himmel ohne Gott oder Gerechtigkeit.

Der Schmerz traf ihn mit solcher Wucht, dass Gualtiero einen Moment glaubte, ohnmächtig zu werden. Doch dann zwang ihn seine Wut, die wie eine Schlange seine Angst erstickte, die Augen fest auf den Henker zu richten, der das Seil nun um Sigismondos Hals legte.

Da hörte er dessen letzten Satz. Einen Satz, der keinen Sinn ergab.

»Ich bin nicht dein Vater.«

Danach vernahm er, wie das Seil sich straffte, und die erstickten Geräusche der Verurteilten.

Unfähig, sich zu bewegen, in einer schrecklichen Mischung aus Grauen und Leid, sah Gualtiero mit an, wie Sigismondos Beine um sich traten, die leer starrenden Augen hervorquollen und der Mund sich zu einer grotesken Grimasse verzerrte, die nichts Menschliches mehr an sich hatte, bis es ihm endlich gelang, den Blick abzuwenden, viel aufgewühlter, als er es sich je hätte vorstellen können.

»Ich bin nicht dein Vater.«

Schmerz, der sich zu anderem Schmerz gesellte. Fragen über Fragen.

Entkräftet sank er zu Boden. Niedergeschlagen. Besiegt. Bis zwei Hände aus der Dunkelheit auftauchten und seinen Kopf umfassten.

Gualtiero öffnete die Augen wieder und sah ein junges Gesicht über sich.

Das schönste, das er jemals gesehen hatte.

Mit zwei verschiedenfarbigen Augen, die ihn unverwandt anblickten.

68

Ferrara, Kontrade Gusmaria
Nacht

Zu seinem tiefen Bedauern hatte Maynard den unglücklichen Gualtiero nicht zur Hinrichtung seines Vaters begleiten können. Wenn er die Geheimnisse Facio di Malaspinas entdecken wollte, musste er zu ebendieser Zeit unbedingt an einem anderen Ort in der Stadt sein. Er schwor sich allerdings, so schnell wie möglich wieder zu dem Jungen zu stoßen, und betete zum Herrn, er möge ihm Kraft schenken, dieses tragische Erlebnis durchzustehen.

Die Kontrade Gusmaria lag im Süden Ferraras vor einem Stadttor mit demselben Namen. Maynard leuchtete sich mit einer Fackel den Weg durch die engen Gassen, bis er auf die Schenke stieß.

Nur dank eines alten Schildes, das schief über dem Eingang hing, erkannte er sie. Das eingefallene Dach und die bröckelnden Wände legten nahe, dass dieses Gemäuer schon seit Längerem keine Gäste mehr beherbergte. Er wollte schon weitergehen, weil er dachte, er hätte sich geirrt. Doch dann überlegte er, dass ein solch wichtiges Treffen an einem möglichst abgelegenen Ort stattfinden musste. Und diese Spelunke war dafür bestens geeignet.

Als Maynard keine Geräusche von drinnen hörte, nahm er an, dass er zu früh gekommen sei, und beschloss, schon einmal hineinzugehen, um sich ein Versteck zu suchen, aus dem er alles beobachten konnte. Er wollte sich kein Wort der Unterredung von Facio di Malaspina und seinem geheimnisvollen Auftraggeber entgehen lassen, ehe er aus seiner Deckung kommen und den Mönch ergreifen wollte. Obwohl er nur seinen Dolch bei sich hatte, fühlte er sich ausreichend gewappnet.

Er legte ein Ohr an die Tür, um sich zu vergewissern, dass der Ort tatsächlich verlassen war, und erst als er jeden Zweifel beseitigt hatte, trat er mit der Hand an der Waffe ein und erkundete die Dunkelheit des beklemmenden Raums mit den rissigen Wänden. Der Geruch nach Eisen schlug ihm entgegen und alarmierte unverzüglich seine für Gefahren geschärften Sinne.

Maynard fürchtete plötzlich, zu spät gekommen zu sein, daher schwang er seine Fackel hin und her, um eine Bestätigung für seine Ahnung zu erhalten, und prompt tat sich vor ihm ein schrecklicher Anblick auf.

Zuerst dachte er, er hätte eine Puppe vor sich, doch dann begriff er, dass es ein Mann war.

Er saß in einer Ecke des Raumes am einzigen Tisch. Die langen Armen hingen schlaff herab, der Kopf war nach vorn geneigt, das Kinn ruhte auf der Tischfläche. Aus dem Mund ragte die Zunge hervor, viel weiter als eigentlich natürlich. Sie war gewaltsam herausgezerrt und dann mit einem Dolch an der Holzplatte festgenagelt worden.

Facio di Malaspina musste vor seinem Tod unendliche Qualen gelitten haben.

Immer noch auf der Hut näherte Maynard sich der Leiche und betrachtete sie im Licht der Fackel, um zu begreifen, was hier vorgefallen war. Inzwischen gingen seine Gedanken zu dem Unbekannten, der am Nachmittag mit dem Mönch gesprochen hatte. Er wusste nicht, wer er war, noch, wie man ihn aufspüren konnte, und vor allem wusste er nicht, ob dieser Mann Facio die Geheimnisse von Mont-Fleur entrissen hatte.

Ich bin so dumm gewesen, warf er sich vor. Ich hätte ihn gleich ergreifen sollen, als ich die Gelegenheit dazu hatte. Nun musste er wieder ganz von vorn beginnen und darauf setzen, irgendwo eine andere Spur zu entdecken, irgendeinen Hinweis, wo er mit seiner Suche ansetzen konnte.

Auf dem Tisch hatte er zunächst nur eine Blutlache gesehen, von der ein zähes Rinnsal auf den Boden tropfte. Doch bei näherem Hinschauen entdeckte er Worte, die ins Holz eingeschnitten worden waren. Wohl mit demselben Dolch, mit dem man Facios Lügenzunge durchbohrt hatte, als wollte man sich über denjenigen lustig machen, der nun in den Qualen der Hölle schmorte. Oder über den, der gerade seinen Blick auf die Inschrift richtete.

MONACHVS SVPERBVS

Das plötzliche Geräusch von Schritten ließ Maynard herumfahren. Wachsam richtete er seinen Blick auf den Eingang, wo er eine halb verborgene Gestalt wahrnahm.

»Wer da?«, fragte er.

Doch statt zu antworten, wich der Beobachter blitzartig zurück und ergriff die Flucht.

Maynard setzte ihm nach und folgte ihm wie ein Spürhund durch die Dunkelheit.

Anmerkung des Autors
Das »Mysterium« hinter der Geschichte

Dies ist der erste Roman einer mehrbändigen Saga, in der einige Objekte eine Schlüsselrolle spielen, die ich deshalb erst am Ende des Zyklus erklären kann. Nach dieser Vorbemerkung noch eine: Die Handlung der »Abtei der hundert Sünden« basiert auf weithin historisch dokumentierten Ereignissen, zu denen sich andere gesellen, die meiner Phantasie entsprungen sind.

Zu letzteren gehören die Geschicke der Familien de Rocheblanche und de' Bruni, außerdem Figuren wie Robert de Vermandois, Aleydis, Superanzio Orsini und Bastien des Baux. Dennoch war es mir wichtig, die Glaubwürdigkeit nie aus den Augen zu verlieren und das, was ich als den Alltag einer vergangenen Epoche bezeichnen möchte (sowohl innerhalb als auch außerhalb der Klostermauern), so getreu wie möglich abzubilden. Einiges, was damals diesen Alltag ausmachte, ist inzwischen nicht mehr bekannt oder hat sich durch den technologischen Fortschritt ganz anders in unserem Bewusstsein verankert. Daher möchte ich zunächst die Zeitangaben in diesem Roman erklären.

Im Mittelalter begann mit dem Sonnenaufgang die erste der zwölf Stunden des Tages, auf die ebenso viele Nachtstunden folgten. Ihre Dauer war nur ein ungefährer Wert, der je nach Jahreszeit variierte. Daher waren im Winter die zwölf Stunden der Nacht länger als die bei Tageslicht, und im Sommer drehte sich dieses Verhältnis um. So konnte man sie auch nicht verlässlich mit einfachen Geräten wie Sonnen- oder Sanduhren messen, deshalb orientierte man sich üblicherweise am Stundengebet, das in den Kirchen und Klöstern die Zeiten vorgab und sich folgendermaßen zusammensetzte: die Matutin (gegen drei Uhr nachts heutiger Zeitrechnung), die Laudes (vor Sonnenaufgang), die Prim (bei Sonnenaufgang), die Terz (gegen zehn Uhr), die Sext (Mittag), die Non (gegen drei Uhr nachmittags), die Vesper (bei Sonnenuntergang) und das Komplet (vor dem Schlafengehen).

Was die *Consuetudines*, die Gepflogenheiten des Klosterlebens, betrifft – auch die im fiktiven Kloster Sainte-Balsamie –, habe ich mich an die Benediktsregel gehalten und mir nur eine kleine zeitliche »Abweichung von der Norm« hinsichtlich des allzu jungen Alters der Äbtissin Eudeline erlaubt. Obwohl seit Bonifatius VIII. Nonnen nur nach Vollendung des dreißigsten Lebensjahres zur Äbtissin erwählt werden durften, kam es durchaus vor, dass ein vornehmer Name oder Reichtum den Mangel an Lebensjahren ausgleichen konnten wie im Fall einer Tochter des Grafen von Suffolk, die laut dem Historiker Gabriel Le Bras (»Institutions ecclésiastiques de la Chrétienté médiévale«, Paris 1976) im Alter von zweiundzwanzig Jahren zur Äbtissin gewählt wurde.

Kommen wir nun zu den historischen Fakten und Persönlichkeiten. Die Schlacht bei Crécy, die erste große Auseinandersetzung des Hundertjährigen Krieges, endete mit der Niederlage des Heeres von König Philipp VI. von Valois, der dort ungefähr viertausend Männer verlor. Zum ersten Mal waren die französischen Ritter dem Ansturm einfacher Bogenschützen eindeutig unterlegen, was nicht nur das Ende einer Epoche, sondern wahrscheinlich auch den Niedergang des Ritterideals einläutete.

Unter den tapferen Kämpen, die dort bei einem letzten verzweifelten Angriff ihr Leben ließen, war Jang de Blannen (König Johann I. von Böhmen). Seine Leiche wurde am Tag danach auf dem Schlachtfeld gefunden. Gemäß einigen Quellen war er wegen seiner Blindheit in seiner Kampfkraft eingeschränkt, die von seinem fortgeschrittenen Alter herrührte oder aber auch durch Gift herbeigeführt worden war.

Seine Verbindung zu dem Kardinallegaten Bertrand du Pouget ist ebenfalls historisch verbürgt. Sie geht auf das Jahr 1333 zurück, als der Prälat versuchte, sich mit dem böhmischen König zu verbünden (der nach Italien gekommen war, um Brescia gegen Mailand und Verona zu verteidigen), weil er die Emilia und die Romagna unter die Herrschaft von Avignon bringen wollte. Ferrara wurde belagert und musste die feindlichen Soldaten zurückschlagen, die bereits bis zur Piazza vorgedrungen waren (April 1333). Der in der Folge ausgebrochene Aufstand von Bologna im März 1334 bewog den Kardinal, nach Frankreich zu flüchten. Jang de Blannen hatte in der Zwischenzeit begonnen, in höchsten Kirchenkreisen Allianzen zu schmieden, um seinem Sohn Karel die Thronfolge zu sichern.

Was Bertrand du Pouget betrifft, der am 17. Dezember 1316 zum Kardinalspriester für die Titelkirche San Marcello erhoben wurde, so stammen viele Angaben, auf die ich mich beziehe, aus einem Buch von François Duchesne (»Histoire de tous les cardinaux françois de naissance«, Paris 1660, S. 419), in dem ich auch das »Löwenwappen« gefunden habe, das sich von dem aktuellen Wappen der Kardinalswürde von San Marcello unterscheidet. Die zahlreichen Gerüchte über die Verwandtschaftsbeziehungen dieses Geistlichen zu Papst Johannes XXII. (eines davon stammt von Petrarca) besagten, dass er entweder sein Neffe, wenn nicht sogar sein Sohn gewesen sein soll. Bei Bertrand sollte man vor allem an seine »Kehrtwende« zulasten von Ferrara im Jahr 1333 erinnern. Ehe das Kriegsgeschehen ihn dazu veranlasste, die Emilia und die Romagna zu besetzen, war er mit einer Bulle in Ferrara erschienen, die am 2. Juli 1329 in Avignon ausgestellt worden war, um den Markgrafen d'Este (den Brüdern Rinaldo II., Obizzo III. und Niccolò I.) das Vikariat in Ferrara zu übertragen. Damit wurde der Kirchenbann gegen sie aufgehoben, den der Papst im Zuge eines »Kreuzzuges« gegen sie verhängt hatte, weil sie mit den ketzerischen Ghibellinen sympathisierten.

Eine weitere Person in diesem Buch, die wirklich gelebt hat, ist der Mönch Facio (dessen Beiname »di Malaspina« allerdings aus meiner Feder stammt). Er verwaltete die Abtei von Pomposa ab 1325, bis er vom Bischof von Ferrara beschuldigt wurde, für die damals noch als »Ketzer« geltenden Markgrafen d'Este Partei zu ergreifen, die bereits 1324 gemäß einer päpstlichen Bulle an den Erzbischof von Ravenna »das Kloster von Pomposa besetzt hatten, mit all seinen Häusern und Ländereien, Einkünften und Erträgen. Und während einige Mönche verjagt und andere erbärmlich eingekerkert wurden […], verübten andere schändliche Männer Räubereien und Diebstähle […] und veruntreuten Kollekten und Zahlungen des Klosters« (Vatikanisches Geheimarchiv, »Instrumenta miscellanea«, 878). 1329 verzichtete

Facio auf die Abtswürde, nachdem er vom Bischof von Ferrara Guido da Cappello bestraft worden war.

Es gab auch einen Abt Andrea: Andrea di Fano stand von 1336 bis 1361 der Abtei von Pomposa vor. Ihm ist der biblische Freskenzyklus der Abtei zu verdanken: ein Werk, das 1351 beendet wurde, wie eine Inschrift in der Apsis bezeugt. Darüber ist eine Abbildung ebenjenes Andrea zu sehen, wie er neben der »Madonna angelicata« bei der Mandorla mit dem Christus Pantokrator kniet. Es ist zwar überliefert, dass die Gemälde der Apsis aus der Werkstatt von Vitale da Bologna stammen, aber über den aus derselben Zeit stammenden Bilderzyklus an den Längswänden des Hauptschiffs, der sich dem Alten und Neuen Testament einschließlich der Offenbarung des Johannes widmet, weiß man nur wenig. Einige Gelehrte neigen dazu, ihn ebenfalls Künstlern aus der Werkstatt des Vitale zuzuschreiben, andere nennen die Maler Andrea de' Bruni oder Andrea de' Bartoli. Keiner konnte diese Frage jedoch mit Bestimmtheit klären. Daher stammt meine Idee, den Geschehnissen um dieses geheimnisvolle Meisterwerk einen Roman zu widmen, und ich habe in diesem ersten Buch nur dessen Anfänge beschrieben.

Der Ruf der Abtei Pomposa, die auf halbem Weg zwischen den Benediktinerzentren von Montecassino und Cluny entstand, als *monasterium in Italia primum*, also als erstes Kloster Italiens, wurde Anfang des 11. Jahrhunderts von Otto III., dem heiligen Petrus Damiani und dem bedeutenden Abt Guido von Pomposa begründet, der als Heiliger verehrt wird. Damals beherbergte das Kloster etwa hundert Mönche, die in Wohlstand lebten und die Kunst und den Sakralgesang förderten (hier entstanden tatsächlich die ersten Musiktheorien und die auf vier Notenlinien basierende Notation des Mönchs und Gelehrten Guido d'Arezzo). Der wahre Schatz der Abtei war allerdings die Bibliothek. Inzwischen verloren gegangen, ist sie in einem Katalog des Mönchs Enrico aus dem 11. Jahrhundert dokumentiert.

Nach drei glanzvollen Jahrhunderten erlitt Pomposa dann den Niedergang. Die wirtschaftlichen Probleme, die in diesem Roman erwähnt werden, sind historisch verbürgt und in den damaligen

Quellen dokumentiert, die in der zweiten Hälfte des 18. Jahrhunderts sorgfältig von dem aus Cassino stammenden Benediktiner Placido Federici aufgezeichnet wurden. Von diesem Monumentalwerk erschien nur ein Teil in gedruckter Form (»Rerum Poposianararum historia monumentis illustrata«, tomus primus, Rom 1781), aber es existiert noch ein handgeschriebener Kodex (in dem auf Federicis Niederschrift die Studien von Sebastiano Maria Campitelli folgen), der im Archiv von Montecassino aufbewahrt wird, außerdem ein Faksimile in der Biblioteca Ariostea von Ferrara.

Ein anderer besonderer Schauplatz der »Abtei der hundert Sünden« ist Ferrara. Um es nach städteplanerischen Gesichtspunkten genau zu rekonstruieren, habe ich neben zeitgenössischen Unterlagen auf die lokale Geschichtsschreibung der Neuzeit zurückgegriffen, vor allem auf Antenore Scalabrini (»Memorie istoriche delle chiese di Ferrara e de' suoi borghi«, Ferrara 1773) und Antonio Frizzi (»Memorie per la storia di Ferrara«, Band V, Ferrara 1809), selbstverständlich auch auf die »Chronica parva ferrariensis« von Riccobaldo da Ferrara (14. Jahrhundert) und den »Disegno in pianta della città di Ferrara«, einen Stadtplan des Architekten Bartolino da Novara, der ab 1373 in den Diensten der Herren d'Este stand.

Zur damaligen Zeit umfasste das Stadtgebiet von Ferrara bereits siebenunddreißig Kirchen und war von einer mit achtzehn Türmen bewehrten Stadtmauer mit etwa einem Dutzend Stadttoren umgeben. Der älteste Teil der Ansiedlung erstreckte sich zwischen zwei Burgen, im Osten das Castello dei Curtensi (*Castrum Curtisiorum* oder *Castrum Curiatium*) aus byzantinischer Zeit und im Westen das Castel Tedaldo (das die Überlieferung Tedaldo di Canossa zuschreibt). Innerhalb des ersten befand sich ein Großteil des damaligen Stadtgebiets – darunter die Kirchen San Pietro, San Salvatore und San Gregorio –, denn es erstreckte sich hufeisenförmig am Stadttor San Pietro, vom zweiten ist nichts erhalten geblieben (es wurde im 17. Jahrhundert abgerissen, um Platz für die Errichtung der päpstlichen Festung zu machen). Die Kathedrale, die seit 1135 den früheren Dom ersetzte und Pfarrkirche für die Gemeinde von San Giorgio im gleichnamigen Stadtteil war, erhob sich zwischen diesen beiden Burgen. An ihrer Südflanke erstreckte sich die Piazza (1273), und die Fassade ging auf den Palazzo della Signoria (1283), den Palast der Stadtherrschaft, und den Palazzo della Ragione (1326), den Gerichtspalast. Das heutige Wahrzeichen von Ferrara, das Castello Estense, also die Burg der Marchesi d'Este, wurde erst später, im Jahr 1385, errichtet.

Zu dieser Zeit konnte man den Po (der früher Padus genannt wurde) auf zwei Brücken überqueren – der Ponte Barbacane (oder San Giorgio) und der Brücke beim Castel Tedaldo –, die im Süden der Stadt wegen der häufigen Hochwasser aus Holz und mit Booten errichtet waren.

Der Stadtplan, den ich mir aus diesen Quellen rekonstruiert habe, beansprucht nicht bis ins letzte Detail historische Korrektheit, sollte allerdings ausführlich genug sein. Er soll dem Leser helfen, sich zu orientieren, und benennt die wichtigsten Orte einer bereits ziemlich komplexen Stadt, die in vier Hauptviertel (Santa Maria di Vado, San Romano, San Nicolò und Castel Tedaldo) und eine Vielzahl von kleineren Stadtteilen, die sogenannten Borghi und Kontraden, untergliedert und von unzähligen Straßen und Kanälen durchzogen war.

Zwei Dinge gibt es noch zu dieser Stadt zu erwähnen. Zum einen ist das die Prozession der weißen Flagellanten, auf die Gualtiero trifft. Dieser Zug ging vom Hospiz Santa Maria Novella aus, dem Sitz einer 1243 gegründeten Bruderschaft von Büßern, und zog immer in der Karwoche im Gedenken an die Leiden Christi unter Selbstgeißelungen durch die Stadt.

Ich beschließe meine Schilderung über Ferrara mit einigen Worten zu den traditionellen Pferderennen, dem »Palio«, die mit Beginn der Herrschaft der Familie d'Este aufkamen und sich bald großer Beliebtheit erfreuten. Bereits in den Statuten der Stadt von 1279 finden sich erste Erwähnungen; hier ist dokumentiert, dass sie am Namenstag des Schutzpatrons der Stadt, dem heiligen Georg (25. April), und zu Mariä Himmelfahrt (15. August) stattfinden sollten. Die Rennstrecke begann in der Kontrade der Pioppa und führte von dort über die Via Grande bis zum Castel Tedaldo. Die Preise für die Sieger bestanden aus einem »Palio«, einem goldbestickten Tuch, außerdem einem Spanferkel und einem Hahn.

Eine letzte Bemerkung gilt dem Kreuzzug von Smyrna, der ausgezeichnet in der Studie von K. M. Setton beschrieben wurde (»The Papacy and the Levant«, vol. I, Philadelphia 1976, S. 195–218). Humbert de Viennois war ganz sicher Gast von Obizzo III. d'Este auf seiner Hinreise in den Orient im Oktober 1345, als er von den Söhnen Taddeo de' Pepolis, dem Herrn von Bologna, nach Ferrara begleitet wurde. Der Marchese empfing ihn mit »größten Ehren« und schenkte ihm sogar drei prächtige Pferde (»Chronicon Estense«, Jahrgang 1345). Nicht gesichert ist allerdings, ob der Dauphin auf seiner Rückreise in Ferrara Station machte, obwohl eine Reihe von Schutzbriefen, die am 19. März 1347 von der Päpstlichen Kanzlei ausgestellt wurden, ihm sicheres Geleit durch die Gebiete gewährleisteten, über die der Doge von Venedig, Obizzo d'Este (Ferrara), Taddeo de' Pepoli (Bologna), Giovanni und Luchino Visconti (Mailand), Mastino della Scala (Verona) und viele andere herrschten.

Was die wunderbare Erscheinung des Reiters auf dem weißen Pferd in der Schlacht von Smyrna und Altoluogo betrifft, so findet sie Erwähnung in einem Brief, den König Hugo IV. von Zypern 1345 an Johanna I. von Sizilien geschickt hat.

Offenbleiben muss dagegen alles, was den Lapis exilii und den geheimnisvollen »Codex Millenarius« betrifft. Würde ich jetzt darüber sprechen, müsste ich zu viel über die Fortsetzung der Handlung verraten und würde allen die Spannung nehmen.

Was auf dem Gebiet der *fiction* als Todsünde gilt.

Glossar

Advocati: lat. für »Anwälte«, auch *defensores* genannt, Laien, die die Bischöfe sandten, um unterschiedliche Angelegenheiten zu klären, auch Verbrechen

Altoluogo: italienischer Name im Mittelalter für Ephesos

Armarium: lat. für »Schrank«, Schrank, Nische oder Raum zur Aufbewahrung von Büchern

Biforium: zweibogiges Fenster

Bohrschwert: auch Panzerbrecher genannt, lange, gerade Stichwaffe, die speziell zum Durchdringen einer Rüstung entwickelt wurde

Brigantine: eine Art Schuppenpanzer, gebräuchlich seit dem 14. Jahrhundert, bei dem zahlreiche Metallplättchen so vernietet wurden, dass Schutz ebenso gewährleistet war wie hohe Beweglichkeit

Burgus superior: Befestigungsanlage, turmartiges Kastell

Cardo: lat. *Cardus maximus*, in alten Römerkastellen eine Hauptstraße, die in Nord-Süd-Richtung angelegt wurde, meist lotrecht zu einer weiteren in Ost-West-Richtung, dem *Decumanus maximus*

Decor: lat. für »Anmut«, »Schmuck«, »Zierde«

Deesis: Darstellung des Christus, der zu Gericht sitzt, während Heilige – meist die Jungfrau Maria und Johannes der Täufer – ihn umgeben und für die Toten Fürbitte leisten

Domina angelicata: lat. für »engelsgleiche Herrin«, Motiv in der Kunst

Dominus meus et Deus meus: lat. für »mein Herr und mein Gott«

Domus particularis: lat. für »Privatgemach«

Elector: lateinische Bezeichnung für »Kurfürst«

Exercitus christianorum contra turchos: lat. für »das Heer der Christenheit gegen die Türken«

Frater: lat. für »Bruder«, ein Mönch

Galero: flacher scharlachroter Kardinalshut

Garnache: Oberbekleidung für Männer, eine Mischung aus einer Tunika und einem Mantel

Giornea: männliches Obergewand im Mittelalter und der Renaissance

Gnadenbringer: Stilett, mit dem man jemandem den Todesstoß versetzte, die lange, spitze Klinge konnte bestens in die Spalten von Rüstungen eindringen

Gorgoneion: griech. für »das Gorgonenhaupt«, das Abbild des abgeschlagenen Hauptes der Medusa soll Unheil abwehren

Herbaria: Kräutergarten im Kloster

Hortus: Gemüsegarten im Kloster

Illumination: teils ganzseitige Abbildung in einer Handschrift, die durch die Verwendung von Blattgold besondere Strahlkraft erlangte

In figura: lat. für »im Bild«

Infirmaria: Schwester, die sich um die Pflege der Kranken kümmert, auch Siechenmeisterin genannt

Insula Pomposiae: Name für das Kloster Pomposa, weil es ursprünglich auf einer Insel im Po lag

Intra arctos muros: lat. für »in der Nacht der Mauern«, Methode der Inquisition, Gefangene nackt und in absoluter Dunkelheit zu Geständnissen zu bewegen

Kapellanin: höchste Mitarbeiterin der Äbtissin

Kartular: Buch mit Abschriften von wichtigen Urkunden

Komplet: Nachtgebet, mit dem der Tag beendet wird, Teil des liturgischen Stundengebets

Konjunktion: scheinbares Zusammentreffen von zwei oder mehr Planeten am Sternenhimmel

Kontrade: ital. *contrada*, Stadtviertel

Laudes: Gebete zum Morgenlob, werden als Teil des liturgischen

Stundengebets zum Tagesanbruch abgehalten, zwischen sechs und acht Uhr

Livore eius sanati sumus: Durch seine Wunden sind wir geheilt (Jesaja 53.5)

Livrée du Lion: frz. für »Löwenpalais«, in Avignon errichteten die Kardinäle im 14. Jahrhundert für sich und ihr Gefolge prachtvolle Anwesen, die sogenannten *livrées cardinalices*

Magister chori: lat. für »Chorleiter«

Mandorla: ital. für »Mandel«, Begriff aus der Kunst für eine mandelförmige Glorie, die Jesus oder eine andere biblische Gestalt in ihrer ganzen Größe umschließt

Mastro: ital. *(maestro)* für »Meister«, ein *Mastro pittore* war ein Meister und Lehrer der Malkunst

Matutin: Gebet zum Morgen als Teil des liturgischen Stundengebets und Gebetszeit, entspricht etwa drei Uhr

Mea culpa: lat. für »meine Schuld«

Mea maxima culpa: lat. für »meine allergrößte Schuld«

Medicus: lat. für »Arzt«

Mielz voeill murir che hunte nus seit t'retraite: Lieber will ich sterben als in Schande leben, Auszug aus dem Rolandslied, Gesang CXXVIII, Vers 1701

Milites: lat. für »Krieger«, »Kämpfer«, im Mittelalter Bezeichnung für Ritter

Morea: romanische Bezeichnung im Mittelalter für die Halbinsel Peleponnes

Narthex: Vorhalle oder Vorhof am Haupteingang einer Kirche

Nigredo: lat. für »Schwärze«, Stufe im »Großen Werk« der Alchemie zur Gewinnung von Gold durch mehrere Prozesse

Non: Gebet zur neunten Stunde, der überlieferten Todesstunde Jesu, Teil des liturgischen Stundengebets, entspricht etwa fünfzehn Uhr

Padus: lateinischer Name des Flusses Po

Palatium: lat. für »Palast«, Gebäude für Repräsentationszwecke und zur Unterbringung hochrangiger Gäste

Pantokrator: griech. für »Weltenherrscher«, beliebtes Motiv in der Ikonografie

Phlegma: griech. für »Schleim«, nach Galen einer von vier Körpersäften, den Flüssigkeiten, die für das Temperament eines Menschen verantwortlich sind

Portus abbatis: lat. für »Hafen des Abtes«

Procurator: lat. für »Verwalter«, »Geschäftsbesorger«

Pulchritudo: lat. für »Schönheit«, »Herrlichkeit«

Reconquista: span. für »Rückeroberung«, Bezeichnung für die christliche Rebellion gegen die muslimischen Eroberer ab 718, die erst 1492 mit der vollständigen Vertreibung der Mauren endete

Regula Benedicti: lat. für »Benediktsregel«, vom heiligen Benedikt 529 verfasstes Regelwerk für das Klosterleben

Rocher des Doms: Papstpalast in Avignon, mit dessen Erbauung 1334 begonnen wurde

Rute: historisches Längenmaß, deren effektive Länge je nach Land und Region variierte; in der Gegend von Bologna zur damaligen Zeit entsprach eine Rute (auch *percha* oder *pertica*) etwa drei Komma acht Metern

Schisma: Kirchenspaltung

Scriptorium: lat. für »Schreibstube«

Scursurium: so wurden in Ferrara die Kanäle entlang der öffentlichen Wege genannt, in denen Regenwasser und Abwässer zum Padus geleitet wurden

Splendor: lat. für »Glanz«, »Pracht«

Taciturnitas: lat. für »Schweigsamkeit«

Tetramorph: Begriff im Mittelalter für Attribute oder Symbole der vier Evangelisten

Valetudinarium: lat. für »Lazarett«, »Krankenhaus«, Bereich des Klosters, in dem die Kranken untergebracht und gepflegt wurden

Vesper: Gebet zum Abend als Teil des liturgischen Stundengebets und Gebetszeit, entspricht etwa siebzehn Uhr, anschließend wurde im Kloster zu Abend gegessen

Via dei romei: alte Straße, die Venedig und Ravenna mit Rom verband

Vindicta Salvatoris: lat. für »Rache des Heilands«, apokryphe Schrift, wahrscheinlich aus dem 8. oder 9. Jahrhundert

Vizdom: Stellvertreter eines Herrschers

Historische Persönlichkeiten

Edward III., auch Eduard III. (1312–1377): König von England, der nach dem Tod des französischen Königs Karl IV. die Krone Frankreichs für sich beanspruchte und damit den Hundertjährigen Krieg auslöste

Humbert de la Tour-du-Pin: Humbert II., Dauphin de Viennois (1312–1355), verheiratet mit Marie des Baux, bekannt vor allem durch seine Teilnahme (1345–1347) am Kreuzzug gegen Smyrna

Jang de Blannen: Johann von Luxemburg oder Johann von Böhmen (1296–1346), König von Böhmen und Graf von Luxemburg, nach dem vollständigen Verlust seines Augenlichts 1340 hatte er den Beinamen »der Blinde«

Karel von Böhmen: später als Karl IV. (1316–1378) Kaiser des Heiligen Römischen Reiches Deutscher Nation, ältester Sohn von Johann von Böhmen

Obizzo III. d'Este (1294–1352): Marchese bzw. Markgraf von Ferrara, erhielt 1336 zusammen mit seinen Brüdern die Herrschaft über Modena; 1344 wurde ihm von Papst Clemens VI. das Vikariat von Ferrara zugeteilt

Philipp VI.: frz. Philippe de Valois (1293–1350), König von Frankreich aus dem Haus der Kapetinger

Schwarzer Prinz: Eduard Plantagenet (1330–1376), ältester Sohn von Eduard III., unterstützte seinen Vater bei dessen Kriegen

Danksagung

Mein Dank geht vor allem an Professor Ranieri Varese, Dozent für Kunstgeschichte und Direktor des Dipartimento di Scienze Storiche der Universität von Ferrara, der sich mit viel Geduld die Zeit genommen hat, mir meine drängenden Fragen zu mittelalterlichen Maltechniken zu beantworten. Sollten sich in diesen Roman diesbezüglich dennoch Fehler eingeschlichen haben, dann ist dies allein die Schuld des Autors.

Dank auch an Raffaello Avanzini, meinen Verleger, an Alessandra Penna, meine Lektorin, und an Roberta Oliva und Silvia Arienti, meine unermüdlichen Agentinnen. Ich möchte auch der Verlagsgruppe Newton Compton danken für die über diese vier Jahre andauernde Unterstützung und Zusammenarbeit.

Ein großes Dankeschön geht auch an meine Familie. Vor allem an meine Mutter Rosaura, die mich Sorgfalt für das und die Liebe zum Detail gelehrt hat. Wenn sich die Gelegenheit dazu ergibt, komme ich immer wieder gern auf ihren Rat zurück.

Und unendlicher Dank schließlich Giorgia, dafür, dass sie immer da ist und mir einen Grund mehr liefert, jeden Tag die Zähne zusammenzubeißen und zu kämpfen.

EIN MITTELALTER-THRILLER VON
MARCELLO SIMONI
DER HÄNDLER DER VERFLUCHTEN BÜCHER
ROMAN
emons:

EIN MITTELALTER-THRILLER VON
MARCELLO SIMONI
DAS
LABYRINTH
AM ENDE
DER WELT
ROMAN
emons: